诡计

【瑞典】哈坎·奈塞尔（Håkan Nesser）——著

邵文实——译

中国出版集团　现代出版社

图书在版编目（CIP）数据

诡计 /（瑞典）哈坎·奈塞尔著；邵文实译．-- 北京：现代出版社，2020.4
ISBN 978-7-5143-8427-7

Ⅰ．①诡… Ⅱ．①哈… ②邵… Ⅲ．①短篇小说—小说集—瑞典—现代 Ⅳ．① I532.45

中国版本图书馆 CIP 数据核字（2020）第 037580 号

版权登记号　01-2020-1005

诡计

作　　者：［瑞典］哈坎·奈塞尔（Håkan Nesser）著
译　　者：邵文实
选题策划：杨　静
责任编辑：杨　静　王　羽
出版发行：现代出版社
通信地址：北京市安定门外安华里 504 号
邮政编码：100011
电　　话：010-64267325　64245264（传真）
网　　址：www.1980xd.com
电子邮箱：xiandai@vip.sina.com
印　　刷：三河市宏盛印务有限公司

开　　本：880mm×1230mm　1/32
印　　张：15.5　　字　　数：346 千字
版　　次：2020 年 5 月第 1 版　　印　　次：2020 年 5 月第 1 次印刷
书　　号：ISBN 978-7-5143-8427-7
定　　价：52.00 元

目录
Contents

前言

“诡计”是家位于马尔达姆市中心奇莫大街的咖啡馆。

它也是丹尼尔·阿尔弗莱德森（Daniel Alfredson）执导的三部电影的合称，它们拍摄于2017年，并于2018—2019年获得国际首映：《作者之死》（*Death of an Author*）、《撒玛利亚》（*Samaria*）和《亲爱的艾格尼丝》（*Dear Agnes*）。这些电影是根据我写的几个故事改编的——本书的后四篇——之前已经在瑞典出版。本书的开篇之作——《汤姆》——是新作，且在此是第一次发表。

书就是书，电影就是电影。当故事从一种媒介转移到另一种媒介时，通常必须重新定位，寻找新的表达形式。它们甚至会有全新的结局。在“诡计”系列中，书与电影之间的所有差异都是必要的，而且在很大程度上是有意为之的。

但是，当然，每个故事的相似之处，每个故事的本质，每个故事的真实内容，都被很好地保存了下来。

汤姆

由黛博拉·布拉甘–特纳（Deborah Bragan-Turner）将瑞典语译为英语。

一
马尔达姆，1995 年

电话是在周四凌晨三点半过了几分钟时打来的。电话号码未知，但显然来自国外，在正常情况下她是不会接的。

她本不会那么做，但她刚刚从梦中惊醒。房间内外一片漆黑，窗外一棵巨大的胡桃树的枝丫轻触着玻璃，发出阵阵窃窃私语。饶是如此，她还是觉得自己完全清醒了。黑暗似与被粗暴打断的梦境（她想不起来梦见了什么，无论是当时还是后来）缔结了神秘的契约，也许就是它，使她拿起话筒，接听了电话。

“喂？”

“是朱迪思·本德勒吗？”

“是的。”

“我是汤姆。”

接下来是一阵静默，只有电话线上的一点微弱的杂音。一种微弱而沉闷的刮擦声，几乎听不见，就如同筋疲力尽的海浪，在冲上卵石沙滩后破碎开去。后来，在她把听筒放回原处时，出现在她脑海里的正是那样的画面。经过长途跋涉，海浪终于在一个隐蔽而多石的海湾里歇息下来，化为无声无息的白色泡沫。

真够奇怪的，臆想的画面并不常萦绕在她的脑海中。她不喜欢那种廉价的类比，或者你随便叫它什么。她不信教，并且讨厌诗歌。

“汤姆？”她终于问道，“哪个汤姆？”

“你认识不止一个汤姆吗？”

她想了想。不，只有一个汤姆。

一向如此。

“我想也许我们能见个面，已经有好几年了。”

“是的……”

她打了个寒战，也许有那么一会儿，她甚至失去了知觉。如果她想站起来的话，很有可能晕倒在地板上。但是她没有，谢天谢地；她躺在黑暗中，躺在特大号床的一侧。当那短暂的寒战过去后，她不由自主地伸出手去摸寻罗伯特。又过了一秒钟她才想起来，他在伦敦。他是周一走的，将于周五晚上回来，最迟周六下午回来。他出差是为了一个电影项目，他提到过许多著名演员的名字，但她忘了他们是谁。他甚至问过她是否愿意和他一起去，但她拒绝了。伦敦不是她最喜欢的城市。

“喂？”

她抑制住想挂断电话的刹那冲动。

“嗯？”

“那你怎么想的？”

“关于什么？”

“关于会面。”

“我……我不太明白。”

她能听出他在喝东西。

“这么着吧，好好想想，过几天我再打电话给你。”

“我真觉得不——”

咔嗒一声，电话挂断了。她把听筒放回原处，一动不动地躺在床上，双手交叉地搁在胸前。她闭上眼睛，然后又睁开了：有件事她需要弄清楚。那似乎仍在从黑暗中缓缓涌出的波浪一定有什么意义，它们将向她揭示一些东西，不管其意义如何，都与距离有关。一段异常遥远的距离，无论是在时间上还是在空间上。不仅如此，他的声音仍在那里回响，在迷雾的深处，那么遥不可及，却又近在咫尺。有点粗声大气，还有点……唔，什么？讥讽？自信？她想。

汤姆？

好好想想？

她屈指算了算，得出的结论是，时间已经过去二十二年了。

准确地说，是二十二年零两个月。

治疗师名叫玛丽亚·罗森伯格，她的房间在凯默尔大街一座古老石头房子的二楼。朱迪思·本德勒是她差不多十年的老顾客之一，不是那种没完没了、沉重烦闷的咨询，她们每个月都会见上一两次，通常是在周四上午，反正那天朱迪思在马尔达姆市中心总是有事要做。之后，她会和某个朋友一起享用午餐，趁机逛逛街，买买东西，也许还会在德吉克街区的一个画廊里待上一段时间。或者在克兰特泽位于库平斯基街的古董书店消磨一阵子——如果它碰巧开着的话。从霍尔特纳尔乘火车到此只需要半个多小时，但随着时间的流逝，她意识到，自己越来越不愿意离开他们漂亮的房子和它位于河边的更加漂亮的花园。既然你已在天堂的正中央有了自己的一席之地，那为什么还要离开呢？

也许，那样的离别会更令人心向往之？当她向罗伯特提起这个话题时，他总是这样说。当然，他说得在理。无论是在什么情况下，罗伯特总能找到问题的症结所在，她这样评价他。

或许，再次见到玛丽亚·罗森伯格还可以带来某种平静的快乐，其实次次如此。世界可能会暴行肆虐，人类可能会发动战争，将城市夷为平地，向自己的孩子举起屠刀，但玛丽亚·罗森伯格却可以岿然不动。她坐在房间里的高背椅上，窗上挂着厚实的窗帘，地上铺着撒马尔罕产的血色图案的厚地毯。

并且她会倾听。朱迪思第一次见到她的时候（那是在和罗伯特交涉了一两个星期以后），她已垂垂老矣，而现在她仍停留在那时的模样。她在提及自己毫无变化的原因时常说，她已经到了人生坎坷道路上的一个转折点，此时，岁月已不再会触及她。也许有一天她终会死去，但不管这段最后的旅程是几个月还是几年，在它结束之前，她都没有继续老下去的打算。也许她会变得更聪明一点，在经验的打磨下多少学乖了些，这谁也说不准。

但当然，在那个安静、昏暗的房间里，谈话内容与玛丽亚·罗森伯格无关。

“欢迎，朱迪思。希望你来这里的旅途很顺利。”

“谢谢。至少我设法找到了一个座位。”

“那就好，我们来喝壶路易波士茶，款待一下自己，好吗？”

“那太好了。”

差不多和往常一样的开场白。当玛丽亚·罗森伯格在小厨房的帘子后面沏茶时，朱迪思脱下外套和鞋子，舒舒服服地坐在沙发一角，腿上盖着方格花纹的毯子，背靠着一个靠垫。等待的过程中，她感到有种焦虑在内心里嘀嗒作响，它的原因显而易见。

“我想我能感觉到某种不安。但如果我错了，请纠正我。”

她尚未决定是否要谈及那个电话，但当玛丽亚越过茶杯的边缘凝视着她时，她做出了决定。如果说有谁的眼神让人无力抵抗，那就是玛丽亚·罗森伯格的。情况不言自明，也许她在一个小时前迈上火车时，就已知道自己会道出实情。

“出了点状况。”

“嗯？”

“我接到了一个奇怪的电话。”

玛丽亚·罗森伯格点点头，抿了一口茶，放下杯子。

“昨晚，有人在三点半打了个电话来。”

“三点半？你接了吗？”

“接了。不知什么原因，我刚睡醒。我得说，是在电话铃响前三十秒，这很奇怪。后来，我发现自己很难再入睡了。”

“谁打来的电话？”

“我不知道。”

“你不知道？”

她深吸了一口气，把毯子扯平，眼睛定定地注视着那幅挂在两个狭窄书柜之间的画，它是卡斯帕·大卫·弗里德里希[①]的《海边的僧侣》的微型复制品，画上的僧侣转过身，望着灰色的大海。她经常在想，为什么她的这位老于世故的治疗师偏偏会选择把这样一幅画挂在诊室里——它是那里唯一的画——但直到现在，在经历了一百多次的咨询之后，她从来没有问过她。

“他说他是汤姆。”

“汤姆？你是说……？”

她点点头，但她的目光没有离开那幅画。她用眼角的余光看见玛丽亚·罗森伯格又喝了一口茶，然后双手合拢，放在膝盖上。等待着。

“他想跟我见面。”

海滩上的僧侣一动不动，玛丽亚·罗森伯格亦如此。

“但是，”她说，“我很难相信是他。”

她说过汤姆的事，但那是在很久以前了，还是在她们最初的一次咨询中。刚开始时，她们曾回顾过几次那个令人伤感的故事，但是据朱迪思回忆，她们已经有四五年没有谈论过他了。若自他的名字被提起时算起，时间可能更长。她没有理由这样做。

汤姆是已经翻篇了的故事，是生活中已被遗忘的惨淡部分，全无必要去加以分析或试图解决。她也没有同罗伯特谈起过他，因为他们有个不成文的约定，他们谁都不曾违背它。自从他们搬到位于

① 卡斯帕·大卫·弗里德里希（Caspar David Friedrich，1774—1840 年）：19 世纪德国浪漫主义风景画家，被公认为同时代最重要的德国艺术家。——译者注。下同。

霍尔特纳尔的那所房子里以后，她也不记得汤姆曾被提起过，哪怕一次。

“我认为最好你能简要地重述一下，如果你不介意的话。我只记得要点，但自那件事发生以来，一定有好多年了……”

“二十二年，”朱迪思回答，“二十二年零几个月。”

“那当时他……？”

“十七岁。”

“往下说。或者，你不想在这里谈论它？这完全取决于你。我只是个倾听者，我完全尊重你的隐私。不过我不需要提醒你这一点。”

朱迪思喝着茶，犹豫不决。但这犹豫是种借口。她已经说出了 A，既然那是个显而易见的决定——无论是有意识的还是下意识的——她无疑已经揭开了那个特殊的盖子。这就是我坐在这里的原因，现在，也来谈谈 B。如果我不提出这个问题，我将永远对它耿耿于怀。她这样想着。

“是的，出事时，汤姆十七岁，”她说，“他刚过完生日，虽然不曾有时间庆祝。我记得罗伯特送了他一块手表，是相当昂贵的腕表，但第二天他就把它卖掉了。”

“他把生日礼物卖了？”

“恐怕是这样的。”

“因为？”

“因为他需要钱买毒品。或者是为了支付他已经注射的毒品的钱。我们不知道他欠了多少债，也不知道他搅和进了哪些犯罪活动。也许我们有种隐隐约约的怀疑，但直到后来我们才了解了全部情况。或者，至少是其中的主要部分。”

“一个处境糟糕的年轻人？”

“可以这么说吧。自进入青春期以后，他的日子就一直不大好过。好吧，实际上，事情要进一步追溯到那之前。学校从来没有真正发挥过作用。他总是给同学和老师惹麻烦。他做过检查，我不知道对他进行过多少次诊断。当然，当毒品成为问题的一部分时，情况就急转直下。他父亲曾经说过这样的话：他是一失足成千古恨。当时我们正在和一个社会工作者聊天，这个短语恰如其分地描述了当时的情况。”

“他是罗伯特与前妻的儿子，对吗？”

“对。他母亲在他两岁时就去世了。几年后，我出现了。罗伯特和我在汤姆上学的前一年结了婚。”

“于是你收养了他？”

“是的。我签署了一份承担父母全部责任的文件。罗伯特想要这样……当然，我也那么做了。”

“当然？”

“是的。”

玛丽亚·罗森伯格扬起眉毛，但未置可否。她们静默了一会儿，此时，正有一辆摩托车从街上飞驰而过。若非如此，城里几乎没有什么声音会传入这房间：这座建筑很古老，坚固结实，厚重窗帘后的窗户装有厚实的双层玻璃。事实上，治疗师在一开始就提到过这一点：虽然大多数时候，让对话时不时地陷入沉默是可取的，但偶尔想起外部世界的存在并没有什么坏处。朱迪思清了清嗓子，想把那个似乎在房间里盘旋的微妙问号捋直。

“我真的没有任何疑虑，”她解释道，“一开始没有，我想成为汤姆的妈妈。他的生母死了，我想他根本不记得她了。但很自然，我确实开始好奇，想知道他是什么时候长成了那个样子的。”

“几年后？”

“是的。但这并没有带来什么不同。我猜，如果这个男孩是我亲生的，我对他可能还会有其他的感情。不过，我没有跟罗伯特讨论过这个，显然没有。这事……嗯，有点太敏感了，真的。”

“完全可以理解。有些东西更适合治疗师的耳朵，这一点值得记住。你丈夫比你大多少岁？十岁？还是我弄错了？”

“将近十一岁。今年夏天他就七十岁了。他身体不太好——我们已经说过了——但是让他停止工作是不可能的。他认为，电影制作人的巅峰时期在七十到八十岁之间。我不知道这有多少道理。”

玛丽亚·罗森伯格笑了。“治疗师也是如此。我们恰恰是在一命呜呼之前到达了自己的巅峰状态。但是这个可怜的、不知何去何从的十七岁孩子后来出了什么事？如果我没记错的话，他消失得无影无踪了。”

朱迪思叹了口气，“完全正确，他融化在了稀薄的空气中。”

“嗯嗯。人们对他进行过应有的搜寻吗？”

“我们四处都找遍了，不仅仅是罗伯特和我，警察也有不止一个理由去寻找汤姆，他们认为他的失踪可能涉及犯罪事件，如果他没有消失，他可能已经在少年犯管教所待了好几年了。事实上，警察给我们看了一张他参与的事情清单，我可以向你保证，那读起来并不让人愉快。”

玛丽亚·罗森伯格又点了点头，“你认为汤姆发生了什么事？

我还记得你上次说过的话，但是想法是可以改变的。”

“我没有改变想法。我确信汤姆已经死了。要么是有人杀了他……用车撞了他，用刀捅了他，什么都有可能。或者他自己弄死了自己。”

“没留下任何线索？”

“这种事时有发生。”

“毫无疑问。目前的情况如何？当局正式宣布他死亡了吗？这种事通常发生在有人失踪十到十五年后吧？”

朱迪思摇摇头，“不，他还没有被宣布死亡。”

“为什么没有？”

“因为罗伯特反对。只要失踪者的近亲还健在，这种申请就得由他们来提出。”

“是的，我知道。但你丈夫为什么不走那一步呢？是因为他仍抱有希望吗？”

“我想是这样的，但我们不再谈论这事了。在任何情况下，宣布推定的死亡只是一种形式。汤姆没有财产，他是罗伯特和我仅有的继承人……但这不是迟早的事吗？我敢肯定，即使事情是这样的，那么社会也自有其有效的程序。”

“我们就这么假设吧，”玛丽亚·罗森伯格表示同意，身体前倾，脸上挂着她那温柔但相当固执的微笑，“但接下来，一个自称是你儿子的人打来电话……在午夜，一个失踪了二十多年的儿子。我必须说，你看上去比大多数处于你这种处境的人都要镇定。”

朱迪思·本德勒盯着那画上的僧侣看了几秒钟，然后才做出回应。

“我一点也不镇定。今早我把早餐给吐了，没有在基梅尔·普雷因站下车，而是在茨威尔站下的车，所以我迟到了五分钟。”

治疗师保持着她谨慎的微笑，“我没说你很镇定。我是说你看上去很镇定。那么，你是怎么想的？”

“关于那通电话？”

“是的。”

“我不只是想，我知道。”

“知道什么？”

“那是个冒名顶替者。”

“他的目的何在？骗子通常都会追逐某种好处。”

朱迪思摇摇头，“我不知道。我真的毫无头绪。”

“但他会再打电话吧？”

“他说会。”

玛丽亚·罗森伯格靠在扶手椅上，想了一会儿。

“请原谅我的冒昧，但你是否想过，这一切可能都是你的梦中所见？”

她不仅考虑过这种可能性，而且一直在期待提出这个问题。

“哦，想过。但今天早上离开家之前我看了看电话。我们有来电显示，号码还在。”

“我明白了。你把它记下来了吗？”

“没有，我本打算记的，可是没找到笔。就在那时，罗伯特从伦敦打来了电话，而且我还有其他事情要考虑。但那是一个来自国外的号码，我知道的就这么多，而且它……”

“怎么？”

“这能解释他为什么会在夜里的那个时候打电话来。”

“不同的时区？”

“是的。”

“换句话说，一个距离遥远的冒名顶替者？”

“唔。”

朱迪思发现，很难判断玛丽亚·罗森伯格是心怀同情还是略带讽刺。或者她是否同时具备这两种能力，如果是的话，这种结合就是她日益增长的智慧所固有的。

“罗伯特对这个电话怎么看？我猜你在他打来电话时告诉他了吧？”

“没……没，我没有。”

“为什么不呢？”

“他很着急。在去开会的路上。他打电话来只是为了道声早安。”

“我明白了。”

玛丽亚·罗森伯格站起身，在房间里转了一圈。这是她的习惯之一，与她腿部的血液循环有关。但这也是一种中断谈话的方式。至少朱迪思是这么猜想的。这是一种可获得短暂喘息的停顿，也暗示着可能是时候改变话题了。她一直等到治疗师重新在扶手椅上落座，等着她重新开口。

“你是想继续谈论这个电话呢，还是我们把话题转向日常的生活？”

“这是你能想到的最接近于反问的问题了。”朱迪思又想起卵石滩上的波浪。距离，那遥远的距离。

“这样就够了，谢谢。”

“确定吗？”

“是的。如果他再打电话来，我们可以下次再谈？”

“太好了，就这么说定了。狗做过手术以后的情况如何？”

罗伯特周四晚上打电话过来时，她没有提起那通电话。他听起来十分疲惫，气喘吁吁的，她不知道他是否因为生病而付出了比他愿意承认的更大的代价。

但她也没有提起这个话题，那只会让他平添烦恼，在放下听筒后，她开始怀疑他是否真的能活到她曾与玛丽亚·罗森伯格提到的七十岁生日。也许他会，也许不会。有一天，她要以寡妇的身份住在这所漂亮的房子里——这种想法已经在她脑海中萦绕了一段时间了，她并不觉得这是个特别令人不安的想法。若说她很期待这事就太过分了，但随着年龄的增长，相对的孤独，是一种似乎能提供更多吸引力和满足感的状态。也许是因为她没有兄弟姐妹，除了母亲和几乎永远不在身边的父亲，她在成长过程中没有受到来自其他人的令人反感的打扰。没有什么朋友，习惯自己照顾自己，在自己的陪伴下甚感快乐，这些当然是影响因素。与孤独交朋友的人从来不会失望，她曾在什么地方读到过这样一句话，她会丝毫不留余地地承认这一事实。

所以罗伯特不得不在伦敦多待一天。真的没关系。她一整夜都睡得很好；她自然有点担心电话会在令人惊悚的时刻再次响起，但它和屋子里的其他存在一样保持了沉寂和缄默。姜戈像往常一样卧在自己位于厨房长凳下的垫子上。正如她对玛丽亚·罗森伯格所说，它的手术进行得很顺利，但它已经十一岁了，很明显，这只曾经精神旺健的狗也时日无多了。朱迪思知道，在罗伯特走后，她绝不会再婚，也不会进入任何形式的两性关系，但她肯定会再养一只狗，可能是只罗威纳犬，像姜戈一样。自给自足也有其局限性，无论是在情感上还是在实践上。一个女人独自住在一所大房子里，与一个女人独自和一只忠诚的看门狗住在同一所房子里，情况是截然不同的。

早餐后，她去遛姜戈，穿过稀疏的树林，到达水塔，然后下坡，沿着河边走下去，越过古老的木桥，回到对岸，用了将近一个小时；搁在过去，若是一只小狗和一个不到五十岁的女主人，同样的路程只需要一半的时间。树木已开始变黄，但树叶尚未飘零。这是一个美丽、晴朗的秋日，她尽量不去想汤姆和那个电话。

一旦她开始为此担心，不去想彼人彼事就不大容易了。她还回想起了二十二年前的那一天，仿佛有人——她自己，还有谁？——发现了一本被遗忘的相册，忍不住打开它翻阅了起来。

只是这些相片是移动的，就像来自一个老电影资料馆，而不是一本相册。她自己，汤姆，然后是罗伯特。

在位于阿拉茨的坎托斯泰格的公寓。

在七月。

那最后一晚。

暴力。恐惧。契约。

那么年轻的人怎么会如此颓废呢？对一切人和一切事，尤其是对自己的父母，是那么地傲慢不恭，那么地心怀憎恨。

这个问题她当时就问过自己，今天仍然在问。

她还记得更久以前的场景。当时他因为未能得偿所愿而咬住了罗伯特的小腿——而且不愿松口，几乎就像一只牙关紧咬的战斗犬。他当时五岁，罗伯特不得不用一本很重的书打了他，这才摆脱他。

他内心的愤怒几乎是无法控制的。她记得学校里的一位心理学家说过，汤姆，以及他那一类的男孩——她确实用的是“他那一类”这种表达方式——通常会在初入青春期时安静下来。这种观点究竟从何而来？无论如何，事实证明情况正是如此，至少在相当大的程度上是这样。汤姆在十三岁时变了，但并没有变好。他变得更加内向、疏离和难以相处。尽管无可否认，他已开始结交一些朋友，但他们是那种会让任何家长感到害怕的人。她尤其记得其中的一个，一个前臂文着“卐”字的名叫鲨鱼的男孩——不管怎么说，大家就是这么称呼他的。他比汤姆大三岁多，父亲和哥哥分别因谋杀和严重的暴力行为而入狱。而鲨鱼并不是唯一的朋友。

邪恶时代，当她回首往事时，这个词经常会浮上心头。

她打开门，让姜戈进入花园。够了，一切都结束了，被埋葬了，她想。不管打电话来的是谁，他都不是汤姆。如果有人想东山再起，就会在第三天采取行动，而不是在二十二年后突如其来地来这样一手。

她整个星期五下午都在办公桌前工作。她为鹿特丹的伊拉斯谟[①]写的重要传记计划于明年秋天出版，她答应出版商在圣诞节前完成第一稿。她已经为这个项目工作了将近四年，最初估计需要三

① 鹿特丹的伊拉斯谟（Erasmus of Rotterdam，1466—1536 年）：荷兰基督教人文主义者，北方文艺复兴时期最伟大的学者之一。

年时间，但那是在她完全理解伊拉斯谟是何等的巨人以及关于他的著作是如何影响世界之前。但出版商是理性且有偿付能力的，她的名字和她之前的作品是他们所追求的品质的保证，也是他们声名鹊起的原因。每五年出一本好书，胜过每两年出一本平庸的书。

罗伯特大约七点又打来个电话，他听起来比早上愉快了些，所有的会议以及总是困扰每个新电影项目的奇怪问题都解决了，至少是暂时解决了，所以她觉得是时候告诉他了。为了避免横生枝节，她把那一片段推后了二十四小时，这样做不可能有什么不同。

“昨晚发生了一件事。今天早上我本想告诉你的，但我知道你今天的工作很繁重。”

“噢，什么事？”

“我接到了一个电话。”

“嗯？”

“在凌晨三点半，是一个假称是汤姆的人。”

“什么？”

“是的。电话铃响了，于是我接了……不假思索地。他自称是汤姆，说他认为我们应该见一面。”

“什么情况？”

“正是如此。我完全说不出话来。就在那之前，我刚刚做了个奇怪的梦。”

“什么……他说了什么？”

“几乎什么也没说，只是说我们应该见见面，说他会再打来，然后挂断了电话。我们的交谈不可能超过一分钟……或更短。”

电话里一片寂静，但她能听到罗伯特的呼吸声。突然间，他听起来又像早晨一样吃力了。我什么都不该说，根本就不该向他提起这事，她想。

“他是从哪儿打来的？”

“在国外的某个地方，我不知道在哪儿。”

“没有来电显示吗？”

“有的。但等我查看时，它已经不见了。”

“不见了？”

“也许我按错了按键。我不知道，反正没有啦。”

因为那是真的。她在看完心理医生回到家时，找过那个电话号码，但它不见了。她一定是在和罗伯特说话时将它误删掉了。

除非……？

但她打消了这个念头。

“他听起来怎么样？”

“他听起来……嗯，没有什么特别的。一个很正常的男人的声音。不是特别深沉，也不是特别响亮……略带沙哑，也许吧。我们没说几句话。”

“他还会再打电话来吗？”

“他说会的。”

“你……你根本听不出他的声音吗？”

“天哪，罗伯特，当然不。”

“我很抱歉，只是因为吃惊。我们显然是在对付一个冒名顶替者，一个冒充汤姆的人……但是为什么呢？这是个问题。”

“这正是我一整天都在苦苦思索的问题，我还没有想出答案。他一定想要些什么……除非那只是个恶作剧。”

“恶作剧？”

罗伯特突然咳嗽起来，她听见他从电话旁转过身去，向某人要一杯水。

“你不是一个人？”

他喝了几口水之后才回答。

“我正在酒店楼下的酒吧里打电话。别担心，它没有被窃听。”

窃听？为什么要窃听？

“我明天下午到家，到时候我们再谈。”

“当然，那很好。”

“但如果他再打来，你一定要记下电话号码，马上给我打电话，即使是半夜。你说你是什么时候接到电话的？”

“凌晨三点半，过几分钟。”

“上帝。”

“是的。但如你所说，我们可以明天再讨论这事。也许只是一个疯子，觉得这种事情很有趣。”

罗伯特喘着粗气想了一会儿。

“是的，我们就先这么想吧，至少目前是这样。世界上到处都是白痴。”

“亲爱的，我敢说，你有来自电影业的经验。”

这是个经久不衰的笑话。他大笑起来，然后挂断了电话。

她还想起了一名探长，汤姆失踪案的调查人员之一。他突然出现在她的脑海中，就在她看完九点钟新闻关掉电视的时候。

他是个相当年轻的探长，她似乎记得他叫德钟，或者可能叫德容。或者只是荣。汤姆失踪后的一个月里，他来找他们谈过几次话，一次是和一位女同事一起，其他几次则是独自一人。他以字斟句酌、彬彬有礼的说话方式给她留下了深刻的印象，对罗伯特也是。事实上，他一直在盘问他们，但她和罗伯特都没有感觉到探长是在暗示他俩与汤姆的失踪有关。也就是说，他们没有做以下这样的事情：他们在弄明白了这孩子的处境后，为他安排了一个安全的避难所，在外国大陆的某个阴暗角落，在本国法律鞭长莫及的地方；或者，至少是马尔达姆警察鞭长莫及的地方。

但直到后来，他们才意识到，这一直是这些谈话的目的，或者至少是部分目的，她记得，他俩都对自己的天真大摇其头。

有一次，这位探长问他们，如果汤姆不知怎么弄到了一大笔钱，决定用这笔钱去逃亡，改变身份，离开这里，度过余生，他们是否会感到惊讶。

“你是在暗示他可能抢劫了一家银行吗？”罗伯特问道。

“我没那么说，”那位探长平静地回答道，“但既然你有此联想，那你对此假设怎么看？”

“绝难置信，”罗伯特想了一会儿说，“汤姆是个瘾君子，是个小骗子，不是高智商罪犯。”

她原以为那是对他自己孩子做出的一种并不怎么讨喜的判定，但探长只是点点头，露出一丝谨慎的微笑。

她想知道他是否还在警局工作，这个和蔼可亲的探长。还有，如果那个冒名顶替者履行了诺言，再打电话过来，是否能向这位探长求助？

绝对不行，她做出判断，然后喝光了酒杯里的最后一滴葡萄酒，那是她在看电视新闻时的陪伴。在任何情况下警察都不应介入进来。

但他没有再打电话来。

星期六、星期天、接下来的一个星期乃至这个月剩下的任何时间，他都没有打来电话。她同罗伯特不止一次地讨论过此事，很快她感觉到罗伯特有所保留。换句话说，他认为她可能是在做梦，实际上从来就没有过夜间打来的电话。他没有强调这一观点，她也懒得加以反驳。但她记得，玛丽亚·罗森伯格也曾提出过同样的推断。随着时间一天天过去，却什么也没发生，她也开始产生了一丝怀疑。

午夜的一个电话，三十秒后结束。

来自一个失踪了二十二年的人。

电话号码被从来电显示中删掉了。

有什么能证明这一切并不会归结为一个梦呢？这是她想象出来的，是她梦见的，它似乎真切无疑，却从未发生过。

她后悔把这通电话告诉了治疗师。

她后悔向罗伯特说起了这件事。

随着时间的流逝，秋风渐起，草木黄落，她也越来越专注于16世纪和鹿特丹的伊拉斯谟。

第二个电话是在十一月打来的。

在一个天色阴沉、阴雨绵绵的周二下午，她正在思索这本书中最难的章节之一——关于伊拉斯谟和马丁·路德之间的复杂关系——起初没有找到答案。正常情况下，她在工作的时候会关掉电话，但午餐期间她一直在跟出版商通电话，所以忘记按下关机键。

在她挂了电话之后，她想知道自己是否有过预感，如果有的话，是不是那种预感让她拿起了电话。但是，很有可能并非如此，后知后觉太容易让人生出关于警告信号和预兆的幻觉，她想。当未来看上去变得不确定时，我们就需要清楚地看看后视镜。她记得，不久前她和罗伯特还在谈论相关现象，谈论发现模式等，谈论简单化的解决方案。

“喂？”

“朱迪思·本德勒？”

“是的。”

“我是汤姆。”

就像七周前一样，一阵突如其来的颤抖从她的脚趾向上贯穿了她的身体——这一发现让她大吃一惊——一瞬间，她的视野缩小成了一条隧道。一条狭窄的隧道，略带黄色，墙壁似乎在震颤和移动。但她立刻恢复了镇静，甚至还镇定地看了看来电显示上的号码。

未知号码。

“喂？”

“是的，我还在。你想要什么？”

他发出一声短促刺耳的笑声。

“我想要什么？自然是希望我们能见见面，就像我上次说的那样。”

“你是谁？”

“汤姆，别告诉我你已经忘了我。”

“哪一个汤姆？”

“汤姆，你的儿子。你是我的母亲，你在暗示什么？”

“我……我没在暗示什么。但我觉得很难相信你说的是真话。”

“你是怎么得出这个结论的？”

她想了一会儿。现在他的声音里像是有讽刺的意味，几乎是在戏弄她，似乎这样跟她说话让他觉得很有趣。她咽了口唾沫，鼓起勇气继续说下去。

“我儿子汤姆二十多年前就失踪了，我丈夫和我都相信他已经死了。”

“我没死。”

“不，显然没有。但你也不是那个汤姆。”

“你真可耻！”

“你说什么？”

“我说你可耻！难道你没有意识到，你应该为那样跟我说话而感到羞耻吗？”

“不。如果你是个骗子的话，就不会。”

“我不是骗子。”

“我怎么知道？”

“跟我见面，这就是我打电话的原因。上次我答应过的，你忘了吗？”

她又想了一会儿。

“你为什么想见我？”

“一个儿子要见自己的母亲，这奇怪吗？”

“是的，如果他二十二年来一直未曾露面的话。”

“你知道，他有他的理由。”

“不，我不知道你说的理由是什么。”

“我见到你时会把一切都解释清楚的。”

“我也许压根儿不想见你，或者压根儿不想继续这次谈话。”

出现了几秒钟的沉默。没有呼吸声，没有遥远的海浪。求你了，上帝，让他放弃吧，让他承认自己伪装失败，别再联系了，她想。

他清了清嗓子，“如果你不同意见我，我想你会后悔的。”

一个威胁？她无法判断，但他降低了声音，说得更慢了些。

“你在哪儿？”她问。

“就在这里，”他立刻回答，“在马尔达姆。我们可以明天见面。”

“明天？”

“为什么不呢？”

“罗伯特不在家，他要到星期天才回来。”

“你和我，这样就行。你说呢？”

为什么？她想。我为什么不早早就挂电话呢？

仿佛已经太迟了，她说：“哪儿？你想在哪儿？”

“密谋咖啡馆。我建议去密谋咖啡馆，明天下午三点。那段时间那里通常会有很多空位。”

“好吧，”她吞了口唾沫，“不过我四点在市中心有个会。”

“一个钟头应该够了。好吧，明天见。”

四点钟有个会——她为什么要编这么个谎？一种她凭空生造出

的保险，但在那之后，她把所有关于伊拉斯谟和路德的文章都推到一边，手托着下巴坐在那里，望着屋外的雨和光秃秃的树，她觉得在当时的情况下，撒谎是可以接受的。

但罗伯特呢？她应该通知罗伯特吗？那天早上他去了日内瓦，要到星期天才回来。跟她对冒名顶替者说的完全相符。

不，她做了决定：罗伯特得等等，反正他认为我是在胡思乱想，如果我千方百计地想说服他相信事情正相反，那他只会感到担心，并用一大堆不知所云的指示搞得我头昏脑涨。最好等他到家后再告诉他发生了什么事。我得……我得一个人去玩这个游戏。

至少目前是这样。

游戏？

自她上次到密谋咖啡馆来，一定至少有十年时间了，但它看上去同她记忆中的一模一样。至少外观如此：相当破旧，有点悲凉，但不知何故却完好无损。有点冷清，她想。因为平时摆放在宽阔的人行道上的桌椅都搬进了室内，毕竟，现在是十一月，在户外就座的季节已经结束了。

是的，一切都会有结束的一天，她想。这句陈词滥调刚一进入脑海，她便把它打消掉了。她从霍尔特纳尔乘坐了一点半的火车，所以现在离约定时间还有将近一个小时。也许及早出门是出于她的本意，但现在，当她冒着小雨站在街道的另一边时，觉得很难弄清楚不得不等待的意义何在。在见面之前，她不得不度过五十分钟漫无目的的时光……不，这绝对不是一个避重就轻的选择。

我得想点别的事，她意识到。我必须打起精神来，否则事情会失控的。

她开始迈开脚步，沿着狭窄的小巷向郎河走去，然后继续沿着运河向北走。她突然意识到自己身在何处：四十年前，当她来到这座城市，以文学和哲学专业的学生身份进入大学时，她和另外两个女孩在卢温大街合租了一套小公寓。她们只在那里住了三个学期，但那是她生命中令人兴奋和极其重要的一段时期。很难相信罗伯特在之后不到一年的时间里就进入了她的生活，而她作为一名学生的时间（无论是在当时还是在以后的日子里，它看上去都似乎是那么充实，那么令人憧憬）实际上是如此短暂。

而与罗伯特一起生活了这么久，其结局不可避免。三十七年了，她想。我和同一个男人在一起生活了快四十年，这是我的整个成年期生活。发生了什么事?

当然，这个问题已经不是第一次被提出来了，但现在，当她慢腾腾地走过位于卢温大街和奎杰弗大街街角处的出售奶酪和葡萄酒的老店铺巴克特曼时，她的情绪变得更加激动。在一个人的生命中，是什么东西有时会使时间得到强化，为生命注满意义和实质，有时又会使时间稀释和冷却，慢下来?她想。就像一架飞机即将降落，降落在叫作死亡的跑道上。

又出现另一个古怪的臆想画面——卵石滩上的海浪?墓地上的着陆?

她摇摇头，收起雨伞。雨暂时停了，一道阳光突然从威尔默斯运河沿岸光秃秃的树枝间射了进来。肯定是威尔默斯运河吗?她在拐角处看到的小标志证实了她的猜测是正确的。

我知道自己身在何处，至少在空间维度上是这样。

她又看了看时间。现在是三点差一刻，她意识到自己可能会迟几分钟到达密谋咖啡馆。

那再好不过了。那样就会是他等她，而不是她等他。

她拉开门进去，走了两步，进入狭长的咖啡馆，然后一动不动地站在那里。她等着有人会注意到她，与此同时，她的目光沿着正前方和左边的一排排桌子扫视着。

等着他注意到她。在她的记忆中，“密谋”没有其他地方可坐，没有可以让你稍觉私密些的隐蔽角落。顾客站在入口处，也就是她刚刚驻足的地方，可以被里面的人一览无余地看到。

咖啡馆里空荡荡的，只有左手边的四位上了年纪的女士，以及三位分散在屋内的主要部分的男子，其中的两位各自坐在靠窗的桌子旁，另一位坐在柜台另一边的墙边。三个人都面对着入口，三个人全都——她形成的印象是，他们是在依次这么做——抬起眼睛看着她。只看了一会儿，然后又都埋首于各自的追求：一盘意大利面、一本书、一杯啤酒，如果她没记错的话，还有一张赛马出场表。她看了看表，三点过七分。

一个服务员出现了，对她微微一笑。

“我——我在等人，我想他还没来。”

“也许您想坐下来等？”

她在离门最近的桌旁坐下，但什么也没点。服务员消失了。那三个男人一动不动地待在原地，似乎没有一个人对她有丝毫的注意，这使得她能够更仔细地观察他们。

她的第一个念头是，这三个人似乎年龄相当。四十岁，上下不超过五岁。如果汤姆还活着，他就三十九岁了。是其中的一人吗？她想。若如此，为什么……为什么他只是坐在那里？为什么我们没有设置某种信号以便认出彼此呢？即使他是汤姆，他也不能指望我能认出他来。而他又凭什么会知道我的样子？

另一方面：他们约定三点钟见面，而整个地方只有一个独坐的女人。换句话说，他还没有到。出于某种原因。

除非？

她更仔细地打量着那几个男人，一次一个。他们的外表也非常相似。没有一个人留胡子，没有一个人戴眼镜。三人的头发都相当短，尽管当最远的那个人暂时转过头去时，她可以看到他实际上扎着马尾辫。三人的体格看起来都不错，身材正常，没有超重。一人穿炭灰色夹克和深色衬衫，一人穿白衬衫加针织背心，一人穿深蓝色圆高领。没什么特别的。三个标准的欧洲男人，刚刚人到中年。

哪一个？她又想。如果她必须选择的话。

也许是离她最近的那个？坐在靠窗的桌子旁，喝着杯咖啡，显然深深地沉浸于一本厚厚的、被翻阅过很多遍的平装书中。但是他的脸同她记忆中的汤姆十七岁时的样子并不相符。两眼靠得太近，下巴太长，嘴太薄。

但是，看在上帝的分儿上，她想。那不可能是他。我为什么要坐在这里做这样的推测？汤姆已经死了。

当她陷入这些徒劳的沉思时，那个服务员已从左手边的四位女士那里收了钱，现在又折回到她的桌子边。

“你确定什么也不点吗？”

她又看了看表，三点一刻。

“不，谢谢，”她说，“我确信这里面有误会。我的朋友显然不来了。谢谢你让我坐下。”

他不置可否地点了点头，然后离开了。她站起身，把椅子推回到桌下，离开了密谋咖啡馆。

“很奇怪，不是吗？”

玛丽亚·罗森伯格看上去真的很担心。就好像这一次她遇到了超出其能力范围的人类行为——她的个人的、非常广泛的范围。

“我也这么认为，”朱迪思·本德勒一边说，一边调整着身后的靠垫，“说实话，我不明白这是怎么回事。”

“如果你明白的话，我才会感到惊讶呢，”治疗师说，“我得说，我很替你捏了把汗。”

这是周四上午，这次预约已经安排了一段时间了，但朱迪思认为，她得确保咨询是必要的。不管怎样，在密谋咖啡馆的徒劳之行后的那个傍晚和夜间，她都过得颇为艰难。在回霍尔特纳尔的火车上，以及回到家后的最初几个小时里，她勉强保持了冷静。但是，当她遛完姜戈并等它在厨房的床上安顿下来之后，她身体里好像有什么东西断裂了。一道裂缝打开来，一股无名的恐惧从里面涌了出来。罗伯特大约九点按铃时，她已经喝下了三杯红酒。毫无疑问，他能从她的声音里听出她一直在喝酒，她竭力克制住自己，不让他知道真正的原因。

是的，她喝了几杯热棕榈酒，她解释说，因为觉得有点不舒服。但她醉了吗？当然没有。

如果她告诉他她没能见到他们死去的儿子的事，他会怎么说？

她不愿意去想。

“但为什么呢？”玛丽亚·罗森伯格想知道，“为什么不让罗伯特知道如此重要？你能给我解释一下吗？”

她想了一会儿，但找不到任何令人宽慰的解释。

“他认为这是我的胡思乱想。而那个该死的家伙没有出现在咖啡馆的事实恰恰证实了他的观点。别忘了……”

“什么？”

“别忘了我过去也有过几次这样的经历。”

“你是指马略纳精神病院吗？”

“是的，我当然是指马略纳。对于一个曾经是精神病人的人来说，回去的路很短。你比大多数人都清楚这一点。”

玛丽亚·罗森伯格点点头，嘟起嘴唇，咕哝着说起事情的本质和人们的愚蠢，然后喝了一大口茶，“这是个错觉。”

“错觉？”

“我指罗伯特的。我一点也不相信这是你的胡思乱想。你刚被我接纳的时候也不相信。我记得那是十年前的事了。如果我说错了，请纠正我。”

从两个方面看，这是真的。朱迪思在从马略纳出院时就开始接受治疗，无论当时她有什么毛病，她都再也没有出现过幻觉，不管罗伯特怎么看。而且她每次住院的时间都不超过两周。

“无论如何，这都不重要，”治疗师继续说，“此刻，让我们把罗伯特排除在外。但至少让我们保持理性，我们确切知道的是什么？”

朱迪思耸耸肩，“说下去。”

“很乐意。好吧，我们很确定，有个疯子想要吓唬你。他打了两次电话，自称是你的儿子，你儿子失踪了二十二年，很可能已经死了。你同意与那个疯子在咖啡馆见面，但他没有出现。问题是……问题当然是，他想从这一切中得到什么？我的这个总结对吗？”

“完全正确。”朱迪思说。

“另一个问题是，我们是否应该采取任何预防性措施。”

朱迪思注意到她已经开始使用“我们”这个代词了，她突然感到一阵感激之情。这并不一定与受关照有关，但至少她有一个知己，一个了解并且在乎她的人。她愿意与自己为伍，这样她们就能一起解决已经出现的问题。

但措施？预防性措施？

“你这话是什么意思？”她问。

玛丽亚·罗森伯格摘下眼镜，开始咬镜腿。

“下次他联系你时你需要做的事，这是我建议我们需要讨论的问题。”

“我昨晚躺在床上整整四个小时没睡觉，一直在想这事。”朱迪思说，“不幸的是，我什么也没想出来。”

治疗师担心地摇了摇头，“他第一次跟第二次联系你之间有很长一段时间。这让人怀疑，同样的事情是否会再次发生。将近两个月，是不是？”

“差不多，”朱迪思说，“按我的估算是七个星期。”

“嗯。你觉得该向警察报告这事吗？”

“不，”朱迪思立刻回答，“我昨晚睡不着时自然思考过这种选择，但最后还是决定不要。他们能做什么？没有一条线索可以让他们追踪。没有电话号码。什么都没有。而他……”

“怎样？”

“他实际上没有发出任何威胁，只是说他想见我。据我所知，这并不违法。”

“大概是这样，”玛丽亚·罗森伯格叹了口气，“不，我们需要把精力集中在解决这个问题上，而不是求助于执法机构，至少目前是这样。你能设法正常地生活和工作吗？”

朱迪思想了一会儿，“我真的很愿意与你保持更密切的联系。比如说，我能不能打电话？”

“当然。”治疗师大叫着，张开双臂，几乎像是想拥抱她的客户——如果她们不是那么舒服地坐着，如果不是他们之间的距离有将近一米远，“你可以在一天二十四小时里随时给我打电话。即使什么也没发生，我也建议我们每周见一次面。如果你觉得有必要的话，可以更频繁些。听起来怎么样？”

“听起来不错。”朱迪思说。

“那么罗伯特呢？你打算把目前的状况告诉你丈夫吗？”

“我不知道。”

“他现在在哪儿？”

“日内瓦。”

“事关电影吗？”

“是的，他星期天回家。”

玛丽亚·罗森伯格想了一会儿，“那样的话，你还有几天的时间来决定。但也许可以等到……”

“等到我接到另一通电话，”朱迪斯·本德勒说，“是的，我更喜欢那个选择。”

“好吧，就这么说定了。”治疗师总结道。

然而，一个小时后，当她出现在凯默尔大街时，她想，还是得让罗伯特知道这件事。

最终，不管怎样，因为毕竟只有他俩知道那天晚上到底发生了什么。她可以和玛丽亚·罗森伯格讨论各种各样的事情，但有一条底线是不能逾越的。最安全的做法是，千万不要靠近这条线。

她意识到她把伞忘在了楼上的接待处，但雨已经停了，从这儿到车站只有两百米。

再接到电话没有用七个星期，而是三天。

从她前往密谋咖啡馆的无果而归时算起。星期六下午，两点半过几分钟，而这一次她确实有了预感。来电显示再次显示这是个未知号码，当她拿起话筒时，如果打电话的是别人，那她才会感到惊讶呢。

“喂？”

“朱迪思·本德勒吗？”

就像之前的两次电话一样，他以询问是不是她开始。她脑子里突然闪过一个念头：假如她说她是另一个人呢？例如，一名负责处理骚扰案件和相关犯罪的女警官，在适当的时候参与进来了，然后会发生什么？

但她否决了这个想法。

“你想干什么？我没有时间。”

“我想你有时间。毕竟，你有时间来咖啡馆。”

“你怎么知道？你又没去那儿。”

“我在那儿。”

“无稽之谈。我等了一刻钟，你却没有来。”

“我在那儿，我当然在那儿。”

他在说什么？她想，回忆着坐在桌旁的三个男人的形象。书、意大利面、赛马出场表、高圆领、夹克、针织背心。当她坐在那里等待时，他们对她的存在毫无兴趣。几乎是反感的，她想。现在她已经有时间来重新想这事了。即便如此，他们中的一人是否可能……？

“你穿着一件浅米色外套，围条蓝围巾。你把外套挂在椅背上，坐在离门很近的一张桌子旁。你真的不记得我了吗？”

她没有回应，因为说不出话来，突然觉得大脑开始失去平衡，或者在分裂，或者两者兼而有之。没有任何想法浮现出来，她不知道自己是否真的陷入了精神崩溃。

几秒钟的沉默过去了。

“你怎么不记得我了？”

放下电话，她试着告诉自己，你必须放下电话，这是一个死人在给你打电话，你失去理智了。

但她无法让自己放下电话，反而紧紧地抓着听筒，在门厅里的椅子上坐下来。她打算带着姜戈出去的时候，在这里接到了电话，现在狗站在门边，用责备的眼光看着她，悲哀地摇着尾巴。

他死了，她想。汤姆死了，这就是为什么我没有看到他。

沉默持续着，没有海浪，没有呼吸。

死人不需要呼吸。

他回来是为了惩罚我。

“你为什么不说话？你在咖啡馆里跟我说过话。”

她打起精神，以便发出软弱的抗议。

“我在咖啡馆没和你说过话。你不在那儿……”

但几乎未等他开口说话，她就明白了。

“你这个社会阶层的人一般不会注意到服侍别人的人。”

那个服务员。

她把听筒放回原处，站起身，拿起遛狗绳。

长距离遛狗时无法解决的问题最好避免。

一次上课时，她在文法学校的哲学和宗教研究老师克里姆克先生在黑板上写下了这句睿智之语。他接着解释说，这是另一个经典问题的实例：如何选择自己的战斗。

那个星期六，她和姜戈一起慢慢地走了将近两个小时，如果她听从了那位上了年纪的老师的建议，她就有可能会退出这场战斗。她没有解决的办法，因此应该把这件事全盘否定掉，不去理睬那个冒名顶替者，他，出于某种神秘的、也许是相当奇怪的原因，执意要使她感到这种不愉快。

问题是，她不可能选择退出这场战斗。理论上或许如此，实际上却行不通。

意识到这出戏里的反派是服务员，至少有一个好处：她可以把自己从这件事的沼泽中解救出来。这不是原因之所在。她面对的不是一个死去的复仇者，也不是一个鬼魂。不管这个让人心烦意乱的白痴是谁，不管他的意图如何扭曲，他都是有血有肉的人。

这至少是件好事，朱迪思·本德勒一边想，一边跪在舒适、安全、宾至如归的门厅里擦干姜戈的爪子。她第三次和那个冒名顶替者通话就是在这个门厅里。这是有意味的。

明天我要给密谋咖啡馆打电话去打听名字，我确实清楚地记得他长什么样。

她真的无法解释她为什么非要拖到第二天。

这可能是因为，那名服务员和其他三位男性顾客一样，都是四十来岁。

这可能是因为，至少在事后看来，他的脸上似乎有某种似曾相识的东西。

电话那头是个年轻女子的声音。

她为自己不寻常的要求道歉，说她想联系一个在“密谋”工作的服务员，原因是几天前她去咖啡馆时他帮了个小忙，她真的很想亲自感谢他。

确切地说，那是星期三下午三点左右。一个四十来岁的男人，一头短短的黑发，彬彬有礼，体贴周到，并且，就像她说的，助人为乐。

年轻女子犹豫了一下，但时间不长，随后便要求她等一会儿，好让她查看一下轮值表。三十秒后她回来了。

“如果你能先告诉我你的名字，那就再好不过了。”

“当然，朱迪思·斯默林。”

她已经为这个问题准备好了答案，马上报上了她的娘家姓。

“谢谢。刚才提到的那个服务员一定是汤姆·本德勒，他星期三在上班。”

本德勒。她抑制住想挂断电话的冲动。

“谢谢你。你知道我怎样才能联系到他吗？或者他下次上班是什么时候？”

“他不会再来了，他干到星期五就结束了。”

“他干到星期五就结束了？怎么……怎么回事？”

“他只被雇用了一个月，临时顶班。现在那个固定的服务员回来了。”

“我明白了。但也许你有他的电话号码？或是地址？”

“实际上，只有一个地址。阿玛斯汀大街25B号。现在我得继续工作了，但我希望你能找到他。”

“谢谢你。非常感谢你的帮助。”

“不客气。希望不久能在这里见到你。”

她突然有了雇用私人侦探的想法，这是显而易见的。她看得出，这正是应当采取的正确措施，在……这怎么说来着？……当前形势下。她不能向警方求助，而且她也不想让罗伯特牵扯进来，至少现在还不想。玛丽亚·罗森伯格被排除在外——她是一位七十二岁的心理医生，而不是个偷窥狂。而在她看来，为了试图做点什么而独自前往阿玛斯汀大街是最没有吸引力的选择。

忘掉整件事？不选择这场战斗？

这是不可能的。一旦做了，就要做到底。她已在密谋咖啡馆咬了钩，如此一来，她便欲罢不能了。事情的结局如何尚不清楚，但不管怎样，她觉得现在是采取主动的时候了。到目前为止，在整个事件开始后的两个月里，一直都是那个冒名顶替者在做主，玩弄她，对她发号施令。现在是设法调整位置的时候了。不早不晚恰当时。

在怀疑的种子尚未播下之前，她便采取了行动，翻出电话簿，在厚厚的商行部分，发现有八家事务所列在“私人侦探，侦探所”的列表下。她决定选第七家，原因她无法解释，也许只是因为喜欢它的名字——她的初恋男友叫赫伯特。

赫伯特·诺尔，私人侦探。审慎是维护荣誉的必要条件。马尔达姆，500221。

她拨了那个电话号码，虽然是星期天早上，但还是有人接听了电话。据猜测，他是个与她年龄相仿的男人。尽管听起来相当疲倦和茫然，但他向她保证，他很乐意听她说她需要帮助的事。如果她能花上五分钟解释事实，他就保证能告诉她他是否会接受这份工作。

还要解释她所做的事。这可能比规定的五分钟时间稍长一点，但赫伯特·诺尔发出“嗯哼”声倾听着，而通过他简短的补充问题和插话来判断，他似乎越来越感兴趣了。当她以那天早上与“密谋”的女服务员的谈话作结后，他宣称这个案子在他的专业范围之内，并建议尽快见面，然后便安排了第二天在他办公室的会面。十一点在鲁伊德街 6 号。

朱迪思·本德勒说这个安排再好不过了。

放下电话后，她有了一种胜券在握的感觉，就像她终于在牙医那里成功预约了一样。接下来的四个小时，她全身心地投入到鹿特丹的伊拉斯谟身上。

她没有承诺要去机场接罗伯特，但还是决定去了。也许是因为她欠他点什么，一个善意的小举动会显示她对他的爱，尽管她选择不告诉他有关汤姆的最新进展。

因为他永远无法解释或理解这一举动，所以从表面上看，它的推理方式是混乱的，但这并没有使她感到烦恼。玛丽亚·罗森伯格曾说过，婚姻就像天平：把好事放在天平上，即使它们没有立即得到承认或赏识，也绝没有什么坏处。

当她在接机大厅等候的时候，这些想法占据了她的思想，但当她一见到丈夫，它们就消失得无影无踪。

他看起来糟透了。

他仿佛瘦了十公斤，缩水了好几厘米。她知道罗伯特不喜欢飞行，即使有时她确实觉得他在空中的时间比在地面上的时间还要多。这与低氧摄入有关——飞机内部干燥的空气对此有影响——多年来这个问题一直没有得到改善。

但在这个周日的傍晚，她意识到了更多的事情：这个仿佛穿着大了两码的衣服、实际上是她丈夫的憔悴老人，十有八九是活不长了。

按照他的意愿，他们从未详细地讨论过他的病情，但在过去几年里，这病仍然在他们的关系中发挥着某种作用。她常常认为，这是一种无形的存在，你明知道它就在那里，却对之避而不谈，甚至不愿提及。在与玛丽亚·罗森伯格就这种态度进行的几次讨论中，她们都对之提出了异议，但由于罗伯特才是那个生病的人，所以在策略选择方面，他有一定的优先权。

但现在，他不仅仅是病了，他快要死了。

当他一如既往地给她匆匆一吻时，他的呼吸表明了自己的立场。

在从谢沙芬机场开车回家的路上，这一点变得愈加明显。

“我必须承认，”他开口说道，“日内瓦并没有什么电影项目。嗯，可能有。但我去那儿并不是为了这个，我是去看专家。”

“专家？”

“一个医生。我已经住院观察了四天，他们做了几千次测试，这导致了……这导致了一种预后诊断。”

她没有回答。我知道，她想。我知道它。

“六个月，”他说，“充其量一年。有办法可以稍微将这痛苦延长一些，但我不打算走这条路。”

他把左手放在她的膝盖上。

“你得原谅我，朱迪思。我要离开你了。”

“罗伯特，我不知道该些说什么。抱歉。”她抚摸着他的手抽泣道。

“你什么也不用说。我想我们至少可以一起庆祝最后一个像样的圣诞节，开始新的一年。塞兰医生认为我在接下来的两三个月中不会感到疼痛……相对无痛……然后……”

“然后呢？”

“然后情况可能会变得越来越糟。伊拉斯谟的进展如何？我真的很期待有时间拜读你的手稿，并与你讨论它。”

多么典型的罗伯特啊，她想。他想在三分钟内说完自己即将死去的话题，但毫无疑问，他可以一连几天坐在那里剖析她那六百页的书稿。事情就是这样，而她意识到，其实她很感激他是这样的人。

但是他也准备好谈论汤姆了吗？

好问题，朱迪思·本德勒想。这时她正转向霍尔特纳尔。但是考虑到目前的情况，她决定把这事推迟几天。

诺尔的私人侦探事务所占地不超过十二平方米。

只有一张带转椅的桌子，一个文件柜和一把供来访者使用的扶手椅。

桌子右边的墙上挂着两张镶了框的执照，灰蒙蒙的，字迹模糊，除此之外，还有一扇面对一面砖墙的又小又脏的窗户，让极少量的昏暗天光照了进来。

她对他年龄的猜测似乎是准确的：同她本人的年龄相仿。他的体重大约是她的两倍，以一种相当令人印象深刻的方式把房间填得满当当的。依稀带有颜色的眼镜被推到前额上，蒜头鼻子，剃光的脑袋，未剃的脸颊和下巴。

“欢迎来到诺尔博士智库，”他开口道，“不管你对我斯巴达式的环境有什么样的第一印象，我都想告诉你，我所受理的案件中，百分之九十的都被成功破获。这比我在本市的任何同仁所能宣称的都要多，多得多，我可以向你保证。请坐。”

朱迪思在那把朴素无华的皮椅上落座。博士？她突然产生了一个想法，仿佛她是在罗伯特的一部电影的一个场景中：她前面的这个男人实际上是一个著名的演员，而不是一个货真价实的私人侦探。

但也许这无关紧要，她有些困惑地想。也许就像罗伯特一直声称的那样，电影是对生活的浓缩，就这么简单。

“让我们把所有的情况再梳理一遍，以确保我没有漏掉任何重要细节。”赫伯特·诺尔继续说道，一面把笔记本翻开到新的一页。他眯着眼看着她，咔嗒咔嗒地敲了几下圆珠笔的笔尖。“请说下去，对我而言，信息多多益善，宁滥勿缺。”

她开始了自己的叙述。关于那三通电话，对密谋咖啡馆的探访，那三个男人和服务员。

据说他已不再在这家咖啡馆工作了，他名为汤姆·本德勒，地址是阿玛斯汀大街 25B 号。

还有背景：汤姆于 1973 年 7 月失踪；显然，这不是细节，她没向任何人透露过细节，而是官方版本，警方追踪的版本，是她多年来在各种场合反复说过的那个她仍然烂熟于心的版本。

“好吧。”他在她讲完后说，接着要求澄清几个要点：冒名顶替者的外貌细节；汤姆失踪时的模样；她对真正想解决的问题的看法；她丈夫的看法；在追查那位冒名顶替者时，她希望调查人员如何对待他（只是持续地监视他，还是有其他行动）；她愿意以何种方式接收报告；她是否准备立即支付头几天的工作费用，以后再根据价目表付费，它取决于无法预料的费用和复杂情况。

朱迪思尽其所能回答了这些问题：只要有事情可报告，就要求提供一份关于事态发展的报告，最好是每天一次，然后她提前支付了三天的工作费用。

赫伯特·诺尔隔着桌子向她伸出手，承诺无论情况如何，都会在二十四小时内给她打电话。

“他是谁，”朱迪思说，“这显然是最重要的问题，以及他想要什么。”

“我明白了，”赫伯特·诺尔在她告辞时说，“你大可放心，把事情交给我好了。”

在回霍尔特纳尔的火车上，她突然哭了起来。

对玛丽亚·罗森伯格来说，这或许并不意外，但对朱迪思来说却出乎意料。她很少哭泣：她记不起上次哭是什么时候的事了，但必定是在多年以前。也许是在她第二次住进马略纳精神病院的时候，尽管她根本没有把自己的抑郁发作同眼泪联系起来。

那她为什么坐在市郊火车上哭泣呢？幸运的是，在下午这么早的时候，车上几乎没有其他乘客，所以没人注意到她现在的样子，她也毫不掩饰。令她惊讶的是，她感觉好多了，某种紧张和紧绷的东西被释放了出来，她想这就是哭泣的全部意义。这就是人会哭泣的原因。

她真的不知道自己想从私人侦探那里得到些什么。他可能不会获得太多有价值的信息，但至少你可以指望他找出假汤姆，揭露一些关于他的事情。如果他能以某种方式确定假汤姆的真实身份，那她就可能很快地摆脱这件事。不是吗？

但事实上，她的眼泪与赫伯特·诺尔或冒名顶替者无关。她很快意识到，罗伯特才是她需要解开的心结。一年后他就不在了。他们在一起生活了太长的时间，诚然，他们没有自己亲生的孩子，而且毫无疑问，近年来他们的关系也并不特别亲密。在她停经后，他们的性生活也停止了，但他们对此都并不觉得有多遗憾。有时她会想，他也许只是她碰巧住在同一屋檐下的和蔼可亲的堂兄弟而已。

事情本可以更糟。他们不争不吵，不会让对方感到不安，他们几乎总是表现得十分友善，彼此体贴，而且共同保守着一个不可告人的秘密。

事情大概就是这样，当最后一句话在她脑子里形成的时候，她真想知道自己能否对那个冒名顶替者最近几天的进展情况保持沉默。那个惹麻烦的人，那个假汤姆，或者任何你想给他贴上的标签。说到底，罗伯特难道没有知情权吗？

还是应该让他免于知晓这一切？

她在霍尔特纳尔下车时，还没有做出决定，但已缓解了情绪。

打破平衡的是一杯香槟。

也许不是第一杯或第二杯，很可能是第三杯。那天下午，罗伯特在地窖里采集样品，发现了几瓶酒。他坚持认为，当他入土为安、与蠕虫为伍时，或者当他升入天堂、飘浮在云做的软垫上弹奏竖琴时，她不应该自斟自饮。

于是，他们吃了一顿海鲜晚餐，喝了香槟，点了蜡烛，尽管这一天是十一月的一个普通的灰色星期一。该死，罗伯特想，就像我希望的那样，我不会死于肝硬化了。

他还说，他拒绝了所有的电影拍摄任务，每一项任务，为了等待那个重要的日子。他想在家里平和安静地度过余下的时间，不管是三个月还是十个月。阅读，听音乐，尽可能长时间地喝酒，留在他善良、美丽、聪慧的妻子身边。

最重要的是，他想沉浸在她那部关于鹿特丹的伊拉斯谟的沉甸甸的书稿中。在他最后的挽歌声中，她一定不会拒绝给他这些简单而崇高的快乐吧？

她当然不会。

大虾很好吃，龙虾更是美味至极。

她知道自己有两杯酒的酒量，但如果想控制住自己，就不能再多喝了。

我为什么要控制自己？她想，在罗伯特从冰桶里把瓶子拿出来给她的杯子斟满酒时，她朝他点了点头。我这辈子生活得太小心了。

事情就是这样发生的，半杯酒下肚之后，当罗伯特想知道他在日内瓦期间是否发生了什么特别的事情时，她告诉了他。

冗长而详细，她唯一没提及的是私家侦探诺尔。

“看在上帝的分儿上！”她讲完时，他叫了起来，“你为什么不告诉我呢？”

“你带着悲伤的消息回到家，我现在正在说。”

“这听起来完全是疯了。”

“你以为我在胡思乱想。以为我梦见了第一通电话……然后，我不知道，九月电话来的时候你不在，这周又是如此。无论如何，我知道这不是我的想象。有人在冒充汤姆，他想要什么东西。”

罗伯特皱起眉头，默默地坐了一会儿。然后他一口喝下杯中的残酒，从桌子边站起身，走到落地窗边。当他背对她站着并握紧了拳头时，她猜想他也跟她在过去的几天几夜一样，被同样令人沮丧的想法困扰着。

她任由他站在原地，等着他回到桌边，起草一份行动计划。但当他再次坐下时，他只说了一句话：

“该死的，我想我们要再开上一瓶。”

她点了点头。如果她已经三杯香槟下肚，那不妨再喝上五杯或六杯。

“你真的一直不明白他想要什么吗？”

他说这话时，已经过了一段时间，这时他们已经挪到了壁炉边的扶手椅上。罗伯特生了火，她觉得好长时间都没有这么醉过了。但她坐在这里，身边是在一年内就将去世的丈夫，她的伊拉斯谟手稿在很大程度上已经完成了，所以这又有什么关系呢？

“什么？你说什么？”

“我在问你，你是否明白他想要的东西。”

“真的吗？不……我想过，但是……”

“遗产。”

“什么遗产？”

她一提出这个问题，马上就明白了自己是多么白痴。罗伯特看着她，担心地摇着头。该死的香槟，她想。我的头在天旋地转，即使我是坐着的。

天旋地转以及……惊慌失措？

无论如何，有一种阴森可怖的东西攫住了她，不容置疑。该死。

“我死后留下的遗产，”罗伯特解释道，“我去把咖啡端过来。你看起来有点……”

“谢谢。这是个好主意。”

他去厨房后，她一直盯着炉火那炽烈灼热的余烬。遗产？她紧握双手，努力使自己平静下来，抑制住像群黄蜂一样向她袭来的思想洪流。这所房子？这所房子。她不知道银行里有多少钱，但他们拥有的一切都是夫妻共有财产——而且毫无疑问，这所房子，这所妙不可言的房子，比任何东西都更有价值，他们在这里住了九年，她对它的喜爱远胜世上的一切。有一点是毋庸置疑的：他们花一百万美元买下它，而今天的价格肯定已翻两到三倍。所有的抵押贷款都还清了……几乎从他们搬进来的第一天起，她就一直认定，这里就是她的家，直到她的生命也走到尽头。而现在……而现在？见他妈的鬼！她喝醉了，脑子里直想骂脏话。那么，那个冒名顶替的人，那个该死的打电话的人，那个臭服务员，是不是打算夺取罗伯特一半的遗产？这就是他的计划吗？这就是他的目标吗？

但是……他不是汤姆。他怎么会有这样一种错觉，以为自己可以干出如此可耻的勾当来？这几乎是可笑的……但它不是。

罗伯特端着放在托盘上的咖啡壶和杯子咔嗒作响地走了进来。

“他可能会忘记，”她说，“我是说，继承你的遗产。汤姆死了，我俩都知道，不是吗？”

他有点费劲地把托盘放在小玻璃桌上，然后坐进扶手椅中。她瞥了他一眼，注意到他看上去是多么疲倦和沮丧。个头也变小了，正如她在机场所观察到的那样。仿佛他会因枯萎而离开这个世界。

多么奇怪的想法。又是那该死的香槟。

“我们知道汤姆死了，”见他一言不发，她又说了一遍，“我们知道，因为我们杀了他。”

他点点头，深深地叹了口气。

“情况很复杂。”

二

阿拉茨，1973 年

窗外是暴风骤雨。

她站在客厅的窗前，望着电闪雷鸣的愤怒天空，心想这相当准确地反映了她内心的情感。现在是晚上十一点一刻，那两个人都还没有回家。

罗伯特没有，汤姆也没有。事实上，汤姆已经两三个晚上没回家了，她已忘了是几天。但是白天有人看到过他，警察两次打电话来找他。几个小时前，罗伯特联系过她，解释说自己一直和儿子有接触：他要来了。

要来了？就像晚点的火车或航班。罗伯特本人正在津根周围的湖边拍摄，答应十点左右回家，最迟十点半。到目前为止已经晚了四十五分钟，她对此并不感到惊讶。

离家出走的念头已经在她的脑海里盘旋了几个星期，也许更久。是的，肯定要更久，目前的局面不是一蹴而就的。相反，这是一个日积月累的过程，抽丝剥茧地、冷酷无情地让她疲惫下去，以致如果她一晚上能连续睡上三个小时，她就要谢天谢地了。

我三十七岁，她想，可我觉得自己像五十七岁。如果杀掉汤姆能让我解脱的话，我会的。

这并不是什么新鲜事。如果他是她的亲骨肉，她会有同样的感受吗？好问题。但是，还未等她想出答案，又有一道闪电照亮了整个区域。仅仅几秒钟后就响起了惊天动地的雷声，房子震动起来。她走到厨房，倒了一杯酒，喝下满满一大口，开启了喋喋不休的抱怨模式。

汤姆是个失败者，一个恶毒的白痴。

他不出两周就得上法庭。

他不是我儿子。他吸毒，他是个罪犯。他折磨我们的生活。

我永远不会有自己的孩子。

我和罗伯特的婚姻将要被摧毁。

正在被摧毁。

如果汤姆不存在，一切都会好的。

我值得过比这更好的生活。罗伯特也是。

酒喝上去发酸。她把它倒进水池，以加奎宁水的杜松子酒取而代之。她小心翼翼地呷了一口，断定她需要一片柠檬。她从水果碗里拿出最后一个柠檬，用那把唯一不在洗碗机里的大切肉刀切下一片。正当她再次品尝酒的味道时，前门开了，有人摔在门厅里。

还是这个人，砰的一声关上门，踢掉鞋子，对着什么东西大笑起来，然后打了个嗝。

汤姆。她看了看时钟，差二十分钟十二点。

他父亲为什么不在这里迎接他呢？她想。我为什么要独自一人在这儿，跟一个不顾别人的醉醺醺的懒鬼在一起？我对他讨厌透了，连看都不想看他一眼。

他走进厨房。

“你好，朱迪思！”

他从来没有叫过她妈妈，甚至连母亲都没有叫过。他抽着鼻子闻着什么，眼神有些奇怪。吸过毒，她想。绝对处于亢奋状态，在用偷来的钱在克莱恩市场买来的便宜垃圾货的激发下……还有他看她的样子？他到底怎么了？

她很快就发现了。

“裙子很漂亮，朱迪思。还很短，你还没穿内裤……对吗？”

震惊之余，她手里的杯子掉落了下去，由于某种原因，它在落地时并没有碎。她拼命地拉扯裙子，努力想把它拉长些，至少是拉到大腿的一半处。

除了这个，什么都行，她想。任何事情！

“汤姆，去睡觉。”

他靠过来，咧着嘴大笑。他目光呆滞，神情狂躁。他伸出手来，他的头发粘在前额上。他比我强壮，她想。比我重二十公斤，力量是我的两倍……

“转过身去，脱掉内裤……如果你穿了的话。该是你服从我的时候了，朱迪思！”

她企图从他身边走开，但他抓住她，把她扔向操作台，她的臀部撞到了操作台的边缘，因为他在从后面使劲地推她。他们就这样站了一会儿，直到他掀起她的裙子，扯开她精致的内裤，强行将手放在她的两腿之间。她试图挣脱，但他抓住她的头发，把她的脸推到水果碗里，她刚刚才从那碗里取出最后一个柠檬。他试图进入她的身体。她夹紧肌肉，想要尖叫，但是她不能，因为他肌肉发达的胳膊肘压在她的脖子上，她的脸被压进水果中，她突然感到呼吸困难。务必不能让他得逞，她想。务必不能，除了这事，什么都可以……从眼角的余光里，她看到了用来切柠檬的刀。它就在砧板上，她把它留在了那儿，在她右手边，只有半米远。说时迟，那时快，她抓住了它，并以更快的速度胡乱地将之捅出去。这是次笨拙的尝试，以某种角度向后捅去，但谢天谢地，它达到了预期的效果。

她感觉到它击中了要害，不过刀扎入的不是汤姆的私处，而是穿透了他柔软的血肉之躯。她听到他呻吟了一声，他抓着她的手松开了，直到听见扑通一声，然后又是一声呻吟，他完全地松了手，倒在地板上。她原本装着加奎宁水的杜松子酒的空酒杯开始滚动起来，那片柠檬还挂在杯沿上。她转过身去，试着把裙子拉直，就在这时，她听到了前门打开又关上的声音。

三秒钟后，罗伯特站在了厨房里。两人还没来得及说话，又一道闪电划破天空，几乎同时，一阵雷鸣炸响起来，整个房子都在摇晃。

她感到世界正在分崩离析。

“他想强奸我。”

“我看得出来。”

“你应该早五分钟回家。”

“我很抱歉。”

抱着我，她想。而他把她拉进怀中，他们拥抱了很长时间，同时注视着他们的儿子——强奸犯汤姆，他躺在地板上，裤子和内裤下拉到膝盖处，切肉刀仍然插在正位于他肋骨下方的腰上。一股细细的血流滴落在厨房的地板上，他的嘴大张着，像个白痴，下巴掉了下来，从半开的眼皮里只能看得到眼白。

但他的胸部还在起起伏伏。

“他还活着，”她说，“但如果我们不去管他，他就会死掉。”

罗伯特放开手，盯着她。

他没有跪倒在垂死的儿子身旁。他没有把刀从他的身体一侧拔出。他一直盯着妻子，她也一眨不眨地回望着他。在这无言的对话中，他们的余生被决定了下来。他看见了，她也看见了。他们各自都看到了另一个人也看到的东西。什么也改变不了它。

他是开着电影公司的一辆面包车回家的。幸运赐予的一种便利。

他们住在一楼，这也是种运气。罗伯特可以把车径直倒进小小的院子里，用四张被单包裹着的尸体不到一分钟就被抬了出去，然后运出后门。时间已经过了午夜，邻居家的灯都熄灭了。暴风雨还没有减弱。

“把床单剥掉，把他留在森林里。我等你。”

罗伯特点点头。在他关上车门前，她可以看到那男孩的胸部还在起伏，但他的生命体征现在变弱了。

今晚我们在挽救婚姻，她这样想着。

她吻了吻丈夫。

他回吻了她一下，然后驾车驶入黑暗中。

一个小时过去了。她新调了一杯加奎宁水的杜松子酒，坐在办公桌前，等候着。她面前有台新型的电动打字机，纸张散落了一地，窗台充当了自制的书架，上面放着一排参考书。

这是她迄今为止最重要的著作：凯瑟琳·德·美第奇[1]的传记。她得到了一笔丰厚的预付款，这让她得以请假离开工作了六年的文法学校。她希望自己永远不必再回去。这并非不切实际的愿望，因为她之前的两本书都很受欢迎，只是销量没有达到预期的水平，这次则大不相同。她换到了一家更大、更负盛名的出版社，她的出版商已向她承诺，将来会给她更多的版税。她的生活已朝着她希望的方向进发。

在这个特殊的夜晚，她不可能把注意力集中在凯瑟琳·德·美第奇身上。她的丈夫正在外面进行着一件几乎令人难以理解的大事。他要把他们垂死的儿子扔在森林里，在她刺伤他之后，那是因为他——那个儿子——企图强奸她。如果这是个电视节目，她会关掉不看。但如果她不关的话，她是会理解父母的行为，还是会同情儿子？

当然，这将取决于导演想要如何呈现这一切。但是如果他的意图是保留真相，保留重大的事实——多年来汤姆如何让他的父母亲担惊受怕，他一向是个多么自私、懈怠、傲慢、吸毒的暴君，他给他们制造了什么样的麻烦——那么毫无疑问，同情会给予应该得到同情的人。那一击是出于自卫和绝望，如果对簿公堂，她很可能会被当庭无罪释放。但是，不管汤姆是否能够得救，她都不可能在公众的关注、羞辱和自身的耻辱感下接受审判。这是她和罗伯特几个小时前在厨房里从对方的眼睛里读到的真相，这已成为他们新联盟

① 凯瑟琳·德·美第奇（Catherine de' Medici，1519—1589 年），意大利洛伦佐二世·德·美第奇的女儿，法国国王亨利二世的妻子。作为法国国王弗朗索瓦二世、查理九世和亨利三世的母亲，她对法国政治产生了深远的影响。

的基石。要使他们的婚姻继续下去，这是唯一的出路。

当她听到他回来的时候，已经是四点过几分了，她去大厅迎接他，拥抱他。他浑身湿漉漉、脏兮兮的，马上就哭了起来。猛烈的、无法停止的抽泣使他的身体抽痛不已，看到他的抽泣无法平息，她把他领进浴室。她帮他脱掉衣服，把它们放进洗衣机，然后让丈夫进入浴缸。过了一会儿，她也滑入浴缸与他相伴。在水和妻子温暖的拥抱下，他终于开始说话了。

“我把他埋了，”他说，“我到达津根时，他已经死了。我不想让任何人找到他。”

“津根？”

“显然不是任何我们拍摄的地方，但那里有很多森林。我在面包车里放了一把铲子，但挖掘并非易事。这天气也是，我几乎……”

“怎么？”

“……我几乎要崩溃了。我们做了什么？”

“他企图强奸我，”她提醒他，“汤姆会毁了我们的生活，罗伯特。”

他努力抑制住哭泣，点了点头，“我知道。他已经毁了他自己的。”

他们在浴室里待了几个小时。第二天早上，罗伯特打电话给他的助理导演，说自己突然肚子不舒服，不得不卧床休息，只好待在家里。

他们一整天都在擦洗厨房和面包车。他们等了两天才报警说儿子失踪了。他在暴风雨的那个晚上离开了家，十分恼火，可能是受了毒品的影响，从那以后就音信全无。他们选定了这一说辞，是鉴于可能会有目击者。那天晚上十一点半刚过，一个邻居可能看见汤姆回家了。

他们将不得不假设，没有人看到一辆属于FFF电影公司的面包车在四十五分钟后驶入了黑夜。

在接下来的几个月里，警方三心二意地对那个失踪的十七岁少年进行了搜寻，但没有找到他的踪迹。罗伯特完成了他的第八部电影《森林里的女人》，朱迪思完成了她关于凯瑟琳·德·美第奇的著作。

三

马尔达姆，1995 年

朱迪思静静地坐着，等待着。

肯定还有别的原因。你不能说出“复杂”这个词，然后又不去阐明这复杂的构成因素是什么。

即使是罗伯特也不行，即使是处于当前状态下的罗伯特也不行。

她喝了一口又浓又甜的浓缩咖啡，然后再次看着他。她突然注意到，他有点像亨弗莱·鲍嘉[①]，但他要矮一些，更像只啮齿动物。一只行将死去的啮齿动物，也许是个濒临灭绝的物种。不是老鼠，他更可爱些，并且孤苦伶仃。这也许会唤起她的母性本能，如果她有母性的话。

“怎么着？”她终于开口说道。

罗伯特在扶手椅上坐直身子，向前弯下腰，把一根圆木扔到火里。

“关于遗产……”

---

① 亨弗莱·鲍嘉（Humphrey Bogart，1899—1957 年），美国男演员，出演过《马耳他之鹰》《卡萨布兰卡》《非洲女王号》等电影。

“遗产？”

“是的，如果这就是他想要的。无论如何，我认为这是我们必须考虑的一种可能性。”

她将这个问题思考了一会儿，不，是试图思考，但香槟泡沫仍在发挥作用。

“我还没有想清楚。但也许你是对的……不过如果是这样的话，事情有什么可复杂的呢？”

罗伯特清了清嗓子，“呃，好吧，如果问题涉及确定他的身份的话。他，我的意思是，他从来不是我的……汤姆，就这样。”

陷入糊涂的她喝光了剩下的咖啡。

“你在说什么？我实在不太明白。”

“汤姆的父亲另有其人。”

“什么？”

“我和明娜多年来一直想要孩子，当我们一无所获时，我们去看了医生。我很抱歉，朱迪思，我从来没有告诉过你这件事，但是我……”

她突然感到头晕目眩，好像整个房间都倒塌了，就好像她在一个环形车道上，必须吐出来才会舒服些。她吞了口唾沫，攥紧拳头，镇定下来。

“继续说下去。你什么意思，罗伯特？”

他重重地叹了口气，显得筋疲力尽。

“我——我怕你知道后就不要我了。你那么年轻，我猜你想要孩子。”

“我是想要。”

“但是我们有汤姆，而明娜死了。”

“你的精子完全是废物，你是这个意思吗？”

他点了点头，“对不起……”

过去的五秒钟就像五年一样。

“你为什么现在告诉我？”

“因为……如果要进行亲子鉴定的话。基于汤姆和我应该拥有相同的基因组……但我们没有。我是说，我们没有。”

“等等，你能闭会儿嘴吗？我需要思考。”

她确实在思考。她向后靠在扶手椅上，凝望着炉火。为什么所有的事情都要同时发生？她问自己。为什么？

因为情况就是如此，或多或少。一个骗子开始骚扰她，自称是汤姆。罗伯特从日内瓦回来，告诉她他快要死了。然后他告诉她，他根本不是汤姆的父亲，因此不可能有亲子鉴定的问题……但是等一下。这到底是什么意思？在最坏的情况下？这是否意味着……

“谁知道这件事？”她问。

罗伯特耸耸肩，“没有人。”

“这么说，全世界的人都认为汤姆是你的亲生儿子，是拜你那优质的精子所赐生出来的？”

对不起，她想。这是在暗箭伤人。但她没有说出来。

“我成了父亲，”罗伯特说，“几年后，你也以同样的方式成了母亲。这意味着他应该从我俩这儿继承遗产。”

“如果他还活着的话。”

“如果他还活着的话。”

她努力集中精神。在咖啡与香槟的较量中，咖啡赢得了微弱的胜利。

“我明白了。如果冒名顶替者想要打这所房子的主意……以及所有别的东西的主意……绝不可能选择证明血缘关系，因为汤姆身上没有一丁点儿我俩的基因。我的理解大体是对的吗？”

罗伯特再次点了点头。

“但如果没有人知道，这肯定是件好事吧？大家都认为你是汤姆的父亲，所以实际上，我们可以要求做亲子鉴定。不是吗？”

“事情没那么简单，有份文件。”

“文件？”

“是的。当局颁发的……我想是法院吧。它声明我不是汤姆的亲生父亲。”

“怎么……那它是怎么说的呢？”

“父亲身份不明。”

“父亲身份不明？”

“是的。”

“但是为什么呢？你为什么这么做？如果没有人知道的话？”

“因为……因为我想那样。明娜也一样。这很愚蠢，但我们当时还年轻。”

“笨蛋。”

“是的。”

“也就是说，随便哪个汤姆、迪克或哈利都可以前来，自称是汤姆·本德勒？”

“无论如何，没有基因证据表明他不是。”

“那么谁是父亲呢？”

“我不知道。”

“不知道？”

“不。明娜从来没有告诉过我，我也不想知道。”

“那……她什么都没有留下？”

“骨灰，在大海里，三十七年前。”

第二天早上，她遛了姜戈一小段路之后，又将所有的事情重新思考了一遍。她坐在办公桌前，端着一杯茶，太阳穴微微跳动着，试图理解发生了什么。

以及罗伯特告诉她的话。

以及它……对于那个自称是汤姆·本德勒的人意味着什么，汤姆·本德勒，他们的儿子，他们已经离世二十二年的从前的儿子。

她感到四面楚歌，更不用说腹背受敌了。无论是过去发生的事，还是现在正在发生的事，都让她猝不及防。为什么罗伯特以前不告诉她他不是汤姆的亲生父亲？为什么是现在？是因为他相信这其中真会有什么东西……能带来变故？他走后可能会有一场严重的遗产纠纷，那个该死的服务员居然能赢？如果她不小心的话，就会被迫卖掉房子。她得警惕并采取适当的措施。

真是荒谬。荒谬至极。

或者……或者因为他快死了，想趁一切还来得及时，把心中的秘密说出来？这就是他选择打破沉默的原因吗？

她瞥了一眼时钟。九点一刻。罗伯特还在床上睡觉。这不像他，但也许他前一天晚上也喝多了。也许他的病情正变得日趋严重，现在他已对此释然，接受了自己时日无多的事实。前一天的大部分时间，他都在给人们打电话解释情况，取消当前和将来的所有电影拍摄承诺，立即生效。

原因：死亡候车室——他喜欢使用这一表达。

对不起，弗朗茨，我现在正坐在死亡候车室里，所以这事我只能听天由命了。

你知道吗，克拉丽斯。在死亡候车室里，一个人会有不同的优先选项。

另一方面，她想，我们昨晚把要说的话都说了，就由他睡吧。

但是她很想再和那个冒名顶替者谈谈。今天是星期二，上一次的电话是在去过密谋咖啡馆之后，在上周六。

三天。不管怎么说，他似乎一点也不着急，但她看不出自己这一方有任何加快进展的可能性。如果这真的是她想要的。

进展，如此而已。什么进展？

她叹了口气，拿起电话，拨下赫伯特·诺尔的号码。

四个小时后，她又坐在了他的办公室里。

办公室没变大，私家侦探也没变小。但他看上去对自己很满意，即使他确实试图用职业性的生硬外表来掩饰这一点。也许是为了不让她觉得她给他的任务并不大，他的费用可以很容易地降低一点。

"还有很多细节问题尚未解决，"他开口道，"尽管如此，我们仍然可以提供有关此事的大体情况。"

她想知道"我们"这个词背后隐藏着什么。一个膨胀的自我或是一个合作伙伴？或是几个？但她没有问。显然，这无关紧要。

"看来他真的叫汤姆·本德勒。至少这是他使用的名字，也是他护照上的名字。他入境才两个月，从十月一日起，在阿玛斯汀大街租了套一居室的公寓。”

“护照？这是不可能的。”

“它可能是假的，我们还没有时间调查这一情况。”

“我明白。”

但她没明白。恰恰相反，她感到整个情况都超出了她的理解范围，这让她不知所措。她原以为雇用赫伯特·诺尔就能摆脱那个讨厌鬼，但现在那个讨厌鬼又龇牙咧嘴地回来了。

“他曾在密谋咖啡馆工作了一个月，这也是对的，”侦探接着说道，“他以前当过服务员，而咖啡馆需要一个临时工来顶替一下某个短期离开的服务员。他干活很卖力，咖啡馆对此没什么可抱怨的，如果他愿意的话，他们会考虑再次雇用他。不过很可能不是在冬天，因为冬天生意要清淡一点。”

“他以前在哪儿当过服务员？”

“好几个地方，但都在新西兰。”

“新西兰？”

“是的。很明显，他已经在那里生活了至少二十年，但我们也需要调查一下。”

“怎么……你们是怎么发现这个的？”

赫伯特·诺尔把眼镜推到前额上，将一根结实的食指放在同样结实的嘴唇上。

“这不是你应该问的问题。在情报界，我们不会透露消息来源，这是我们职业操守的一部分。但如果你仔细想想，你自己也有可能有所发现，这个案子中没有什么可奇怪的。”

她接受了他的建议，思考了一下。

“当然，密谋咖啡馆。还有邻居，也许？我猜他不知道……他正在被调查？”

赫伯特·诺尔耸了耸肩，“我们只能寄希望于他不会。但如果我们不与人交谈，就几乎不可能获得证据。我肯定你意识到了这一点？”

“大概吧。但他为什么安排和我见面，然后又不主动站出来呢？毕竟，我在那儿等着呢。”

“你自己觉得呢？”

“我不知道。这似乎既奇怪又不合逻辑……他是真想跟我联系，还是不想跟我联系？”

“一个重要的问题。对此我们暂时没有答案，但有一种可能性你也许没有想到。”

“什么可能性？”

“也许他不知道你长什么样，现在知道了。”

“他为什么……？”

但她找不到合适的字眼。她脑子里一片混乱，这使她说不出话来，也根本不可能提出明智的问题，甚至无法理解诺尔侦探所传达的信息：那个服务员似乎真的叫汤姆·本德勒；他的护照证实了这一点；他过去一直生活在新西兰。

他安排那次会面也许只是为了能更近距离地看看她。这计划是如此老谋深算，以至于她一想到它就不寒而栗。

她自己也确认了他的年龄是对的，那么他们怎么能证明他不是他自称的那个人呢？

“等一下，”她说，突然想到了一件事，“护照是在哪个国家签发的？”

“新西兰。由我们那里的大使馆……惠灵顿，如果我没弄错的话。”

“这么说他是本国公民了？”

“很明显，只要护照不是伪造的。但这一细节仍有待证实。”

“这需要多长时间？”

赫伯特·诺尔又耸了耸肩，“给我几天时间。”

她默默地坐了一会儿，然后站起身，对他表示了感谢。她往外走的时候，门已经开了，她又想起了一个问题。

“顺便问一下，对于联系我这件事，他说什么了吗？他对自己的所作所为有何评论？”

赫伯特·诺尔也站起身，只是费了好大的劲儿，因为挤在桌子、椅子和墙壁之间的他几乎动弹不得。

“亲爱的本德勒太太，我们还没跟他说过话呢。我们接手这个案子还未超过二十四小时。但是你想知道这个问题的答案吗？你真的想让我们和他对质吗？”

她只想了大约几秒钟，然后回答说：“是的，拜托。我想知道答案。”

她不假思索地走向运河区和阿玛斯汀大街，那里离赫伯特·诺尔位于鲁伊德街的办公室不远，只有几公里。而且这天气难得是风和日丽的，尽管现在是十一月，是一年中天气最恶劣、最沉闷的一个月。她真希望姜戈就在自己身边，但它不喜欢城市的喧嚣和骚动，已经有好几年的时间，当她在市中心有事要做的时候，没有费心地带它一起去了。

但它要是在的话，她会感激它冷静、可靠的陪伴。她想起来，她在马略纳的两次住院期间，最后一次她的病房里有一只狗。这是某种实验：他们想确定动物的存在会对病人产生何种影响，据她所知，那一实验只产生了正面的影响。她还记得她和罗伯特曾经看过的一出戏，是关于马的眼睛的，其中传达出的信息如出一辙。在情绪消沉和精神躁动的时候，我们最好把注意力集中在动物身上。

当然，前提是身边有动物。一只狗或一匹马，或者，也许是一头驴。

我是头蠢驴吗？她扪心自问。我的行为像头蠢驴吗？

其实并不是。无头苍蝇会更靠近事实。在她的自我分析达于此时，她意识到自己实际上已经来到了阿玛斯汀大街。她停下脚步，眼睛挨个地去看那排房子，寻找房号。她驻足处的门上方的号码是8A；奇数房号在街对面，于是她开始朝着数字递增的方向走去。

25A 和 25B 原来是一栋五层楼的市政公寓楼，建于本世纪初，也有可能是上世纪末，就像阿玛斯汀大街上的众多其他建筑一样。赤褐色的砖墙，甚是潦倒，略显破旧；墙上有很多涂鸦，显然已经存在了好几年。再往位于“九·四”公园以西的格罗特运河走过去，就完全看不到房屋了。工厂和仓库完全占据了这里，正如人们常说的那样，此处几乎不是一个女人天黑后可独自行走的地方。但这是这条长街的起点；这里仍有不少商店、一所邮局和几家快餐店。此外，离秋天的夜幕降临城市还有好几个小时。

她抬头看着 25B 上方的那排窗户。她数到 20，但很难确定 25A 和 25B 之间的确切分界线在哪里。无论如何，他就住在这些悄无声息的矩形窗户后面——或者，可能就住在其中的一两个矩形后面。但也许只是一个，她想。赫伯特·诺尔说过，他租了套一居室的公寓。在25B上方的窗户里，没有一扇是亮着灯的，但是，正如她已经注意到的，现在天还亮，人们可不想支付不必要的高额电费。

我可以从那扇门走进去，她想，去看看某位名叫本德勒的先生住的地方……与他来个面对面。

为什么要把这件事留给私人侦探呢？只要他在家，我就能在不到一分钟的时间里直视他的眼睛，她对自己说。

他正在公寓里的可能性无法确定，但至少他没有工作可做。除非他已经找到了新工作？

为什么不呢？为什么不铤而走险，试上一试呢？

但她知道这只是假设。这样的行动需要当机立断，而如果有什么超出了她目前的能力的话，那就是当机立断。把她带到运河区来的那股小小的冲动已经耗尽，在被绝望感压倒之前，她转过身，开始沿着来时的路疲惫地往回走去。

回家，她想。回到花园，回到鹿特丹的伊拉斯谟，与姜戈安安全全地待在一起。

过了几个街区，当她站在十字路口等绿灯的时候，她意识到，她没有把罗伯特包括在她当下的期待之中。

是出于偶然还是有意为之？这是个问题。

“为什么他一直不联系？已经四天了，是不是？”

“三天。我也不知道。我怎么会知道呢？”

他们去位于霍尔特马克街角的一家“红宝石”餐馆吃晚餐。据罗伯特自己的讲述，他白天睡了半天，似乎比前一天晚上精神了些。正是在他的建议下，他们坐在了常坐的桌子旁，在彩绘大师皮拉内西的印刷图案下方，等着自己点的意大利烩饭端上来。一份海鲜饭，一份蘑菇饭。“红宝石”几乎是在他们搬进那所房子的同时开张的，可以肯定，他们来这家简单朴素但非常令人愉悦的餐馆至少有一百次了。她不知道等罗伯特走后她是否还会来这里。

“但这很奇怪，不是吗？”他坚持说道，“你觉得他是不是在监视我们……或者你？比如说，他可能就坐在这里？”

她忍不住环顾四周，“不，他不在这里。”

“确定吗？他长什么样？”

“就像一个普普通通的四十岁的人。”

“黑吗？白吗？”

“介于两者之间吧。”

“高吗？胖吗？”

“不很特别。”

“你不想谈谈此事吗？”

“并不。”

“为什么？”

“我不知道。也许我希望一切都结束了，希望他再别联系我了。”

“你认为会这样吗？”

“我说希望。”

“好吧。我明白了。你生气是因为我从未告诉你汤姆的事，没告诉你他不是我的亲生儿子……不曾是。”

她盯着他看了一会儿，然后才做出回应，不知道他是否真的相信，就因为他提起了这件事，一切便就此结束了，所以没有必要去想它了。

“不是的，”她说，“实际上，我认为你没明白。事情听起来不是那么回事。汤姆不是我的孩子，他也不是你的。他是由两个与我们完全不相干的人生下来的，而且他已经死了二十多年了。现在一个可怕的人出现了，声称是你的儿子和继承人。也许他的目的是从我这里拿走我最后的一点安全感，就像你昨天说的那样。一年后，我将没有丈夫,没有狗……也许还没有房子。我为什么要生气呢？”

“但是……”

“如果我知道汤姆不是你的儿子，我就绝不会收养他，就是这么简单。但我还是会选择和你一起生活。希望你知道。”

看得出来，他有些气结，没有回应她。他躲避着她的凝视，目光在一对刚进门的年轻夫妇和他自己放在桌沿上的手之间快速移动着。他看上去很茫然，她突然为他感到难过。

“我很抱歉。这也许不会改变遗产继承的现状，但我很难接受的是，你竟能对这样的事情守口如瓶。我怎么知道你没有隐藏更多的秘密呢？”

“我……”他陷入了沉默。

他为什么要停下来？她想。他想说什么？

他清了清嗓子，挺直了腰板。“好吧，”他说，“我才是那个应该道歉的人。我们就照你说的做，不再谈论这个冒名顶替者了……至少是在我们看到事情如何发展之前。现在，我看到我们的食物要端过来了。”

她点点头，意识到自己其实很饿。

第二天刚过九点，她接到了第四通电话，而这次她做好了准备。她在第一声铃响之前就知道那是汤姆。未知号码，与往常一样。她深吸了一口气，让铃声又响了一次，然后拿起听筒。

“喂。”

“朱迪思·本德勒吗？”

“是的。”

“我是汤姆。”

“我听见你说的话了，可你不是汤姆。”

“我当然是汤姆，你凭什么怀疑我？”

“你的一举一动。比如，你的行为方式。”

他发出一声短促而沙哑的笑声。

“我的行为方式。我不知道你在说什么。我只是想见到我的母亲……还有我的父亲……在过了这么长时间之后。而你却不认我，甚至还派私家侦探跟踪我。如果有人需要检点自己的行为，那就是你，亲爱的母亲，而不是我。”

听到“亲爱的母亲”这句话，她的心跳停了一下。我从来就不是你的母亲，她想，也不是真汤姆的母亲，即使是在那些日子里，而真汤姆碰巧死掉了。

“你想要什么？”

他停顿了几秒钟后才回答。

“首先，我想向你证明，我就是我所说的那个我。所以我建议我们见上一面，这次我不打算当你的服务员。”

“好，”她说，“我觉得你那个角色演得不怎么样，但反正这毫无意义。”

“你会改变主意的。”

“胡说。何时何地？只此一次，下不为例。”

“我可不这么认为。不过，如果你不反对的话，我建议还是在密谋咖啡馆，星期五下午三点，怎么样？”

再等三天，她想。

“为什么不是今天或明天？”

“我有事情要做，不过我星期六也行。”

“行，就星期五下午三点，”她果断地说，“密谋，好吧。那似乎是你的主场，但我并不介意。”

他又刺耳地大笑起来，“太好了。但我觉得你应该辞退那个侦探。他跟你我一毛钱关系也没有。”

“让我想想。”她答应道，然后挂了电话。

然而，赫伯特·诺尔不会马上被解雇。

“三思而后行，本德勒太太，”过了一会儿，当她打电话去解释情况时，他建议道，“你的对手不可小觑。如果你要再见他，我们需要采取一些安全措施。”

安全措施，朱迪思想。玛丽亚·罗森伯格谈到过预防措施。有时候，侦探和治疗师之间的区别并不像你想象的那么大。

“什么样的措施？”她问，“具体点。”

“我们应该派一个人去咖啡馆。”

她真的不明白，“为什么？”

“比如说，监听，”他耐心地解释说，“也许还会把谈话录下来。这可能会派上用场，鉴于……”

“鉴于什么？”

“鉴于将来。”

她匆忙地想了想，“我看不出来这有什么用。再说，我可以自己录音。不，我不想在我与他见面时有人监听。你得原谅我。”

“这是你的决定，”侦探字斟句酌地说，“所以说今后你不再需要我们的服务了吗？”

“我想知道当你……与他对峙时，发生了什么。”

“当然。没发生太多的事。昨晚他离开公寓时，我的一个同事拦住了他。告诉他自己是空手道蓝带，也是你的好朋友，让他停止骚扰你。标准程序，就像大西洋彼岸的人所说的那样。”

天哪，她想。我在一部黑帮电影中扮演了一个角色。“那他有什么反应？”

“据我的同事说，他只是挑了挑眉毛，仅此而已。这就是我认为你需要小心的原因。他可能不是个好惹的家伙。”

“我从来没想过他好惹，”朱迪思声明道，“周五的会面结束后我会与你联系。我不想你采取任何……任何措施，直到另行通知。”

“悉听尊便，”私家侦探诺尔回答说，“同时我会准备好你的发票。”

通话结束后，她对自己从与冒名者和侦探的交谈中汲取到的新力量感到惊讶。无论如何，事情并没有在她身边徘徊不去，而是抛下了她，就像……就像老鼠逃离沉船一样。

可恶的臆想画面又出现了，她想，一面走向卧室，想看看她垂死的丈夫是否醒了。

他还没醒。不过，头天晚上从“红宝石”回家后，他喝了一瓶白兰地，看了几部卡式影片，所以她对他仍在打鼾并不感到惊讶。她回到楼下，给姜戈套上狗绳，出门去进行长距离的散步。

终于到了星期五下午。

但这是一个漫长的过程。伊拉斯谟的研究进展缓慢：在提交该书完整的第一稿前的几周时间里，高度的专注至关重要，但她做不到。在进行了一系列徒劳无功的尝试之后，她决定休息几天。与冒名顶替者会面之后，她还有将近一个月的时间，足够了。

罗伯特整天都待在家里——坐在电视机前看老电影，更确切地说，是看他导演和制作的电影，总计约五十部——这一事实构成了一种干扰。如果姜戈正值盛年，她还可以带着它在外面盘桓半日，但毕竟这可怜的狗很可能就像它的主人一样行将离世，而且每年此时的天气也可预料得到：雨霖霖，风飒飒，阴沉沉。

她和罗伯特几乎不怎么说话，汤姆当然是房间里的大象——两人都心知肚明，却都避而不谈。这种不交流的状态本应让她心烦意乱，但由于某种原因，她并不觉得困扰。他对其父亲身份和其毫无价值的精子的意外揭露改变了一些重要的事情：它改变了他们关系中的一个核心支柱。但是她不想与他讨论这件事，现在不行，在这段等待的时间里不行。也许之后可以，在她仔细端详过那个自称是汤姆·本德勒的人的面相之后。虽然连这一点她也不确定：也许沉默已成定局。

她曾考虑给玛丽亚·罗森伯格打电话，要求周四的预约，但最终决定不这么做。最好这也推迟。她在书架上发现了几本没读过的由一个名叫小亨利·摩尔的作家写的犯罪小说，于是躺在书房沙发的毛毯下，花了几个小时去阅读，想让自己对故事情节产生兴趣，可她越是读下去，就越觉得兴味索然。

除非她再也无法理解人们的动机和意图。若是那样的话，她想，那情况与她目前所生活的世界便如出一辙。

不过，星期五还是到来了。

密谋咖啡馆中的人比上次要多出不少。两大拨人，一拨是日本人，另一拨来历不明，把咖啡馆塞得几乎水泄不通，但在远端的一个角落里，那个假汤姆·本德勒正独自坐在一张桌子旁。上次来的时候，她把太多的注意力集中在另外三个男人身上，所以很难准确地记住他长什么样，但是当她看到他的时候，她毫不怀疑那就是他。

他站起身来，向她走去。他们默默地握了握手，在桌旁相向而坐。

他身材瘦削，身高超过了平均水平。头发略长，深褐色，眼睛灰绿色，五官端正。在V领蓝色套衫下穿了件白衬衫。神情略显憔悴，也许显得有些可怜，但看上去相当不错。她不由自主地注意到了这一点，不禁想到，汤姆可能看上去就是这个样子。

可能看上去就是这个样子。如果他没有在二十二年零四个月前告别人世的话。

“很高兴见到你，朱迪思·本德勒。”他开口说道。

“但愿我也能这么说。”她回答。

他笑了，“你想吃点什么吗？”

她摇摇头。桌子上有两只玻璃杯和一壶水。他没再追问，倒了些水出来，同时向一个给那拨日本人端了一堆盘子过来的服务员打了个招呼。是的，当然，他跟所有在这里打工的人都曾是同事。主场，就像她曾说过的那样。

“你看上去比我想象的要年轻。”

一种恭维。她对此未加理会。相反，她发出一声轻蔑的叹息，用一种她希望是不带感情的、漠然的目光盯着他。她双手交叉地放在面前的桌子上。

“我来这里不是为了礼貌的寒暄。我不知道你是谁，但我知道一件事，你不是你说的那个人。从一开始我就知道，从你半夜给我打电话的时候就知道。”

他没有回答，只是喝了点水，又露出笑容。

“我好几次都想报警，但是没有。我希望你有些理智，不要再做同样的事了。我丈夫和我都不喜欢你的行为，坦白地说，我们不明白你在玩什么把戏。你在电话里不是特别坦率，所以现在我想要一个开诚布公的解释。你还要承诺，将停止这种愚蠢行径。若非如此，那么，你必将自食其果。”

她向后靠去。就这样。这就是她要对他说的一切，她几乎是一口气说完的。

他一动不动地凝视着她，脸上的笑容已经消失，但仍然显得很开心，或者至少是毫不担忧。

“你为什么这么消极？”他说，“我记得你不是那样的人。”

“你不记得我，别说了。”

“我当然记得，就像你记得我一样。”

“难道你没有意识到，我要证明你在撒谎是多么简单吗？”

“继续说。别客气。”

他怎么能如此自信？她想。就好像他手里捏着什么王牌，随时都可以打出来似的。

“我可以问一些你无法回答的问题。但真正的汤姆就回答得了。你真的不明白吗？”

“说下去，”他又说，“我并没有阻止你。顺便问一下，你还记得我们最后一次见面吗？”

“最后一次……？”

但是她说不出话来。

“那天晚上，在厨房里。我是有点亢奋，但你的魅力是不可抗拒的。你站在那里，手里拿着酒杯，穿着件性感得要命的短裙，黑底上带小红点。你还留着它吗？”

四

新西兰，皇后镇，1994—1995 年

这个农场叫作“应许之地”，丹尼尔·弗里蒙特完全是出于偶然才来到这里的。

也许是命运使然，他真的很想相信命运，但到目前为止，他的生活中几乎没有任何迹象表明，会有如此规模宏大的东西存在。至少没有什么仁善之事以如此宏大的规模出现。他生活中的大部分都是一团糟，尤其是最近二十五年。既然他还不到四十岁，那就有理由推测，他的生活从一开始就是堆臭狗屎。

但九月初发生在奥克兰的事情绝对是他人生的最低点。丹尼尔和一个来自汤加的白痴合伙抢劫了一辆运钞车。他们抢到了一小袋钞票，可就在他们打开袋子的一刹那，钞票变得毫无价值，因为这一举动触发了防盗的墨水标签，那个汤加白痴还开枪打死了运钞车司机。丹尼尔甚至不知道他还携带着武器，几小时后，当那个司机，一个有五个孩子的四十岁父亲在医院去世时，他俩都因谋杀罪被通缉。据丹尼尔所知，那个汤加人设法登上了一艘该死的货船，

渡海回到了他那该死的小岛上。在那里，他躲藏在自己那有一百八十口人的家中，他们看起来都一模一样，没有一个人有任何身份证件。再说警察根本不知道这两个强盗中是谁执有凶器。

正如人们所说的那样，丹尼尔已经转入地下，只是不在汤加。他凭借各种手段，常常是在黑暗的掩护下，一路南行。南下到惠灵顿，最后到达南岛。他任由自己的头发长长，偷了一副眼镜，并且不再刮胡子。当他于十一月中旬到达皇后镇时，看上去与护照照片上的人已判若两人。在奥克兰那起臭名昭著的抢劫案发生一周后的一个晚上，他在一处露营地的边缘放火烧掉了护照。

他在皇后镇待了两个月，一直待到新年，在酒吧、背包客旅馆和自助洗衣店打工，确实挣了点钱。但是，有天晚上，他和一位德国游客起了争执，那名游客指控他偷了自己的钱包，而这纯属捏造，于是丹尼尔决定，是时候离开这座城市了。一天清晨，一个来自格林诺奇的养羊人让他搭了个便车，他们沿着瓦卡蒂普湖向北蜿蜒而行，几个小时后，车胎被扎破了。那位车夫的双手堪称灵巧，只是动作相当缓慢，在他换轮胎的时候，丹尼尔趁机在四周看了看，于是他在那里找到了新的落脚点。

他向养羊人道别，背起背包，沿着条狭窄的小路朝着那块快要散架的指示牌所指的方向走去。

应许之地
欢迎新真理的探寻者们

第一印象很让人遗憾，即使对丹尼尔这样的人来说也是如此，如果他不是沿着主路往山上爬了近两公里的话，他可能已经转身离开了。

主建筑似乎是个类似于谷仓的大棚屋，涂着六种不同的颜色，大部分都剥落了。在周围辽阔的沼泽草原上，分布着大约三十辆大篷车和帐篷。几栋用各种板材和瓦楞板拼凑起来的小屋挤挤挨挨地坐落在一块树木稀疏的地带，在这些初级住所的里面和周围，有几头脏兮兮的奶牛、几匹骨瘦如柴的马、一大群甚是肥硕的美利奴绵羊和一小群孩童。那些看起来像是五岁到十岁的孩子，跟奶牛一样脏，这可能是由于他们试图在更适合高速公路或土豆的地面上踢足球的缘故。色彩斑斓的谷仓的弯曲走廊上有把摇椅，上面坐着个大块头，他约莫是个男人，戴着顶夸张的草帽，穿着长衫和人字拖，正在一个看上去大得出奇的物什上作画。

也许我竟来对了地方，丹尼尔想。

两个小时后，他被安置在一辆没有轮子的小篷车里，但上边有顶，四壁还算完好无损，地板也没有在脚下塌陷。那里有三张床位，一张空着，一张被脏衣服、旧瓶子和废垃圾占据着，第三张上躺着个人，在一堆毯子下打着鼾。下午三点左右，这人醒了过来，咳了一会儿痰，然后问他能不能给他喝杯咖啡和一升水。

丹尼尔心想，他已经很久没有见过比这个室友更邋遢的人了，就在此时，另一个想法袭上他的心头：几年之后，我就会变成这家伙的样子。如果我不小心行事，到头来就会落得个同他一样的下场。

他设法满足了那人的要求，五分钟后，他们各自端着一杯咖啡坐在那里，面面相觑。

“如果你要留在这里，你最好告诉我你的名字，”那人说，“不说也没关系。”

“丹尼尔·利普肯斯。”

这个姓氏是他从七年级时的一位漂亮老师那里借来的，自从奥克兰的那事之后，他就一直在使用这个姓氏。

“汤姆·本德勒。”

他们握了握手。

“你口袋里不会碰巧有适合吸的东西吧？”

问话的是汤姆·本德勒。丹尼尔摇了摇头。

“现在没有，我尽量不去碰它。”

“你来错地方了。”

“我对此并不执着。”

“那么你来对地方了。你是哪儿人？如果你不介意的话，我觉得能听出你的口音。”

“我是在马尔达姆出生的，十年没回家了。”

汤姆·本德勒突然大笑起来，那笑很快转变为长时间的咳嗽。“你知道吗？”当咳嗽平息下来时，他说，“我是在阿拉茨出生的。我们是同胞，看在他妈的上帝分儿上。”

“看来是这样。”丹尼尔说。

“而现在，我俩都坐在世界另一端的同一辆豪华大篷车里。天上一定有人喜欢我们。”

“你来这儿多久了？”丹尼尔问。

汤姆·本德勒皱着眉头思考着这个问题。“二十多年了，我得说，抽烟让我脑子变迟钝了，但我认为这是种合理的估计。是的，至少二十年。但现在你得原谅我，我要出去小便。”

“当然啦，”丹尼尔说，“如果需要帮助的话就吱一声。”

他的回答又引起一阵大笑和继之而来的一阵咳嗽。可怜的家伙，丹尼尔想。不过我要在这儿住上几天，看看事情会如何进展。

事情的进展尚可。“应许之地”虽然有些名不副实，但已经足够好了。大约有六十人住在那里，约五十个大人和十个孩子。这个公社——他们是这么称呼它的——是在二十世纪七十年代末由一个痴情的牧师和他的两个妻子在一个小范围内建立起来的。牧师和其中的一个妻子已经死了，但是第二个妻子，一个被人称作“圣夫人”的五十多岁的神秘女人，还在那里。她欢欢喜喜地再嫁给了应许之地的现任领导人布鲁图斯·霍奇基斯博士，也就是丹尼尔到达时在走廊的摇椅上看到的那个人。博士以前是一位化学家，他和几个助手在大谷仓的一个特殊的房间里调制毒品，这些东西在皇后镇以可观的利润售出，那里对这东西的需求很大，尤其是在夏季。在“应许之地”还有其他可以从事的职业活动。有些人在附近几个牧场帮忙照看马匹，这些牧场离北边的格林诺奇更近些，但大多数人都在公社内部干着不同种类的工作。做饭，放羊，种土豆、蔬菜和大麻，翻修有倒塌危险的房屋，等等。在某些早晨，学龄儿童会被送上巴士，前往位于格林诺奇的学校，不过丹尼尔来到这里时，正值学校放假，而且不管怎样，很难说孩子们在所谓的文明世界旦是否学到了什么有价值的东西。

在霍奇基斯博士和圣夫人的带领下，这里的人每个星期召开一次例会，或者至少一个月召开几次，地点在被称作“彩虹”的谷仓。首先，大家齐声合唱“我们要克服困难”，然后博士进行布道，然后大家讨论有关公社利益的问题。它的高潮是享用一顿丰盛的大餐，伴以源源不断的自酿葡萄酒。这样的聚会通常会持续到黎明，第二天是安息日，严禁工作。

然而，并非所有人都会参加例会。通常有约三分之一的人不出席——不一定是相同的三分之一的人，也不一定是出于同样的原因，但通常与疾病和毒品有关。不出席被无条件地接受下来。“应许之地”是一个自由共和国，在这里，也许不是每一个人都会尽其所能，却足以使它令人满意地发挥作用。它已经存在了将近十五年，据丹尼尔所知，当局已经停止了干涉，如果当局确曾在处于内地的此处进行过干涉的话。他们谁也不打扰，当局也就不来找他们的麻烦了。

他继续和汤姆·本德勒住在篷车里。他们很快就发现，他们不仅来自同一个国家，而且年龄相仿，岁数只差七个月。他们两人都不是特别喜欢交际，可以一连几天彼此几乎一句话也不说，这样的安排对他俩都再合适不过了。毕竟，这世界上已经有太多的胡说八道了。

尽管如此，一天晚上，当太阳下山的时候，他们背靠篷车车壁坐着，每人手里都拿了瓶啤酒，丹尼尔确实问了一个问题：

“你有没有因为什么事而被警察通缉过？”

“没有的事，”汤姆回答，“在我最终来到这个国家之前是的，但那是规……规……它到底叫什么来着？”

“规定？”丹尼尔建言道。

“就是这样。它是一段地狱般漫长的时间，所以它绝对是……那个。”

“我明白。”丹尼尔说。

他们静静地坐了半个多小时，喝啤酒，抽烟，看太阳落下山去。

“关于我是怎么来到这里的，我有个疯狂的故事可讲。”汤姆说，“还有啤酒吗？”

“我去看看。”丹尼尔说，几分钟后拿了六瓶回来，“什么样的故事？”

汤姆·本德勒叹了口气，“我受不了说那些个废话。也许改天吧。”

“好吧。”丹尼尔·弗里蒙特说。

他们各自又喝了三瓶啤酒，爬进篷车，上床睡觉。

但一周后，也有可能是两周后，丹尼尔又旧话重提。

“你的故事是怎样的？”

“狗屎，”汤姆·本德勒说，“但既然你这么感兴趣。”

于是他开始讲述自己的故事，正如他所说的，这是个疯狂的故事；事实上，丹尼尔花了三个晚上，也许是四个晚上，才听完了整个故事。如果汤姆·本德勒不像他本人这样是一个糟糕透顶、吸食大麻的游手好闲的人，他的话就有可能让人无法相信，但他的朋友竟有精力或能力去编造这样一个令人作呕的故事，这怎么说似乎都是极不可能的。

“二十年前？”他问。

“今年是哪一年？”

“一九九五年。”

汤姆默默地心算了一下，“那就是二十二年了。”

“真见鬼，我真不知该说什么好了。”丹尼尔叫道，“你不打算回去吗？”

“不该这么想。”汤姆·本德勒说，一边打了个嗝。

几个星期后，丹尼尔在搜寻篷车水槽下面的杂物时，发现了一个帆布包。它用一根蓝色尼龙绳纵横交错地绑在一起。在与自己的良知斗争了几秒钟后，他决定看看里面的内容。

里面原来是护照和身份证。护照是1972年由阿拉茨的警察当局签发，身份证则是十三年后由新西兰基督城的一家邮局签发。当时十六岁的汤姆·伦纳德·本德勒的护照照片让他大吃一惊。

这可能是他自己的学生照。

同样的头发，同样的窄鼻子，同样的嘴巴。同样不堪一击的下颏，以及瞳距很小的苍白眼睛里的阴沉表情。

天哪，丹尼尔·弗里蒙特·利普肯斯心想，与此同时，他又想到了另一件事，与命运有关。他来到这个荒芜的鬼农场，也许并非出于偶然，也许是命运使然。

一个更深层次的目标和一个指向未来几年发展方向的指针。

为什么不呢？他接管了护照和身份证，把尼龙绳系回原样，把帆布包放回到水槽下面。当天晚上，他开始制订一项计划。

第一步是让汤姆·本德勒告诉他更多的事情。让他说出更多的细节，尤其是关于在阿拉茨的最后一晚；显然，这并不容易，但凭借智慧和耐心，一个人可以在这个世界上走得很远。这是他一生中可能一直没有领悟到的真理，但现在是拥抱和利用它的时候了。

第二步是向北走。如果你发现自己身处新西兰南岛的最南端，那就没有太多的方向可供选择。

八月中旬，他离开了“应许之地”和皇后镇。他留下的东西中有几公斤旧内衣和他的名字。他的名字，严格说来，包括弗里蒙特和利普肯斯。当然还有丹尼尔。从现在起，他的名字就叫汤姆·伦纳德·本德勒。他脖子上挂着个用皮绳吊着的分量很轻的小包，里面装着的一本护照和一张身份证可用以证实这一点。

五天后，他来到惠灵顿的大使馆，一位官员解释说，他们无法在这么短的时间内签发完整的护照，只能签发所谓的临时护照。它的有效期为三个月，但当他回到祖国时，要弄到一份更好的文件不会有什么困难。

他们只能尽力做到这一点，考虑到他的母亲即将去世，这当然是一个完全可以接受的解决方案。

第二天他拿到了新护照，一个星期后，在霍奇基斯博士实验室产品的销售收入的帮助下，再加上一只从一个美国人的口袋里偷来的类似的美国钱夹里的内容，他得以购买了一张从奥克兰出发经新加坡至马尔达姆郊外的谢沙芬国际机场的单程机票。命运之神在向他微笑，就像个乌兹别克地毯商人那样。

出发前几天，他打了个电话。

五

马尔达姆，1995年

“你能给我解释一下这一切怎么才说得通？”

“嗯。”

“这就是你的回答吗？嗯？”

她盯着丈夫，竭力保持平静。罗伯特看上去一点也不平静：她得到的印象是，他恨不得自己已经去了阴曹地府。要是那样的话，她会同情他，但这是她无法体会的感觉。在他摆脱这种尘世的纠缠之前，还需要披露某件事情。

你看，又出现了另一种可恶的臆想画面，不请自来。她想起了海浪和泡沫。被称为死亡的着陆跑道。明智地选择你的战斗。

这天晚上爆发了一场战斗。姜戈站在他们中间，像个失败的调停者一样发出呜咽声。罗伯特默不作声，他知道自己会一败涂地，或者已经一败涂地了。这场决定性的战斗实际上发生在二十二年前，但直到现在，战场的硝烟才稀薄到足以让他们看得清楚。

让她看得清楚。

但这正是她无法做到的。她只能看到红色，这就是为什么那只狗会夹着尾巴离开房间和它为自己指定的外交角色——因为她在用一种前所未有的方式跟丈夫说话。就像……就像一只饥饿难耐的大花猫和一只毫无防御能力的小老鼠之间的对抗，这只老鼠已经完全失去了与汉弗莱·鲍嘉的相似之处，或许这种相似之处根本就不存在。

“罗伯特，看在上帝的分儿上，告诉我那个冒名顶替者怎么会知道我那天晚上穿的是什么衣服！”

罗伯特没有回应。

“他怎么能记得在我捅汤姆之前他想做的事！我现在就想知道答案，不要再他妈的‘嗯’了！”

“冷静！”

“不，我不会冷静的。有两个人知道这些事情。就是现在坐在这个房间里的两个人，是已经有了二十二年的约定的两个人。其中一个没有闭上嘴，而那不是我。”

罗伯特的脸上现出一副痛苦的表情，好像他的病给他孱弱身体的某个部位奉上了一阵剧痛，又好像他想假装出一阵剧痛——她无法确定是哪一种。

“我一直闭着嘴。”

她不说话了。墙上的旧摆钟开始敲响七下，她让那声音渐渐消失。他似乎还有更多的话要说。现在他会说，又出现了一种复杂情况，她想，心里充满了一种似曾相识的冷漠、压抑的感觉。她紧握双手，闭上眼睛，试图把这种感觉推开，但没有成功。

“有一个……我该怎么说呢？”

她给他时间去字斟句酌。

“另一个因素。”

“一个因素？”

“是的，”他清了清嗓子，“恐怕我把你蒙在鼓里了，朱迪思，但我……”

“什么？”

“但我相信我做的是对的。从两个方面看。”

“什么他妈的方面？”

“从汤姆那一方面，还有从你那一方面。”

她等待着。在她的潜意识深处，有什么东西在搅动着，那是最微弱的暗示。

“那天晚上，事情不是我说的那样。我没有把汤姆埋在森林里。他……”在不到一秒钟的时间里，那一暗示变得确定无疑。“……他没有死在车里。他还在呼吸，还活着。我不能就那么……你能理解吗？我不能就那么……结果他。”

他陷入了沉默。她伸手去拿水壶，给自己倒了一杯水，发现自己的手在颤抖。她举起杯子喝了两大口，并不在意洒在桌上的一串水滴。

“你能理解吗？”

“说下去。”

罗伯特盯着她，目光空洞。

“你还记得埃里克·夏皮罗吗？”

“你的老同学？那个医生？”

“是的。我去了他家，我们达成了一个……那个，我们达成了协议。”

“你们达成了协议？”

“是的。我们带汤姆去了埃里克的诊所，他救了他的命。我不能说得太详细，但一个月后，汤姆坐上了飞往新西兰的飞机：我买了一张去奥克兰的单程票。他满口答应了；他口袋里有了些钱，不得不答应再也不回来了。很抱歉，但事情就是这样。我不会请求宽恕，因为我知道我不会得到宽恕。”

她停顿了一下，想了想，然后说：“因为你不配。”

“因为我不配。我累了，我得去躺一躺。如果你想让我搬出去，你可以在早上告诉我。”

“你一定花了不少钱吧。”

“是的，花了我不少钱。”

“你把汤姆打发走之后，他没跟你联系过吗？”

“从来没有。”

“你们没有考虑过让我参与你们的计划，你和夏皮罗医生？”

“是的。但这与他无关。是我决定把你排除在外的。正如我所说的——我认为这是正确的做法。”

“你怎么能认为这他妈是正确的做法？”

罗伯特摇了摇头，带着一种真正接近生命终点的神情，“我不知道。我错了，然后，很快，纠正它已为时过晚。我已经让自己失了体面，编了个故事。告诉你我把他埋了……我很抱歉。”

“我才不管你抱不抱歉呢。我要在今晚想清楚此事。你毁掉了很多东西，我郑重声明。”

“我知道，”罗伯特说着站了起来，两腿在发抖，“相信我，我知道。”

但她还没说完。

“还有一件事。第一通电话之后，你说我是在胡思乱想。你不可能真这么以为吧？”

“是的，也许我不。”

“你是个大骗子。”

“我一生都在和演员打交道。”

说完，他怀着痛苦跌跌撞撞地走出房间，远离已经燃尽的婚姻灰烬。

当她去客房睡觉时，已经十二点多了。她整个晚上都坐在飘窗里，面对着十一月的潮湿花园。她没有开灯，而是让黑暗包围着自己，从黑暗中，某种清晰的东西浮现了出来。这事非同寻常。她应该咒骂和发怒：最近发生的一切都威胁到了她的生存。不，那样说有些太客气了点——它把她的一生都从头至尾地捅穿了。

但枪伤是可以治愈的，生而为人的特征是，她能够适应新环境，在驴子或母鸡（举例）可能会适应不了的环境中。过去的已经过去了，罗伯特将不久于人世，但天知道她还会活多少年。她不能把一切都丢掉，或者让别人偷走它们。

对吧？她问自己。

是的，她回答。太对了。我要主宰自己的生活。

至于罗伯特的问题——你能理解吗？——她当然可以。她完全可以想象，那天晚上他不可能埋葬自己的儿子。难以置信的——也是不可原谅的——是他对她撒了谎。谎言不会随着时间的流逝而减少，而是会增加。也许你可以对某人承认其在几天前、一个月前乃至六个月前所做的事情睁一只眼闭一只眼。但二十二年？不可能的。

对吧？她又问自己。

当然，她重申。

但未来也是如此。旧的不去，新的不来。她打算怎么办？

慢慢地，就像匍匐在十一月第一个寒冷夜晚的运河之上的冰那样，就像《狼的时刻》[①]中那飘摇不定的黎明时刻那样，一个计划开始形成——当她终于在客房里用毯子盖住自己（没有关灯，因为它就没开）时，她顺利地找到了一个解决方案。唯一的解决方案。

丹尼尔·弗里蒙特在同罗伯特·本德勒（据说此人是他父亲）在车里待了大约十分钟后，开始改变计划。

他之前一直在考虑一笔相当可观的金额——也许是十万美元——作为交换，他保证再也不会出现在他们面前。但是这个老人被判了死刑——任谁都看得出来，他在这个苦难的尘世上已经活不了多久了——当丹尼尔意识到这一点的时候，他也逐渐明白过来，他可能争取更多的钱，相当多的钱。

也就是说，如果他出对牌的话。罗伯特·本德勒和朱迪思·本德勒生活富裕，这一点毫无疑问。也许他们并不真的富裕，但如果汤姆在“应许之地”的篷车里所说的是真的——为什么不应该是真的呢？——他们没有其他孩子。除非丹尼尔大错特错了，否则这就

① 《狼的时刻》（*The Hour of Wolf*）：1968年由英格玛·伯格曼（Ingmar Bergman）执导、马克斯·冯·赛多（Max von Sydow）和丽芙·乌尔曼（Liv Ullmann）主演的瑞典心理恐怖片。

意味着即将会有一笔遗产。而且还是一笔可观的遗产。想一想那一天，大概用不了多久，罗伯特·本德勒就会告别人世。他的妻子显然会得到一半财产，但毫无疑问，另一半必得传给儿子吧？他在国外待了数年之后，恰逢其时地回国了。在篷车里提到的是多少年？二十年？还略多些，如果丹尼尔没记错的话。

很难说这个像老鼠一样瘫坐在方向盘后面的小个子男人究竟有多少钱。但到手的肯定会超过十万，有更他妈好的前景可期。

出对牌，就是这样。他非常自信，他已经使朱迪思·本德勒相信了他是她的儿子，尽管是收养的。剩下的就是让这个老朽的怪老头也这么想。

这应该不成问题。

"我已经很久没来阿拉茨了。"他说。

"我想是二十二年吧。"罗伯特答道。

"哈哈，没错。无论如何，能回来真好。"

"我们走着瞧，"罗伯特低声说，"阿拉茨就是个垃圾场。"

"也许吧，"丹尼尔表示同意，"但如果你是在那里长大的，它就很特别了。"

"虽然你的成长过程没什么可大声宣扬的，对吗？"

"那倒是真的，"丹尼尔说，"所以在某种程度上，你很幸运能解决这个问题。我是说，把我送到新西兰去。"

"事情就是这样发生的。"

他似乎不太喜欢聊天，丹尼尔想。我只希望他不要在方向盘后面睡着了，或者呼出他的最后一口气。

他们已经上了高速公路，前面还有两个小时的车程。他应该主动提出由他来开车吗？他考虑了一会儿，然后决定，最安全的做法还是保持原样。他没有驾照；当然，在地球那边，他偷过车，也开过车，但如果遇到警察检查，就可能会惹来麻烦。尽管他的计划远未最终敲定，但麻烦是必须避免的，即使是美利奴羊也能领会这一点。

他靠在椅背上，心想，如果那老家伙不愿说话，他也不妨闭嘴。他要躺下来，考虑今天和将来要采取什么策略。以及他将如何处理很快就会拥有的全部钱财，当这老家伙翘辫子时。

也许是环游世界？在西印度群岛买栋房子？拉斯维加斯？

可喜的想法。值得咀嚼玩味，若是闭上眼睛想甚至会更加惬意，他想。不如睡一会儿，如果那老家伙突然变得健谈起来，他就得把我叫醒。

拉斯维加斯，他想。绿色的轮盘赌桌，周围美女环绕。他的阿玛尼西装口袋里装满了筹码和现金。他手拿一杯酒，嘴叼一支细长的雪茄。好吧，我会……

老人说的什么话把他吵醒了。

“嗯，是的，”他说着，把座位竖起来，“你说什么？”

“没说什么。你一定是在做梦。总之在打鼾。”

“哦，我很抱歉。我们到哪儿啦？”

他环顾四周。他们在一条纵贯荒芜乡村的狭窄小路上。没有建筑物，只有丑陋、低矮的松树林。这肯定不是通往阿拉茨的路吧？

“我想我们得绕点道，”罗伯特·本德勒说，“你不反对吧？”

“绕道？”丹尼尔说，“为什么？去哪儿？”

“柯兰采石场。你上次去那儿的时候很喜欢那儿。”

“哦……是吗？”

他应该记得还是不应该记得这一点？那老家伙是在虚张声势吗？这是个测试吗？最保险的是根本不回答。

“是的，你当时不可能超过七八岁。你可能根本不记得了。我们去郊游，你、我和你母亲。”

“啊？我真的不知道。我们得看看什么时候能到那儿。有多远？”

“只要几分钟。你知道，它已经被废弃了。当时也没在用。地上有个该死的大坑洞，五十米深……有点像大峡谷，你知不知道大峡谷？”

“我当然知道，”丹尼尔说，“它离拉斯维加斯很近。”

罗伯特·本德勒没有回答。他继续开车向前，微微弓着背，趴在方向盘上。突然，他们面前的景色豁然开朗。正前方是一个火山口，宽达数百米，深得惊人。事实上，它正如他所说的：一个该死的大坑洞。

“天啊，”丹尼尔说，“这附近凿下过石头。”

“没错。它经营了一百年，直到不再盈利。”

丹尼尔点点头。他们正以某种速度接近采石场，他的印象是，那老家伙可能一直在加速，而不是刹车，然后渐渐停下来。

“别靠得太近。我们应该下车去看看吗？”

“不。我们要飞上一小会儿。你准备好了，是吗？”

说时迟，那时快，还未等丹尼尔·弗里蒙特明白即将发生的事情，他们离采石场的边缘就已经只剩十五到二十米了。罗伯特·本德勒一直把油门踩到底，从飞转的轮胎下飞出大片的碎石，而他的乘客则徒劳地试图抢夺方向盘。他们就像是从大炮里发射出来的一样，笔直地向前飞去，冲入虚空之中。

“我不是汤姆·本德勒，”丹尼尔尖叫道，“我是别人。”

“别人？现在你告诉我？”罗伯特·本德勒此刻还有时间说话，随即，他们撞向地面，石头、碎玻璃、金属、燃烧的汽油和人的肢体随之炸开。那是一条叫作死亡的着陆跑道。

海边的僧侣还站在同一个地方。

转过身去，也许这样他就不必看了。也许他所观察的海洋还淹没了昏暗的咨询室里的声音。这就是玛丽亚·罗森伯格选择这幅画时的想法吗？这不是没有可能的。

她们一如既往地喝着茶。治疗师伤到了手，于是朱迪思帮着把茶端了过来。那天是十二月十五日，是她们在葬礼后的第一次见面。

“你一定很难受。你丈夫和你失踪的儿子……两人同时故去。发生了什么事？”

“我想他们达成了交易。一定是那样的。”

“交易？什么样的交易？”

朱迪思看着那僧侣，“我不知道。我甚至不知道他们开车走了。”

“可是开车的是你丈夫呀？”

“是的。车和尸体已经所剩无几了……但是的，至少这一点是可以确定的。”

“没有打滑的痕迹吗？对不起……我一直在看报纸。”

朱迪思喝了口茶，“没有，他一定是故意那样做的。”

“他同时取走了他本人和你儿子的性命？”

“显而易见。”

“你想谈谈吗？如果你愿意，我们可以留着以后再说。”

她摇摇头，“不，我不想留着以后说。我想……我认为我想把此事处理完，然后继续向前。”

“那就好。对你来说，能够有所期待是很重要的。”

“谢谢你，至少我在努力。”

“你晚上睡得着吗？”

“就那样吧。”

“你吃得好吗？”

“不多，但足够了。”

“那就好。你最近经历了很多事情，能够专注于简单的日常事务是很重要的。休息一下。你是想让我来问你一两个问题，还是更愿意自己想说什么说什么？”

治疗师冲她亲切地微笑着。

“欢迎提问。”

“好吧。罗伯特走了，你儿子出现后又失踪了，这两件事哪个更让人难以忍受？你能把它们分开吗？”

朱迪思思考了一下这个问题。

“说到底，是罗伯特走了。”

“你确定？”

“是的，尽管我知道他快要死了。当我试着去想汤姆时，我只是感到困惑……他来的时候我以为他是个骗子。我很肯定他已经死了。可突然间，他……正常死亡了。有时我觉得这一切都是在做梦。然后……”

“怎样？”

“然后，我不明白发生了什么……这很困难。罗伯特为什么要那么做。我永远也不得而知了。”

玛丽亚·罗森伯格点了点头。

“很可能不，但你一直在问自己？”

“或多或少吧。”

“还不到一个月呢。有一种处理没有答案的问题的老办法。”

“办法？”

“是的。别再问……那些问题。”

她又笑了。陷入沉思的朱迪思又喝了口茶。

“你在想什么？”

“罗伯特从未同意宣布他的死亡。在那一点上他是对的。二十二年后，汤姆回家了，然后……”

“……被宣告了死亡。”治疗师填补了沉默，“你知道，朱迪思，这个房间里讨论过许多事情——我坐在这里倾听了四十多年——但是你的故事几乎无人能及。尽管发生了这一切，但我很高兴看到你应对得这么好。”

“我有一个非常好的治疗师，这让事情变得容易了些。”

“谢谢你。可是你打算住在那所房子里吗？”

“我想是的。”

“别匆匆忙忙地做任何事。那只狗怎样了？”

“它老了，但我希望它还能活上一两年。”

“太好了。你怎么过圣诞节？”

“我收到了一些邀请，但我想我还是待在家里吧。”

“你不怕孤独吗？”

“不怕。我还有个很大的编辑工程要完成。”

“当然。要编辑的这个是什么？伊拉斯谟吗？”

“是的。”

“那么，好啊。至于我，我要去参加庆祝活动，但我将在新年回来。我们是不是该预约一下，在一月初再做一次咨询？”

朱迪思又看了看那个僧侣，他神秘的身形和绝对的正直。

“不啦，谢谢你。我想我们应该中断一阵子。请别误会我的意思，不过我想看看自己能不能行。”

玛丽亚·罗森伯格的额头上出现了皱纹，但很快就变得平坦了。

“我亲爱的朋友，这听起来绝对是个好主意。但你必须答应我一件事。如果你想喝杯茶，就跟我联系。”

“我保证。”朱迪思·本德勒说。

六
新西兰，瓦纳卡，1996年

治疗中心坐落在一座小山的一侧，可以俯瞰罗伊湾，这是他进的第三所治疗中心。

之前的两所都在北岛，一所在奥克兰郊区，另一所在黑斯廷斯。它们都未起到作用，他自个儿离开了一所，然后被扔出了另一所。但它们都是很久以前的事了，至少在他最终来到皇后镇的十年前。

第三个地方叫“我兄弟姐妹的守护者”，有点像圣经中的名字，他之所以来到这里，是因为遇到了一位天使。大家叫她娜拉，一天早晨，当他在皇后镇的医院里睁开眼睛时，她正坐在他的床边。他起先以为自己已经死了，由于程序上的错误，被送到了天堂，但接着他突然感到一阵灼心的刺痛，于是意识到自己还活着。不管在天堂，在我主的身边会发生什么，心痛都不会包括在其中。

他还不清楚自己是怎么住进医院的。他什么也不记得了，但一定是有人在“应许之地”附近的一条水沟里发现了他。当他最终恢复知觉时，一位留胡子的医生告诉他，如果他不立即戒掉所有形式的毒品，包括酒精，那么他将在六个月内死去。

留胡子的医生没有提到，他会在哪个关节点上与天使失之交臂，但他自己算出来了。

他一定在医院里至少待了一个星期，尽可能地接受了戒毒和护理，很快就要出院了——但后来有一天，她就坐在那里。天使娜拉·珀金斯。她大约二十五岁，一头微微卷曲的金发，肤如凝脂，让人联想到杏仁糖和瓷器。眼睛蓝得像薰衣草一样。

当她张开红如玫瑰的嘴唇时，她说的第一件事是："我来帮你找条狭窄的小路。你在阳关大道上走得太久了。"

他想回答，但只能发出一声悲哀的喘息。她递给他一杯水，当她的手指拂过他的手指时，他几乎要晕厥了，但还是恢复了知觉。

"我们在瓦纳卡有个家，我被派来接你。"

他猛吸了一口水，然后说："我是个坏人。"

她笑了，"通过信仰，你会成为一个更好的人。但你要不要跟我一起去，由你决定。"

他想了一秒钟。

"我来。"

"哈利路亚。"天使说。

那是在二月。现在是十一月，他在"我兄弟姐妹的守护者"这里已经住了六个多月，毫不夸张地说，他是一个新人，一个更好的人，一个卑微的信徒。

二十五年来第一次没有吸毒。正如娜拉·珀金斯所承诺的那样，她救了他的命。他知道，如果她是一个六十三岁的大胖子，瘸着腿，面颊上长着颗有毛的疣子，而不是一个可爱的女人，他可能永远也不会去瓦纳卡。但是上帝却以神秘的方式行动着，即使他在见到她的那一刻就爱上了她，他还是得到了解脱。她是上帝的工具，而你不能和天使打情骂俏。

治疗中心真的是一个家。在某种程度上，他认为这是他的第一个家。在每周举行三次的会议上，他讲述了自己的人生故事。心怀诚实与悔悟，说出他所能记得的一切。住在这里的其他成员讲述了他们的故事，每一个都比前一个更糟，但这是继续前行的方式。这条狭窄的小路没有捷径，唯一能获得原谅和重生的方法就是敞开自己的心扉。

他真想在那俯瞰罗伊湾的绿色山坡上度过余生，但那是不可能的。他知道他必须冒险到外面的世界去，也许还要为福音作见证，于是在一天晚上，他和娜拉本人谈了谈他应该去做什么，以及如何去做。

尤其是他应该去哪里。她对他的背景已耳熟能详——除了某次刺伤，他为了涉及其中的所有人的缘故而隐瞒了它——于是她提出了一个试探性的建议。

“你觉得回去会怎样？”

“我不知道，”他诚实地回答，“但我怀疑，只有一个办法能找到答案。”

“随自己的心意去吧，”娜拉·珀金斯指导他说，“因为上帝住在你心里，他必不叫你失望。”

他点点头，于是就这样决定了。

“你得先联系一下，看看情况怎么样。”娜拉说。有些时候，她说出的话听起来跟别人一样，不大像天使。

“你能帮我找到电话号码吗？”他问，“我能借用一下电话吗，也就是说？”

她点了点头。没问题。在“我兄弟姐妹的守护者”治疗中心，通常不存在任何问题。

他在九月中旬的一个早晨打了电话，没有考虑到时差问题。电话线上有轻微的杂音，就像在卵石滩上破碎的海浪。

“喂？”

“朱迪思·本德勒吗？”

“是的。”

“我是汤姆。”

赖因

由保罗·诺伦（Paul Norlen）将瑞典语译为英语。
改编成电影《作家之死》（*Death of an Author*）。

一

我有两个去 A 市的理由，也许是三个，也因为我意在尽可能准确地叙述每一件事，所以这是我选择的起点——去 A 市的旅程。

正如我在这篇尚不成文的作品中看到的那样，当然会存在一种风险，即事情会同时发生，变得晦暗不明。也许我还没有完全成功地把所有事件的关联区分开来，那么，使用按部就班的编年方式当然无论如何都是条很好的经验法则。即使——至少这是我的希望——我还没有屈服于诱惑，冒险在时间隧道中回溯得太远。

谁能说清楚某件事的真正起点始于何时？

谁？

如此看来，第一个理由就是那场广播音乐会。贝多芬的小提琴协奏曲——众所周知，这首曲子是 D 小调，很可能写于 1806 年，最初是为小提琴家弗朗茨·克莱门特而作。据说贝多芬自认为这首乐曲是如此伟大的杰作，以致他从此再也没有费神用那一曲风写过别的曲子。换言之，它是无法超越的。

我照例蜷缩在巴尼斯代尔风格的沙发上，腿上搭着两条毯子。一杯波尔多葡萄酒放在桌上，伸手可及，旁边还有一碗坚果和一根蜡烛。我还记得，蜡烛那微微闪烁的圆锥体光芒似乎以某种方式体现了我和音乐之间的距离，这让我很震惊：那个高深莫测的领地，我与它之间有模糊而又明确的界限。屋外，连绵的细雨执着地敲打着窗户。我们是在 11 月中旬到达的，天气和往年这个时候没有什么两样，灰暗、潮湿、阴郁。阵阵狂风扫过大街小巷，在过去的几周里，气温在零度到零上几度之间交替变化。充其量只有几度。

八点钟刚过几分钟，广播开始了，我发现自己很快进入了一种注意力高度集中但身心又十分放松的状态，这种状态是如此特别，甚至可能是独一无二的，是一种良好的音乐体验。或许我还打了几分钟瞌睡，但仍可以肯定，我没有错过科拉多·布兰奇蒂精湛演奏的任何一个音符。

那声咳嗽就在演奏接近尾声时传来，在第三乐章进入最沉静部分的阶段，这让我多少有点震惊。我费了不少心思去琢磨那声音和我对它的反应，因此我清楚地知道，那是一次电击——情感电击。我立即进入一种创伤状态，它持续了一段时间，与此同时，我麻木地听着协奏曲最后的和弦，听着随后的掌声和播音员的声音，他解释说，我们刚刚欣赏的是贝多芬的小提琴协奏曲，是由广播交响乐团在A市录制的。独奏者是科拉多·布兰奇蒂，演奏日期是同年的5月4日。

我不想否认，从开始的一瞬间起，我就一直对自己的理智存有某种怀疑。我很可能弄错了。我真的对这短暂的听觉记忆进行过大量的推理、抵制和反证，我并不是一个喜欢匆忙做决定的人，但在内心深处——在受到保护的情感空间里——我当然知道：我压根儿没搞错。

那是她，是艾娃的咳嗽声。在这段六个多月前录音的录制过程中，我失踪的妻子就坐在观众席上的某个地方，我从她无法抑制的喉咙的轻微发痒中，得到了三年多来有关她生命的第一个迹象。

来自A市的一声咳嗽。贝多芬D小调小提琴协奏曲结束前的一分半钟。当然，居然会发生这样的事情，这似乎有些奇怪，但考虑到诸多其他因素，例如，考虑到我在之前和之后受到的影响，这似乎就并不特别耸人听闻了。

我花了一个多星期——确切地说，是九天——从那个古典音乐电台搞到了那段录音（不幸的是，我的录音机在播放期间没有打开，因为我忘了买磁带），但在等待期间，怀疑以某种劲道将爪子伸进我的内心抓挠个不停，而当我再次坐下来倾听时，它们便立即松开了利爪。我三番五次地带着质疑去倾听那个地方，每次我都尽量保持平和的立场，在听到那个声音之前拼命集中注意力。

当然，我无力描述这一切。竟会有词汇可以形容像咳嗽这样的声音吗？这使我惊觉，在我们的现实和我们对它的印象中，属于语言范畴的部分是多么小。因此，尽管我完全有可能通过一个简短的听觉印象从数百万人的咳嗽声中分辨出一个人的咳嗽特征，却几乎找不到一个恰当的词语或表达来描述这种声音。我假定，通过比较音频图和类似的技术手段可以实现精确的区分，但对我而言，从一开始这就是多余而无趣的。

是艾娃在咳嗽。5 月 4 日，她曾坐在 A 市的那个地方，倾听贝多芬的小提琴协奏曲。我一听到那声咳嗽就立刻知道了这一点，而在重新听过之后，感觉同样强烈。

她还活着。活着，在某处。至少六个月前是这样。

就像我说的，这令我大为震惊。

另一个前往 A 市的原因出现在那场广播音乐会后的两周左右。一天清晨，我的出版商阿诺德·科尔给我打了个电话，说赖因死了，而他刚刚收到赖因的新手稿。

这自然听起来既令人费解，又有点自相矛盾，于是在当天的午餐时间，我们在“修道院地窖”餐厅会面，以便讨论一下此事。

也就是说，讨论一下在此时此刻要做的事情。是的，赖因死了，科尔刻意强调道，一边用叉子冷漠地戳着意大利面。情况尚不明朗，但近年来他的健康状况不是特别好，所以在某种程度上，这或许并不令人意外。我自然想弄清楚细节，但科尔大部分时间都坐在那里，防御性地耸着肩膀。我很快就发现，他对所发生的事情知道得并不多，他只是通过电话得到了这个消息：齐默尔曼前一天晚上从A市打来电话报告了这件事，于是科尔认为，所有的细节都将在一份新闻稿中公布，这份新闻稿显然到来得异常缓慢，但很可能在傍晚之前出现。毕竟，赖因无论是在其祖国，还是在世界的其他地方，都是个大名鼎鼎的人物。

他的作品朴素无华，也许读上去有点费劲，但可以肯定的是，人们阅读并欣赏它们。它们被翻译成了十几种语言。也正是翻译让我参与进来，或者说已身在其中。亨利·达克曾一直致力于将赖因早期的作品阐释并翻译成我们的语言——《尚达拉组曲》和随笔——但到《克罗尔的沉默》，我便接手了。达克因为疾病，把所有的翻译任务都停下来了，从几次谈话中我还了解到，无论是对他的最终文本，还是对他与赖因本人的关系，他都从未真正满意过。在我们最后一次见面时——就在达克去世前的一个月左右——他实际上是在声明，赖因激起了他内心的一种深恶痛绝之感。当时我还没有见过赖因本人，因此当然会觉得这听起来有点奇怪。但随着时间的推移，我越来越理解达克的想法，我不想否认这一点。的确，我和赖因不过只见过四五次面，但不可否认的是，我被他性格中难以理解的东西震动了。我从来没有弄清楚这感觉从何而来，但它一直存在。

是的，无论如何都没弄清楚。直到那一天，科尔和我坐在“修道院地窖”里，思索着为什么报纸和广播、电视上都没提到他的死讯。即使时间已经过去了大半天。

“此事与手稿有何干系？”我问。

科尔俯下身去，在斜靠在桌子腿上的公文包里摸索着。他拿出一个用橡皮筋横七竖八地捆绑着的黄色文件夹。

“这真是太他妈奇怪了。”他说着，有点神经质地用餐巾擦了擦嘴角。

他取下橡皮筋，打开文件夹，拿出其中最上面的一张纸，递给我。它是手写的，黑墨水，字迹相当潦草。我仔细加以辨认。

A市。11月17日，199——

奉上我最后的手稿供翻译和出版。禁止与我的出版商和其他人的任何联系。本书在任何情况下都不得以我的母语出版。必须绝对保密。

你真诚的

格蒙德·赖因

附注：这是唯一的副本，我想我可以信赖你。

我看着科尔。

“这到底是什么意思？”

他摊开双手。

“不知道。”

他解释说，文件夹前一天就到了，同下午的邮件一起，随后他试了好几次，打电话联系赖因。按照他的说法，他的努力在齐默尔曼打电话告诉他赖因死了时便停止了。

在弄清这一切之后，我们静静地坐着，把注意力转向食物，就这样过了几分钟。我记得，我的眼睛禁不住地要去瞄科尔放在桌子右边的黄色文件夹。我感到一种前所未有的强烈好奇，但又带有一定程度的厌恶。我与赖因的最后一次会面是在六个月前，起因是他的最新著作已由我翻译出版，它名为《红色姐妹》。我们在出版社短暂地见了一面，像往常一样，他很神秘，在某种程度上有点自闭，尽管我们按照他的指示准时参加了新闻发布会。我们用香槟和雪利酒庆贺，阿蒙森表达了对这本书将会大卖的希望，而赖因只是坐在那里，身穿破旧的灯芯绒西装，似乎对这一切可能产生的唯一情绪就是轻蔑。一种沉闷的、漠然的、提不起兴致的轻蔑，他对此丝毫不欲掩饰。

不，说我对格蒙德·赖因怀有任何温暖的感情，那是谎话。

“怎么着？”我终于开了口。

科尔将口中的东西咀嚼完毕，故意使劲地咽下去，然后抬起头，用他那苍白的眼睛看着我。与此同时，他把餐具放在一边，开始用手指轻轻地叩击那个黄色文件夹。

“我和阿蒙森谈过了。”

我点了点头。自然，阿蒙森是出版社的社长，也是负有最终责任的人。

“我们的意见完全一致。”

我等待着。他停止了敲击，然后双手合十，俯瞰着窗外的卡尔广场，以及来来往往的电车和成群的鸽子。我明白，通过这一简单的姿势，他想赋予这一时刻以应有的郑重感。科尔不是一个忽视效果的人。

“你可以接下这活，我们希望你马上开始。”

我没有回答。

“如果它包含的参考文献跟上一部一样多，那么可能你最好也去A市待上一阵子。据我所知，对你而言，应该没有什么牵绊吧？”

这显然是一个完全正确的假设。三年来，除了我那令人生疑的工作和我自身的惰性外，没有任何东西能让我留在家里，而科尔对此太了解了。当然我不能就那样一锤定音：也许是觉得，我想让他们提心吊胆上几个小时，所以我要求他们给我时间考虑。至少两三天——或者直到有关赖因死亡的细节得到恰当的解释。科尔同意了我的要求，但当我们在餐馆外面分手时，我可以清楚地看到压抑的兴奋之情是如何在他内心沸腾不已。

这自然不足为奇。当我在刺骨的寒风中漫步回家时，我思考着这件事，并试图更仔细地弄清楚状况。如果赖因的信中所言非虚，那么这就是一部完全没有人读过的手稿。不难想象，如果此书出版，会在出版界和广大读者中引起怎样的轰动。格蒙德·赖因的遗世之作，第一版是翻译版！为什么不干脆在作者逝世的周年纪念日出版呢？

无论内容如何，这本书肯定会很快登上畅销书排行榜的榜首，为出版社带来亟需的资金，过去几年，这家出版社一直在惨淡经营——这几乎不是什么秘密。

当然，一个先决条件是赖因的保密条件必须得到尊重。在这样的早期阶段，人们当然很难确切地知道这桩奇事的具体情况，但如果真如科尔所希望的那样，那么这世上可能只有四个人知道手稿的存在。科尔和阿蒙森，我本人和赖因。

而很显然，赖因已死。

我们坐在“修道院地窖”的时候，我压根儿不曾要求更仔细地查看那个文件夹，科尔也没有邀请我那么做。当然，在给出肯定的答复之前，我不得不接受对其内容一无所知的状态。当科尔重新将手稿捆上橡皮筋、塞回公文包时，几乎带着种仪式性的一丝不苟。我们在衣帽间里穿外套时，他还用一根链子将公文包拴在手腕上。我意识到，他对整件事的态度真的极其严肃认真。我还意识到，他和阿蒙森大概都注意到了赖因的要求，没有再另行拷贝一份复本。

我现在所说的事情发生在星期四，降临节[①]的第一个星期日到来前的那一周，在某种程度上，当时我还没有下定决心，但在第二天，当我到系里上班时，事情就敲定了下来。

辛克勒和维玛宁满面愁容地来见我，我立刻就明白发生了什么事。我们要求增加项目经费的请求被拒绝了。

我刚一问，情况便由维玛宁的一番长篇大论的诅咒所证实了。辛克勒挥舞着教育部半小时前寄来的信，看上去甚是沮丧。

我们三个人都清楚状况。即使我们没有花太多时间去讨论它，也知道这意味着什么。

我们不得不削减开支。我们有三个人，而我们的项目资金只够两个人用。

一个全职和两个半职，或者两名全职员工和一名解聘员工。

① 降临节（Advent）：“圣灵降临节”的简称，即五旬节。时间自圣诞节前第四个星期的星期日起，至圣诞节止。

辛克勒是我们中年龄最大的，维玛宁有妻子和孩子。在回首往事时，我仍然认为自己没有太多的选择。

“我想我能得到一笔翻译补助金。”我说。

维玛宁低头看着地板，紧张地挠着手腕。

“多久？”辛克勒问。

我耸了耸肩。

“六个月吧，我想。”

“那我们就这么着吧，”辛克勒说，“我们也许能够为明年秋天筹到一些钱。”

事情就这样决定了。我用一个上午清理了桌子，喝下威士忌酒瓶中我应有的份额，那是维玛宁下到街道另一边的商店里买来的。回到家后，我打电话给科尔，问他是否听到过任何关于赖因之死的更多消息。

他说没有听到。我解释说，无论如何我已决定接受这项任务。

“太好了，”科尔说，“此事非你莫属。”

“前提是，你得支付我在 A 市的六个月的费用。”我补充道。

“我们本来就打算要这么做，”科尔说，“我想你大概可以住在‘译者之家’吧？”

“大概吧。”我回答。我清楚地感觉到，威士忌酒涌进了我的太阳穴，于是我挂断了电话。我决定午睡一会儿。那天是 11 月 23 日，在入睡之前，我先是躺了一会儿，想着生活可以多么快地进入一个全新的轨道。

这并不是种新想法，但它已经被搁置了好几年。它是否跟着我进入了虚幻的梦境，我无从知晓。反正我对此没有丝毫的记忆。一般来说，我无法回忆起我做过的梦，有几次我记起来过，而这几乎总是会对我的精神状态产生复杂的影响。

健忘无疑是比记忆更可靠的盟友，我是从一件又一件的事情中了解到这一点的。

1 月 3 日是个冷得要命的日子。气温一直保持在冰点以下十五度，机场外面刮着强劲猛烈的北风，这意味着大多数航班都被延误了几个小时。我被迫在餐厅里度过了整个下午以等候我的航班，于是有足够的时间来思考真正要做的事。

也许，这种久已有之的可加置换的感觉是自然而然地涌上我心头的。我觉得，这些坐在我周围等待的人，或者不耐烦地在五花八门的免税商店之间踱步的人——他们全都脱离了其正常环境——其实轻而易举地就能交换彼此的位置和身份。这只是一个简单的问题，把我们的护照和旅行证件堆在地上，让机会——以一些厌倦无聊、不知姓名的安检员为代表——为我们剥离出新的生活。武断，公正，完全没有偏好或介入感。

我也试着想读点什么，不是赖因的手稿。前一天晚上，阿蒙森和科尔在一个小型仪式上郑重其事地把它交给了我——我决定等待一个更好的开启时刻——不，我浏览并试图专注的是两本令人起疑的犯罪小说，是我在圣诞节后的大甩卖中购得的，但它们无一能够激起我的兴趣，让我对其情节亦步亦趋。

相反，正如我所说的，我大部分时间都坐在那里思考着当下的情形。当然是关于艾娃的，还有我当如何在 A 市组织对她的搜索——我是该自己设法处理这件事，还是与某种类型的私家侦探联系比较明智。在那一刻，我倾向于独自开始，然后在程度进行到必要时再寻求帮助。

我认为不该抱任何大的幻想，觉得事情不会进行到有必要寻求帮助的程度。

大部分时间里，我仍在好奇地想着赖因的事。我很难不去想他，即使我真的不想每时每刻都在脑海里回想起他那该死的死亡。我这样做已经有一段时间了：有许多问号。毫无疑问，至少在找到尸体之前，这些问号将一直存在，如果尸体竟会出现的话。

在科尔接到齐默尔曼的电话的近四天后，赖因去世的消息才被披露。据我们所知，这是因为作家的遗孀拒绝相信自杀遗书的真实性，并要求在她接受遗书并将其公之于众之前进行大量的分析和调查。直到那艘废弃的摩托艇被找到，所有其他迹象都指向同一个明确的方向时，她才屈服了，消息以电报的形式传遍了全世界。

从拖船的角度看，赖因选择的地点——或者更确切地说，是可能的地点——在每年的这个时候，既不受海风的青睐，也不受洋流的垂爱，因此，有许多迹象表明，尸体已经被拖到海里去了。如果这是真的，除了他已以某种方式沉入海底外，还有很多人认为，伟大的新神秘主义者格蒙德·赖因的遗骸目前在三百到四百米深的某个地方，离海岸有二十到三十公里。这是 C.G. 高蒂安和哈拉尔德·魏斯沃格尔在《邮报》上做出的谨慎评估，该报在确定可能的安息地点方面走得最远。

在某种程度上，这一切对格蒙德·赖因而言都是再典型不过的。我毫不费力地想象着，他躺在海底，嘴角挂着轻蔑的微笑，而鱼在啃食着他那松垮的老人肉。

也就是说，他太崇高了，不可能让凡夫俗子按惯例把他摆放在地上。始终无法触及。

当然，我也意识到，这样的想法很难成为我在 A 市必须完成的工作的良好平台。如果有什么东西具备扰乱翻译任务的所有先决条件，那就是对作者的敌意和憎恶。

但是就像我说的，我还没有开始，也许在时机成熟之前摆脱这种先入之见是再好不过的了。

我想，不管怎么样，我已经在试着说服自己了。

我的飞机在十点钟起飞，整整推迟了六个小时。经过相当颠簸的飞行后，我们降落在A市外围的S–霍芬机场，此时时间已过午夜。航空公司为所有乘客提供了过夜的机场酒店，我——像大多数人一样——接受下来，因此直到1月4日早上，我才得以在A市的中央车站迈下火车。我真不知道为什么要占用篇幅去记录这些基本上无关紧要的时间指示，也许这主要是个控制问题。即控制感：里姆利将之命名为“运动所必需的时间和空间荷载”，或类似的格言警句。读者们，我不知道你们是否熟悉里姆利，但一旦我在A市待了一段时间后——在静止的空间里——我很快就注意到，无论如何，追踪诸如日期和时间之类的信息对我来说是多么可有可无。我坐在图书馆工作，到了夜间闭馆之时，图书馆的人经常不得不巧妙地把我轰出去。我还记得，有几次——大概是在三月或四月——我曾在附近的商店关门很长时间后，或是在周日凌晨，大惑不解地去拉商店的门。

但我就这样，在1月4日抵达A市。那是在早上。这里也完全没有春天的气息。

我带着两只沉重的箱子和破旧的公文包（里面有那只黄色文件夹、几本字典和一只里面装着无数艾娃的照片的大信封）打车去了

“译者之家”。供出租的六个房间中，有四个已经住人了：两个非洲人，一个一望而知的芬兰人，还有一个我在楼梯上遇到的脸色红润、面庞臃肿的爱尔兰人——他身上散发着廉价威士忌的味道，用某种腔调的德语对我说话。我谢绝了他请我去街对面酒吧喝酒的邀请，走进自己的房间，决定尽快找个好点的地方。我与科尔和阿蒙森讨论了住房问题，大家一致认为，“译者之家”也许并不是最好的解决方案。很有可能发生的是，我在这样一个地方的逗留迟早会被赖因的出版商知道，而我们已经决定不违背那位大作家的临终遗愿。谨慎事关荣誉。我在A市的工作应该在不引起任何人注意的情况下完成。赖因死后引起的骚动和相关文章在整个十二月都在持续，当然，再版这本或那本旧书可以赚不少钱，更不用说他的最后一本书。死后的第一版译作，毫无疑问，像任何事情一样荒诞。

它仍躺在那黄色卡纸衬套之间。我被迫在阿蒙森和科尔面前发誓，要用我的品行和生命去保卫它。尽管如此，他们还是复制了一份，并把它深藏在出版社最神圣的保险箱里——阿蒙森让大家明白，仍须采取某种冒险措施。我坚决反对还在国内的时候就开始阅读手稿，这可能看起来有点极端，但此做法源于我在翻译时使用的方法。像其他很多人一样，我从亨利·达克那里继承了这一方法，而我知道它在该行业中并不特别常见；其主要理念是，解读、翻译必须从与文本的第一次接触开始。为了再三确保这一点，我会强忍着尽可能少地提前阅读文本。更可取的是只读一句话或一行，最多半页。我知道，其他译者的工作方式完全相反：他们更喜欢在开始动手翻译之前先把整部作品通读两到三遍。但亨利·达克推荐了他的模式，我很快发现它更适合我。尤其是当其涉及像格蒙德·赖因这样的作家时，你经常会产生这样的印象：在写作的时候，他自己并不真的清楚接下来的两页会是什么内容。

除了出租的房间外，“译者之家”还有一个带炉子、冰箱和冰柜的公用厨房，以及一间藏书相当丰富的图书室（尤其是就词典而言，它们顺理成章地十分充足），它带有几个独立的、基本上颇具吸引力的工作空间。然而，在这第一天，一切看上去都相当冷清。我在冰箱里发现了几听啤酒、半条黄油和一块奶酪，它们肯定在圣诞节前很久就搁那儿了。图书室看上去布满了灰尘，几乎令人退避三舍。有三个工作区的台灯是坏的。我意识到，在这种凄清的环境中，我是不可能坐下来翻译赖因的手稿的。前台的咖啡机出了故障，每天在那所谓的前台坐四个小时的弗兰克小姐告诉我，她十月份曾订购了一台新咖啡机，但很显然，发货被推迟了。她还开始向我介绍洗衣服和打扫卫生的程序，但我打断了她的话，解释说我以前在这里住过，对这些程序已经了如指掌，而且我只会待上一个星期。

显然，我凭借这个简单的信息成功地冒犯了她，因为她夸张地擤了擤鼻子，重新埋下头去织毛衣，再没有多说一个字。

我听之任之，自个儿出了屋，进入城市。虽然这是个普通的星期二，但竟能看到川流不息的人群，至少在市中心和旅游大道上是这样。寒冷是实实在在的，几条运河被冻住了，刺骨的寒风从海上吹来。我溜进了几家书店和音乐商店，主要是为了得一点温暖。我还在几家咖啡馆坐了坐，喝着啤酒，抽着香烟，盯着人群，而我很快发现，我在寻找的是艾娃。只要是一头乌黑直发的女人就能够立刻吸引我的目光，一想到又有可能与她四目相对，我便感到既兴奋刺激，又有点隐隐地害怕。

我回想起我们在那个小山村的最后一个共同度过的早晨，那是在她启程去进行最后一次旅行之前。想起当时她坐进车里要去见她的情人时，我对她怀有的无限柔情。记得我站在阳台上，抑制住想把她叫回来的强烈冲动，与此同时，她穿过院子，从摇下的汽车侧窗向我招手。警告她。让她留下来，而不是踏上这致命的旅程。当她消失在石墙后时，我忍不住叫了一声，但自然毫无效果。这只不过是我内心跳动不已的紧张感的徒劳体现。就连正在下面的花圃中耙树叶的老看门人似乎都没听见。我看着她沿着山坡上那蜿蜒的道路离去后，便回到屋里，洗了个长长的、令人神清气爽的淋浴。

不，我先是爬到床上躺了一会儿，试着阅读，就这样……但很自然，这是一项完全无望的事业。

就这样——走进走出商店，坐在咖啡馆里想艾娃——我慢慢地穿过了 A 市的中心区域，前往冯德尔公园和位于范贝勒街的公共图书馆。从我上次来访起，我就有了这样的印象：它通常要到下午的某个时候才会开门，但它们会一直开到晚上很晚，这对我真是再合适不过了。我从来不是个早起的人。从我十几岁起，在中午之前完成任何重要任务都一直是我的致命弱点。傍晚和夜间的时间于我而言就如早晨的空气，无论是在精神上还是在体力上，我的能力都会在此时达于巅峰状态。如果你恰巧处于可以自行决定自己的日常节奏的情况下，自然没有理由不让自个儿在床上度过清晨和上午的时光。

我是对的。图书馆门上的招牌上写着，星期一到星期五的开门时间是下午两点到晚上八点。周六是从十二点到四点。这真是太棒了。我在这第一天没进去，但决定第二天去看看。由于我并不怎么想回“译者之家”，所以决定在城里消磨下午的剩余时间。漫无目的地闲逛了一两个小时后，我在法尔克街和雷格里耶河道的拐角处发现了一家小型住房中介公司。我走进去，解释了我的愿望：一个或多或少位于市中心的房间，最好在冯德尔公园附近，有淋浴和烹饪设备，大约六个月，别太贵。

一个黑皮肤的女孩浏览了一些活页夹，打了两个电话。她解释说，也许很可能有个适合的，如果我有可能在几天内顺道再来一趟的话，她会在这段时间里做些调查。

我向她道谢，答应不迟于星期五再来。

在那第一天晚上，我直到很晚才回到“译者之家”。我想，在开始工作之前，我还是好好享受一下吧，于是在“计划者”餐厅吃了一顿丰盛的晚餐，又在新集市广场附近的酒吧里消磨了几个小时。虽然事实上我可能把大部分时间都花在了思考应该如何着手搜寻艾娃上，但我想我并没有找到任何特别可行的行动计划。无论如何，我后来什么也想不起来了。当我终于在午夜时分一头倒在床上时，我只能说，我尚未开始撩开让我来到 A 市的两件事中的任何一件的面纱。

但我已到达现场。地基已经打好，到夜晚翻转至另一边时，自然便是开始行动的高光时刻。我还记得，我喜欢想象这个未被触及的未来。一块白板，一片我尚未进入的雪白的田野，所有的可能性仍一个挨一个地安放在那里。

带着这些想法，我睡着了。

“我知道我在伤害你，但我必须走自己的路。”

她的话就像那样冲口而出，就像电视剧里那样，而我则小心翼翼地抚摸着她脸颊上的一缕头发。这是第一次，也不是第一次。我们面对面地侧身躺在舒适的双人床上，我记得我在思考着眼睛这种可疑的东西。突然间，当你靠得太近时，它们变成了一片空白。神情，那经常被称作心灵的镜子的东西，在十到十五厘米间的距离上消失了，就像被施了魔法一样。在这个界限内什么也没有。没有办法，也没有承诺，甚至连猫眼睛里潜藏的那种敌意也没有。

当我们与另一个人太过接近时，就只会剩下细胞堆积这种苦涩的东西。当然，这是一段需要度过的艰难经历，接下来，要找回正确的距离并不总会轻而易举。也许这是你多年来所学到的东西。我想，你，读者，知道我在说些什么。

就我们的情况而言，我当然明白，她一个人撑不了多久，但我必须承认，不管怎么说，让她离开的想法还是很诱人。

那是 8 月的一天。在清晨的晚些时候，天气暖洋洋的，就如阳光下成熟的李子般让人满怀希望。我们还有三个星期的假期，就在那下一刻，她宣布她有了一个情人。我抑制住想笑的冲动，回想起来就像昨天一样，我想她没有注意到这一点。她整个夏天都在接受治疗，此时离她出院还不到六个月，但现在就开始规划未来还为时过早。

太早了。

“你想要我去准备早餐吗？”我问。

她稍微犹豫了一下。

“是的，谢谢。”然后她说，我们互相理解地看着对方。

“我们明天走？”

她没有回答。表情一点也没有改变，然后我起身去厨房准备茶盘。

在A市的第一个晚上，我梦见了艾娃，一个显而易见的情色之梦，因为我醒来时勃起得很厉害。它很快就过去了，取而代之的是头痛和恶心。我在双手捧头坐在马桶上时，试着想算出头天晚上喝了多少酒，但有不少搞不清楚的不确定因素。我在“译者之家”提供的水小得可怜的莲蓬头下洗了很长时间的澡，然后在午饭前后的某个时候走进寒冷之中。我紧紧夹着公文包，设法登上一辆电车，希望这趟车的方向是对的。事实证明，确实如此。当电车到达塞因图班时，我跳下车，溜进一家酒吧，买了两份三明治和一杯黑咖啡。然后走完前往图书馆的剩余街区。风吹过街道，穿过空旷的运河，让人觉得冷得要命。我明白，如果我想在这个寒冷的大都会保持健康，至少得考虑给自己买条合适的围巾。

当我到达图书馆时，柜台后面只有一个六十多岁的瘦女人，她在为一位身穿北爱尔兰粗呢大衣、头戴穆斯林头巾的黑皮肤绅士提供服务，于是我在一旁等候着。等他的书盖好章后，我走上前去做了自我介绍。我解释说，我正在进行一个翻译项目，所以需要一个地方，能让我每天安安静静地坐上几个小时。

她亲切地笑了笑，显得有点害羞，马上不辞辛苦地绕过柜台，陪我走到参考文献部那四排四列的工作台旁。她问我是否想预留一张桌子供自己使用——她坚持认为，反正那里总是有足够的空间，如果我想留下书和材料，或者只是放张纸在那里，可能自然就是个简单的解决之道。

我谢过她，选了一个最左边的位置，离带铅框的高窗只有一米左右的距离，透过窗户，可以望见莫尔科尔街和冯德尔公园的一个入口。当时，除了那个女人和我之外，这地方另外只有两个人，我猜想，它通常就是如此。她点点头，祝我好运，然后回到柜台。我坐下来，把黄色文件夹放在桌子的左边，把螺纹笔记本和四支新买的钢笔放在右边。然后我取下橡皮筋，准备开始翻译格蒙德·赖因的最后一本书。

当我离开图书馆时，天已经黑了下来。我一定连续工作了好几个小时，却只翻译了不超过三页的稿子。这是部沉重而神秘的作品，与赖因之前所写的任何一部都不一样，我立刻就能断定这一点。假如不知道他是幕后作者，我大概永远也猜不到会是他。然而，无论是弄清场景还是情节都还为时过早。唯一可以肯定的似乎是，有一个被定名为 R 的人，在他的潜意识中发生了这最初几页里的故事，它以一种内心独白的形式呈现，其中一个女人 M 和另一个男人 G 似乎也扮演着某种角色。我可以感觉到，整件事可能会发展成某种三角恋，有迹象表明这一点，但是文本也完全有可能出现其他反转。当我那天停下来时，觉得自己仍未对整件事理出多少头绪。

仅第一段就必定花了我将近一个小时的时间，而当我后来重新阅读它时（当我坐在德克尼吉普餐厅里等着吃东西的时候），我仍然觉得自己似乎漏掉了赖因作品的核心内容，或者不如说语气——和弦当然才是最重要的，然后每个单词和表达才可以有一定的自由发挥，这是我多年来学到的一件事。

R 在这世上的时间总数［它的开头］不再增长，它仍然存在，只是，是的，只是在难以察觉地变薄，一张大口，一声嘶叫，在要求立足点和玫瑰花，总是这些个玫瑰，露水和露水，如露水般易于变质，一场燃烧的大火，一种心跳的热望，还有 M。这些天 M 一直身在何处？即使在她扭过头离开房间之后，她的侧影还是会停留片刻，一个令人迷惑不解的女人。也会停留在 R 心中，一种形象叠加在另一种形象上，边挨着边，然后重叠。所有这些时刻总是平行地存在着，即使是现在。他打了她，无疑他扬起了手，但如同一棵远离了雨水和风暴的树，她也是他的，是痛苦、愤怒和火焰，它们净化、治愈了他们，并将他们焊接在一起，而正是他自己，R 本人，把他们介绍给了彼此，M 和 G，数年前，仍是边挨着边，肩并着肩，就像水滴最终滴穿了石头，现在这一切业已成为这一切，这一切正是这一切终将成为的一切。当 R 在早晨醒来时，他感到困惑不解。一段时间以来，一切似乎都发生了变化。

我的食物端上来了，我合上螺纹笔记本。吃东西的时候，我也感到了内心的空虚，这种感觉似乎总是在几个小时的专注工作后出现。仿佛这个世界和我周围的一切都已离我而去：在这个人头攒动的地方的那些人、那些窃窃私语以及那些无声的动作，都可能同样出现在其他地方——在另一种媒介里，在另一段时间里：我坐在听不见声音也说不出话的鱼缸里，望向外面的一个不可思议的世界。

两三杯酒通常会有所帮助，所以它们现在发挥了作用。走到街上的时候，我感觉自己又像个正常人了。我想知道，在回“译者之家”之前，偷偷溜进电影院是不是也有同样的效果。除了必要的睡觉时间，我并不太想在那个阴暗的房间里多待片刻，于是决定第二天再去拜访那家房屋中介的那个姑娘，看看他们能为我提供些什么。

我找不到任何特别吸引人的电影，而且时间已经有点太迟了，于是我把晚上剩下的时间都花在了一家咖啡馆里，听着南美音乐，同时反复思量着应该如何切实地应对艾娃的问题。

无可否认，只是在城市里闲逛，希望在某处的人群中看到她，似乎是徒劳无益的，但我很难把握还有什么其他的行动方式可供选择。至少靠自己很难发现任何线索。说到底，在这座城市里，也许只有在一种情况下才能期望她肯定迟早会出现。

音乐会。古典音乐。据我所知，A 市有两个音乐厅，其演奏的古典曲目都是一致的。皇家大会堂和新音乐厅。我从来没有去过这两个地方，但当我坐在那里喝着啤酒、听着来自安第斯山脉的低沉笛音时，我决定，也许是时候熟悉一下它们的曲目了。

那天晚上，我脑子里再也没有出现过其他想法。显然，赖因的手稿已经让我的火气消了不少，也许我又多喝了一两杯。午夜时分，我离开酒吧，但仍然没有醉到不能步行至“译者之家”的地步。那个芬兰人——一个身材魁梧的家伙，长着浓密的大胡子，声音如巴松管，让我觉得有点像前基督教时期的雷神——和那个爱尔兰人正一起坐在厨房里。他们用饮酒歌和下流故事互相逗乐，透过地板，我能听到他们连珠炮似的笑声和令人惊骇的咒骂声，它们一直持续到深夜。

来自大海的风。气温在零度上下。偶尔下些薄雪，或是冻雨。一月一如既往。第一个星期的星期六，我换了住处：通过那家房屋中介，我在费迪南德·博尔街找到了一套两居室的小公寓，离图书馆只有十分钟的步行路程。房主是位年轻的摄影师，他刚刚从《国家地理》杂志那里得到一份佣金，要去南美进行为期六个月的拍摄，我们的协议包括照料室内植物和一只猫。

后者是只懒洋洋的、做过节育手术的雌猫，名叫比阿特丽丝，它通常会在阳台上待上半小时，俯瞰院子（它被动地、没有任何真正的兴趣地坐在那里，观察着鸽子），再走几步去找放在厨房里的食碗和猫砂盘，除此之外，几乎只会一动不动地躺在煤气采暖器前睡大觉。

小一点的房间被布置成了暗室，我从来没用过它：由于房屋的隔热性能很差，我在家里的时候要么是在床上，要么是在位于采暖器前的扶手椅上，与比阿特丽丝共享同一热源。公寓里只有这一个采暖器，但我想强调的是，无论如何，我对目前的状况完全满意。

也许，最令人满意的是环境。楼下的街上有五花八门的店铺：一家阿尔伯特·海因连锁店，几家酒吧，甚至还有一家自助洗衣店。我很快就发现，我几乎不可能期望能有一个更好的位置：那里的交通和街道生活在一天的大部分时间里都很繁忙，且变化多端，如果我衣着得体，便大可以站在窗户里，从三楼的瞭望台观察那些动态。不可否认的是，这给了我一种控制的幻觉；诚然，我站在那里时是与外面的世界相隔离的，但并非没有与时空中的那些运动有所接触。

至于租金，可谓便宜合理：考虑到那些花和比阿特丽丝，我们做了一些调整。当我与科尔通电话时，我发现与“译者之家”相比，出版社并不反对为了那些花和比阿特丽丝而多掏一点钱。

搬家后，我的生活也变得更加有规律。我经常起得较晚，最好是睡到十一点或十一点半才起床。洗完澡，穿好衣服，下楼买份报纸和新鲜面包。坐在扶手椅上，比阿特丽丝蜷缩在我的脚边，就这样一边悠闲地吃着早餐，一边读着有关世界的新闻和我前一天的翻译，做些修改，然后在差一刻两点的时候离开公寓。首先穿过几条避风的小巷子，然后进入掠过鲁伊斯达莱运河的微风中，沿着库佩路和范贝勒街走上一段，最后在图书馆开门的几分钟后到达。

大多数情况下，坐在那里的是莫文洛伊德太太——第一天招呼我的那个女人——但有时是两个年轻女子中的一个，一个皮肤黝黑，美得有点迷人，有点腼腆；另一个面色红润，有点超重。她们谁也不跟我说话，只是以某种不成文的相互理解的方式冲我点点头；我也没有同莫文洛伊德太太说多少话，但从第三天起，我总是会在四点半时得到一杯茶和几块饼干，这显然是她们让自己稍事休息的时间。

在最初的几个星期里，我仍然对白天的时间有一定的控制，在回顾往事时，我注意到了这一点。当然，在某种程度上，这也是必要的。我在浏览过一遍两个音乐厅的节目后，制定了一个时间表，这意味着我每周要听四五场音乐会，这也就意味着，我得早点离开图书馆，以便在去皇家大会堂或新音乐厅之前有足够的时间吃晚饭。

渐渐地，我意识到，我的财政状况几乎不允许我每周都跑去听几场昂贵的音乐会，于是我做出改变，只出现在大厅里，看着观众熙攘到来，有时，则代之以看着观众川流而去。但不管用什么方法，在这个寒冷的一月的晚上，我从未看见过艾娃一眼。即使我并没有开始绝望，但很明显，我必须想出更好的办法。

除此之外，我很乐意在晚上花几个小时泡在咖啡馆里，尤其是两家相当喧杂的咖啡馆，它们坐落在我回家的通常步行路线上——分别是玛特和杜莎特。我坐在角落里，不时地与人交谈，尤其是那些年纪稍大、略显疲惫的绅士们，他们已度过了自己的大半生，对人生产生了某种程度的怀疑，我发现，这种怀疑态度令我有种解脱感，如同他乡遇故知。我猜，这些晚上我也遇到过女人，但即使我很肯定，有一两个女人完全不反对和我一起过夜，我也从未在这方面采取过任何主动。总之，在一点钟以前上床睡觉对我而言是不同寻常的。

即使我这第一个月的想法大多都在围着艾娃转，而这可能意味着六个月前她确曾坐在 A 市听贝多芬的小提琴协奏曲的录制（我已经核实过，它确实发生在皇家大会堂），但翻译赖因手稿的工作越来越多地垄断了我的注意力。

此项工作令人沉重，而且进展缓慢，前几页并非例外，但除此之外还有件事：某种东西不久便开始对我形成了某种控制。某种几乎是隐藏着的东西，仿佛手稿中包含着他千方百计想要隐藏的信息或潜台词。我其实并不知道那是什么，但很早就感觉到一定有什么东西。文字令人费解，错综复杂，有时完全让人摸不着头脑，但不可否认的是，随着对内容的深入了解，我越来越觉得，这一切的背后有种简单、纯粹、清晰的东西。

手稿的翻译量也不是特别大。只一百六十页出头，如果我能保持每周十五页的速度，应该能在三月底或四月初的某个时候翻完。也就是完成初稿。接下来自然要花一段时间来进行修改和润色，但几乎毫无疑问，我将按照商定的时间在六月完工。

但其手稿下的潜台词吸引了我，使我着迷，令我困惑。赖因之前的作品都没有包含这种程度的复杂性，当然，与此同时，出版本身也有一些特殊的情况和限制。他一定是出于某种原因才只愿此书以译本的形式出版，而不是使用他的母语。科尔和阿蒙森都翻看过记事录，但没有发现任何类似的东西——当然，某些文本是从各个独裁政权那里偷运出来的，就像索尔仁尼琴[①]和其他人那样，但完全没有这种风格的作品。我知道，我尝试着尽可能地不去思索和推测此事，但随着时间的推移，随着对这本书的日益渗透，我越来越确信，在那儿，在文本本身之中，有什么东西能对这些情况做出解释。为什么格蒙德·赖因的这本书一定要经过翻译才可出版，这个问题的答案就在该书自身之中，而不在其他地方。

尽管有此洞见，可我还是拒绝提前阅读。我坚定不移地忠于自己的方法，一行一行、一段一段、一页一页地向前推进。诱惑不是没有，但我没费多大力气就将之克服了。

很难描述赖因的文本。首要的文体手段无疑是内心独白，它似乎游走于主角 R 与作者本人之间，有时也会走向那个女人 M。书中唯一的其他角色，至少在开始部分，是一个特定的 G 先生，赖因在密集的、或多或少有些梦幻的场景中描述着这三人之间的某种关系。正如前面提到过的，我很早就能觉察到这两个男人与那个女人之间的三角关系：某些变故——或者随便什么情况——会时不时地重复出现，以大范围向外发散的特定语言和术语再现。我几乎无法不注意到，R 与 G 之间的关系并不怎么样，而且 R 似乎非常接

① 索尔仁尼琴（Alexander Solzhenitsyn, 1918—2008 年），俄罗斯作家，1968 年因作品《第一圈》无法在国内出版而在境外发表，被开除出苏联作协，随后又因出版描写极权主义的巨著《古拉格群岛》被驱逐出国。

近于有时会惊鸿一瞥般出现的第一人称叙述者。

整个一月份，这三人的关系也是我真正想要弄清楚的。当然，如果我不去想艾娃的事并为之投入精力，便有可能会更早地意识到他们之间的真正关系，但这只是猜测。也许我需要这两件事来让自己从它们彼此中解脱出来：现在回想起来，我常常震惊于自己在这段时间里是多么全心全意地投身于一件事或另一件事。我发现自己要么深深地沉浸在格蒙德·赖因的作品中，要么在四处寻找我失踪的妻子。我从来没有将两件事混为一谈。我始终把这两个任务分得很开，就像油和水一样，我认为这是完全正确的方法。

到了一月的最后几天，我对自己单方面的、几乎毫无成效的音乐会监控感到极度厌倦，于是决定另寻出路。在电话簿的“私家侦探”栏里，我找到不下十六个不同的名称和机构。一天晚上，在结束了图书馆的工作之后，我安排了一次会面，地点在埃德加·L.梅尔滕斯于普罗哈斯卡广场的办公室。

“先生，你能描述一下你的问题吗？”他开口问道，此时我们已经完成了自我介绍的前奏曲，坐了下来，每人都一支烟和一杯啤酒在手。他比我想象的要老，快六十岁了，一头剪得很短的灰发，平和的蓝眼睛给人一种笃定感。

“你做这行很长时间了吗？”我问。

他微微一笑。

“三十年。”

“这么久？”

“这是项世界纪录。你大可放心地信赖我，说说吧？”

我从口袋里掏出照片，摊在他面前的桌子上。他连忙对之加以观察。

“一个女人。”

这不是个问题，只是种心怀厌倦的陈述。他吸了一口烟，看着我。我选择保持沉默。

“首先，我得问问你，你是不是真的想把这件事调查到底。”

他声音里的那种不想接手的语气是令人不快且毋庸置疑的。我点了点头。

“监视或失踪？”

“失踪。”我说。

“好，”他说，“我更喜欢失踪。”

“为什么呢？”

他没有回答。

“她是什么时候不见的？”

“三年前，多一点。”

他做着笔记。

“名字呢？”

我告诉了他，并补充说，她不太可能还在使用它。

“你查过吗？”

“是的。A 市没有叫这个名字的人。”

“你有理由相信她在此地吗？”

我点点头。

“能否请你简单地说一下事情的来龙去脉？”

我照着做了。很自然，我省略了某些决定性的部分，但努力把其他可能重要的部分都包括在内。我说完后，他没有立即做出回应。取而代之的是，他向前探过桌子，更仔细地研究着艾娃的照片。

“好吧，”他说，“这个案子我接了。”

我之前根本没想过他也许会拒绝，但现在意识到，我要求他做的工作并不是让人梦寐以求的。

“当然，我不能保证会有什么结果，”他解释说，“我建议给我一个月的时间来做这事，如果到那时我们还没有找到她，恐怕就不得不将此事一笔勾销了。我推测你想要的是谨慎。”

“完全的谨慎。”我说。

他点点头。

“至于费用，”他开始以此来结束谈话，“如果事情没办成，我就只拿一半。”

他在面前的便笺本上写了两道算术题，然后把它转过来让我看。我明白，在我们商定的一个月时间之后，我将不会有意愿继续使用他的服务。

“你觉得可能性有多大？”我问。

他耸了耸肩，“如果她真的在本市，我们很可能会看到她。我有个小团队。”

“福尔摩斯小分队？”

“多少算是吧。她有保持低调的理由吗？也就是说，除了从你的故事中可探知的以外。”

我想了想。

“没有……”

“你在犹豫。”

“反正我不知道有什么理由。”

“你已经三年没见过她了？”

“差不多三年半。”

他灭掉烟，站起身。

“你真的想找到她吗？”

他在这一点上的执着开始使我有点恼火。

“你为什么这么问？”

“因为大多数人都会在三年后忘记一个女人，但你不会？”

我也站了起来。

“不，我不会。”

他又耸耸肩。

“你可以先给我几百元。我猜你是打算偶尔来此听听近况？”

我点点头。

“我建议星期一和星期四。如果有什么紧急情况发生，我们自然会联系你的。”

我们握了握手，然后我离开了他。回到街上。雨又下起来了，我立即决定溜进第一家有空座的酒吧。

酒吧原来叫作“复仇女神”，当我坐在那里喝着黑啤酒时，真不知道该把这个名字解读为好兆头还是坏兆头。无论如何，在过去几周里毫无希望地在同一地点悻悻徘徊之后，我觉得自己能够感觉到一种推进感。我决定暂时把希望寄托在这种模糊的印象上。

由于雨一直下个不停，我便在“复仇女神”坐了几个小时，这才穿着勉强算干的鞋子回家。我一点也不知道自己何时爬上床的，但当我不久之后醒来时，已经是 2 月了，身边还躺着个红发女人。

我一直不知道她叫什么名字，她似乎也不是特别想做自我介绍。她没有大惊小怪地惹什么麻烦，冲了个澡就走了，只留下枕头上的几缕头发和香奈儿 5 号的淡淡香味。

我躺在床上，直到暮色降临，然后起床，慢慢地向图书馆走去。但是外面的鲁伊斯达莱运河上的风太大了，我转而回了家，做了杯肉桂咖啡。抱着比阿特丽丝坐在扶手椅上，把暖气开到最大，用摄影师留下的录音机听巴赫的《勃兰登堡协奏曲》。

听着巴赫的音乐，想着艾娃。

我们是在 8 月 15 日出发的。完全按计划行事，给自己留出几天时间穿越德国，而我感觉到，我真的爱她。此时我们结婚已快八年，但我从未体验过如此强烈的爱情。我们之间的某种东西已经成熟，我知道，两个人之间的事实际上不会好过我们在这次旅行中所体会到的。很难具体说明这种感觉究竟源自何处：我似乎在妻子身上发现了前所未见的特征，但又无法弄清究竟是她发生了变化，还是我自己发生了变化。那时候没弄清，之后也没有。

由于我态度上的这种变化，她一再说起她有一个情人，因此我们必须分开，这对我来说是种很大的压力。我也试了好几次，用了许多不同的方法，试图说服她放弃幻想。最后我问她，他是谁。

“毛里茨。”她简单地回答。

那是在高速公路沿线的休息区，我们吃着鸡蛋三明治，喝着咖啡，天气十分怡人。在我的记忆中，有黑白相间的奶牛在一片三叶草草地上吃草，草坡下有条河道。总体说来，这是一个非常漂亮的休息区。

“毛里茨·温克勒？”

“是的。”

“你疯了，”我说，“所有女人都会爱上自己的治疗师。你必须忘掉那些胡言乱语。”

她严肃地看着我。

“我知道我在伤害你，”她重复道，“但我唯一拥有的就是我的真诚。他要到山里来接我。我们说好了的。”

然后我打了她，然后我们几天都没有再谈论这件事。

正是在这2月的第一个星期，我开始注意到赖因手稿中隐藏的信息，至少是其中的一个方面。一天傍晚，离图书馆闭馆还剩几分钟的时候，我仍坐在惯常的那张桌子旁，研究着白天写下来的东西。最后几句话是：

R完全痴迷于这整段的时间，痴迷于这种所有隐藏的缺点和失败都在此被推翻的状况，尽管它也许将永远不见天日——一种长久以来通过观察M产生的洞见。肩并肩地生活，或平行地生活，或为了邻居生活；怀疑从未在这个女人身上存在过，什么都没有被质疑过：她若在海滨，那她就只是在海滨，就只是在那儿，只身一人。现在，她在由大海、阴影和尖叫的海鸥构筑的死寂的安全堡垒中——这成了件沉重的事情。哦，不能生育的母亲的虚荣！冷鱼，冰冷的鱼；海草，腐烂的海草，一股不挣扎、不说话、不邀约的风，在漫长的旅途之后，它无话可说。这就是M。

加了着重号的“在……中”这个词，我盯着它。我把这个小段落反复地读了几遍，怎么也想不出有什么合理的理由要把这个无关紧要的介词用着重号标示出来。然后，我想起了另外几个加了着重号的字词或短语，它们在我看来是没头没脑的。

我朝前浏览，只有两个地方。第四页上的单词“像”，第十六页上的单词“诗人”。

像“诗人在……中”。

就在这时，莫文洛伊德太太走进参考文献部，小心翼翼地咳嗽了一声。我收拾好手稿，离开了图书馆。一回到费迪南德·博尔街的家中，我便把它们又拿出来，浏览了一下后面的文字。大概用了十分钟，就把它全部过了一遍。在整部手稿中，只有另外两个短语标了着重号：

第六十三页上的“大地的”。

第一百五十八页上的“灰烬”。

像“诗人在大地的灰烬中”。

我花了几秒钟才明白它们之间的关联，但一旦看到它们，马上就明白了。“大地的灰烬”是小说集《梦想冲天炉》中的一篇小说的名字。这是个相当短的悲喜剧故事，讲的是一个作家，在他文学生涯的巅峰时期，被一种强迫性的想法所裹挟，认为他的妻子想要谋杀他。我把手稿推开，然后出现了两种相当矛盾的感觉。

一种是愤怒。或者是近乎愤怒的恼怒，因为某件愚蠢得令人难以置信的事情。为什么要把这样的东西放到这样沉重得可怕的地方，放在几乎无法阅读的手稿里？某种如此廉价的东西！我对赖因几乎抑制不住的反感突然爆发了，我知道，有那么几秒钟，我脑海里蹦出的念头是，把手稿寄回给科尔和阿蒙森，让他们烧掉它。或者另外找一个不那么挑剔的译者。

另一种情绪则难以描述，某种也许与恐惧相关的情绪，我很快意识到，我的激动和愤怒很可能主要是为了抵御这种大祸临头的感觉。它是那些自主但武断的灵魂创可贴中的一种。

就像《大地的灰烬》中的诗人？

赖因写下这本书一定有十年了，我翻译它也有五年了。到底是什么意思？我试图准确地回忆起故事的结局，却怎么都记不起来。

我走到窗前，关掉灯，站在那里观察着外面的现实世界。此刻，它的构成部分包括铅灰色的天空，一座黯沉建筑的外立面，它的底层有一排灯火通明的店铺窗户——马斯肯斯家居中心、哈瓦·纳吉拉·莎瓦尔玛烤肉店、阿尔伯特·海因连锁店。还有一些骑自行车的人。停着的汽车。有轨电车隆隆驶过的声音。来来去去的汽车。在风中摇晃的路灯。

站在那里的物体和溶解的物体。我还记得自己当时的想法，我记得这些想法是无法用语言表达的，无论当时还是现在。

那天晚上，我站在窗前，脑海中反复琢磨着赖因的那些加了着重号的字词。过了一会儿，我重新走回扶手椅，把比阿特丽丝放在腿上，同它一起在黑暗中坐了很长时间。

之后我走出门去，在离家最近的咖啡馆里故意喝到酩酊大醉。忧虑情绪全程都挥之不去，就像皮肤下的一道恼人的闪光，一种无法触及的瘙痒。直到后来，在夜间很晚的时候，当我踉踉跄跄地站起身，然后在厕所里呕吐时，这种忧虑才有所缓解。

第二天，阳光明媚。我没有去图书馆，而是继续走向冯德尔公园，在那里四处闲逛，直到天黑。我做了一些决定，傍晚时分，给科尔打了个电话。

“事情进行得怎样？”他热情洋溢地问道，但声音里带着一丝担忧。

“再好不过了，”我解释道，“我只是需要一些信息。”

“什么信息？”

“赖因的妻子叫什么名字？”

“玛丽娅姆。玛丽娅姆·卡达尔。为什么问这个？”

我没有回答。

“你能把有关他死亡的报道寄来吗？”

“谁的？赖因的？”

“自然是他的。我需要一个详细的总结，但不想让自己置身其中。这可能会引起注意。”

“我明白。”

我能听出这正是他没做到的事。

“你能仔细梳理一下那些报纸吗？”

“这与手稿有什么关系吗？”

“也许有一些。”

“我他妈会的。”

“那么，越快越好？”

“当然。”

我们结束了通话。我离开电话亭，心里当然明白，我违心地点燃了科尔和阿蒙森对这一项目的热情。我能在脑海里看到他们在兴奋地搓手。他们怎么能不会呢？一家出版社，即将出版这位伟大的新神秘主义者的遗著，一本为他的死亡带来了新解说的著作。你还能要求什么呢？如果你没能成功地卖出这么一点东西，那最好还是彻底改变自己的业务范围吧。

就我个人而言，我并不特别渴望再次在图书馆里遭人白眼，但知道自己必须深入研究手稿。它既吸引着我，同时又使我感到厌恶，但也许这主要是个压制难对付的好奇心的问题，因为我开始对围绕赖因之死的周遭情况生出了好奇。我突然想到，在给科尔打电话时，本应该问问赖因身边是否也有个G，但还是决定推迟到以后的某个时间再说。说到底，在现阶段，我所谓的怀疑只不过是一些毫无根据的胡思乱想。渐渐地，我对这件事有了更多的了解，但在那时——甚至是在接下来的几天里，当我继续与手稿中难以理解的格式做斗争的时候——我可能已经准备好把这一切都当作幻想而置之不理了。一个在特殊情况下阐释过度的例子，仅此而已。

正如我和私家侦探梅尔滕斯所约定的那样，我们保持着定期的联络。周一和周四，在图书馆工作一天后，我会选择路过他位于普罗哈斯卡广场的办公室的路线走，每次他都只是略带歉意地耸耸肩，解释说还没有发现任何线索。

经过几次这样的拜访，我不可否认地开始失去信心。梅尔滕斯似乎一点也不为自己没有取得任何成果而感到尴尬，而这个安排已经花了我不少钱。最后，我直截了当地问他是否认为有任何成功的希望，但他只回答说，这是不可能预测的。

那天晚上，我在离开侦探所的时候——那一定是在2月中旬的某个时候——产生了一种难以忍受的挫败感。我已一门心思地慢慢把赖因的手稿翻译到了九十页，换句话说，已经翻译了一半多，但过去几天的进展一直拖沓不前。在手稿许多地方，那些语句几乎是不可理解的，即使现在我很容易就能找到正确的表达和陈述方式，也常常认为手稿根本没有透露任何意义。无论如何，从我的角度没有发现任何意义。只是种无望的、不受控制的内心独白，最常出现在主人公R身上，如梦似幻，不着边际，由大团的文字而非形象构成。我对一种隐藏信息的怀疑似乎越来越少了，唯一能期待的，就是剩余的那七十页上的同样的废话。同样不可否认的是，我开始怀疑读者在这篇主观、具象的散乱作品中究竟能找到什么，以及科尔和阿蒙森是否在无事生非且兴奋得太早。

"像诗人一样"那句话当然还在那里，令人沉思，但若说这几个词构成了这部遗著的全部意义，在我看来似乎都不大可能。

那天晚上，在走进"复仇女神"时——是的，我相当肯定那正好是2月15日——我知道，我最强烈的愿望是让赖因下地狱去。然而，仔细一想，我意识到，这可能正是他已经做了的事。

我站着喝了两杯啤酒，然后径直回家。我的信搁在楼梯上，那天只有一封相当厚的信。在看到寄信地址时，我明白科尔终于把我要求的关于赖因死亡的记述寄来了。(过了很长时间后，我才知道他女儿出了事故，这自然是他花了这么长时间的原因。)

过了一会儿，我在扶手椅上坐下来，比阿特丽丝伏在我的脚边与我做伴。我一边喝茶，一边读着科尔的叙述。它长达六页，不可否认，他已经尽了自己最大的努力。我一看完，便立即回过头去重新看了一遍。

没有特别值得注意的信息，没有什么是我不知道的，但现在，当所有情况都以这种压缩方式呈现出来时，我觉得自己感觉到了它与我正在翻译的手稿中的一两个共同点。我一时还摸不清是怎么回事，但决定第二天尽可能仔细地把我所写下的文字过上一遍，看看是否会有什么结果。

从表面上乍一看，赖因之死并没有多少神秘之处。11 月 19 日，星期五，他和妻子以及出版商一起去了这对夫妇位于贝伦西的家。他们从傍晚开始喝酒，直至深夜。那位酩酊大醉的妻子在第二天午餐左右的某个时刻醒过来，没过多久就发现了一封还在打字机上的告别信。它很简短，也许并不完全明确（然而，其确切的措辞没有被泄露给新闻界），但赖因的摩托艇在第二天晚上被发现，它被遗弃在海岸线以北十几公里处的一个海湾里，在岩石的映衬下十分醒目，当然，到了这时，人们开始感知到了其中的关联。人们报了警，但是，如上所述，玛丽娅姆·卡达尔用了将近一个星期才接受了这个事实：她大名鼎鼎的丈夫那天晚上或者清晨真的出了海，然后投入了大海的怀抱。唯一泄露出来的一段文字是："我带上了我们旧时的青铜女像，以便我至少可以避免浮出水面，让你们大家难堪……"

那尊分量将近十五公斤的旧铜像确实不见了，因此人们猜测，赖因在跳下船之前，设法把它牢牢地绑在了自己身上。

因此，基于被发现的船舶位置、主要风向和当下的状况，以及赖因和青铜女像加起来的重量，你便可以试着计算出格蒙德·赖因的遗体可能在哪里。当然，这会有很大的偏差，而可以把他成功拖上来的预测就像能找到沉没的亚特兰蒂斯的预测一样不靠谱。因此，人们一直克制着不去尝试——反正他们只需表现出一点善意就成。

关于赖因自杀的原因，人们的反应和推论各不相同，但在这一点上，它们都没有显示任何大大偏离于在这种际遇下通常会出现的见解。

他为什么要这么做？会有人理解吗？他未曾发出过任何信号吗？等等。

但对于那些离我们最近的人的所思所想，以及其内心最深处的动机，我们究竟了解多少呢？本杰明在《汇报》上发表的署名文章总结了人们的普遍看法。也许我们一点也不了解。

科尔的叙述到此为止。他也有一些问题，当然，他特别想知道我会用它来做什么。因为我自己也不太清楚这一点，所以根本没打算令他如愿以偿。相反，我把信纸放回信封，站起身来，立在窗边，又一次观察着费迪南德·博尔街上那些渐渐减少的活动。有好几分钟，我感到一切都是那么空虚和徒劳。我记得自己抽了一支烟，心里在想，如果就那么头朝下地跳到人行道上，是否真有可能一命呜呼。我几乎无法相信这一点。我想我只会给自己造成某种压抑、持久的残疾，而这毫无意义。

当这些感觉消退时，一股小小的能量波取而代之，我决定与玛丽娅姆·卡达尔小心谨慎地接触一下。这其中是否有任何意义当然尚未可知，但正是在做出这些无法预见其后果的决定的时候，我们才会感觉到，活力在我们僵硬的血管里微微地冒着泡。

我知道我在引用别人的话，只是不记得是谁的话了。

当我们抵达山村格劳埃斯时，已经是清晨了，我们开了一整夜的车。更确切地说，是我开了一整夜的车，而艾娃则躺在后座上，盖着我们从比亚里茨买来的蓝格毯子睡着了。至少在过去的几个小时里是这样，与此同时，我听着普兰克和萨蒂主持的汽车广播，看到黑暗从山谷中升起。

毫无疑问，这是一个美丽的早晨。房屋、小巷、高山和整个世界都如水洗过般干净清纯。我把车停在位于斜坡之上的凹凸不平的波梅尔斯通广场上，下了车，在汩汩流淌的喷泉里洗去脸上的倦意。太阳刚刚越过东边的山脊，在沉睡的建筑立面上投下柔和的光芒。我站在那里看着它们，水从我的头发上滴下来，我想，在清晨的时候，你可以在世界上的任何地方生出宾至如归的感觉。然后我叫醒了艾娃，我还记得自己有些失望，因为她没能克服疲劳，像我一样感受强烈地体验这永恒却转瞬即逝的时刻。

我们找到了去旅馆的路，旅馆位于核心社区之外，紧挨着一个相当陡峭的山坡的中段，可以从那里远眺山谷另一边那连绵无尽的山峦。我们登记入住后，艾娃又睡着了，过了一会儿，我也睡着了。

自然，这是个旅游村庄，但游览的高峰期在冬季，我们在午后的几个小时里对其进行了初步的勘察，发现这里几乎没有德国人和爱发牢骚的美国人，这真令人愉快。我们在三家加斯多夫餐厅中的一家吃了晚饭。用餐过后，艾娃说，我们不能继续在一起，这真的让她很痛苦。我略带讽刺地问，她的情人什么时候会出现，她解释说他已经到了。更准确地说，是到了下个河谷中的一个小村庄里，她已答应当天晚上就给他打电话。

我们付了钱，回到旅馆，在阳台上共饮一瓶葡萄酒。我们坐在那里的时候，她离开了几分钟，去楼下的接待处打了个电话。她很快就回来了，此时的我注意到，她笼罩在一圈神光之中，在我们刚在一起时，我曾在她身上看到过这种光芒。我往杯子里又倒了些酒，暗自发誓说，我永远、永远、永远不会让任何其他男人拥有她。

后来我们做爱了，激烈而凶悍，就像我们有时会做的那样。在那之后，当她从浴室回来时，她说：“那是最后一次。我知道我在伤害你，但那是我们最后一次做爱。”

突然间，我感到疲累和恼怒，尤其是对她正在伤害我这种毫无意义的唠叨。

“你是我的，艾娃，”我说，“别妄想别的什么了。”

她没有回答，我们静静地躺了很长时间才睡着。也许我已经感觉到她会说到做到，实际上，我已经是个失败者了。现在我当然知道了，但我选择失去的方式并非无关紧要。

在大约九十五页之后，赖因的文字突然变得清晰起来。在2月20日左右的一个大雨倾盆的灰色日子里，我翻译了以下这段话：

R痴迷于在任何情况下都会使其内容、真实性和本质都失去存在意义的思想和文字，但这种痴迷并非这么简单。他还痴迷于征服和制伏现实。揭露它，也就是说，将之付诸笔端的能力就是在征服它。M和G。能够写到最后一个字母来描述和揭露正在发生的事情，就是把他们变成虚无的方式。所以他在近乎疯狂的状态下夜以继日地做着笔记，相信凭借这些武器，他可以使一切变得具体起来，可以实施杀戮；杀呀杀呀，可他们还站在那儿。M

和G。站在那儿，自在之物，两物，一物，一切物，而这该死的痴迷只会把矛和刀转向他自己凹陷的胸膛。他们和他。他和他们。他知道。她知道。G知道。他现在必须清醒起来。从心底里忘却。必须找到可以远眺的悬崖，必须搞清楚，弄明白。他们打算做什么？计划是什么？他们以这种永远睁着一只眼睛的审慎造就着什么样的未来？突然，一天晚上，在达戈维尔，他的恐惧有了新的名字。一个地狱般的名字。他担心自己的生命安全。R感到了恐惧。他拿起笔开始写起来，现在他开始发自内心地书写，这个晚上，以及接下来的几个晚上，他都沉浸在这种恐惧之中。

我向后靠去，环顾四周。另外只有两张桌子上还亮着台灯，灯下是图书馆的常客——一个年长的犹太人，白胡子，便帽，总是于周三和周五坐在这里，似乎沉浸于一些神秘论文本；一个四十岁的妇女，她会时不时地前来，每次都会悲观地叹息着，阅读厚厚的解剖书籍，一坐就是几个小时。

窗外的雨一直下个不停，街对面的“水上堡垒”咖啡馆的黄色灯笼已经点亮。在这个城市的无数咖啡馆中，“水上堡垒”成了我最喜欢的地方，我不知道为什么。也许它只不过是在一系列无关紧要的事情之间达成了微妙的平衡，但我明白，假如我永久地居住在A市，我将成为这里的常客。我收拾好书本，离开了工作台。我清楚地感觉到，我的思想需要一杯啤酒和一支香烟。回想起来，我才意识到，除了每天一杯茶所配的四块饼干外，我一整天什么也没吃。

R害怕了？在穿过莫尔科尔街时，我这样想着。他们和他？他和他们？

我体验到一种突如其来的感觉：我正行走在薄冰之上。

玛丽娅姆·卡达尔是个老烟枪。

她是个瘦削、黝黑的小个子女人，有着黎凡特人的五官，身上散发着一种肉欲的气息。她大概是在努力克制这一点，只是没有成功。不管她是否情愿，这女人都会给人留下这样的印象：你在见到她之前的二十秒，她还是光着身子的；而在你离开她的二十秒后，她又除去了所有衣物。我进行了自我介绍。

“是你打电话来的吗？”

“是的，如我所言，我希望这没有打扰你。”

“我们以前见过吗？”

“我想没有。若见过，我是不会忘记的。”

她眼都不眨地接受了我的恭维，开始带我往房子深处走去。在必定是赖因书房的地方，她已将一个托盘摆放在一张烟熏色的小玻璃桌上，托盘上放着葡萄酒、坚果和水果干。四壁摆满了从地板高至天花板的书架，透过一扇巨大的全景窗户，可以看到外面杂草丛生的花园，花园顺势倾斜，通向一条运河。我试着给自己定位，那一定是王子河。

我们坐下来。我突然希望自己身在别处。或者我坐在这里，却是另一个人。这种感觉相当强烈，我记得自己使劲闭上眼睛，迅速将此想法甩掉，但没能很好地保持下去。

“你翻译过我丈夫的书？”

“是的。”

“哪一本？”

我列出了书名。她微微地点了几下头，好像我每提到一本，她就记起了一本。仿佛每一本书都是她自己生活的一部分，这让我印象深刻。假定事实确实如此也并非没有道理。

“你结婚很久了？”

“十五年。”

我清了清嗓子。

“那个，我说过，我就住在附近。我来是想表达我的哀悼，我很喜欢他……我指他的书，我们只见过几次面……”

喋喋不休，全是废话。她再次点头，又点上一支香烟。我们倒出些葡萄酒，含糊其词地干杯，一句话也没说。

“他有时会说起你，”她说，“我想他很欣赏你的翻译。”

“真的吗？这让我很开心……你一定很难过吧？”

她犹豫了片刻。

“是的，”她随后说，“我想是很难过。但我可能还不习惯……尽管已经过去几个月了。我也不知道自己是否愿意去适应它。人也必须有在黑暗中生活的能力。”

“对你来说，谈论他是件痛苦的事吗？”

“一点也不。我让他以那种方式活着，我还重读了他的几本书。这就……就好像它们获得了新的意义，我不知道这是否只是个人的……因为我离他如此之近，我是说。”

我明白，不会再有更合适的时机了。

“请原谅我的冒昧，但他死前在忙些什么呢？也就是说，他在写些什么呢？”

“你为什么这么问？”

我耸耸肩，试图表现出歉意。

“我不知道。只是觉得在他的作品中有一条线指向了前方的某物……但是没有别的了吗？”

“是的，他当然在写。”

“是吗？”

“我们只是不知道他写下的东西去了哪里。”

“你这话是什么意思？”

她又犹豫起来。她吸了几口香烟。我碰巧想到，一个像这样的大烟枪的神经自然不可能有这么好的状态。也许事实上，这次谈话带给她的折磨更甚于我。这个想法给了我一种感觉，即局面仍然在我的掌控中。我想，那感觉是不着边际的，且转瞬即逝。

“整个秋天他都在忙着写稿子，一直忙到……那个，忙到他死亡的时候。稿子不在这里，也许他毁了它，烧了它，或者……把它带走了。”

“它是关于什么的？”

她叹了口气。

“我不知道。他总是遮遮掩掩的，但我想他对它很满意，因为它占据了他的全部精力，他身上表现出了这一点。”

“他是一位伟大的作家。”

她马上笑了。

“我知道。”

我又喝了点波尔多葡萄酒。真希望我一直处于可持续提问的位置，关于他自杀的原因，关于她为什么拒绝接受此事。

她是否有可能拥有一个名叫 G 的情人。

那自然是不可能的。取而代之的是，我们谈了阵子他的一些书籍，主要是最近的两部，几年前，我在一个为期八个月的密集时段内翻译了它们，所以对之仍有清晰的记忆。我们都对他携着最后一本书死去这件事表示了遗憾。大约二十分钟后，我清楚地感觉到，我的在场令她厌烦，于是明白是时候让她一个人待着了。

她在门口拦住了我一小会儿。

“我还是不明白你为什么要见我，真的没有别的事吗？”

“打扰你了。”

“不，一点也不。我只是有种感觉……”

“什么样的感觉？”

“你脑子里有更重要的事情。”

我强颜欢笑。

“对不起。完全不是那样的。我非常欣赏你丈夫的作品，仅此而已。”

她抬头看着我。她一定比我矮了二十五厘米。我们站在门口，彼此靠得很近，我突然明白了把她的头压在我的胸口上会是什么感觉。她又与我对视了一秒钟，然后后退半步，于是我们道了别，没有任何肢体接触。

外面的街道上飘着雪花。又大又厚的雪片在黑黢黢的房屋之间迤迤然地飘落下来。我记得，我伸出手去，试图抓住几片雪花，但它们似乎都不愿靠近我的皮肤。

此处，也没有接触。

自然，我满脑子想的都是玛丽娅姆·卡达尔，无论天气如何，我都会如此，但这些雪花似乎也在诉说着一些关于她的事情。我自忖，一个人很难用语言说出这其中有多少秘而不宣的众多关联。

是的，在那超越了语言、符号和其他闪烁物的巨大、清新的寂静中。像赖因那样发声。

如果没记错的话，我在拜访过玛丽娅姆·卡达尔仅仅两天后，就发现有人在监视我。

第一次感觉到是在一天早上，那天我异乎寻常地起了个大早——步行至滑铁卢市场的杂货店去买东西——不知不觉中，这种印象在我的脑海中留下了印记。直到当天下午，那个跟踪者走进图书馆，坐在我常去的参考文献部后排的一张桌子边，我这才发现自己被跟踪了，我知道，曾于我在位于乌特勒支街的烟草店里买香烟时在外面等着我的正是这同一人。他个子很高，有点驼背，头发稀疏，戴副褐色眼镜，年纪与我相仿。在图书馆里，他把外套挂在椅背上，当我注意到他时，他正在浏览一本似乎多少有些随意地从书架上取下的书。当然，我不能回头去观察他，但是，过了一会儿，我在夹着文件夹去上厕所时经过了他身边，离他只有一米之遥，这让我有时间仔细端详了一下他的外貌。从任何角度说都足够彻底，所以如果他下次再出现，我一定能认出他来。

显然，我尚不能百分之百地肯定事情正如我所怀疑的那样——他实际上是在跟踪我。然而，就在那天傍晚，我肯定了自己的怀疑。那天，我在收工后，向梅尔滕斯位于普罗哈斯卡广场的办公室走去，因为那天是星期四。只走了大约一百米后，我便有了一种感觉：有人亦步亦趋地跟在我身后。我加快脚步，抄近路穿过梅斯广场和弗达姆公园，在公园北侧的同一个街区绕了几圈，最后溜过一条狭窄的小巷，蹲在几辆自行车后面等待着。仅十秒钟之后，他便从街上走了过去。

我又在巷子里待了几分钟，这才继续走过两个街区，来到梅尔滕斯的办公室。整件事在我看来十分奇怪。不管被派来跟踪我、监视我的一举一动的人是谁，也不管这背后有什么目的，整件事给人留下的印象都十分业余。我还有点看不明白这有什么意义，似乎最有可能的是——无论如何，这是我想到的第一件事——它与我对玛丽娅姆·卡达尔的拜访有关，或者是赖因手稿的事不知怎么泄露出去了。

在这个阶段，我想不出其他的可能性。

走进梅尔滕斯的办公室时，我也突然想到了对那笨拙的跟踪的最简单解释：它一定是故意的。某人想让我意识到有人在监视我，但我没有时间去考虑这样的事情背后可能隐藏着什么阴谋。

反正当时我没有时间。要知道，自从我和梅尔滕斯有交接以来，他第一次有线索可呈。的确，他强调这很可能是一条错误的线索，并警告我不要抱太大希望。

然后他把一只棕色小信封推过桌子。我打开它，看到一个我不熟悉的街道地址。

“一个郊区，”梅尔滕斯解释说，“乘火车到那儿要半个小时。”

“那么，你看见她在那儿了吗？”

他像往常一样耸了耸肩。

“不是我本人，只是我的一个员工。”

“什么时候？”

“昨天。看见她走进一幢高层建筑，但她进了电梯，他无法看清她上了几楼。他有点跛，爬楼梯有些困难……嗯，当然，我们今天一直盯着前门，但她没有露面。”

“你确定是她吗？”

“一点也不，”他笑道，“胎记是匹配的，但是谁能说出一个女人三年后的模样呢？”

我把信封塞进里面的口袋，离开了他。当我走到街上时，基梅尔教堂的钟声正开始敲响九下，我明白，我不妨把去那个郊区的行程推迟到第二天。

第二天，我们在旅馆里吃了晚饭。在那之后，正当我们边喝咖啡边抽烟时，她说第二天要离开我去见毛里茨·温克勒。

事情也是按照她所说的发生的。我站在外面的阳台上，看她开着车，沿着蜿蜒的山路向另一边的山谷和村庄驶去。我的眼睛能够一直追踪着她，直到两座黑暗山峦之间的隘口，在那里，那辆白色奥迪车突然不见了，就如同一片雪花融于水中一样快。

这一天的基调是相同的：天空阴暗，山顶上笼罩着令人生畏的乌云。我决定沿着同样的方向进行一次远足。我没有任何欲望走出去，走进人群和建筑物中。实际上，除了我妻子，我什么都不想要，但我辨识得出这些有必要离开的环境。我总是如此。我心灵上的不安太过强烈，必须用某种有形的东西来改变和冲淡，于是十二点钟刚过，我就带着几瓶啤酒和一袋厨房为我准备好的三明治出发了。

一个小时后，大雨笼罩了我。不过，我很快就找到了一个岩洞，于是整个下午都坐在那里的一块石头上，透过雨幕眺望着外面的风景，那一天，它已经失去了所有的轮廓和大部分的美丽。

我坐在那里，喝光了几瓶啤酒，慢慢地咀嚼着三明治，同时否定了一个又一个计划，还想了一会儿我妻子大腿内侧那光滑得出奇的皮肤；当然，我也想到了其他女人的肌肤，但主要是关于艾娃的。当时，无论在怎样的情形下，那具柔软的肉体于我而言似乎都是如此无邪，这真是自相矛盾。我想知道，是否有可能仅凭感觉，凭借指尖的轻触，就能确定身体某一部分肌肤的位置。

这些想法自然使我有点心烦意乱，最终的解决办法直到我重新下山时才出现。但即便如此，我也是直到再次走进旅店大堂时才想清楚的。并非想清楚了每一步的细枝末节，而只是些大概。带着一种病态的满足感，我走进淋浴间，让热水冲走在整整一小时的回程徒步中把我浸得透湿的冷雨。

我的灵感来自年轻时看过的一部老电影，可能是在电视上看的，但我从来不记得片名，无论是当时还是后来。虽然我的计划可能只是从众多的犯罪原型之一衍生而来，其起源就像那天晚上我独处时，旅店老板给我端来的汤一样不清不楚。

那是一种强烈的孤独和一碗无望的汤。

艾娃回来时，已经是凌晨三点多了，我假装睡着了。我敢肯定，她明白我只是装的，但不管怎样，她还是扮演了自己的角色，在黑暗的房间里轻手轻脚地走来走去，与六个月前的我如出一辙。

我已经忘记了那个女人的名字。

那个郊区叫瓦辛根，由二十多幢高楼和一个购物中心组成。我没见到任何更早期的建筑，我猜想此处的一切都起自60年代末或70年代初。

从车站出来，我跟随着蛇形蜿蜒的人群，穿过几个布满涂鸦的臭气熏天的行人隧道，来到一个灰蒙蒙、冷冰冰的广场上，出现在不情愿地露出来的天光下。商店和各种各样的服务设施从三个方向把广场围了起来，从第四个方向吹来一阵无情的海风。我记得自己在想，如果在我们这个时代建造地狱，人们很可能会使用这种建筑。

我找到了去那座建筑的道路。这是一幢灰褐色的潮湿的混凝土建筑，有十六层。我快速估算了一下，估计它应该能容纳一千一百二十人左右。私家侦探梅尔滕斯的同事曾看到我妻子从前门进去，在那门内的屋主名录上，有七十二个不同的名字。我离开大楼，坐在购物中心的咖啡馆里，一面试图盯住从这个或那个方向走过的每一个女人，一面考虑着几种不同的策略。

我的脑子里没有任何可以接受的行动计划，只有一种越来越强烈的绝望和徒劳的感觉，但随后我的目光落到了咖啡馆对面的报摊上。我喝完咖啡，走到报摊那里翻看了一会儿，最后买了六本基督教周刊《觉醒》。在那之后，我走回那幢大楼，开始行动。

刚过一个小时，我已按了六十四个门铃。由于时间已经是周五下午相当晚的时候了，所以我也得到了大多数人的应答，有四十六个。我卖掉了两本《觉醒》，却连艾娃的影子都没有见着。

我把剩下的杂志扔进垃圾桶，穿过隧道回到车站。现在暮色已经降临，疏离感开始将其魔爪伸入我的内心，于是在等火车的时候，我在酒吧里喝了三杯威士忌。我还试着和调酒师搭讪。调酒师身材魁梧高大，如同健美运动员，浑身上下都有文身。对于我的搭讪，他只是不屑一顾地嘟囔了几句，从未从吧台上他面前的电脑游戏中抬起过眼睛。我注意到，他在读东西时嘴唇会翕动不已。

我回到位于费迪南德·博尔街的家里，从楼下的咖啡馆给梅尔滕斯打了个电话，但正如我所说的，那是周五晚上，所以无人接听电话。因此，我不得不等到周一才结算账单，且终止与他的合作。

我整个晚上都在喝威士忌。我还记得，我在雷泽广场附近的一家酒吧差点和一个面色红润的挪威人吵了一架；在回家的路上，我又撞上了一辆停在人行道上的自行车，指关节上留下了几处相当大的擦伤。

然而，当晚最持久的消极事件是我丢失了我在瓦辛根核查了所有公寓后列出的清单，当我回顾此事时，我明白，光这一件事就很可能导致我等了那么长时间后才去进行下一次的访问。

无论如何，我知道在这个阶段，我并没有真正放弃寻找艾娃的想法；那天下午和晚上我明显的沮丧只是在执行任务前的暂时推诿。

是暂时的，而且在我看来，在某种程度上是可以理解的。

星期一，我和梅尔滕斯结清了账单。我在去图书馆之前去见了他，我们就瓦辛根的线索是否应该算作一个实质性的结果有点儿争论，但最后他让步了，我们按较低的费率结了账。

我们握手告别时，他并没有祝我好运。我明白，他仍然认为我最好忘掉这一切，让自己投身于更有意义的事情。由于缺乏兴趣和参与感，虽有几点批评意见在我的舌尖打转儿，但我忍住没说，未做进一步的评论就离开了他。

整个周末，自打瓦辛根这条线索被摆上桌面以来，我或多或少地抑制住了盘问跟踪我的人的想法，但就在我走进图书馆的大门时，碰巧又想起了他。他就像个没有任何预兆的幻影般出现在我的意识中。我记得，当时我仿佛能想象出他出现在文献室里的情景。

出于这个原因，当我发现文献室空空如也时，几乎生出一种失望的感觉。整个下午，在继续翻译赖因的手稿时，我只有半个小时的时间是有伴的，那是两个学生，他们坐在非常靠后的一张桌子旁，小声谈论着一些共同的作业。

我没见到任何跟踪者的影子。

这些都毫无意义，我在这个周一有好几次这样想。像往常一样，在这该死的生活里，一切的计划和目的都将化为泡影。

然而，我知道事情并非如此。不过，我知道迟早一切都会如我所愿的，只要表现出一点耐心和毅力就成。有信号，有信号。

赖因的文字也不是特别耸人听闻，至少在那一周的头几天是这样。如果我没记错的话，直到周四我才遇到了迫使我重新开始猜测的东西：在数页对某人的童年——有可能是R本人的童年——相当模糊不明的闪回后，文本突然豁然开朗，在我的黄色塑料马克杯中的茶渐渐冷却之时，我翻译出了以下段落：

证明材料。在那些稍纵即逝的时刻，当发泄过愤怒后，R开始想到证明材料。当一切都结束时，伤口绝不会像水里的脚印一样简单地闭合起来，摆脱无意识状态和不断接续的现在的独裁。一天早上，趁她在广场买蔬菜时（总是这些必定采摘还不到一天的蔬菜，她的死亡警告），他搜查了属于她的东西，她知道他永远不会这样做，所以并没有费心隐藏。他找到了信件，四封，有三封足够清楚，第四封则是个阴谋。他们正在密谋，他们真的在密谋夺取他的性命。明白这一点时，他感到额头上沁出了汗珠。R走出屋去，来到沙滩上，让肺部充满了未被污染的海上空气，然后继续向水中走去，一直到水没过他的腰。他站在懒洋洋的涌浪中，看到自己的生活就像黏滑的蓝水母一样随波逐流，做着无谓的挣扎，因为漂得太远，所以再也逃不掉了。回到屋中，她还徘徊于广场上的蔬菜中间，这需要时间，也许她也正在床上与G滚床单。他把那些信放进一个文件夹，开车进城，将它们复印下来，当他回来时，她仍然不在。R 犹豫了一下。要为后人保留副本吗？他走到一半，将两份复印件放入衣柜里的内裤中，把两份原件和两份复印件装进一只塑料袋里，用帆布包好，相当深思熟虑，相当一丝不苟，为后人做着这些保障。他走进棚子，拿起一把铲子，四下看了看，挑选位置。在柔软的、坑坑洼洼的草坪中央，矗立着这个丑陋无比的日晷，他在它北面松散的泥土里埋下自己的财宝和遗嘱。他喝下几杯威士忌。M 还没有回来，她是在床上跟 G 滚床单呢，他现在知道了。她大张着双腿，接收着 G 的黏糊糊的精液。在一个市区酒店的房间里，两个汗流浃背的动物。也许是在贝尔维德尔，也许是在更远的邻近城市克劳斯，因为他们是如此他妈的小心，M 和 G。但 R 又多喝了点威士忌，无论怎样都能想象出他们的样子。他们是如何做爱的，又是如何详细讨论他的性命的，这些现在都升到了一切怀疑之上。他坐下来写了起来，像往常一样，他的反击化作了这些词句，这些单薄的、没有血色的抽象词句，目的是诱捕那两具汗津津的杀人犯的躯体，一个围绕着发臭的肉体无情生长的词语之茧。R 在害怕，R 知道，但 R 在写。

第 122—123 页。那天晚上，我终于违反了达克的规则，没有费神去进行翻译，只是阅读了剩下的书稿。

是的，在沉重的铸铁落地灯的照耀下，在比阿特丽丝伏在我脚上的情况下，我读了格蒙德·赖因最后四十页的文字。书的最后几行引用了他最早的一本书《真理的传说》中的一句话：

有一天，当我们不再了解自己的生活时，我们仍必须继续下去，仿佛我们是一本书或一部电影。没有其他指示。

我把那些纸张放在一边。时间是十一点过几分钟，我注意到自己的身体像只弹簧一样紧张。我站起来，试着放松，在公寓里来回踱步，最后拿起一支烟站到了窗前。我还关了灯，像许多个夜晚一样，观察着屋外黑暗中那些零落稀疏的动态。各种想法滞留在我体内，在彼此间来回滑动，试图转移我对那些文字的注意力。尽管如此，我明白我必须有所行动。我已经到了一切防御都被切断的地步。我不明白他为什么把它交给我，但事已至此，想找借口按兵不动已为时太晚。还没轮到荷瑞修[①]心怀疑虑。

过了一会儿，紧张的气氛缓和了。我下楼去了咖啡馆，但只喝了几杯啤酒，头脑清醒地决定了我必须采取的策略。

当然，这些都不足为奇。我现在看不到其他的解决办法，以后也不会看到。

① 荷瑞修（Horatio）：莎士比亚的戏剧《哈姆雷特》中的人物，是哈姆雷特的挚友，哈姆雷特在临死前曾嘱托他将自己的故事告诉后人。

我有两年半没见过詹尼斯·霍恩了，但电话簿上有他的联系方式，我给他打电话时，他毫不费力地回忆起了我们最近的一次会面。

那次会面的发生与在基尔举办的一个小型书展有关，我们一起在酒吧里度过了几个晚上。事实证明，他和我是同一类型的独行侠，我们有很多话题可谈，尽管他相当可观的酒精摄入量自然而然地设置了一些障碍。

是对那种也许本可以说出来的事情的障碍。我从其他地方了解到，他会时不时地去不同的诊所，但现在他接电话时——在3月第一个周日的午餐时间前后——听起来既发音清晰又充满活力。他解释说，他当下正忙于一个电视节目，发现自己正处于紧张的工作阶段，但即便如此，我给他打电话似乎仍让他感到兴高采烈。

我从他那里想要的实际上只是一个简单的信息——我通过公开渠道始终无法找到赖因的避暑别墅的地址，又因为我知道霍恩曾经到过那里（他在基尔的那一周期间说起过这事），所以我一下子就想到了这一可能性。

无论如何，他坚持要聚上一聚，于是我们决定周一晚上在位于格雷吉普街区的一家印尼小餐馆“苏亚加”见面。

那是一次长时间的会面，有吃有喝，也有关于存在主义问题的讨论，我们语气略带讽刺，我还记得，两年半前的那些个晚上我们也是使用的这种腔调。霍恩对我打算去赖因的海边别墅的计划丝毫不感惊讶——我的借口是，我正在研究几本私人笔记，它们有一天可能会变成一部传记——于是当我们在凌晨时分相互道别时，我口袋里既有地址，又有一张精心绘制的路线图。他还告诉我，那栋房子通常被称作“樱桃园”，但他不知道为什么。当然，这与契诃夫有关，可尽管进行了某些猜测，我俩谁都无法确定两者之间的确切关联。我还小心翼翼地试着向他盘问一些关于赖因及其婚姻的事情——毕竟，霍恩对他有点儿了解——但没有提供任何可能表明对他的死亡存在怀疑的信息。相反，对霍恩来说，他的自杀一点也不令人意外。他认为，赖因处于自杀的合理阶段——处于人生的众多低谷之一，在这样的时刻，那实际上只是个钟摆是否会摆回来的问题。

世界上最自然不过的事情。

我也没有进一步追问。我不知道他进入了什么样的圈子，也不知道他与什么人交往。在这一点上，我不能特别依赖于或多或少的知情推测。我好奇地问他，他是否相信赖因和玛丽娅姆·卡达尔的婚姻十分幸福。对此，他只是轻蔑地耸了耸肩，然后反问我是否听说过所谓的“女人的天性”。显然，他认为这个回答既巧妙又详尽，于是我就不再谈这个话题了。

如前所述，我们很晚才告别。因为反正我在A市还要待上几个月，所以我们决定两周后再联系，他估计到那时他的电视工作将会结束。他的想法是，也许我们可以去莫尔纳的海边度个周末——那里离赖因的房子只有几公里——显然他从父亲，也就是那位并非完全默默无闻的军事历史学家彼得·霍恩那里继承了那里的一所小别墅。

我期待这样的安排，但同时又有一种感觉：再过几个星期，事情很可能会发生不太可能的转折。

在与詹尼斯·霍恩会面后的第二天，我花了一个小时调查了通往贝伦西的火车和公共汽车线路——贝伦西是离赖因家最近的城镇。在那之后我放弃了。如果我想乘坐公共交通工具，那将需要多次复杂的换乘，还要沿着海岸步行四公里。因此，我决定租一天车。

在赫兹汽车出租公司位于伯吉斯运河街的办公室即将关门之前，我预定了一辆小雷诺供周三一整天使用，而就在我走出这间办公室的时候，再次看到了我的跟踪者。

他站在窄窄的运河另一边，显然是想让自己看上去像是在观察下面的黑色死水里的什么东西。他把长大衣换成了毛领皮夹克，头上戴着顶黑色羊毛帽，但即使这样，我还是一眼就认出那是他。同样的长马脸，同样的驼背和难看的姿势，同样的眼镜。

我犹豫了片刻，不知道该怎么办，也许这就足以让他明白我已经注意到他了。我开始慢慢地向市中心走去，他尽职尽责地跟着我，但在卡尔弗街的某处，他拐进了一条小巷，不见了踪影。

尽管我四处游荡了好长一段时间，却再也没有见到他，最后我还是放弃了，坐电车回到费迪南德·博尔街的家。我站在车里，手拽着从车顶吊下来的拉环，对自己发誓，下次不会再让他跑掉。但我还无法决定，到那时我是最好直接与他对峙，还是试着调换一下角色。

总的来说，我很难理清楚 3 月的这头几天到底发生了什么。天气突然改变，完全是春暖花开的景象，从某种意义上说，这似乎也涉及一个完全不同的方面的转变。在周围正在进行的游戏中（我知道我就是这么定义此事的），我自己的位置似乎总是在不停地变动，如果在这段时间里有什么感觉占据了上风，那就是被操纵的感觉。

毫无疑问，我有种错觉，以为我的决定和行动确实是由我自己的某种自由意志所支配的，但这种错觉很难维持，我记得，我不止一次地断定，这可能也正是整件事的意义所在。

一种错觉。

“可是你不明白这是一种错觉吗？”我说。

“这不是错觉。”艾娃连看都不看我一眼地说。

我们坐在加斯多夫二号餐厅里，没再说下去。我们默默地吃着东西，我感到语言和文字突然变得像铅一样沉重，我们谁也无法把它们从我们最终陷入的泥潭中拉出来。就像面对一场迫在眉睫的战争时那样，我们发现自己已经非常接近那个临界点：所有谈判都已破裂，然后只剩下赤裸裸的行动。

后来我们在村子里散了会儿步。然后在因暑假而关闭的校舍旁的一棵栗子树下坐了很长一段时间，注视着那些穿黑衣服的老先生们，他们正在河流下游不远处玩掷球游戏。

“我有过几个别的女人。”我说。

艾娃什么也没说。一只松鼠从栗子树上跳下来，在我们脚前停了一会儿，看着我们，然后跳走了。我真的不知道为什么我会记得这只小动物，以及它一动不动地站在离我们只有一米远的地方看着我们的那一瞬间，但我就是记得，而且明白，我也永远不会忘记它。也许那只动物的眼睛里有什么东西，也许它关乎一些始终存在但我又无法应对的未阐明的问题，我想就是这样。

“但从来都不是认真的。”我解释道。

她吸了一口气。

“这正是区别所在。”她说。

“什么区别？”我问。

“我只有一个，而这意味着一切。”

我没有回答，过了一会儿，我们站起来，动身回了旅馆。

第二天，我们在格劳埃斯的第四天，我向艾娃解释说，我想自己待上一天，把事情想清楚。我说我还需要那辆车，即我们为那个夏天租的白色奥迪，她没有对此提出任何异议。我突然意识到，毛里茨·温克勒在隘口另一端的村子里有辆自己的车，所以如果他们打算再见面，那也不会有什么障碍。

我一吃过早饭就动身了，将注意力集中在通往那个隘口的路上的所有细节上。这是一个晴朗的日子，天空中只飘浮着几缕白云，到达隘口时，我可以看到，它确如我所估计的一样。唯一的关键点似乎就在酒店出口处，但假设你不需要为路上的任何车辆停车，那就也没有真正的理由在此处刹车。在时长为十分钟的驾驶过程中会遇到几个急转弯，但由于要爬的坡太陡，我甚至从未想过要把脚从油门上挪开。

我把车开过山顶，在一个小停车场停下来，从那里可以看到对面开阔的风景。一块旅游牌匾提供的信息是，此处的海拔为1820米，周围山峰的海拔则接近3000米。我坐在护栏上，一边抽着烟，一边用眼睛追踪着那条蜿蜒曲折的柏油路，它向下一直通向镇子，镇子位于我下方很远的地方，与其说我能看到它，不如说我能感觉到它。道路在岩石和露头的岩层间时隐时现，其下降长度自然与我刚才上升的长度相当。在下方不远处，在距离只有一两公里远的地方，可以瞥见劳恩水库的水平面。水库是座巨大的水坝，我在旅游手册上读到过。它的颜色是一种令人无法透视的绿色，如果我没记错的话，宣传手册上说它可以储存多达十亿立方米的水。

我灭掉香烟。闭上眼睛，试图把整个事情都变成视觉影像。这并不特别困难。

一点也不难。

我没有继续向大坝和城镇下行，而是决定先再检查一遍上坡路段。我把车开回格劳埃斯，在广场上的咖啡馆喝了杯啤酒，然后再次上山。因此，我碰巧两次经过我们住的旅馆，但我克制住了停下来仔细检查出口处这一关键点的念头——我当然不知道艾娃是否还在我们的房间里，或者她是否已经到了毛里茨·温克勒的怀里。

没有什么可以反驳她在同时做这两件事的想法。

也就是说，在我们的房间里，躺在他的怀里。

我的第二次尝试证实了第一次的结论。从酒店到山体间的隘口处只花了不到十一分钟，而且我没有踩过一次刹车。到目前为止一切都很好，但当然，决定性的部分仍然留在后面。

下山。

我花了将近三个小时才想出最合理的方案，在这段时间里，我沿着同一条路线上下行驶了至少八次。在观景台也坐了好几次，一边抽烟一边思考。为了得到尽可能真实的画面，我尝试在不踩刹车的情况下一路下行，行驶得尽可能远一些，而最后两次显然差点搭上自己的性命：以最低挡速冲过那些转弯处。通过检查我还发现，路上没有减速装置，也没有其他可以想象的安全岛，我很满意地排除了所有这些可能性。

我设法下行的最远距离只不过是沿着公路行驶了一公里多一点，但随后我做好了最大限度的准备，从一开始就一挡前行。前四个弯道并非完全不可控，我得出的结论是，即使是处于震惊状态的司机也应该能够绕过它们，而且毫无疑问，任何一个急转弯都让人有机会在撞上岩壁后把车相对平稳地停下来。接下来的情况则较糟糕——一段将近一百米的急剧下降长度，右侧是垂直的岩壁，左侧是同样的垂直悬崖。不管怎么做，如果不踩刹车，我都不可能在抵达紧接着那段下降道路终端的右手弯道前把车速降得足够低。当我驶进那个弯道时，汽车不听使唤地向左边的陡坡驶去。一道有些地方已经遭到侵蚀的不到三十厘米高的石质护栏是唯一的保护，于是我逐渐得出结论：事故将发生在这里，就在这里。

所以坠落几乎是垂直的，大约会深降五十米。下面有个斜坡，斜坡上有锐利的峭壁和大石，但没有植被——然后是一切之中最棒的存在：劳恩水库那静止不动、微波不兴的水面。

从那条路算起的坠落加起来大概有一百米。山侧的一次偶然的撞击，然后“扑通”一声，落入十亿立方米的绿色冰雪融水中。

不，想象起来一点也不难。

我在位于大坝下方的山谷里的第一个村庄沃姆林根吃了晚饭。给朋友和熟人写了几张明信片，告诉他们我们正在度过一个多么美妙的假期。我向 L 和 S 透露，艾娃和我都把这次旅行当作是第二次蜜月，在山中寻找隐蔽的爱情巢穴真的是毫不费劲。

最后一次开车经过那个隘口时，我已经开始考虑这项事业的技术方面了，但我对机械和汽车一直很在行，所以我知道，这不会涉及任何重大的担忧。唯一可能需要额外注意和计划的事情就是我应该在哪里动手。毕竟，我需要一两个小时不受打扰，但我很确定这个细节也会解决的。

第二天下午，艾娃说她真的很想在第二天早上用车，到那时，我无疑已经解决了剩下的一些小问题。

“当然，”我回答，头也不抬地看着我正在浏览的那本书，“听着，开走吧。我昨天加满了油，所以你只要开走就行了。”

我记得她也走到我跟前，把手放在我的肩膀上，短暂地停留了一会儿，但这是一个转瞬即逝的现象，而我依旧没有抬起眼睛。

我在开车去赖因家的前一天晚上大概睡得很不好，因为即使只有一百公里的路程，我还是不得不在半路停下车来喝杯黑咖啡。

也就是说，为了让自己保持清醒。

除此之外，天气同过去几天一样，天高云淡，春风和煦——气温估计接近十五摄氏度了，你能感觉到脚下地面的蠢蠢欲动。天气无疑也对我的精神状态和精力产生了有益的影响：开车去樱桃园里挖出那些不宜泄露的信件，或者任何可能出现的东西，这个决定可不容易做，任何能得到的支持我都需要。毫无疑问，我也在有意无意地寻找一切以最微不足道的方式呈现的迹象，它们可以得到积极的解释，充满我此行正确的暗示。这实际上是我在A市停留的整个过程中都全身心投入的事情——只不过在这个特殊的日子里，这种感觉特别真切。越来越暖和的太阳；长在路边的白色和黄色花朵；买咖啡付钱时，收银台后的女孩露出的亲切笑容。怎样都好。

也许相反的事——坏兆头和粗鲁的收银员——也会让我克制住自己，不去做这一切。当然，现在回想起来，你很难知道这一点。事情就这样发生了，但下面这样一种想法自然也是不无道理的：如果3月那第二周的天气相较之下更适宜些，事情就会拐向另一个方向。

这天是贝伦西广场的集市日。我把车停在教堂外面，手持霍恩的路线图走进人群，辨认方向。我仍然看不见海的踪影，但鼻孔却能很清楚地闻到它。也许还听得到它：在广场上空回荡的人声和喧闹声下，传来一种低沉而遥远的嗡嗡声。不管怎样，一个锈迹斑斑的路标上写着，到海滩的距离只有一点五公里。

出于某种原因，我生出一种不可抗拒的渴望，想在继续行事之前浏览一下那些摊位。半小时后——当低矮雪白的市政厅的钟声刚刚敲响一下时——我启程向海滩驶去，旁边的副驾驶座位上放着一只装得满满当当的袋子。水果、面包、自制果酱和奶酪。还有一瓶苹果酒，我知道对它我得小心一点。

堤岸上高草丛生，灌木丛在随风摇曳，在距堤岸一百来米的地方，道路出现了分岔，我拐向南面。根据詹尼斯·霍恩的地图，现在只需再走三公里多一点的路，同时留心左边的一座破旧的磨坊——从那里，就可以瞥见位于堤岸正下方的被一片松林环抱的樱桃园。我小心地沿着狭窄的柏油路行驶，路的大部分被流沙所覆盖。果不其然，几分钟后，我来到了那座摇摇欲坠的磨坊前。我停下车，环顾四周。

是的，的确，右边树林中的一所房子与描述正相符。那里还有只蓝漆剥落的信箱，一条小路通往树木间的一个可停放四五辆车的浑然天成的车库。

这也是个问题。在那由纵横交错的枝叶构成的天棚下停放着一辆红色奔驰车，我意识到，温暖的天气并不完全如我想象的那样是盟友。显然，它也吸引了其他人走出屋子，前往海边。我并没有特别强烈的愿望想与玛丽娅姆·卡达尔或其他任何人不期而遇，于是松开离合器，慢慢地向南驶去。

在驶出那所房子的视线范围后，我开车驶离大路，停在另一片长满多节松树的树林里。我猜测，人们沿着海岸种植松树是用来防风固沙的，但它们无疑也有很好的其他用途：在夏天，它们是很好的家庭周日出游的阴凉的午餐地点。至少在这些海滩房屋之间的空地上是这样，这些房屋分布得相当稀疏，彼此之间保持了安全的距离。我对赖因房子的外观没有清楚的印象，但我还是得出结论：它属于价格最贵的房子之一。

为什么他不能允许自己这么做呢？

我提着袋子，迎着风向海岸走去。回身向北走了很长一段路。我一直走在坚实潮湿的沙滩上，泛着泡沫的浪花时不时地拍打着它。我迈着悠闲自得的步伐走着，脸几乎向后仰着，迎向那光亮刺眼的太阳。海鸥在海面上盘旋，四下里都是它们发出的如泣如诉的尖叫声。我遇到一个穿着红色运动服独自慢跑的人，还有一个带着狗的女人，除此之外，沙滩上一片荒寂，它一直延伸到贝伦西的外围，在那里，地面开始上升，向南延伸到人的目力所及之处。

大约过了二十分钟，我再次爬上堤岸。我开始穿过沙丘往回走，在发现自己逐渐与樱桃园齐平时，爬进一个隐蔽的坑里，准备在那里伺机而动。

太阳彻底变暖了。我吃了一点奶酪和面包，喝了几口又浓又甜的苹果酒，然后在不到十分钟的时间里便沉沉睡去。

当我醒来时，一时间不知道自己身在何处。

和其他许多人一样——我与医生和门外汉都讨论过这个问题——我有时会在早晨感到几秒钟的大脑空白。你从睡梦中被抛至无言的现实面前的时刻绝对是静止的、凝固的，你实际上可以是任何人，身在任何时间、任何房间。自从艾娃消失后，我还学会了利用这些无意识时刻带来的自由感——在已经过去的三年里，我借此方式让自己觉得，我仍然（可以这么说）有她在身边。无论如何，我认为这是件很棒的事，但这次——在贝伦西的海边——这不是个简单而令人宽慰的问题。它是一种更强大的东西，也许有着本质上的不同。

我仰面躺着。在我的上方，海鸥在一个高高的蓝色天空上盘旋。太阳热了起来。我能听到海水的轰鸣声和风吹过岸边草地的沙沙声。

好几秒钟过去了。

艾娃？我想。这是通常能使生活状态恢复正常的第一念头。我想起了格劳埃斯。

想起了三年半前我回到家时的情景。

想起了警察的审讯。莫特警官的绿色衬衫，它的腋下部位有一圈圈的汗渍。

想起了与好友和社工的交谈。

想起了在医院度过的几个月以及搬出公寓的过程。我的新工作和翻译的恢复。同莫琳的失败恋情。同B的失败旅行。

我在哪儿？

一只蚂蚁爬过我的脖子。海鸥在尖叫。哪儿？

过了一分钟或更久，我才突然恢复了知觉，使我恢复的是那声咳嗽。

就像她躺在我旁边的沙滩上一样清晰，我又一次听到了艾娃在贝多芬的小提琴协奏曲中发出的咳嗽声，那感觉……是的，我想那一定是人被枪杀时的感觉，或是当电椅上的电源开启时的感觉。

我活下来了。我闭上眼睛，从塑料袋里摸出苹果酒瓶喝了一大口，之后，在仍然没有睁开眼睛的情况下点了支香烟。

我一边抽烟，一边一动不动地躺在那里。我开始慢慢让自己平静下来，为了让一些不偏不倚的东西占据我的大脑，我试着去思考那随心所欲的记忆机制。

或者，根本就不存在随心所欲？记忆——当然，我的意思是遗忘——是对抗生命的唯一真正有效的药物吗？

我想是的。无论如何，当我躺在沙坑里的时候，我相信是这样的，从那时起，实际上没有任何东西会给我理由去改变我的见解。

遗忘。

无论如何，几分钟后，我缓过神来。我设法趴在沙坑的边缘朝樱桃园的方向窥伺。房子的大部分都被松树遮住了，但是那辆红色奔驰车还在那里，从高过树丛的烟囱里冒出一缕淡淡的轻烟，它很快就被风吹散了。

我看了看表，两点三十。我再次沉入沙坑，有两个问题：

他们打算在那里过夜吗？

什么时候天才会黑到让我能冒险前往？

我又吃了些东西，同时断定，事情在很大程度上取决于那个日晷本身的位置，所以无论如何我都必须在白天找到它。不得不在黑暗中偷偷摸摸地寻找它，这似乎毫无吸引力。

大约一个小时后，我知道需要知道什么了。日晷确实是个值得怀疑的东西，正如赖因的文字所暗示的那样——一座巨大的、四下伸展的青铜雕塑，孤零零地、庄严肃穆地坐落在大草坪的中央。到那所房子的距离足足有二十米，我估计，在黑暗的掩护下偷偷溜过去挖洞应该是一件堪称零风险的事。奔驰车还在那儿；我瞥见了几个人，只是路过，但很明显，不管天气如何，他们都宁愿待在室内。或者至少避免被人看到。我自己大部分时间都是趴着的，头伸在两丛草之间，这样就能很好地监视樱桃园里发生的事情。

事情并不是很多。没有什么特别令人兴奋的。我躺在那里等天黑时，有时间抽了将近二十支烟，这比我每天的总消耗量还多，而且食物在黄昏到来的很久之前就吃完了。

但也有一种越来越平静的感觉。那些平淡无奇的海滨时光里的休息和恢复，我想我需要它们，我还把它们储存在自己的身体里，以后可能会从中受益。在我失去记忆的那一分钟及那令人震惊的清醒之后，我的神经紧张得到了平复，身体的不适也得到了抑制。八点半刚过，我开始小心翼翼地靠近那所房子，这时，我并没有感到特别担忧。一楼的窗户里亮着灯，但光线没有照到草坪上很远的地方。我明白，对于任何一个从里面往外看的人来说，在海岸线和周围的深色树木的映衬下，大概连日晷的轮廓都看不出来。

我蹲下身，偷偷地穿过草地，来到位于一米高的砖石基座上的日晷处。我用手在松软的泥土中摸索着它的底部。我没有费神带铲子：我知道赖因几乎没有理由挖得特别深。在摸索了大约一分钟后，我就找到了要找的东西。

那是个相当小的扁平包裹。正如赖因所写的那样，它被一块帆布包着，大小约莫为五十厘米乘二十厘米，厚两三厘米。我拂去它上面的泥土，又把底座周围的土弄平一点，然后溜回树丛，朝海堤走去。就在我翻过堤岸的一刹那，月亮冲破了云层，为整个海湾铺上了一条熠熠生辉的银毯。

我明白这又是一个征兆。

我花了一个半小时回到 A 市。我的精神仍处于全神贯注、不偏不倚的状态。赖因的包裹就在我旁边的副驾驶座位上，我不时地向它瞥上一眼，脑子里并没有产生任何兴奋感或一大堆想法。

后来——在把车和钥匙以惯常的方式还至赫兹租车公司的办公室后——我在“水上堡垒”咖啡馆喝了几杯，我记得有那么几次，当我去吧台或厕所时，还曾把那只包裹全无防备地留在了桌子上。

也许这是当时的一个问题——如果不是挑战的话——即不管怎样，都要给命运一个机会。也就是说，让它在为时已晚之前予以干预。

然而，并没有发生这样的事情。那天晚上，命运没有当班。大约午夜时分，我回到公寓，在清理完比阿特丽丝的猫砂并给它喂过东西后，把那份脏兮兮的文件扔到了书架最上面一排书的后面。还决定让它在那里躺上几天，以便至少给自己一个假定的机会，让事情保持原样。

很明显，我下午在海边的睡眠并不充足，因为我记得，我几乎没来得及把衣服脱掉便倒在了床上。

在某些日子里，当你上床睡觉的时候，你会觉得自己和起床的时候完全不一样。我知道，在这个令人疲惫的夜晚，我在入睡之前曾努力地想过，今天就是这样的一天。

她开车走后，我又回到床上。我在那里躺了一会儿，试图继续阅读正在读的两本书，但很难将注意力集中。于是，我又站起身，洗了个长长的热水澡，同时想着我该如何打发这一天……我突然想到，我已经养成了这些小的行为习惯，但在此处它们恰逢其时。

渐渐地，我决定来一次沿河而行的远足：我清楚地感觉到需要活动一下，天气也比几天前我去那岩洞时好多了。这次我没有为任何食物麻烦厨房的工作人员：沿河有很多开发项目，我肯定会找到开门营业的商店和咖啡馆。

那是明媚怡人的一天。我沿着汤汤的河流走了四个多小时，偶尔休息一下，坐在石头上，观览壮丽的自然风光，观察那些渔人，他们显眼地分散站在湍急的水流中，手里拿着精密的钓竿。我一共向上游走了大约五公里，在那里我还发现了一家小咖啡馆，旁边有家纪念品商店。我吃了一个三明治，喝了两瓶啤酒，因劳累和炎热的天气而感到饥渴难耐。我还买了几张明信片，同店主聊了聊。他是个胖乎乎、乐呵呵的提洛林人，到过一些地方，甚至如我后来所发现的那样，曾于80年代初到过我的家乡，在那里待了几个小时。

我回到格劳埃斯，在加斯多夫三号吃了晚饭，在附近散了会儿步，逛了逛商店，所以当我走进旅馆大门时，已经是晚上七点了。H夫人像往常一样在前台迎接我，问我这一天过得是否愉快，我回答说，今天十分值得回味。

“我妻子回来了吗？”我问。

“还没有。”

她摇了摇头，也许她的笑容中有丝勉强。也许她会不由自主地注意到，我和妻子分开的时间长得有些不同寻常。然而，我毫不在意地点点头，接过了她放在光滑大理石柜台上的钥匙。

但当我走向房间时，有什么东西突然爆裂了。我毫无预兆地感到一阵剧烈的胃痛，它们像刀子一样在我的腹部绞动着，尤其是肚脐下方的区域，接着就是恶心。我走进浴室，跪在马桶座前，很快就把一天吃的东西吐了个净光。

后来，我摇摇晃晃地回到房间，筋疲力尽地倒在床上。我听到楼下山坡上的小礼拜堂的七点半的报时钟声。两声无力的敲击似乎在山谷上空持续了几近不合理的很长时间。

我闭上眼睛，试图放空自己。

第二天晚上，也就是星期六晚上，我告诉H夫人，我妻子失踪了，警察是在星期天的大弥撒后才出现的。

来的是心平气和的赫尔·阿仁梅耶。他六十多岁，身材瘦削，是格劳埃斯的代理警察局长。在冬天，当游客数量达到最高峰时，他会有几个帮手，但在一年剩下的时间中，由于该地区的犯罪率极低——反正H夫人如是说——人们也可以在完全没有穿制服的警察的情况下过活。她与阿仁梅耶之间的关系有些暧昧不清，但我一直没弄清楚其原因何在。也许是失败的爱情：他们似乎年龄相仿。

我们坐在阳台上，他一边抽着烟斗，一边在黑色的布面笔记本上做着笔记，不时地表达着他的遗憾和同情。毫无疑问，他最担心的是艾娃的失踪发生在自己的辖区内，而不是其他地方，但他足够心胸开阔，明白我的痛苦比他的更大。

他没有问任何与艾娃或奥迪车的样貌无关的问题，也没有问她离开的时间，当他离开我时，才过了不到二十分钟。他承诺会立刻发出失踪人员的通知，还答应说，我借给他的那张照片一旦复印好，就会马上还给我。

直到三天后，莫特警官才现身，我不知道是阿仁梅耶派人去请的他，还是警察局的高层对此事进行了评估。不管怎么说，他的才干显然更强。他矮小而粗壮，一头稀疏的黑发，冰冷的灰色眼睛。我记得当时我想，如果一个人生来就有这样的眼睛，可能他注定迟早要成为一名警察。

这次谈话是在格劳埃斯的警察局内进行的。在摇摇晃晃的纤维板桌子上，录音机在转动。那情景我记得一清二楚。

“告诉我你是怎么想的！”他开口道。

我没有来得及回答。

“你知道她在哪儿吗？或是别的什么？”

“不……”

“你妻子就那么离开肯定是有原因的。你想否认吗？”

“是的。她一定是出了什么事……”

“什么事？”

我耸了耸肩。他指指录音机。

“我不知道。”我说。

“你能提些建议吗？”

“不能。”

他向我倾过身子，以致我能闻到他的口臭。不知什么原因，他还大汗淋漓，尽管他已把夹克挂在椅背上，只穿着衬衫。

“你们吵架了，是吗？”

“没有。”

“你撒谎。”

“没有。我们为什么要吵架呢？”

他发出一声大笑，听起来更像狗叫。

“旅馆的汉斯卡夫人报告说，你们几乎所有的时间都是分开的。”

我沉默。

“你怎么说？”

“我们的兴趣有些不同。”

“去你妈的。”

我们各自点了一支烟，暂停了一会儿。

“你有什么理由把你妻子弄走吗？”

我记得就在那时，烟进入了我的喉咙，也就是说，那应该是第一口烟。接下来我咳嗽得如此剧烈，这使他终于站起身，绕过桌子走过来，开始拍我的背。

我意识到，我突然的身体不适几乎没有为我赢得任何加分，但同时又感到一种愤怒正在我的内心形成。

“谢谢。你在暗示什么？”

“暗示？”

他回到椅子上坐下。

“你是在暗示我和我妻子的失踪有关。”

“你什么意思，先生？”

有那么一瞬间，我无法判断是他是白痴还是他认为我是白痴。或者这是否只是某种调节策略。我什么也没说。

“告诉我发生了什么事。”沉默了半分钟后，他要求道。

“我打算沿着河徒步旅行，而艾娃宁愿开车去郊游，”我说，“当你结婚的时间和我们一样长时，你就会给彼此这样的自由。”

“真的吗？”

“至少如果你有一点点常识的话。”

“你真的这么想吗？”

“是的。”

“你不知道她打算去哪儿吗？”

“不知道。”

“确定吗？”

“确定。”

就这样，在格劳埃斯的拘留室里，我们坐了一个多小时，在录音机上方争执不休。他毫无预兆地突然关掉录音机，套上夹克，解释说，目前这样就够了。

果然，几天后他又回来了，就在我离开格劳埃斯乘飞机经日内瓦回家的当天早上。我有点赶时间，所以这次我们的谈话被限制在十五分钟以内，但他的策略并没有明显的改变。同样笨拙地试图用突如其来的含沙射影、粗鲁无礼的问题引我上钩……同样冰冷的眼神，同样汗津津的衬衫——或是一件怎么看都类似的衬衫——当他留下我一个人离开时，我为摆脱了他而感到由衷的高兴。

在我住在旅馆的那些日子里，没有关于我失踪妻子的消息源源不断地传来。我再也没有去过山顶，也没有听到过毛里茨·温克勒的消息。那时没有，以后也没有。

经过两个半小时的出租车车程，我于8月30日下午抵达日内瓦机场，稍晚些时候，我将登上常规的夜间航班。整个行程由领事馆支付费用，据我所知，这是此类案件的标准做法。

我返乡后的最初时间段在没有任何重大插曲的情况下过去了。艾娃和我的社交活动仅限于一个四五个人的小圈子，一开始，他们的出现是如此频繁，以致我怀疑他们在时间安排上达成了一致。直到将近9月底的时候，这种拜访才有了更合理的频率，我也才开始习惯，并适应那种孤独。

至于我们自己的警察部门，它不断地向我通报搜寻艾娃的进展情况。有一段时间，甚至派了一名警员全职处理这个案子；我每周都会去警察局一次——周五下午下班后——去听取最新的消息，每次都只能听到新的猜测和假设。10月初，那位警员领了其他任务，我们决定，他们最好在有更具体的事情要报告时再与我联系。

从未有过什么更具体的事情。

就在那同一个月——也就是10月——的中旬，我也第一次试图去拜访毛里茨·温克勒。当然是在极其保密的情况下。

打了几次电话后，我才明白他已经永远地搬走了，显然是住在其他欧洲国家。谁也不知道是哪个国家，我也不是特别想知道。

11月已经到来，大多数人可能已经开始认真地猜测艾娃不会回来了。她的旧工作换了个新女孩来做，艾娃的母亲洛伊太太（我俩与她的关系都非常糟糕）来联系我，想知道我们是否应该安排某种追悼活动。我解释说，埋葬失踪者不是惯例，而且我对此也不感兴趣。

就在这次谈话的近一个星期后，我的精神崩溃了。此事发生在一个星期二到来前的晚上的三四点钟之间，完全没有任何前奏。也就是说，是妖魔时刻。

我对它的理解方式是，我刚醒来时，在几秒钟的空白之后，发现自己处于坠落的过程中，或是被吸进了一个黑洞。我坠落又坠落，速度令人头晕目眩，感觉令人恐惧。后来我试着描述过它，但每次都说不出来。随着时间的推移，我也明白了，根本没有语言可以描述它。

在我卧室窗户下面的人行道上，有人发现我浑身是血，身上有擦伤，但仍有一定程度的知觉。大约过了十周，我才得以爬回到原来的床上。

我很想坚持说，在那个时候，我是另外一个人。

在去海边后的十到十二天里，我保持着相当严格的作息时间。当莫文洛伊德太太打开图书馆的门时，我总是在那儿。大多数时候，我甚至已在外面的人行道上等了几分钟。我们仍然没有太多的交谈——最多只是偶尔聊聊天气。早春时节，从我工作台旁的窗户望出去，可以看到人们穿着短袖衬衫和轻薄的夏装从莫尔科尔街上走过，尽管那时才 3 月中旬。然而，在室内，在参考文献部的灰尘中，凡事都四季不变，所以我并不大在意大自然似乎有点不合时宜这件事。

只有在特殊的情况下，我才会把眼睛抬高到足以望向远处的位置。我目标明确地、有时几乎是带着一种占有欲地翻译完了赖因最后的四十页文字。我煞费苦心，精益求精，全神贯注，平均产出在每天四到五页之间。我一开始工作就再也不会离开座位。四点半我会收到茶水和饼干，直到莫文洛伊德太太或另外两个女人中的一个进来，以此来提醒我要关门了，我这才会收工。我看得出，至少那个红发女子想问一两个问题，但我巧妙地避开了她的目光，因此她从来没有机会开口。

在回家的路上，我会在范贝尔勒街上的某家餐馆吃晚饭——主要是在凯泽或拉法罗特——然后在“水上城堡”度过两三个小时，喝上两瓶啤酒和两杯威士忌，同时浏览报纸，或者只是坐在那里看人。这里的大多数人都是常客，我已经开始向其中几位点头致意了。

当然，我也对未来进行了一些思考。即使那个帆布包裹还原封不动地躺在书架上，但我已经不动声色地接近了必须打开它的临界点。如果它里面装的是我认为的东西，那当然意味着事态会发生相当大的变化。

新的一页。更不用说章了。显然，这也是我打算在迈出这一步之前完成翻译的原因。事实上，科尔和阿蒙森拿到手中的不会是个语言优美的译文——只是我手写的初稿——但我曾认认真真地从第一页译起，如果到头来他们真的想再等上个把月以便让我进行修订，那我当然也可以为他们提供那一选项。然而，鉴于我当时所认为的事态，我确信他们会毫不犹豫地出版。他们不会有任何踌躇，反而会放下手头的一切工作，直奔打字台和印刷机，确保以尽可能快的速度把书摆上书架。

如果我的猜测是正确的，那么这一切都开始带有了一种不容错过的轰动元素。简单地说，这是文学界的独家新闻，其程度比我的雇主们所想象的要高得多。

当然，这些只是评估。但那些夜晚，当我坐在“水上城堡”烟雾缭绕的角落里时，我知道，那正是事情将会呈现的本来面目。

根本没有相反的迹象。

当然，时不时会有一个问题冒出来，那就是赖因本人究竟是如何与这一切联系在一起的。毕竟，他就是那个发起人和导演，所以他不可能回避这个问题。

那么，事实是不是，他正在其宽敞的坟墓里扭来扭去？

抑或是在大笑？

如果没记错的话，我是在一个星期三终于完成了翻译的。反正是在刚过茶点之后，我收拾好稿纸、书和记事本，把所有的东西都塞进公文包，最后一次离开工作台。走在街上的时候，我总是在冯德尔公园入口处卖花人那里买一大束花。我回到图书馆，把花束递给莫文洛伊德太太，以表达我对她的盛情接待的诚挚感谢。我解释说，我的工作已经完成，但也许我还会在其他时间驻足于此，因为我打算在A市再待上两三个月。我看到莫文洛伊德太太深受感动，但一时说不出话来，于是我们在几句平淡无奇的道别语之后便分开了。

就在那天晚上，我将整个译稿看了一遍，花了六个多小时。当然，偶尔也会作些修改，但总的来说，我对最终结果的满意程度似乎要高于我坐在那里翻译它时所感到的满意度。尽管这部作品分量又重，复杂程度又高，但总的来说，我似乎找到了正确的语气和层次，一时间我找不到任何让我感到不满意的地方。

当我看完一遍时，已经是凌晨两点一刻了。我穿过厨房，往一只普通的玻璃酒杯里倒了几厘米威士忌。然后回到房间，从书架上把那个包裹取出来。

在扶手椅上坐下来，小心翼翼地把它展开。正如赖因所指出的，它另外还包着个黄色塑料袋。

里面是四张对折的白色纸张，没有信封。

在开始阅读之前，我注意到这里面似乎包括两份原件和两份复印件，用打字机打出。据我判断，用的是同一台机器。

我喝了一小口威士忌，读了起来。

花了不到五分钟时间。我喝下杯中剩余的酒，又读了一遍。

靠在椅子上想了一会儿。试图寻找新的方法和解决方案，但没有成功。试图怀疑我的感官证词，这也不成功。

情况很清楚，赖因被谋杀了。

被谋杀了。

我早就知晓此事，只是缺少这最后的确认。但现在，当事实摆在面前时，我无法摆脱一种相当强烈的不真实感。

格蒙德·赖因被谋杀了。

谋杀他的是玛丽娅姆·卡达尔，还有 G。

我仍然不知道 G 是谁。这四封信的署名都是 O，这在我看来似乎有点奇怪。有好一会儿，我也被这封信弄糊涂了，然后我拿起电话——在 A 市拨打当地电话是不受限的——拨通了詹尼斯·霍恩的号码。

“G 是谁？”我问道，他在铃声响了十多下之后才睡意蒙眬地接起电话。

过了一会儿，他才清醒过来，毫无疑问，一切都真相大白了。

“当然是格拉赫（Gerlach）。”

这个名字听起来很熟悉，但我不得不要求他说得更具体一些。

“奥托·格拉赫（Otto Gerlach）。他的出版商，自然是这样。你没见过他吗？”

我记得我差点笑出声来。突然，所有的碎片都落实到位。O 和 G，隐藏的游戏，关于翻译的问题，对保密的要求，一切。

我谢过霍恩，挂上电话。抱起比阿特丽丝，把它放在腿上。关掉灯，在那里坐了几分钟，凝视着外面的黑暗。

我真该死，我想。

我不是该早点明白吗？我想。

渐渐地，我认定，我几乎没有什么可责备自己的。我也看不出，如果我曾把事情看得再清楚一点的话，会有什么显著的不同。

不，实际上根本不会有所不同。

十分钟后，我把那些信放回到书册后面。入睡之前，我试着回想奥托·格拉赫长什么样——我从未见过他，但他在出版界是个相当有名的人物，我确信至少见过一两次他的照片。我唯一能想起的是一张粗糙的脸，两只黑眼睛挨得很近，嘴唇肥厚。为什么像玛丽娅姆·卡达尔这样的女人会爱上这样的货色，我似乎百思不得其解。不过，后来我想起了霍恩关于女人的天性的言论，再说，我的记忆力也并非特别可靠。

入睡的时候，我有一种感觉：我实际上没有时间睡觉。

果不其然，几个小时后我又站起了身。我快步走到位于马格德伯格路的 PTT 站，给科尔打了个电话。结果他不在，但我很快就接通了阿蒙森的电话。

我解释了情况。我说话的时候，几乎能听到他心跳的声音，他兴奋地前后扭动着，弄得他的办公椅吱嘎作响。我说完时，不得不几乎从头到尾地再讲一遍，然后提出了自己的建议。

他没有犹豫多长时间便接受了建议，自然，我也从来没有想象过其他情形。这位出版商将继续支付我在 A 市的费用，直到六月中旬。我将立即把我的译文寄给他们——在我先制作了一份安全的副本之后，而我随后必须以一种安全的方式存储它。

在那之后我会去警察局。

我按照这个顺序采取了行动。复印工作在马格德伯格路以南不远的施乐办公室进行了一个小时。然后我从曾打电话的那个 PTT 站寄出了原版翻译。回家后把复印件放在了书架上。

在去位于乌得勒支街的警察局的路上，我先停下来，在同一街区的一家咖啡馆喝了杯威士忌。的确，最近发生了很多事情，但我明白，我需要一些东西。我站在吧台边喝着酒，而当我站在那里的时候，一直在回想着玛丽娅姆·卡达尔那有强烈冲击力的性感。她纤细的肩膀，还有想象中的她衣服下的裸体。我记得那地方非常安静，安静到当我闭上眼睛时，可以毫不费力地想象出她坐在我旁边的空椅子上的身影。

几分钟后，我穿过半透明的警察局玻璃门，向接待处的一名女警官解释了我的事由。在一番忙乱之后，我得以向一位粗暴而咄咄逼人的警官陈述整件事。我记得他名叫德布里埃斯，他的夹克翻领上别着枚阿贾克斯别针。

我还向这个经验丰富的警官递交了赖因的原稿和四封信——拿到了收据，阿蒙森曾谨慎地强调了它的重要性——过了很久之后，当我走出警察局，来到乌得勒支街上时，我来 A 市的一个原因现在得到了解决，我希望可以花更多的时间和精力去投射于另一个原因。

我必须承认，这一希望将在很大程度上得以实现。

二

我连续第三天早起，站在阳台的晨曦中，看着卡赞萨基斯先生的两个身体壮硕的儿子在清澈见底的水面上钓鱼。

这几乎只是一种仪式，就像这些地方的许多其他工作一样。他们通常会在外面待上三四个小时，然后在接近中午时回来，抱怨着，耸着肩膀，向游客们展示当天的收获是多么少。通常是十几条红色的小鲻鱼，如果你提出要求且运气好的话，便可以随后在餐馆吃午饭时吃到它们。通常它们是油炸的，带着鱼鳞和鳍，没有盐、香料或多少创造力。

萨拉塔，我心想，然后回到黑沉沉的房间，拿出笔记本和笔、香烟和水瓶，重新走出去，坐在绳椅上开始写作。时间还没过六点二十分，夜晚的凉意还将持续一个半小时。阳台处于阴影里，这实际上是白天唯一堪用的时光。

这个岛太美了。尤其是基于这个原因，我希望我能信赖亨德森，希望我真的来对了地方。无论如何，我打算在这个月剩下的时间里留下来，不放弃任何一点机会。

今天早上我也想了一会儿亨德森和他模糊的照片。想着那海、那山和那橄榄园。然后我点燃一支香烟，开始写作。

玛丽娅姆·卡达尔和奥托·格拉赫的被捕时间是4月3日。我是从收音机里听到这个消息的，当时我正站在狭小的厨房里煮咖啡，刚刚打开收音机。

我当然已经知晓此事，但是从新闻播音员的嘴里听到这个消息，我还是吓了一跳，仿佛直到现在它才变成现实。当然，在某种程度上，事情也正是如此。直到这天早上，媒体上还没有透露任何消息——两个多星期以来，警察一直在极其秘密的情况下工作着。我不知道这仅仅是一个巧合，还是媒体真的在努力保持沉默。

然而，现在，此事突然昭昭于天下。一个小时后，当我在中央车站乘慢车前往瓦辛根的时候，已经感觉到，仿佛一切都在随着这个消息而跳动。所有三个人——赖因、玛丽娅姆·卡达尔和奥托·格拉赫——的照片上了海报和早报的头版头条，我记得，我觉得那种情绪给人以电影的印象，电影中，导演已决定在未予警告的情况下把刀刺进观众的身体。这是决定性的一幕，此时，整个事件突然进入更高的档位，所有旧有的、模糊的暗示都变得清晰起来，你被扔进了一个新的节奏中。

就是那些个时刻，就是你通常决定是要离开剧院还是也许值得留下来把故事看完的时刻。

毫无疑问的是，一旦登上火车并开始移动，我仿佛觉得，离开这座城市让我松了口气。

所以，这是我第一次重返瓦辛根，就在M和G当众被捕的那一天，距离我上次来时已经一个多月了。在翻译完赖因的手稿之后，我在新音乐厅和皇家大会堂度过了几个相当无精打采的夜晚，但自然连艾娃的影子也没有看到。后来，当我坐在“水上堡垒”和其他几家酒吧里喝啤酒、抽香烟时，也没能想出什么特别吸引人的计划。也许我也曾不当真地想过不再找她，但在早晨令人神志清醒的光线下，我当然把这些念头都打消掉了。

于是渐渐地，我决定去瓦辛根进行一次新的尝试。回想起来，很难说我是否真的想象过它会有什么结果。说实话，我可能很多时候都并不认为梅尔滕斯的一个手下在2月底那天于瓦辛根看到的真的是艾娃。我当时的大概想法是，甚至根本就没有任何观察者，梅尔滕斯只是简单地编造了整件事，为的是至少给人一种完成了某事的印象。无论如何，我很清楚，瓦辛根这一线索提供了一根我可以抓住的相当纤细的救命稻草，但由于没有任何其他线索，我也就只能抓住它了。

从某种意义上说，随着3月转变成4月，我也开始意识到，对艾娃的搜寻本身就是一个目标。在某些清醒的时刻，我可能会觉得再也找不到她了，但在没有尽我所能地寻找她的情况下继续生活几乎是不可能的。

至少在当时，这对我而言似乎是不可能的。

此外，我还有时间。直到6月中旬，我的生计都是有保障的。我没有工作，也没有必须完成的任务。每一天都是一页空白。

那么，为什么我不该找找看呢?

那个矮而壮的健美先生还在酒吧里，带着那同样的百折不挠的东欧魅力给我端来了威士忌。我将酒一饮而尽，然后走出酒吧，来到广场上。风力和上次差不多，但要暖和得多。那家准意大利风格的冰激凌店外甚至摆上了白色塑料椅和几张桌子，尽管可能还要等上至少一个月，才会有人想坐在那里。

总体上人很少。此刻还是下午早些时候，尽管在像这样的环境中肯定有相当多的失业者和残疾人，但我明白，还要过几个小时，商店之间才会真正开始人潮涌动。

我穿过一条很短的拱廊，来到36号门前，艾娃的大楼。

艾娃的大楼？我点燃一支香烟，站在那里盯着它看了一会儿。十六层楼高，灰褐色，略有些潮湿的立面。望不到尽头的清冷窗户和嵌入式小阳台。

我叹了口气，吸了两口烟。一种无望的、毫无意义的感觉——也许还夹杂着些许的荒诞感——开始袭上心头，但紧接着，太阳突然冲破云层，刺目得让人睁不开眼，以致我在一时间几乎失去了平衡。我闭上眼睛，恢复了正常。我开始回想贝多芬的小提琴协奏曲，还有那声咳嗽，还有让我最终站在A市郊区这幢公寓楼前的一系列事件。我很快注意到，如果我想弄出什么名堂的话，远离此类想法才是至关重要的。

于是我灭掉香烟，从门口走了进去。站在租户名录前，将全部七十二个名字都记在笔记本上。当然，这花了几分钟的时间，因而有两个女人——都是移民，都带着脏兮兮的孩子——在路过时向我投来了怀疑的一瞥。

我回到市中心，向上次坐过的那家咖啡馆走去。把几张照片给收银台旁的女孩看。她真的很乐于助人，对着照片认真研究了很久，但最终只能抱歉地摇摇头。

我谢过她，买了一杯咖啡。在接下来的几个小时里，我把照片又拿给另外二十四个人看过——包括在市中心和艾娃大楼的入口外面，但结果完全令人沮丧，我本当有理由对此感到害怕。

零，毫无结果。

我已经决定总共用不多不少十个工作日在瓦辛根寻找。为了不让这第一天就把所有的可能性都穷尽掉，我心满意足地坐上下午 4 点 28 分出发的火车，回到 A 市。

在中央车站，我买了三份报纸，过了一会儿，我拿着这些报纸在“计划者”餐厅坐下来吃晚饭，阅读关于格蒙德·赖因被谋杀的消息。

毫无疑问，这是个爆炸性的消息，显然没有人真正知道该如何应对它。的确，警方发布了一份简短的新闻稿，但内容非常空洞，未做进一步的说明。记者圈中所知的是，玛丽娅姆·卡达尔和奥托·格拉赫已经因涉嫌杀害了格蒙德·赖因而被逮捕，仅此而已。

其余的都是猜测。

关于爱情故事。即某些人口中的三角恋。关于 11 月的那个致命日子里在樱桃园里发生的事，关于遗书。

是什么事情让警察展开调查的。

警察一点线索都没有透露，我在报纸上看到的那些说法几乎都与事实无关。

人们普遍认为，他们——M 和 G——有性关系，当然这也是问题的症结所在。两人的照片很多，但我找不到一张他们一起出现的照片。正是这一点使我感到有点奇怪，我意识到，他们一定是尽了最大的努力，以期瞒天过海。

显然，他们做得很好。许多现在站出来发声的作家没有一个人哪怕是暗示过那正在流传的谣言，无论是在赖因死前还是死后。

如前所述，这是枚炸弹，却没有人闻到正在燃烧的导火线的气味。

喝咖啡的时候，我极其仔细地研究着奥托·格拉赫的各种照片。

我必须说，与我记忆中的他相比，报纸上的他要更耐看些。我明白，他同玛丽娅姆·卡达尔一样，一定比赖因年轻得多。尽管我仍然难以接受像她这样的女人竟会需要这样一个男人，但实际上更难理解她丈夫对她而言有什么用。我又想起了她纤细的双肩，脑海中浮现出她那黑眼睛、细鼻孔的脸庞。突然间，我也意识到，若是换个不同的环境，我完全可能疯狂地爱上她。

也就是说，在不同的环境下。我想强调这一点。

在从“计划者”餐厅回家的路上，我走进位于法尔克街的PTT办公室，弄到了两本A市的电话簿。然后，我在晚上花了好长时间去查瓦辛根那七十二户人家的电话号码。

他们中至少有五十九户在列表上，不可否认，这一数字远高于我的预期。从各方面来看，这也许是个好兆头。不出意外的话，它将够让我忙一阵子了，考虑到当时的情况，我记得我对此颇觉感激。

简单地说，在此时要找个救生圈颇为不易，所以我明白要利用那些摆在面前的。也正是在这个晚上，比阿特丽丝开始离家出走。睡觉之前，我打算把它从正对着院子的阳台上带进来，却发现它干脆无影无踪了。在接下来的几天里，我常思考的问题是：它是如何从那里出去的，它为此制订了什么行动计划。但是不到一个星期后，它又坐在那里盯着鸽子看了，这时我明白，它只是躲在了一个无论是我还是任何其他人类都不曾进入过的折叠现实里。

也许我还有点嫉妒它。我知道，我至少感到了一种强烈的尊重。

是加利斯·卡赞萨基斯让我意识到了那座位于东南方向的山顶上的家庭礼拜堂的存在。据说整座岛上有三百六十个类似的白色小礼拜堂，每个体面的家庭都有自己的礼拜堂，它总是离天堂越近越好，所以不是特别容易到达。

我在日出前就出发了，经过一段越来越热的徒步，于一个半小时后到达了那里。我走进去，在微型祭坛上点燃一根蜡烛，然后在西边狭窄的阴凉处坐下来。整座岛都一览无余：南面和西面是陡峭的悬崖，东面和北面是稍微容易到达的海岸线。我注意到，村外有几处我以前从未见到过的隐蔽的小沙滩，偶尔还有一所与世隔绝的房屋，你必须坐船才能到达那儿，因为这条路的尽头是弗拉索斯酒店，位于海岸的最东端。我决定调查一下谁拥有这些——以及其他的——私人住宅，整个岛上有很多这样的住宅。也许最有可能的是，正是在这样一个僻静的地方，我将找到我来此要找的东西。

我也想到了时间，时间的概念。自 A 市的事件发生后，时间已经过去三年多了，但是，在这辽阔壮丽的风景之地，在这清晨之际，我突然觉得，时间仿佛收缩至几近于无的状态。遥远的空间和过去的时间似乎都在增长，并越来越接近于不堪一击的现在，此时此刻，它仅由我装着食物的背包和靠在刷白的墙壁上的汗流浃背的身体构成。天空、群山和大海——迷雾之中，其地平线已开始消失——都是永恒不变的。

时间和空间上的一个点，转瞬即逝，随心所欲，其速度之快就像那些艰难地穿过下面村子的橄榄坡的驴子们所发出的嘶鸣声一样。时间流的所有的平行存在，诚如茨姆乔诺维奇所写的那样。当然，这些并不是特别出乎我意料的感觉，让我震惊的也许是完全不同的东西。像往常一样，我拙于语言表达，而当又有一头驴子开始发出哀嚎时，我只感到疲惫不已，流汗不止，于是开始吃东西。我明智地留了一瓶水供下山时喝，然后点上一支烟，拿出笔记本，从头到尾读了一遍前一天晚上我在摇曳的油灯下所写的东西。

而时间还在流逝。

当我开始核查电话列表时，内心深处最大的希望当然是能突然听到电话另一端传来艾娃的声音。正是这种虚无的东西驱使我继续向前，在这周余下的时间里，我得到了五十九户人家中的五十七户的应答。我的电话有三十九次是女人接的，只有十八次是男人接的。撇开其他不谈，可以肯定的是，女人在电话里比我们男人说得多。我的策略很简单——只是要求和艾娃说话，解释说我是一个老熟人，然后在对方的回答和犹豫中，试图推断出是否有什么可疑之处。

为了有点系统性，我还采用了一种评估量表，即一打完电话，便立即在我认为无关的相应名字后画一个减号，在我仍然认为有某种可能性的名字后打一个加号，若是上述之人无论如何听起来都有些紧张或奇怪，则打两个加号。

有两个接电话的人真的叫艾娃，这两次，在误会得以解释清楚之前，都出现了一些混乱困惑的交流。情况大致相同，如在犹豫了很久之后，一位名叫威弗斯的先生把他十几岁的女儿叫过来听电话。打完最后一个电话后，我把笔记本整个看了一遍，发现我打了不少于四十二个减号，十三个加号，只有两个双加号。

我自然明白，此方法会受到几乎不相称的误差度的破坏，但我还是决定，不管怎样，我要把接下来的努力放在那两个双加号——

一位无疑名叫劳里茨·雷辛，还有一个 N. 乔沃斯卡——和十三户我还没有成功接通电话的租户上。这种方法——对系统的忠诚——在一个整体的世界中多少是必要的，正如里姆利在其有关存在和意识的书中所坚持认为的那样；而且我有种感觉：我只可以依靠这种方法。

我把这十五个名字写在笔记本的新的一页上。在玛丽娅姆·卡达尔和奥托·格拉赫被捕一周后的那个星期一，我再次坐在了开往瓦辛根的火车上，这时，我心中仍然充满了希望。这是我聚焦于瓦辛根线索的第六天，因为之前已经决定要花十天的时间，所以可以看出，不管怎样，我已经进行到一半多了。我还决定，要在这个郊区真正花上一整周——每天从早上到晚上——如果仍然没有产生任何结果，我至少可以满足于已经尽了心力，并心安理得地将即将到来的周末投入在寻找新路径方面。

我的第一个行动是敲门。即使是在中午，十五套公寓中仍有十套家中有人；毫无疑问，我的失业理论站住了脚。当有人应门时，我又一次径直要求和艾娃说话，并迅速对习惯性的摇头或当着我的面关门的尝试予以反击，方法是强行进入客厅，展示她的一张照片。我解释说，我是个私家侦探，正在寻找照片上的女人。自然是为了她自己好。当然，有一种风险是，梅尔滕斯的同事早在六七周前就已尝试过这种侵入性行为，但从我遇到的反应来看，我很快就明白情况并非如此。我对梅尔滕斯的信心可能从未像那天那么低。

在某些情况下，我还试图暗示——但没有过于明确——某种形式的奖赏可能唾手可得，但实际上，只有在与考尼斯先生——一个身上明显有臭味的老人——交谈时，这种诱饵才有点儿奏效。然而，不幸的是，很明显，他仅仅把整件事看作是一个为了他每天服用的兴奋剂挣点钱的机会。这所公寓和它的居住者都处于严重衰退的状态。我给了他五荷兰盾，这让他感到十分沮丧。

我在做完这一切后，意识到一切都一如既往，归零。没有人对艾娃的照片有反应。没有人知道她是谁，也没有人在大楼里或任何地方见过她。

我记得，有那么一瞬间，劳恩水库那无法透视的绿色水面在我脑海中闪过。这是很长时间以来的第一次，但毫无疑问，它展现出的力量是强大的。

我走进咖啡馆，喝了两杯啤酒，勾掉了名单上的名字。很快，我又要失去信心了。一场暴风雨已从西边吹来，没有使情况有任何好转。我一面抽着烟，一面来来回回地翻看着我可怜的笔记本，这时，我感到一种隐约的脆弱感开始袭上心头。想要一个人独处、远离目光和言语的需求正以相应的速度增长，当然，考虑到我强加给自己的任务，这并不是一种特别可取的精神状态。

与此同时，我知道自己已经到了一个临界点，可能再也无法忍受继续下去并与人对峙了。纯粹从逻辑上看，还可以肯定的是，我在这栋楼里已开始为人所知。我与几乎所有的租户都有过接触——即使大多数人只是在电话里听到过我的声音——因此，假定人们开始有所怀疑并非全无道理。如果艾娃真的在那栋楼里——我不敢去想，我实际上认为这种可能性是多么微乎其微——那她很可能已经知道了我的窥探行为。也许事实上，我越是努力，找到她的机会就越渺茫。

无论如何，这就是我在咖啡馆里得出的结论。不久，我开始反思，由于我那些无技巧可言的电话和敲门之举，我实际上毁掉了多少可能性。渐渐地，我决定，或许是时候变得慎重一点了。

我断定，理想的情况是找到一个位置，让我可以不受干扰地坐在那里，心平气和地监视前门和进进出出的人流，而没过多久，我就找到了必定是解决这个问题的最好方法。

我需要一辆车。在视线范围内，再没有什么是比一辆停着的汽车更自然地自带出入口的地方了。坐在雨中的长凳上，然后每天八小时拿着报纸或书坐在那里，都让我有充分的理由觉得不可思议。

我喝光啤酒，再次询问了酒吧里的那个女孩。我想她一定对我有种本能的、发自内心的同情，因此当我问她是否知道有什么地方可以让我租辆便宜的汽车供几天使用时，她立刻提出愿意帮忙。她从围裙口袋里拿出一个记事本，写下了从购物中心步行五分钟就能到达的一个加油站的地址。与此同时，她还建议我说，如果我说是克丽斯塔让我来的，那么就能省下一百元钱。

我谢过她，动身前往那里。半小时后，我预付了四天的租金，租下一辆境况堪忧、锈迹斑斑的标致汽车。价格并不高，但我记得我仍然想知道，它是否与整辆车的价值相当。

无论如何，它发挥了作用。当天下午四点，我把车停在我位于费迪南德·博尔街的公寓外，第二天，我开始监视位于瓦辛根那乏味沉闷的中心地带的36D号大楼的入口。

我在那里平淡无奇地待了三天后才有事发生。我几乎不加隐蔽地坐在一张报纸后面，陪伴我的只有一台吱吱作响的汽车收音机、香烟和适量的威士忌。这个位置本身无疑是最理想的：在离入口十五到二十米的地方找个停车位从不会有什么问题，从这个地方，我可以清楚地看到每个进出的人。我还做了笔记，当然主要是为了把我的怀疑记下来，让游戏继续下去，但我也认为，正是通过这些笔记，我意识到了一个细节，而在此之前，我没有把这个细节包括在自己的计算之内。

这一切都是通过一个人来解释的，他在我的笔记中被命名为M6。简单地说：第6号男子（我对他也有一个基本的描述：大约六十岁，面相丑，戴呢帽，怕老婆，相比于其他特点，最后这一点就足可定义他了）。事情是这样的：周四下午晚些时候，M6经过我身边，两次从前门进了大楼。确实如此，两次之间有一个小时的间隔，但在这一小时内的任何时间都没有出来过。

因为大楼只有这一个入口，而我则不肯相信，这个衰弱无力的绅士曾从远端的一个阳台坠下来，所以此事就突显了出来——我愣了约一分钟，然后想到了这个不太可能的神秘事件的答案。

然后，我明白了。地下室那一层一定有个车库。

我开着车围着大楼转圈，不得不找了好一会儿才发现车库入口，但当我找到它时，却不免有种得来全不费功夫的感觉。我还决定，第二天换个位置监视。

改变一下，如果没有别的选择的话。

因此，正是要感谢这种情况——瓦辛根中心36号楼外停车位置的小小改变——才使得线索没有中断。

寻找我失踪妻子的工作终于取得了突破，这是我自三个多月前抵达A市以来一直在等待的。当然，回想起来，当时很难知道这一点，但无论如何，我有一种感觉：如果那一周也完全没有结果，我就很难再继续努力下去了。

时间是五点过几分钟。一场天昏地暗、持续不断的倾盆大雨暂时停歇了下来，我坐在那里，摇下车窗，抽着一支刚点燃的香烟。车库的门开了，一辆深蓝色的马自达汽车慢慢地爬上狭窄的坡道。就在汽车从我身边驶过时——离我只有一米之遥——司机把头转向我的方向以检查出口是否畅通，就像那一整天其他所有人所做的那样。我们的眼神从未相遇过，但即使如此也不用担心，我几乎可以直接看到正对面的那张脸，那是我的跟踪者。

我一时想不起他是谁，但随后脑海中浮现出了他的形象。他是如何在德吉克街区偷偷跟踪我的。他是怎么在图书馆坐在我身后的。他是如何站在那里，眼睛盯着下方雷格里耶河道中的流水的。我发动汽车，掉转车头，朝着他消失的方向驶去。

太阳穴砰砰直跳，这是不可否认的。

我一直很难欣赏电影世界里的所谓“追车”，而我于这个灰蒙蒙的下午在瓦辛根追赶那辆蓝色马自达汽车的尝试证明，现实几乎是无法超越虚构的。

不到一分钟的时间，我就跟丢了他。我夹在一辆大卡车和一辆昂贵的奔驰车中间等绿灯，眼睁睁地看着他驶向进入 A 市的高速公路，没了踪影。我咒骂着，敲打方向盘，疯狂地抽烟，但这完全于事无补。当绿灯终于亮起来时，我当然是朝同一个方向开去，但那天我的标致车也不在最佳状态，我很快就明白，此举毫无意义。

既然路线反正没错，我便继续沿着高速公路往前开，尽管发生了这些情况，一小时后，我还是带着一种轻微的欣悦之感，在瓦辛根坐了下来。

我在甚至更晚些时候——肯定快到午夜了——回到公寓。在楼梯上发现了一封信，早先我一定是没看见它。我一进门就打开了它。是检察官办公室发来的，解释说我第二天必须出庭回答一些问题，并收取证人传票。

对玛丽娅姆·卡达尔和奥托·格拉赫的起诉显然已在前一天提出，据悉，庭审可能会在一个月内开始推进。

我又喝了点威士忌，尽管已经感觉到了太阳穴处那典型的眩晕。站在漆黑的窗户里，看着在外面漫步的行人。有轨电车隆隆驶过，建筑物的正面一成不变地耸立在那里。我回想着这一天，然后模模糊糊地想到不同密度的时间……我们在突然陷入一大堆乱七八糟的事情之前，不知不觉地度过了多少漫长的时光，耗尽了意义和相关的一切。纯粹的意义点阵，而且大概可以肯定的是，根据适用于所有类型的磁力的相同定律，事件与事件之间会相互吸引。

无论如何，我感觉到，在穿越由流星和其他天体构成的太空的无望旅程中，这些真空和这些累积的浓缩时间必然有着直接的对应关系。这些黑暗中的航行，以及如前所述的类似的模糊想法。

就在这天晚上过后的第二天早上，我又听到了比阿特丽丝在阳台上的喵喵声。

科尔有了套新西装，从其低调但无懈可击的品质可以推知，这家出版社的财富在源源不断地增加。他是乘早班飞机来的，甚至不打算在这里过夜。只不过是两三个小时的讨论——前一天晚上他就是这样在电话中解释此行的目的的。

我们在“十博世”餐厅用餐，这是全城最贵的餐厅之一，科尔面不改色地点了狄康堡和拉菲两种葡萄酒。我尽心尽力地去品尝鱼子酱和温热的鸭脯，但那时才一点钟，我总是很难在一天的这么早的时候就有食欲。

当然，这一切都与那本书有关。经过有史以来最快的排版，现在它将要付梓——他随身带着校样，不过他解释说，我不需要费神去读它，因为别人已经校对过它们了。总之，万事俱备，只欠东风。

标题。

赖因的手稿没有标题。我在翻译的一开始就注意到了这一点，但当时没太把它放在心上。根据经验，我知道赖因在标题问题上经常摇摆不定。在他满意之前，通常会换两到三次。

当然，现在情况不同了。出版商不得不自己决定这个问题，又因为我仍然是最熟悉文本的人，所以他们认为，我可以就此提出建议。这是再正确不过的事了，科尔慷慨大度地说。

我让狄康堡滚过舌头。

“赖因。”我说。

科尔鼓励地点点头。

“应该叫‘赖因’。”我说得清楚些。

“就只是‘赖因’？”

“是的。”

他想了一会儿。

“是的，那可能是对的。”他说。

“版权方面进展如何？”我问，“版税之类的？”

“那将是个问题，”他承认道，“但我们确实收到了他的信，我们的律师已看过它了。一旦我们将之公之于众，就会联系他的遗嬬。但我认为我们可以主张对原稿的权利。你知道庭审什么时候开始吗？”

“五月的第一个星期。”

“你要做证吗？”

我点点头。他用厚实的亚麻餐巾擦了擦嘴，犹豫了一下。

“你怎么看？”

“你什么意思？”

“是他们吗？嗯，很明显肯定是这样的，但是他们会做何反应呢？”

“他俩我都没见过。”

“不，不……但是他们会承认还是会否认呢？”

我耸了耸肩。

“不知道。”

“你没有……听说过什么吗？”

“没有。”

“嗯。玛丽娅姆·卡达尔是个漂亮女人，你不这么认为吗？”

我没有回答。

“当然，我只见过她几次……在沃克，以及去年在尼斯的时候，但你他妈的无法不注意到，她是匹纯种马。”

科尔的想象力就是如此。

“也许吧。”我说。

他又犹豫了。

“你明白它是怎么回事吗？我指那本书，在我看来似乎有点含糊……但那并不一定是缺点。”

“并非所有东西都必得是唾手可得的。”

“不，谢天谢地。我的想法是，相比于那些……简单的信息，是否可能有更多的隐藏信息。毕竟，在一个手稿……好比是博尔赫斯和勒克莱尔的寓言中很可能隐藏着这啊那的东西。密码，实际上……我不知道你想过这一点没有？”

我摇摇头。

“我不这么认为，”我说，“他没有时间深思熟虑。只用了几个月就写完了整本书……他发出的求救信号其实并不特别微妙，你不这么想吗？”

科尔点点头，“是的，你可能是对的。不管怎样，我们明天会发布消息。阿蒙森安排了一个小型记者招待会……你想做些什么吗？”

“我想做些什么？”

“对啊，你心知肚明，你是这其中的主角。坐等猎物上钩的蜘蛛，该死的，正是你翻译了那本书，并让他们被抓。你将成为记者们竞相追逐的热门话题，我们原以为你对此很清楚……”

当然，我本应对此有所准备，但我在费迪南德·博尔街的匿名存在显然让我陷入了某种虚假的安全感中。在过去的几个星期里，我的精力完全集中在瓦辛根的线索和对艾娃的搜索上，我更多是生活在现实的小生境中，而不是生活在它的滚滚洪流中。

可以这么说。我静静地坐在那里，陷入沉思。

“也许一次小小的采访也不是完全疯狂的？”科尔继续说，又倒了些酒，“当然是独家的，而且只发在合适的杂志上。当然，你得自己做决定，但如果我们派几个人……也许是里特梅尔和一个摄影师，以便我们能够用想要的方式引导它。就像阿蒙森常说的那样，保持控制权。”

我必须承认，我几乎有些钦佩科尔在提出这一点时的轻松态度，但也钦佩他和阿蒙森两人对经济现实一以贯之的洞察力。问题很可能是，一则涉及我的颇有销量的新闻报道——在目前的情况中，或者在与庭审开始的关联方面——是否至少可足以让我变得，也就是说，在A市自给自足。有关赖因案件的猜测已经甚嚣尘上，毫无疑问，在未来几周里会更加变本加厉。

而期待法庭的杂耍表演的真实消息少之又少，我意识到自己毕竟知道得不少。我又喝下些葡萄酒。

“不，谢谢，”我说，“我可能更喜欢保持低调。”

科尔默默地观察了我几秒钟，我想他明白，这事没什么商量的余地。

“你为什么还在这儿？”他问。

“我自有理由。”

“我明白了。好吧，当然，随你的便。谁知道你在这儿？”

“没人，”我回答，“我是头独狼，我还以为你知道呢。”

“没人？”

我想了想。

“警察和检察官，”我纠正自己说，“还有詹尼斯·霍恩。”

“霍恩？”

“是的。”

“他可靠吗？”

“如果我告诉他的话。”

他点了点头，“好吧。这就是我们要做的。但你确实意识到了，一旦庭审开始，你就会被围追堵截吗？”

是的，我也意识到了这一点。但在这一切开始之前，我还有三个星期的时间，只要有可能远离公众的关注，我就打算这么做。

科尔和我还有时间去了两三家咖啡馆，当我在伦勃朗广场把他安置进一辆出租车时，他已酩酊大醉，兴高采烈之至。他答应的最后一件事是给我发点儿奖金，作为对我的努力的感谢。我想它意在成为我们的君子协定上的一道封印。

如果我不打算让我的出版商采访和推荐我自己，那我肯定也不会让任何其他魔鬼跨过这道坎的。

这自然是再正确和恰当不过的了。

我第二次的追车尝试比第一次强多了。周一早上六点，我已经开着另一辆租来的汽车——这次是辆崭新的、马力大得多的小雷诺——出现在 36D 大楼的后面。等了不到四十五分钟，他就从车库里爬了出来。

这次我戴上了眼镜，还戴了副傻乎乎的棕红色假胡子，这是我在阿尔伯特·奎普街的一家小玩具店里找到的。我立即跟了上去。像上次一样，他一路驶向购物中心，然后进入右车道，以便驶入前往 A 市的高速公路。我们在那个大路口等红灯时，我注意了一下他的车牌号——我不知道是否有可能由此推知其拥有者的名字，反正我隐约地觉得有那种可能性。

驶往 A 市的行程开得相当快，但我还是毫不费力地尾随着他。

交通还不是特别拥挤，我可以让他领先个一百米左右，却不会有跟丢他的危险。在驶入环形公路后，他在4号出口转向市中心，先沿亚历山大路行驶，然后一路沿王子河道驶至沃勒林公园，在那里右转至克鲁茨街，最后停在一条名为帕利茨街的狭窄街道上。我在大约三十米开外的地方等着，看见他下了车，锁上车门，穿过马路，走进对面的一幢办公大楼。

我等了几分钟。在拐角处找到一个停车位，然后走回大楼入口处。我注意到门是开着的，便走进楼梯间，一抬眼就看见，墙的右手边有个公司名录，列出了各公司所在楼层。

占据下面两层的是一家保险公司；按我的理解，第三层上有两家不同的、行业定位不明的公司，大概是某种类型的进口公司；第四层——也就是最高层——是《爱马仕》杂志，我想我听说过它，但不能进一步确定其风格。我注视着那些名称，思索了一会儿，与此同时，有三四个人从我身边走过，上了楼。随后我又走到街上，在我停车的拐角处找到一家咖啡馆，走进去，要了一杯咖啡，在靠窗的桌旁坐下来。

时间是八点一刻，我注意到。我既看不到那辆蓝色的马自达汽车，也看不到那栋相关的建筑，但在这个阶段，我认为这并不那么重要。

实际上一点都不重要。我知道去哪里能找到他。他的家在瓦辛根36号楼，他在帕利茨街上的此处上班。后者当然还没有完全弄清楚，但我仍然认为，这几乎是肯定的。为了确保万无一失，我几乎不必做任何事，只需在这一天里去查看几次，看那辆车是否还在那里。也许可以在这个星期内继续跟踪它，如果事实证明他只是把车临时停在那里的，那么只要再去趟那个郊区和车库就行了。这没什么难的。

不，我的跟踪者再也逃不掉了，这一点我很有把握。想必我也能毫不费力地把他的名字找出来。他一定是我已经列在名单上的人之一；我不曾在敲门突袭时遇到过他，但很可能在电话里与他说过话。

我喝着咖啡，假装在看摊开在桌上的一份晨报，与此同时，我得出结论：这样一个跟踪者不再那么有趣了。另一方面，必须弄清楚的当然是他与艾娃的关系和关联。我已经花了大量的时间考虑过这个问题了。经过上个周末，我已否定了许多稀奇古怪的想法和可能性，从而逐渐认定，实际上只有一种可能。

梅尔滕斯是对的。在他的同事看见艾娃的那一天，她确实去了瓦辛根。她进了 36 号楼，但这么做的目的是拜访这个跟踪者。不是因为她住在那里。似乎同样显而易见的是，在 2 月和 3 月初的那些日子里，他一定是在她的唆使下来监视我的。因此，此事与赖因和玛丽娅姆·卡达尔都没有关系。艾娃让他监视我，其原因几乎只可能是她碰巧看见了我。

大概纯属偶然吧。

在 A 市的某处，在一家咖啡馆，在街上，在我在里面购物的商店，大概没有比这更奇特的事了，我一直在寻找我失踪的妻子，但她在我见到她之前先见到了我，可谓反客为主，猎物变成了猎人。

想来她在发现我的时候，必定想到了一些事情，而对她而言，最重要的事情理应是弄清楚我在 A 市的目的。我的出现是否与她有任何关系，或者我是否只是出于完全无关的业务而来到此处？

三年半前，她的丈夫曾试图谋杀她——也许他犹豫着不敢确信自己已经成功了——他在这里、在她的新城市里要干什么？

简单点说。

为了得到这个问题的答案，她的第一个行动就是雇人进行监视。

一个好朋友？一个同事？一个她信任的熟人？

我坐在这空空如也的咖啡馆里的时候，又梳理了一遍这个逻辑推理，看不出任何破绽或弱点。毫无疑问，艾娃与跟踪者之间的关联得以确定下来，于是我知道，突破已经到来。他就是将引导我找到她的人。

或迟或早，不管他是自愿的还是违心的。但事已至此，不可逆转。

当然，这些结论中有相当一部分属于信念。我知道这也意味着要出对牌，而正是这个问题逐渐占据了上风，要求我把注意力集中在它上面。

我该怎么做？正确的做法是什么？

总是这些该死的决定，这该死的浓缩时间！

在我看来，存在大量犯错的可能，但就目前而言，最正确的做法无疑是不暴露自己。伏下身，不让那个影子知道我已经发现了他。如果在以后的阶段有必要把他按在墙上，那么自然得恩威并施，双管齐下——根据我的条件，而不是他或她的条件。

也许没有趁手的武器也不行。

但就目前而言，这些事都可以先放一放。沉思至此，我离开了咖啡馆。我设法在街的另一边找到个停车位，几乎就在那栋办公楼的对面，在那里，我可以一览无余地看到进出的人。

我就这样度过了一整天。人们来了又去，有男有女，其人数大致相当。在中午十二点到两点的午餐时间段里，人流特别密集；大多数人只是去了就位于我身后拐角处的一家邻近的小餐馆，但还有一些人走得更远些。有几个人把车开走了。那影子在十二点一刻出现，跟他一起出现的还有另外一个男人和一个年轻得多的女人，他们在咖啡馆所在的拐角处消失了。一点半过几分钟时，三个人又都回来了，直到快五点半，他才重新走了出来。他径直走向自己的马自达汽车，开着它向瓦辛根驶去。我跟了他一会儿，但一旦我明白了他要去哪里，便听任他走了，自己则返回了租车公司。

在帕利茨街的一整天里，我都没有看到艾娃，因此初步排除了她是影子的同事的可能性。下午的时候，我差点开始变得甚为沮丧起来，我认为这不仅仅是单调所致。我还第一次感到了一丝怀疑和不确定，它们压倒了在未来可能与艾娃相遇的可能性。到目前为止——直到 4 月中旬的那一天——我对此问题不曾有过一点担心，而现在，当我开始担心的时候，我突然觉得一切都变得难以置信地艰难。

就像一道过去的创伤一样，你成功地掩盖了它许多年，但现在，它突然不想继续被掩盖了。

那天晚上我喝得酩酊大醉。最后一杯酒下肚后，我和一位皮肤黝黑、非常迷人的女士一起回家，但当我们站在她的门外时，我感到了胆怯，于是一句话也没说就离开了她。我沿着湿漉漉的街道匆匆往家赶去，还记得听见她打开一扇窗户，在我身后尖声叫骂着什么相当下流的话。

我不禁认为她有理由这么做。

最近几个早晨，我一直不曾起得这么早过，很大程度上是因为我一直坐着写作至凌晨。一连三个晚上，一轮满月悬挂在海湾上空，在水面上铺出一条银色的道路；它看起来几乎是垂头丧气的，这让我想到一个醉醺醺的涂鸦之神，他根据一本花里胡哨、毫无品位的青少年杂志创作了这幅作品。

没有任何精妙可言。

但在海滩上，夜间偶尔也会有篝火在燃烧，我猜想，那些坐在它们周围唱歌、喝树脂酒的年轻人并不会觉得受到了现实的特别冲击。不管怎样，他们中的大多数人都是赤身裸体的。昨天晚上，就在我上床睡觉前，我可以看到其中的两个人就在我的阳台下面做爱。

他们进行得安静而热烈，女孩坐在男孩的身上，在月光下骑着他，后来，当我躺下来想睡觉时，费了好大的劲才把那一景象从视网膜上剥离开去。大概是因为我也不会反对跟一个女人在月光下的沙滩上做爱。

让精妙见鬼去吧，我发现自己在想。

一次，就一次，我回到了格劳埃斯。

不过我并没有真的去格劳埃斯，因为我住在隘口另一边的沃姆林根村，那天我曾去过那里，在那里写了明信片，也许我妻子的心上人也曾住过那里。

我在汉斯酒店待了整整一个星期，直到倒数第二天才开车再次沿着那条蜿蜒的道路上了一次山。时间是 5 月中旬，下方山谷里的果树花开正盛，高处仍然白雪皑皑。穿过隘口的公路大约一个星期前才开通。

已经过去一年零九个月了。我驶过水满得快要溢出来的水库，并没有停车，而是一直开到那个小停车场，又一次。走出去，看着外面的风景。什么也未曾改变。过了很长一段时间，我才得以让目光越过悬崖，停留在那绿色的水面上。它就在我下面，风平浪静。这是一个晴朗的日子，但我记得，阳光下的水面没有泛起任何粼粼波光，微风也没有吹起一丝涟漪。

我把车停在那儿，然后步行沿路走去。过了一会儿，我到达了那个右急转弯处。我放慢脚步，走到路的左边。

我从很远的地方就已看到了它。经过两个冬天，冰雪已经融化消失，但那道低矮的石头和混凝土墙上仍有个开裂的口子。不是很大，也没有一直延伸到路面，只是一道裂纹——一个锯齿状的V字，我试图在记忆里搜寻它，但没成功。相反，一种身心俱疲和强烈的恶心之感向我袭来，我在通往山麓的道路边呕吐起来，然后立刻回头朝我的车走去。

然后我开车下山，开得很慢，带着强烈的绝望感。第二天，我永远地离开了这个地区。

也许我本来还想去看看汉斯卡夫人，也许想同警察局的阿仁梅耶说几句话，但正如我所说的，我再也没有翻越过那座山。

办公室在阿波罗路，显然是从新艺术大厦的一套大公寓里分隔出来的。我按了门铃，开门的是一个面色苍白的年轻人，穿着黑色西装和马球衫。他的面庞轮廓分明，目光深邃，若有所思。我做了自我介绍。

“你就是那个打电话来的人，先生？”

“是的。”

房间里只有一张桌子和两把椅子，由于最近处的那堵墙是加砌的，所以房间几乎像是对折了一般。我坐下来，开门见山地解释。

“……一个以前名叫艾娃的女人，也就是说……”我拿出三四张照片。我唯一不得不继续说下去的是一个男人，他开一辆蓝色马自达汽车，车牌号为 H124MC，住在瓦辛根 36 号楼。D 入口……此人有张马脸，戴棕色眼镜，在帕利茨街 15 号上班，是可以指向我要找的女人的穿针引线者……

他看着我，小心地用手指触摸着那些照片。

“你为什么不自己干呢？”

“没时间，”我解释说，“但这是个相当简单的任务，如果你不想干，相信我会找到其他人的。我也不想花太多钱。”

就在那天早上，我收到了科尔许诺的奖金。毫无疑问，这是一种亟需的补充，但当然，即便如此，也不再有什么大的限制可言了。

“我想达成一项协议，”我说，“你要保证在一周内把这个女人的姓名和地址告诉我。”

他露出了笑容。

“你不会签署那种协议的，即使在地狱里，”他解释道，把照片推过桌子，“但我可以给你一个好价钱，并保证尽我所能。毕竟这似乎不是什么不可能的事。你确定他认识她吗？”

我点了点头。

“她就在本市？”

“是的。”

“现在给我三百元，如果我一个星期之内什么也没发现，我们就把整件事一笔勾销。”

我耸耸肩，掏出钱包。

“我在哪儿能找到你？”

我在他面前的便笺簿上写下我的电话号码和地址。他拿了钱，站起身。

“我一有消息就给你打电话。什么时候肯定能联系到你，先生？”

我想了想。

“早晨，”我说，“我经常工作到深夜，但早上我在家。”

“我明白了。”

我们握手道别，然后我走入阿波罗路的阳光下。从这里步行回费迪南德·博尔街的家只需五分钟，但我意识到，我既没有理由也没有愿望去那里。

相反，我开始沿着一条运河往南走，我不知道这运河的名字，因为任何一个十字路口都没有关于它的指示牌。如果我没有弄错的话，我是在朝巴尔德里斯公园的方向走，但我其实去哪儿都无所谓。为运动而运动。我必须打发时间，仅此而已。前一天，我就像这样漫无目的地游荡了六七个小时，一边盘算着我应该做些什么，但直到深夜，当我在梅菲斯托吃完晚饭后，才决定再雇一个侦探。我立刻打消了再去找梅尔滕斯的念头。因此，我逐渐选定了这位哈曼，虽然他乍一看似乎有些衰弱无力，但现在我必须承认，在那段简短的谈话之后，我对他有了一定的信心。

我想不起来，在与梅尔滕斯的第一次见面之后，我对他是否有过同样的感觉。

大约二十分钟后，我来到一个很大的绿色入口，我猜想那一定是巴尔德里斯。我从大门进去，在灌木丛、鲜花盛开的树木和嘈杂的鸟鸣声中继续前行。随处可见带着野餐篮和毯子席地而卧的人，当然，大多数是情侣和学生，但偶尔也有与我同龄的孤独女性。若是在别的时候，我有可能——实际上是很可能——会接近这些明显的追求者中的一位。

然而，现在，我心无旁骛地走着自己的路。从两个方向穿过那植被茂密的公园，就这样设法度过了整个下午。当我再次转入赉迪南德·博尔街时已是黄昏时分，我意识到，离玛丽娅姆·卡达尔和奥托·格拉赫的庭审只剩下六天时间了。

在 5 月 4 日。我想让我感到压抑的正是这个日期：拒绝接受它不管怎样都正在迅速逼近的事实，因为到那时，一切都将——再一次地——被新的迹象和不可预测的情况所包围。它只会影响我，而我无法保护自己不受它的影响。

就像要做手术的一天，或是要与人分离的一天。

哈曼第二天早上就打来电话，揭示了那个跟踪者的名字。

埃尔默·范德卢埃。

单身，但前一段婚姻留下了两个孩子。在过去的八年里，他一直在“克鲁格暨克鲁格”保险公司位于帕利茨街的办公室工作。

仅两天后，他又解释说，调查工作最好暂停十四天。范德卢埃和他的一个好友刚刚包船去了克里特岛，一直要到 5 月 16 日才回来。到目前为止，哈曼尚未设法找出他与艾娃有任何联系，而且——尤其是如果我还有志于降低成本的话——在这两周内保持高水平的监视似乎没有什么意义。

我同意了。挂上电话时，我感到一种可怕的倦意攫住了我。我在床上躺了好几个小时，一支接一支地抽烟。比阿特丽丝在我周围徘徊不去，似乎真的在担心什么，最后我不得不把它锁在阳台上。过了一会儿，詹尼斯·霍恩打来电话，但只是报告说，他无法在不久后就来看我，因为拍摄工作仍然有些棘手的事要处理。

所以剩下的就是等待。

剩下的就是在酒吧里喝酒，控制自己的思绪。

夜晚。

坐下来写作，越来越清楚地发现，人生是一出多么可怜的舞台剧，没有台本，不讲道德。演员们不忠于自己的角色，剧作本身就像公海上的一艘不堪一击的船只那样上下颠簸着随波逐流。

一个穿着不合脚的高跟鞋的醉酒娼妓。管它是什么呢。

这天晚上的月光大道已缩成了水中的狭窄人行道。蝉在鸣叫，如今在黑暗中显得柔和了些。从下面的海滩上传来一把走调的吉他的乐音，气温怡人，这意味着你不会感觉到空气黏着皮肤。

此处没有苦苦挣扎。没有焦虑，没有痛苦。没有伪饰！我喝了一口温热的、浸过树脂的驴尿，点燃了这天的第四十支香烟。油灯像往常一样冒着烟。这里没有电，只有月亮和篝火，以及灯油。

我写。

我固执地将有关这些事件的心里话倾倒出来。我一直都很绝望，但不管怎样都要继续下去，没有一丝的犹豫。这是座监狱，一座名副其实的监狱，里面有可以瞒天过海、出卖贞操的舞台布景。自从我来到这儿，已经过去十二天了。我不知道能否找到来此的目的，可能我也并不在乎。让亨德森的照片见鬼去吧！正是这条道路让努力变得毫无意义：我仍然只是这部无人再看的烂剧里那些没有灵魂的演员之一。

没有人写过、也没有人导演过的烂剧。加利斯说，用树脂处理葡萄酒的好处是让你基本上可以喝下任何东西。我相信他。毫无疑问，我面前的瓶子和杯子里装的是纯驴尿，但我还是大无畏地将它们一饮而尽。

上帝知道，我喝醉了。一个小时前，当我刚开始书写我的心中所想时，我实在受不了。到了白天，我就要把这些纸撕掉。我的文字将在青天白日里爬行至地下。羞于见人的、苍白的蛆虫。

而如果我无论如何都要开始，可以肯定，我唯一决定了的是：

……最右边坐着 M。

这实际上是我唯一记得的事情。

奥托·格拉赫坐在最左边。他的新发型和刮过的胡子全都无可挑剔。白衬衫、领带、双排扣西装。双手放在面前的桌子上。功成名就的象征。

坐在他右边的是两名律师。先是他自己的，然后是玛丽娅姆·卡达尔的。也就是说，他们都各自请了一位律师，我不知道这样做是有更重要的意义，还是经过简单的算计，好让他们坐得离彼此更远些。

……最右边坐着 M。

她穿着黑裙子，一种式样简单的露肩装。有人告诉我，只有某些特定类型的女人才能穿，而且要花掉一个月的薪水。

当我站起来宣誓时，她抬起眼睛看了我两秒钟。然后她观察了一会儿检察官的鞋子：他正斜着身子站在她面前的深色木地板上，他们的眼神如出一辙。

毫无不同。

法官让我坐下，我便坐下了。检察官小心翼翼地走近我。他是个五十多岁的高个子男人，一张高贵的面庞，有着类似于半人半神的那种古典侧影，他显然很喜欢炫耀这侧影。他绕着证人席走了一圈，站住脚，所以我只能从其左侧看到他，而陪审团成员和大多数观众都能看到他的右侧。他一动不动地站着，静默了几秒钟。

“大卫·莫克。”他开口道。

我点了点头。

“你叫大卫·莫克？”他将问句扩展开来。

“是的。”我承认道。

“告诉法庭，你为什么在A市这里。”

我笼统地陈述了自己的理由。这花了几分钟时间，但他一次也没有打断我。奥托·格拉赫一动不动地坐着，双手平静地放在桌上，视线一刻也没有离开过我。我想我能看到他的下颌动了一下，于是意识到，虽然他表面上波澜不惊，内心却充满矛盾斗争。玛丽娅姆·卡达尔则低着头，似乎比她的情人放松得多。

“谢谢，”检察官在我陈述完毕后说，“给我们讲讲你的翻译工作吧。它是如何进行的，你是如何开始怀疑的。”

我接着说下去。我一面说，一面开始扫视法庭。我的目光在陪审团成员们身上逗留了一会儿。四男三女，都端坐着，脸上带着些许担忧的神情。我继续看向一排排的公众，既包括坐在镶木地板上的人，也包括坐在旁听席前排的人。毫无疑问，旁听席上座无虚席。今天是案件审理的第二天，也是开始真正庭审的第一天。根据我在报纸上所读到的，昨天主要讨论的是技术问题和确定指控要点。

谋杀，一级。

两人都否认了这一指控，初步的交锋已经结束。

据报纸报道，问题层出不穷。这是自卡兹和维姆斯坦案以来最有趣的法律诉讼之一，署名为“拉奥孔”的记者在《电讯报》上写道。在案件审理的前一天晚上，一家犯罪电视节目用整期节目来讨论案情，或者说提出问题。我在“水上城堡”咖啡馆瞥见了这一奇观。

两人都会被定罪吗？

两人中有谁会承担全部责任吗？谁？

检察官必须提供什么样的确凿证据？那出三角恋到底是怎么一回事？案件属于某种激情犯罪吗？

等等。

“你为什么认为赖因希望这本书以这种方式出版？”检察官问道。

格拉赫的律师提出抗议。他站起身，傲慢地解释说，检察官在鼓励证人进行推测。我沉默不语。

“驳回，”法官判言，“不过，陪审团成员应该记住，此处证人可以做出自己的判断。”

律师又坐了下去。

“你怎么说？”检察官说。

“请你把问题再说一遍好吗？”

“为什么赖因想出版这本书的译本？”

“我猜这显而易见。”

“解释一下！”

我看着玛丽娅姆·卡达尔。太阳从旁听席的高窗上方照进来，将她的锁骨笼罩在白如大理石的光线里。我又想起了她的裸体。

“手稿上说他们打算谋杀他。”我解释说。

我的回答在旁听席上引起了一阵骚动，法官用木槌在桌子上敲了几下。

“解释一下。”检察官又说。

我向他说起那些加了着重号的文字，还有赖因对那些信和樱花园里的日晷的描写。听众立即发出了响动，法官又动用了一次他的槌子。

“你能否告诉法庭，你在发现这些东西时做了什么？”

我开始感到有点恶心。房间里很热，空气中弥漫着一股昂贵的须后水的气味。我想那是奥托·格拉赫发出的。是的，回想起来，我知道一定是他。

“我核实了一下。”

“如何核实？”

“我去了贝伦西，调查了事情是否真的像他所说的那样。”

“你在找那些信？”

“是的。”

“你在他指定的地方找到了？”

“是的。”

“你研究过它们的内容吗？”

“稍晚些时候。”

“那么，你得出了什么结论？”

抗议再次出现，这次是通过玛丽娅姆·卡达尔的律师。法官再次驳回了抗议。我喝了点水。它的温度与房间里其他地方的温度大致相同，我的恶心也没有好转。

“你得出了什么结论？”检察官重复道。

“你自己会得出什么结论？”我反问道。

法官介入进来，解释说，我的责任是回答问题，而不是提出问题。我点点头，又喝了一小口水。

“我得出的结论是，奥托·格拉赫和玛丽娅姆·卡达尔夺走了赖因的性命。”

法庭沸腾了，但法官并没有要求大家保持沉默。检察官谢过我，走到他的桌子后面坐下。

骚动逐渐平息下来，法官让玛丽娅姆·卡达尔的律师发言。他扣好上衣的扣子，站起身，走近证人席，专注的态度与检察官不久前的态度如出一辙。他的侧影完全不同，但无论如何，他的姿势基本上是一样的，他一直等到最后的交头接耳声消失后才开始说话。

“指派你翻译赖因手稿的出版商叫什么名字？”

我说出了名字。

“你知道这本书什么时候出版吗？”

我耸了耸肩，“我想，是在接下来的几天里。”

“据报道是今天。”他明确地指出。

“有可能。”

“印了多少册？”

“不知道。”

他从里面的口袋掏出一张纸，小心翼翼地打开，然后装出一副吃惊的样子看着它。

“五万册。”他说。

我没有回答。他摘下眼镜，用一只手抓着它来回摇晃着。

“你对此有何评论？”

“没有。”

“这不是极大的印数吗？考虑到体裁。”

我又耸了耸肩。

“这是很有可能的。赖因是位大作家。”

“毫无疑问。”他又看了看报纸，“我这里有他最近两本书在贵国的销售数字……你知道总数是多少吗？”

“不。”

“一万二千。也就是说，两本书。一万二……你对此有何见解？”

我没有回答。他戴上眼镜，微微一笑。

“告诉我，这次发行对你的出版商来说是不是笔大买卖？”

“也许是这样。”

他稍作停顿，慢慢地转过身去背对着我。

“难道……”他又发作道，“难道这整件事不是纯粹的投机行为，为的是从一个特别卖钱的畅销书作者身上大赚一笔？”

我喝了点水。

“一派胡言。”我说。

“你说什么？”

“一派胡言！”我大声重复道。

“我可以要求证人注意他的用词吗？”法官反对道。

我表示无可奉告。玛丽娅姆·卡达尔的律师坐了下来。格拉赫的律师取代他站了起来，大步走过地板。

“谁为你在A市的逗留出资？”他问。

“自然是我的出版商。”

“你翻译的这份手稿……你有什么证据表明，作者确实是格蒙德·赖因？”

“你这话是什么意思？”

“你怎么知道它是赖因写的？”

我开始感到越来越恼火。

“当然是赖因。不然还会是谁呢？”

“手稿是怎么到你手里的？”

“我是从科尔那儿拿来的。”

“你的出版商吗？”

“当然。”

“那么科尔是怎么得到它的呢？”

“赖因给他的。”

“你怎么知道？”

“当然是因为他告诉我的。”

“科尔？”

“是的。”

“你没有其他渠道吗？”

“什么样的渠道？”

“可以证明确实发生了这样的事情的渠道。”

我哼了一声。

“我为什么需要它们？你想说什么蠢话？”

法官又向我发出了一次更严厉的警告。律师把胳膊肘靠在围在证人席四周的栏杆上。

“除了你的出版商说那份手稿实际上是赖因寄给他的，你还有别的消息来源吗？”

“没有。”

“所以它可能是个骗局？”

“我不这么认为。”

“我没问你你的看法。”

“我认为我的出版商绝对不会说谎。”

“即使这意味着会让出版社站稳脚跟？”

“出版社已经站稳了脚跟。”

律师马上笑了起来。

“可是，如果别人冒充赖因，难道你们可敬的出版商就不会上当吗？”

我想了想，喝了点水。

“原则上是这样，”我承认，“但我认为这是不可能的。”

“谢谢，”律师说，“我问完了。”

法官向我示意可以离开证人席，于是我由护送我进去的那个警卫护送着走了出去。当我经过被告方的桌子时，我再次试图与玛丽娅姆·卡达尔对视，但她仍然一动不动地坐在那里，眼睛盯着桌子。另一方面，奥托·格拉赫恶狠狠地盯着我，我明白，如果我们身处某种环境中，他会很高兴杀了我。

当我来到法院大楼宽敞的台阶上时，刺目的阳光照射在我身上。我看了看时钟，发现我的努力只花了不到一个小时。

我脱掉外套，将它搭在肩上，开始向市中心走去。恶心的感觉一直萦绕不去，我意识到，我可能需要喝几杯烈酒来找回平衡。

我很少做梦，但当她出现时，我立刻就知道她不是真的。

她的裙子和法庭上的一模一样，白色香肩在某种我无法定位的人工光源的照射下白得有些不自然。她慢慢地、非常缓慢地、小心翼翼地向我靠近，我不用看就明白她一定是光着脚，也许是我听到了她柔软的脚板踩在黑色大理石地面上的声音。或是感受到了它们：温暖、柔嫩与冰冷、坚硬之间的对比如剃刀般锋利。

十一点，如果你想知道具体时间的话。她在离我两步之遥的地方停下来，让裙子滑落到地上。我伸出手去，抱住她，将鼻孔深埋在她的肌肤上。一种在一个漫长炎热的夏日留在了太阳之下的猫尾草和檀香木的香气，还有欲望的味道。我们大声呻吟着，开始做爱。

突然，另一个女人出现在高高的椭圆形窗口。我认出那是艾娃。艾娃穿着同样的黑裙子，一看到她，我就从玛丽娅姆·卡达尔的身上离开。艾娃走上前来，让裙子滑落到地板上，身体发出同样的白色微光，走近躺在地板上的我们，她的眼中充满淫欲，于是她们开始做爱。情绪亢奋，肃穆与激情并存。我靠墙坐着，无法把目光从她们身上移开，尽管脑海里不断有声音回响着说，我必须离开那里。过了一会儿，她们停下来，转向我。“赖因！”她们低语道，“到我们这儿来，赖因！”突然她们中的一个变成了男人，我不知道是哪一个。直到现在我才试图逃跑，终于明白这一切是多么危险，但为时已晚。他们开始抓住我的腿和胳膊，把我拖到地板中央，在那里，扭曲的光束透过侧窗照射进来。那个女人，我现在可以清楚地认出她是艾娃，命令那个男人去拿什么东西，然后他就消失在了一排排的长椅之间。

“赖因，”她低声说，“你是赖因，对吗？”

她的脸离我的只有几厘米远，我觉得这些话是从她的呼吸中发出来的，我则通过皮肤和毛孔而非耳朵捕捉到了它们。

“不，我不是赖因，”我说，“我是大卫。你是艾娃。”

她更贴近了些。“在他回来之前，我们还有时间做爱！”她低声说，“来啊！”

“赖因，”骑在我身上的女人呻吟道，“赖因！我爱你，但我必须杀了你。”

“你是谁？”我问。毫无疑问，她的乳房是艾娃的，但她的头又往后仰了过去，所以我看不见她的脸。

然后我醒了过来，听到一辆有轨电车隆隆驶过费迪南德·博尔街。比阿特丽丝坐在我床边，用责备的黄眼睛盯着我。

我起身走进浴室。

我读着《公报》上有关《赖因》出版的报道。同一天，科尔也打来电话，证实所有的信息都是对的。头几天的销售情况相当好。全欧洲的每一家媒体都已或多或少地注意到了这本书和它在刚刚开始的庭审中的重要作用。预计奥托·格拉赫不久就会提起诉讼，但很显然，该书没有撤下的风险——虽然格拉赫要求立即撤下。

显然，他们会以这事或那事相威胁，但在出版社，大家对这种骚动都只报以嘲笑。唯一可能有点令人担忧的是，该文本构成了正在进行的法律程序中的证据，但由于这不是一个被封锁起来的问题，所以预计也不会带来任何麻烦。

“我们收到了许多对原稿的投标。”科尔兴高采烈地解释说，“你过得怎么样？”

“你指什么？”

“我他妈怎么知道，比如记者。”

“没问题。”我回答，但那当然不是真的。昨晚很晚的时候，我把自己卖给了一位年轻漂亮的《日报》记者。我因为这次采访外加几张照片而得到了两千美元，但自然，我更愿意免费和她上床。在这过去的几天，我的性欲非常强烈。

电话也响了几次。我不知道他们是怎么弄到我的电话号码的，每次我都语带惊讶地回答说，大卫·莫克从来没有住在这个地址过。

昨天晚上稍晚些时候，当我坐在“水上城堡”咖啡馆中时，一位来自某家不知名周刊的红鼻子新闻记者曾强迫我接受他的采访，但打发掉他并不是件特别难的事情。

回法庭去。为了了解整件事的进程，我试图这样说服自己，但我当然知道，实际上我只对玛丽娅姆·卡达尔感兴趣。我必须再见到她。看看她是否像那个梦中的她那样，看看是否可能与她有点儿眼神接触，看看她纤细的肩膀是否能在任何情况下都保持白皙。

既然我已经做过证了，也就没有理由要求我必须置身事外。我如今已经履行了在这件事上的责任，自然同任何其他公民一样有权接近那架法律机器。尽管我是个外国人。

一旦做出决定，事情就变得紧急起来。我下到街上，意识到离公众进入法庭的时间只差十五分钟了。我叫了一辆出租车，让司机尽快带我去法庭。

我必定一直暗怀希冀，盼望她今天还穿着那同一件露肩连衣裙。同我坐在证人席里的那天一样。

同梦里一样。

不过她没有。又一件黑衣，这没错，但是锁骨一点也没有露出来。

尽管来得晚了一点，我还是设法弄到了一个绝佳位置。旁听席第一排的最右边，从那里我可以将整个法庭一览无余，还可以看到律师旁边的玛丽娅姆·卡达尔的完全清晰的侧影。

当她坐在证人席里时，当然只会将另一边的脸转过来。

她站起身，带着克制的尊严向证人席走去，此时，整个房间都鸦雀无声。她坐下来，喝了一口水，然后双手交叉地放在身前的膝盖上。简言之，她的举止令人印象深刻。我感到前臂上起了鸡皮疙瘩。

检察官摆出他惯常的姿势，吸了吸脸颊，让舌头在牙齿上来回转了几下，就好像他刚刚喝了一杯上好的白兰地，想要确保自己不会错过任何一丝后味。接着，他用手捂住嘴轻轻咳嗽一声，然后开口提问。

“卡达尔女士，你和作家格蒙德·赖因结婚多久了？”

她没有立即回答，好像真的坐在那里数着。

“十五年，再有两个月。”

“你嫁给他的时候多大？”

“二十四岁。”

“当时你丈夫多大？”

“四十二岁。”

我右手边坐着的一位老先生在记笔记。过了一会儿我才意识到，他是名速记员，这足以使我确定，关于玛丽娅姆·卡达尔的质询可以在第二天的《电讯报》上读到。逐字逐句地读到。

“你有孩子吗？”

“没有。”

“你之前有没有结过婚？”

“没有。”

“你的丈夫呢？”

“两次。”

检察官点点头，短暂地停顿了一会儿。你可以感觉到，法庭的引座员及旁听席上的所有观众都屏住了呼吸。座无虚席的房间里一片寂静，感觉就像个真空——记得当时我在想，它似乎产生了某种声波负压。奥托·格拉赫的律师用圆珠笔在桌子上敲了两下，一时间，所有人的目光都对准了他。

“格蒙德·赖因以前的婚姻中有孩子吗？”

“没有。你真的不知道这些事情吗？”

“我当然知道，卡达尔女士，但我不是审判你罪行的人。”

她叹了口气，似乎只有她叹了这口气，我们其他人才可以重新开始呼吸。

“你是你丈夫财产的唯一继承人，对吗？”

“对。”

“你知道那笔财产的价值吗？”

“不完全清楚。”

“我得到的信息是，大约有五六百万荷兰盾。这信息对吗？”

“对。”

又一次短暂的停顿。我发现自己在想，这个高大的检察官是否会在业余时间练习击剑。以及玛丽娅姆·卡达尔是否会这么做。毫无疑问，质询就像一场在击剑场上进行的战斗：三击、四击、五击，以及同样多的回击，然后击剑双方会短暂地停顿一下，镇定精神，以便为接下来的攻击作准备。

“你爱你的丈夫吗，卡达尔女士？”

“爱。”

她的回答斩钉截铁，我相信，大厅里不会有多少人怀疑她说的是真话。

“你对你丈夫忠诚吗？”

“我不明白这个问题。”

检察官装出一副惊讶的样子，像个三流的业余演员。

“我问你是否忠于你的丈夫。你怎么会不明白这么简单的问题呢？”

“忠诚不是一个毫无歧义的概念。”

他立即露出了笑容。

“也许吧。你和其他男人发生过性关系吗？”

她的律师从椅子上跳起来抗议。

“你能重新组织一下你的问题吗？”法官要求道，检察官顺从地点了几下头。

“你和你丈夫的出版商奥托·格拉赫发生过性关系，对吗？”

“对。”

她说这话时声音里同样不带丝毫的颤抖。检察官停顿了一下，喘了口气，然后又就同一问题发起了攻击。

“你什么时候开始同格拉赫交往的？”

“两年半以前。”

“你丈夫知道这件事吗？”

“不。”

“你确定吗？”

她犹豫了片刻。

“我想他最后还是有所怀疑的。”

“你说的‘最后’是什么意思？”

“去年夏天，也许。”

“你为什么会这么认为？”

她微微耸了耸肩，但没有回答。检察官重复了他的问题。

“我不知道，”她说，“只是一种感觉。”

“如果你爱你的丈夫，为什么还对他不忠呢？”

“如果我不用回答这个问题，我将不胜感激。”

“卡达尔女士，”法官打断了她的话，朝她的方向倾过身去。“我请你记住，我们正在努力行使审判职权。你越是选择不配合，你就越容易让人猜疑。”

“据我所知，如果我愿意的话，我有权一直保持沉默？”

“非常正确，”法官承认，“你可以自己决定哪些问题你愿意回答，哪些问题你不愿意回答。但如果你真的是无辜的，那么说出来总比保持沉默要好。”

“最后一个问题是什么？”

检察官刚才一直低头听着法官简短的插话，现在他清了清嗓子，继续说下去。

“你坚持说你爱你的丈夫。你既然爱他，为什么还对他不忠呢？”

“我们的性生活不和谐。”

旁听席上出现了那天的第一次窃窃私语。法官举起了他的小木槌，但完全不必敲桌子让大家安静下来。

“你也爱奥托·格拉赫吗？”

她默不作声地坐了几秒钟，但看上去并不像是在思考什么。她的律师向她做了个手势——我猜他是想知道是否应该再次提出抗议——但她只是轻轻地摇了摇头。

“我不想回答这个问题。”

“为什么？”

“我爱谁和不爱谁是我自己的事。”

“你被指控谋杀，卡达尔女士。”

“我明白。”

“你杀了你丈夫吗？”

“我没有杀我丈夫。”

“我这里有信息说，他打过你。”

“我明白。”

“这信息是正确的吗？”

“打过两次。”

“有多严重？”

“第二次我不得不去看医生。”

“那是什么时候？”

“大约一年前。”

“原因是什么？”

“是我的错。”

“你这话是什么意思？”

“我反对！”她的律师站起身插言道，“检察官一直在问一些暗示性的不相干问题。我建议他要么直说，要么坐下来！”

这一交涉得到了一些听众的赞成，于是法官插入进来。

“能否请检察官从现在开始论及涉嫌的罪行？”他不悦地下令道。

“很乐意，”检察官微笑道，显然，他并没有特别认真地对待这类劝告，“对法庭说说你丈夫去世的那天晚上的事，卡达尔女士！”

玛丽娅姆·卡达尔静静地坐了一会儿。然后她把头转向法官的方向。

“我能先和我的律师谈谈吗？”

法官点点头，律师急忙向她走去。经过一番低声的商议后，律师走到法官面前说了些什么。法官在一张纸上写了几行字，然后直起身子。

“法庭要休庭一会儿，”他解释说，用小木槌敲着桌子，“休庭十五分钟！”

天越来越热了。只要太阳还在天上，人基本上就无处可躲，除非是在水下。我试着待在室内或种着橄榄的山坡上，但很快就忍无可忍。只有大海才能提供足够的凉爽，但是你不必游泳，只需待在靠近它的地方，在阴凉地里，时不时地用脚沾沾水，或者用水淋淋头。

萨拉塔。

又有一天，我试着沿乱石嶙峋、波涛汹涌的海岸向东走去。我的想法是走到第一个有遮蔽的沙滩，也许可以靠近点看看我从山上的礼拜堂看到的那所房子。当然，坐船去那里要更容易些，在接下来的几天里，我也要租条船。这次努力总共花了我三个多小时，尽管如此，我还是没有真正走到那里——这当然是我自己的判断。你看，海滩上有十几个人，都在光着身子跑来跑去，就像他们刚来到这个世界时一样。男人、女人和孩子。那里还有两只船：一艘相当大的摩托艇在离岸不远的水面上颠簸着，还有一只较小的木船被拖上岸来，它和卡赞萨基斯兄弟的船差不多大。那所房子在五十米高的斜坡上，是座松柏环绕的白色大建筑。根据我的观察，有个露台环绕着它。遮阳伞、白色家具和沙滩巾都清楚地表明，这整群人都住在这里。我还得出结论：这些人不是希腊人，因为他们会毫无羞耻感地赤身出现在海滩上。

但这就够了。有几个晚上，我乘公共汽车到主城区，坐在小酒馆的葡萄藤下。街上的人群熙熙攘攘，当地人很乐意跟游客打成一片。我已给人看过几次照片，至少有两次得到了表示认可的点头和微笑。然而，我不确定这是否真的意味着什么，或者仅仅是出于礼貌和普遍的善意。除了最常见的服务用语外，人们几乎只说希腊语，而在这一切中间，有什么东西也在拖我的后腿。

一种很难把控但同时又唾手可得的东西。

感觉就好像我似乎不想勉为其难。即使在这个岛上，事情的运作也有一定的模式，必须按照自己的方式发展。我还有很多时间，所以即使还没有收到任何决定性的信号，但在我看来，我似乎来对了地方。然而，这种感觉当然无法持续得特别长久，或许它只是种脆弱状态，意味着我不想给它增加负担。

一只有伤的鸟翼会慢慢愈合，但仍然不能支撑起真正的飞行。一个不断生长的胚胎，但阳光将使它毁灭。

尤其是这无情地暴晒的太阳。

一只鸟，我们在一起的时候，她就是这么形容自己的。一只翅膀受伤的鸟。

“在我痊愈之前，我无法给予，只会接受。”她说。

我非常喜欢这一点。从一开始，它就为我们的关系提供了框架，我没有提出异议地接受了它。我们用了将近一个月的时间才真正做爱，这对我也很有吸引力。也给了我时间去了结另一桩情事，对此我并没有真正做到。

我们结婚时，她仍然是我的受伤的小鸟。然后，她流产了两次，在孩子还没有发育完全之前，这很可能终结了我们的联盟。在第二次流产之后，我的力量已不足以填补她虚弱的空白心灵。有一年的时间，我们生活在不同的世界，我开始谋求强壮男性的特权，艾娃则把自己封闭在疾病的窗帘后面。

“慢板，”艾娃此时会说，“现在我们正在慢板上。这没什么可奇怪的。”

当然没什么。

我只见过毛里茨·温克勒三四次，他给我的印象并不好。他的行为举止和说话方式中都带有一种求全责备的自负感，哪怕是对最微不足道的琐事。艾娃出院后，我们酣畅淋漓地大吵过几次，有两次甚至还打了起来，但我们还是和解了，将激烈的争斗抛诸脑后。然而，毛里茨·温克勒永远无法理解这一点，即使他从来没有明说过，但他那充满偏见的态度还是从其言语和微笑背后流露了出来。

不，毛里茨·温克勒从来没有理解过这出关于受伤的鸟儿以及强壮的鸟儿的权利和义务的道德剧，而我则对他忍无可忍。

从一开始，早在他成为我妻子的情人之前。

黄昏转眼降临，黑暗从四围钻了出来。我躺在床上，看着房间的轮廓渐渐消失在黑暗中。我试着用内心的眼睛去回顾他们，我的妻子和她的情人，但画面是虚假的，最多只会停留几秒钟。我摸索着去够床头柜上的松香酒杯。找到它，深深地喝了一大口。

想了一会儿几天前我写的人生悲剧。试着去理解怎么才有可能创造出某种特质和意义，却只能得到已知的痛苦答案。

显然，我是有意为之。我不会一头扎进任何推理的行列。我躺在这里，在这温热的黑暗中，在这可爱的小岛上，当然是为了痛苦的缘故。

仅仅是因为这个原因。

玛丽娅姆·卡达尔对11月19日和20日晚上的描述——在不断被检察官、律师和法官的提问和插话打断的情况下——持续了四十五分钟。当她结束陈述时，我认为，陪审团的每一位成员都清楚地认识到，她是有罪的。

她的肩膀在整个过程中一直很松弛，很放松，她的声音从来没有颤抖过，尽管如此，她还是在我们所有人心中慢慢地、但确定无疑地播下了定罪的种子。

有罪。

一切都于事无补。

没有同情，没有大理石般洁白的锁骨，也没有昏暗阴沉的环境。

奥托·格拉赫在短暂的停顿之后提供了证词，尽管他在许多方面给人的印象都不同于他的情人，但他几乎无法扭转局面。从本质上讲，他所描述的事件和情况与玛丽娅姆·卡达尔的完全相同。实际上，他的徒劳尝试可能没有起到任何作用，反而坐实并加深了人们对造成伟大的格蒙德·赖因突然死亡的所有阴暗事实的印象。这些从第二天报纸的报道中都能读到。

他们两人都承认——没有回避——他们有性关系，持续了近三年，即使一开始只是偶尔为之。这件事——M和G都强调——主要是性欲的性质，其根源在于赖因在这一领域的明显无能。对于这一解释，检察官提出了一些相当具有暗示性的问题，还设法主要使玛丽娅姆·卡达尔多少能落入圈套。我清楚地看到，当她试图为自己开解时，善意从旁听席上的几位观众的脸上消失了，陪审团的两名女性在观察她时，鼻孔和嘴巴之间出现了体现道德观念的皱纹。当被问及为什么赖因对整件事一无所知时，玛丽娅姆·卡达尔笑了，并以一个简单的头部动作展示了她对检察官对这类外遇事件的见解的看法。

这也没有产生特别正面的印象。

就事实而言，奥托·格拉赫——按照约定——于11月19日晚7时左右出现在樱桃园。他们一直都坚持说，出版社的编辑之一赫尔穆特·鲁德格尔本应陪同他前来，但后者在时间上出现了冲突——不过，他们无法更详细地说明是哪一种冲突。我记得，我对此感到有些恼火：向鲁德格尔本人核实这条信息一定是这世上最简单的事情，但无论是原告一方还是被告一方显然都没有去做这件事。

反正最终是他们三人在海边别墅兴致勃勃地又吃又喝，但没过多久，格蒙德·赖因的情绪就变得非常糟糕——几乎像个青春期的少年人那样，既狂妄自大，又一肚子的自我蔑视，这在作家和其他创造型人群中并非不常见（奥托·格拉赫显然认为自己知道他在说什么）。然而，他们两人都不觉得，赖因对自己的妻子和出版商抱有任何怀疑。在这个决定命运的时刻没有，在秋天的早些时候也没有。我必须说，我并不真正理解他们在这一点上的坚持。毕竟，很明显——至少在庭审的时候——赖因怀有强烈的、有充分根据的怀疑，而且我很难理解，他们让自己与此保持距离究竟有什么好处。无论是当时，在法庭上，还是在那之后。即便如此，他们还是断然否认，作家当晚的坏心情可能与他们的暧昧关系存在某种关联。

大约在午夜时分——根据M的说法是差一刻十二点，根据G的说法是十二点过五分——赖因对于他们的陪伴变得不耐烦起来。

他手持一瓶白兰地，摇摇晃晃地顺楼梯上到顶楼，对他俩说，让他们下地狱去，然后把自己锁在了房间里。之前他们已经说好，奥托·格拉赫会在这里过夜，但尽管如此，尽管男主人显然喝醉了，可他们还是坚称，他们没有抓住这个机会在那一晚同床共枕。大约一点半光景，他们从皮扶手椅上站起身，各自撤回到自己的房间里去了。奥托·格拉赫声称，他随后在床上读了一会儿书，在两点一刻到两点半之间睡下。玛丽娅姆·卡达尔则头一挨枕头就睡着了——据她自己说。

总的来说，情况就是这样。第二天上午十点过几分钟，奥托·格拉赫第一个起床，但玛丽娅姆·卡达尔直到一个半小时后才在赖因房间的打字机上发现了那封信。在此之前，她敲过几次门，但她坚持说，她并不想打扰他，如果她丈夫想一个人待着的话。最后，她还是进了房间。

那封信不是什么秘密。检察官大声朗读了它，并询问它是否与打字机上的那封信的内容相同。M 和 G 都证明情况确实如此。

他还问他们如何看待这样一种情况：那张纸上连赖因的一个指纹都没有，但在这一点上，他们两人都不能提出任何进一步的合理解释。我观察到，陪审团对这两种情况都皱起了眉头。

至于我从日晷下挖出的其他信件，玛丽娅姆·卡达尔和奥托·格拉赫两人的所持观点都引起了一些震惊。在庭审期间以及报纸事后的分析中都是如此。

专家们已经确定，所有信件都出自同一台打字机：属于格拉赫的一台凯旋牌便携式打字机，它通常放在他出版社的办公室里，但旅行时有时会带着它。检察官有些惊讶地想知道，在我们这个计算机化的社会里，他为什么不使用一种更现代化的设备，但这位出版社的老板只简单地回答说，比起文字处理器，他更喜欢可贵的老式打字机。

关键是第四封信。G 是前三封信的作者，这一点并没有被特别地加以遮掩，他毫不犹豫地承认它们是爱的表白，但至于第四封信——谋杀阴谋本身在此信中得到了概述——他坚决否认自己曾经写过这样的东西。

玛丽娅姆·卡达尔也持同样的说法。她坚持说，在去警察局之前，她从未读到过这些字句——如果读过，她会立即断绝与作者的所有联系，她坚定地起誓说。这第四封信和其他几封信一样，日期也很模糊——“199_ 年的深秋”，但信中在提及计划好的樱桃园周末时似乎它迫在眉睫，因此，至少是按照检察官的理解，它必定是在赖因去世前十四天间的某个时候写的。

检察官问，他们是否可以解释一下，这第四封信如何会最终出现在玛丽娅姆·卡达尔的内衣中间，后来又出现在日晷下面，对于这个问题，两被告都没有提供任何解释，也许这对他们有些好处，即他们并没有试图提供这样或那样的推理和猜测。关于橱柜里的原件和复印件，玛丽娅姆·卡达尔解释说，她在丈夫死后几周就把它们扔掉了，检察官似乎没有兴趣在这一点上向她进一步施压。

“你熟悉‘加甘图亚’吗？”他取而代之地提出这个问题。

“加甘图亚”是赖因的船。

“当然。”玛丽娅姆·卡达尔不假思索地答道。

“自然，”一小时后奥托·格拉赫答道，“那只是一艘普通的装有船尾马达的汽艇。一点也不奇怪。”

“谢谢。”检察官说。

对于两个人的回答都是如此。

不，我肯定不是唯一一个有以下印象的人：当玛丽娅姆·卡达尔低头离开证人席时，一切都已被决定下来。检察官提出的最后一个特殊情况是财政问题，这明显使她很不自在。

在那个决定命运的夜晚之前的几个星期里，玛丽娅姆·卡达尔从赖因的一个银行账户里取出了两笔大额存款，而她有权动用这笔钱。

11 月 7 日，十万荷兰盾；八天后，一万荷兰盾。对于这笔钱将用于什么用途的直接问题，她能说的只是，赖因要求她把以上数目的钱取出来，而她不知道他打算怎么花这笔钱。

“你经常为他取出那么多钱吗？”检察官问道。

“不。”

“从来没有吗？”

“以前有时候会，也许。”

“你不知道他会怎么用这些钱吗？”

“是的。”

“你认为他这次用它来做什么？”

“我不知道。”

“你没问吗？”

“问了。”

“然后呢？”

“他没有回答。”

“你不觉得这很奇怪吗？”

她犹豫了一下。

“也许吧，我丈夫是个与众不同的人。”

“这点我毫不怀疑。无论如何，我们还不能确定他使用了那笔钱。你对此有何看法？”

她又耸了耸肩。

“我不知道。”

“任何想法？”

“没有。”

检察官停下来，好为下一个问题腾出空间。

“你没有把钱留给自己吗？”

“当然没有。”

“在所有那些情况下都没有？”

“没有。”

“你有什么证据能证明你真的把钱交给了你丈夫？”

她想了想。

“没有。”

如果我没记错的话，就是在这句简单的陈述之后，她得到允许，离开了证人席。

我带着精疲力竭的感觉走出法庭，但同时也觉得一切都结束了；大致可说是一种痛苦的解脱，就像看完牙医一样。

接下来的几天，这种感觉一直伴随着我。我在城里漫无目的、不紧不慢地四处闲逛；坐在公园或咖啡馆里看书，看人来人往，让自己相当漫不经心地沉醉于这美好的天气。时间似乎重新变得稀薄起来，我几乎无法避免地注意到这一点——我似乎又一次发现自己陷入了一段空虚和透明的时期。一间晚点火车的候车室。我当然会看报，以了解判决前的各种猜测，了解关于这本书和版权问题的争论，但总的来说，我根本没有受到其影响。我明白，我的角色已经定下来了，现在，我可以坐在这里，坐在甘布林路斯酒店、梅菲斯托餐馆或“水上城堡”咖啡馆，像其他人一样扬起眉头看这出戏。

那些日子我也不怎么喝酒。没错，我晚上会坐在酒吧里，但通常在午夜到来前很久就回家与比阿特丽丝待在一起，当詹尼斯·霍恩打电话来想带我去海边时，我婉言谢绝了，要求把此安排推迟到以后。我想我们一致同意将其推至 6 月初；我仍然不知道的是，它是否会是今年的 6 月。

我自然知道，由休息和距离构成的暂时的空洞不会永远持续下去。相反，很明显，这不过是在专注于下一事件之前的一段必要的真空期。是陨石在时间隧道中的下一次缓慢累积。

正如预期的那样，与 5 月中旬那个周末相关的事件出现了。

周五，对赖因一案的判决宣布。我在一个早间新闻广播节目中听到了它，其方式与我听到逮捕的消息时一样。我记得，当时我把面街的窗户开得大大的，当记者慢慢地读着简短的公报时，整个城市似乎都屏住了呼吸。至少持续了几秒钟，而这至少可以说是一种奇怪的体验。我还能毫不费力地回忆起一切。

玛丽娅姆·卡达尔有罪。

奥托·格拉赫有罪。

一级谋杀。

毫无疑问，陪审团意见一致。刑期尚未确定，但没有任何迹象表明它将不会是最长刑期，每人被判十二年。

没有可使罪行减轻的情况。两人的罪行相当，不可赦免。

我关掉收音机，城市又从窗口涌了进来。

大约一天后，也就是星期六下午，科尔打来电话报告说，据计算，该书的销量可达四万五千册，第二次印刷（又印了五万册）已经完成。他问我是否还需要钱，我为他又给了我一点实惠而表示了感谢。

那天晚上我喝醉了。我还和一个女人一起回了她在马克斯·威利街的公寓，但我想，无论是她还是我，都没有从我们在她家客厅地板上那乏味的交媾中得到多少乐趣。

无论如何她都不会。

接着，在星期天——5 月 16 日那个星期天——哈曼报告说，埃尔默·范德卢埃将在当天晚上到达 S—霍芬，他打算继续一度中断的监视。

假设我仍然希望找到我失踪的妻子，是吗?

是的，我解释道，然后挂了电话。起床后，去厨房吃了两片药片以治疗严重的头痛。我有点惊讶，然后注意到天正在下雨——一场温热而柔和的春雨——而在敞开的阳台门里，一个越来越潮湿的点已然形成。

那是多丽丝的雀斑——“水上城堡”咖啡馆有两个服务员叫多丽丝，都约二十五岁，都金发碧眼，都带有那种酷酷的北欧式的美丽，但其中只有一个有雀斑——也就是说，有雀斑的多丽丝，她在下午四点后不久的某个时刻将一根手指竖于唇边，示意大家安静，然后将电视的音量调大，电视是从房间非常靠后的一个角落的天花板上挂下来的。

我曾多次回想起这则简短的新闻播报。我离开“水上城堡”时怀有的最直接体验是，它一定是某种慢动作播报，因为后来，盘桓于我脑中的一切都清晰得到了荒谬的地步：播报员的眼睛睁得有点太大，仿佛她本人并不真的相信是她在播音；她的声音、她的职业性措辞和专业性冷漠，在压抑的激情深渊上保持着平衡。

还有那些画面。

监狱的画面。走廊的画面。牢房门的画面，还有一名女警察，她十分冷静地对着一个蓝色麦克风回答了摄像机外记者的问题，麦克风上有 5 频道的标志。

从电视中传出的话语仍然在我耳边萦绕不去，我从眼角的余光中看到，多丽丝完全忘记了吸烟，以至香烟上的烟灰柱因等待而变得头重脚轻，最后掉了下来。

“你能告诉我们发生了什么事？”记者问道，同时咳嗽了两声，一次正对着麦克风。

“嗯……”女警察犹豫了一下才开了口，“她要了纸和笔，条例中没有任何规定禁止这样做。”

“你给了她纸和笔？”

“我的同事给的。”

“你的同事给了她纸和笔？”

“是的。”

“然后呢？”

“然后我本该告诉她，她有时间和牧师在一起。”

“牧师？”

“是的，她要求和一位牧师谈谈。”

“你去了她的牢房？”

“是的。我从牢门上的窗口往里看去，看见她倒在地板上。”

“你做了什么？”

“我打开门走进去。她俯卧着。我先是问她感觉如何，她没有回答，于是我把她翻过来……地板上有一点血迹，然后我看到了她的眼睛。”

“你明白发生了什么事吗？”

“是的。她把笔插进了眼睛里。”

“整支笔？”

“是的。没有什么东西突出来。”

“她死了吗？”

“是的，我打电话求救，但我们当时就可以确定她已经死了。”

当镜头聚焦于绿色地板上一个稍暗的点时，出现了短暂的停顿。

“你对此做何反应？”

一开始没有回应。镜头慢慢上移至女警察的面部特写，你可以清楚地看到，她不知道该将目光投向哪里。但如前所述，她仍然没有特别强烈的情绪波动。她的左嘴角抽搐了几次。

“那很可怕……”她最后说，我觉得那更多的是例行公事之举。

然后记者说，他名叫艾里克·莫德尔，接着电视画面回到了新闻播报室。

“我们重复一下，”那个眼睛睁得很大的女人说，“玛丽娅姆·卡达尔，已故作家格蒙德·赖因的妻子，最近因谋杀丈夫而被判处了十二年有期徒刑，她被关押在位于伯吉斯路的监狱，等着转移到博辛根女子监狱。仅一个小时前，她在狱中自杀身亡。玛丽娅姆·卡达尔时年三十九岁。我们将在常规的新闻节目中报道更多细节。”

随后，播报结束。多丽丝终于吸了一口烟，我注意到她的有斑点的前臂在她吸烟时是如何抬起又放下的。然后她关掉了电视。我从靠窗的地方站起身，离开了那地方。在外面的街上，强烈的阳光像电击一样照射在我身上。我在那儿站了一会儿，闭上眼睛，同时抓住一辆停靠在墙上的自行车。我感到一阵特殊的、强烈的眩晕，舌头上的金属味辛辣而清晰。

几秒钟后，我恢复过来，开始朝费迪南德·博尔街的方向走去。

我把这段又读了一遍，发现这是完全正确的描述。可补充的是，那天是 5 月 17 日，星期一，是那一年迄今为止最热的一天。

我从那只有划痕的敞口玻璃瓶里往装茴香酒的玻璃杯中倒满水，使得杯壁上形成了一层薄雾。独自坐在阳伞下，等着午休的结束。我已在长在教堂北面的九重葛下方的一条长凳上睡了一个小时，但现在正拿着信封坐在这里。

海湾酒店。在主城区的此处还有另外三家酒店，但最壮观的还属海湾酒店。形制壮丽，景色怡人。在我下方，远远望去，位于那块残破的土地上的是座城堡，一座古老的堡垒，一辆令人觉得不真实的满是尘土的公共汽车会一天到头地把游客送往那里。

除了午休的时候。现在午休开始走向尾声了：炎热仍然使人麻木，但太阳已倾斜，阴影在房屋之间扩散开来。等瓦拉塔科斯先生一出来，打开他纪念品商店的安全格栅，我便会走向那里。它就在小巷的正对面。瓦拉塔科斯是镇上唯一使用格栅的商人，有些人会称他是蠢货或雅典人，尽管他同他们一样是在岛上土生土长的人，而且与其他许多人不同，他常年都住在这里。

当我自我介绍时，我发现他并不反对有人请他在海湾酒店喝杯茴香烈酒。他重新把格栅牢牢锁上，然后我们坐在了我刚才坐了一个小时的那同一张桌子旁。

我感到有些紧张：我在这里的时间只剩下一周了，而瓦拉塔科斯是张王牌。我对此已经知晓好几天了，只是在等待合适的机会，当我把照片推过去时，我能感觉到太阳穴里的血直往上冒，上唇也在出汗。汗珠是冷的，尝起来一点也不咸。

在他看照片之前，我们碰了碰杯。然后，他掀起宽边草帽，用握成拳头的毛茸茸的手背擦了把额头。把帽子戴好，点燃一支香烟。

他的动作显得小心谨慎。他用手指抚摩着自己的胡楂，认真地看了很长时间。然后他点点头，问我有没有地图。

我打开地图。他笑了，冲自己的店做了个手势，我承认，我就是在那儿买的地图。他把它铺平，在上面来来回回地看了几遍，好像是要确定自己的方位，核实它与要找的岛屿的关联。然后他示意要一支笔。我递给他一支，他在北边的一个小海湾里打了一个大而清楚的叉。

“船！”他说，“没有路！”

我点点头。我在衬衫胸前的口袋里摸索着几张钞票，但他用手做了一个谨慎的、不屑一顾的手势。

“不是意大利人，”他解释说，“希腊人。”

我道了歉。我们向后靠去，喝完了杯子里的酒。

我在阿尔伯特·海因连锁店买了四瓶威士忌和四听猫粮罐头。在这几天里，我仍然能在我的行动中辨别出明显的理性因素。我给花浇水，清理比阿特丽丝的猫砂盘，往里面垫上新沙子。把食物倒进碗里——量大到应该可以维持两三天——然后才坐在扶手椅上，开始漫不经心地喝酒，只是为了达到一种令人愉快的无意识状态。

我有条不紊、不慌不忙地喝干了一杯又一杯的酒。让酒精蔓延开来，控制一切，但又没有让它冲昏头脑，没有掉进死水的洞穴，没有身感微恙。实际上是没有投入——一种安静的、临床型的饮酒。凭借着意识中的一个孤立部分，我一直将此过程保持在严格的监督和控制之下。我以前就这么干过，所以我知道是怎么回事。

入夜时分，我开始将注意力集中在铅笔上。集中在铅笔和眼睛上。尝试着，并且真的成功地让一支铅笔在眼睛和手之间达于平衡。我处于仰卧姿势，让削得很尖的笔尖停在光滑的眼睛表面——为了让它定住不动，必须施加一定的压力，尽管这种压力是无穷小的——笔的后端靠在我微微凹陷的手掌正中的一个点上；铅笔多多少少是垂直的，其他任何东西都注定会倒下……以这种方式平衡，让冲动被发出和取消，发出和取消。毫无疑问，这是一个困难的过程：笔尖很容易滑出位置。于是我渐渐地明白了，哪怕是施加最强烈的压力，要穿透眼球本身显然也是不可能的。取而代之的应该是这样的结果：铅笔从眼睛上方或下方穿入大脑，而眼珠注定会让路，在眼窝里滑动，留下自由通道，但几乎不会让自己被刺穿和穿透……在某种程度上，这是个恼人的结论，让我隐约想要的绝对完美打了折扣，但无论如何，我自然不得不心甘情愿地接受它。

我在明亮刺眼的晨光中醒来。拿着酒瓶去洗手间，继续喝。最初吞下的几大口又会往上涌，但渐渐地，我设法把那火烧火燎的酒滴强行咽了下去。然后躺在黑暗中，闻着胃液和尿液的酸味，让时间一分一秒地过去。

夜幕再次降临。我隐约地记得它，第二天也如出一辙。在某一时刻，威士忌喝完了，我在厨房的橱柜里找出一瓶甜酒。它喝上去令人反胃，傍晚时分，我发现自己又进了浴室，翻肠倒肚地吐了个昏天黑地。一种冷酷无情的清醒状态即将来临，我浑身冒着冷汗，沉浸在难闻的焦虑之中，试图蜷缩在地板上，摆出胎儿的保护性姿势，但不断被战栗和抖动撕成两半。神经和肉体的爆炸。痉挛和突发的呼吸困难，直到我最终沉入黑暗无梦的昏睡之中。

一连串的电话铃声响了又响。比阿特丽丝来了又去。新的一天的日光从半掩着的浴室门照射进来。我再次睡去。更多的电话铃声响起，右臂和肩膀部位撞在坚硬地板上带来的疼痛。

我终于起来了，直接从水龙头里喝水，冲洗手和脸。电话铃声再次响起，我心急脚慢地走到客厅里去接听。

是哈曼，私家侦探哈曼。

“我一直在找你。”

“我很抱歉。”

“真的吗？”

“你想要什么？”

“我有消息。”

沉默。

“你还在听吗？”

“当然。”

“我找到她了。”

“谁？”

“谁？当然是你的妻子。你真的没事吗？”

“还好。对不起，我刚醒……她在哪儿？”

他停顿了一下，我想是在点烟。

“如果你来这儿，我就把你需要的信息告诉你。带上现金，这样我们就可以马上结账了。你能在从现在算起的一个小时内赶到吗？”

我看了看时钟，十点过几分。也就是说，现在是上午。我已经不清楚是星期几了。

“一个钟头以后。”我说。

“生活是失败的。但当一扇门打开时，你必须继续前行。这是一种责任，没别的。”

她就是这么说的，我当然知道这是她从哪里读到过或听到过的。艾娃经常这样。她从各种可能的渠道捡拾短语和句子：电影、报纸、电视辩论节目；然后将它们收藏在脑海里几周或几个月，在那之后，在似乎与所说内容存在某种程度的相关性的情境和语境中，将它们重新组织成她自己的语言。

就像这个夏天的早晨。

失败的？

回想起来，我知道她在这段特殊时期说的很多话都来自毛里茨·温克勒。也许我当时就明白了，只是并不那么在意。我没有回应，她是我受伤的小鸟，我是她的丈夫和恩人，这就是我们之间的关系……我是坚实的地面，艾娃是沼泽地里走失的母鹿。她的想法反反复复，情绪和情感一天一个样，有时是一个小时一个样。但我总是听她说话，从不动摇；坚定地站在那里，岿然不动，这样，她在每次冒险陷得太深时，都可以攀缘着爬上来。

岩石。固定的点。

现在慢板终结了。

在 5 月那个炎热的日子里，在穿行于 A 市之时，我回想起了这些事情。地址在很远的格雷吉普街。当然，我本可以坐电车去，但有什么东西阻止了我。想必只是时间因素：我需要时间，需要走很长一段路才能做好准备，从而再次站在她的面前。也许还会在路上的咖啡馆待上一会儿。如前所述，那天很热。然而，还有一件事。

哈曼想知道，我是想知道细节，还是只要知道姓名和地址就好。

“姓名？”我问，于是他解释说，她现在名叫埃德塔·索布兰斯卡。

“埃德塔·索布兰斯卡？”

“是的，很显然。”

我说，剩下的事我自己可以轻松搞定，我对他是怎么追踪到她的不感兴趣。他点点头，也许眼神里有一丝怀疑，但我的表情并没有改变。他递给我一张写有姓名、地址和电话号码的卡片。我把它放进钱包，按他的要求付了钱。八百荷兰盾，没有收据。

“你是在说你的生活，还是在说其他什么人的生活？”我记得当时我回答说。

“我们的，”她立刻出人意料地回答，“我们共同的生活。”

在我提出反对意见后，她还在设法坚持自己的论点，这很不寻常。

“我们的生活？”

“是的，我们的。我们不再给彼此能量。我们没有成长……我们一直在互相吞噬，向内退缩，向内退缩。收缩，再收缩，你没有感觉到吗？你一定感觉到了，没有什么比此刻更清楚的了。如果我们继续下去，总有一天会迷失的。”

“这只是说说而已，艾娃，”我说，“你必须认识到，话语并没有意义。它们毫无意义。”

“它们意味着一切。”她说。

一切。

谁来决定哪些话语有意义，哪些话语没有意义？

我沿着王子运河走了很长一段路。在那黏稠的褐色河水中，鸭子和切罗基鹅以一成不变的慵懒姿态随波逐流。在凯瑟街和瓦尔德玛路之间，马栗树正在开花，巨大苍翠的树枝似乎在同时向上和向下伸展。向着太阳和河水伸展。我记得，我曾为之思考了一会儿，思考这种二元性以及这样一个事实：我无法解释它是与两者有关还是非此即彼。当然，后来我明白了，整件事完全是徒劳无益的思考，但我还记得那个画面：三年过去了，我依然能看到王子河畔的树木，我还能看到在五月中旬的那一天徜徉于树下的自己。徜徉着，想知道什么才能让这些巨树感到满足。

炎热和水。炎热或水。

到了克鲁格广场，我停了下来。我在两家咖啡馆之间犹豫了几秒钟，然后在“奥尔德纳马斯”落座。在人行道上的一张桌子旁坐了一个小时，但除了咖啡和一杯加冰块的果汁外，我什么也没喝。

坐在那里时，我感到了强烈的举棋不定，也许这与那些马栗树有关。我不时地从皮夹里拿出那张卡片来看。

埃德塔·索布兰斯卡。贝尔热纳街 174 号。

我试着弄明白她的名字从何而来。毫无疑问，这个名字听起来像波兰人的，但我不知道艾娃的生活中有任何斯拉夫亲戚。那么她为什么会叫这个名字呢？

也许那根本不是她，我想。也许那是一个完全不同的女人，是哈曼搞错了。说到底，这难道不是最有可能的解释吗?

如果是这样的话，如果那个住在贝尔热纳街的女人原来并不是我失踪的妻子的话，那么……嗯，那么整件事就必定是不成立的。那么一切就必须到此为止。我很确定，当我离开“奥尔德纳马斯”的时候，我做出了那个决定。也就是说，无论发生什么，现在都该结束了；这是最后一天，这一切已经持续得太久了……当然，我早该意识到这一点，但亡羊补牢，为时未晚。

十五分钟后，我到达了贝尔热纳街。这是一条又长又窄的街道，始自贝尔热纳广场，朝东北方向一直延伸到 V 公园和运动场。两侧为普通的四层和五层的深色砖砌建筑。黑漆入口和挨得很近的窗户。一两家商店。约莫每隔三个路口就有一家咖啡店。

我在 174 号门外停了下来。先朝两个方向看了看，这才走上前去看名牌。四楼，E. 索布兰斯卡、M. 温克勒。我摸了摸门。锁着的。我按响了门铃。无人回应，但可听见锁里发出的咔嗒声。我走进去，开始迈上狭窄的、略有些陡的楼梯。

我的第一次敲门没有反应，我又试了一次，略微用了点力。我听到公寓里的收音机被关掉了，有脚步声在走近。一把钥匙在锁里转动了几下，门开了，我对面站着……

我想要的记忆是，我花了一秒钟才意识到那是她，但现在我并不确定。她只简单地穿着条黑色牛仔裤和一件印有蜡染图案的长 T 恤，她的脸是那么熟悉，我几乎不得不保护自己免受它的伤害。是的，矛盾的是，我认为正是这种强烈的相似性让我犹豫起来。

我想要的记忆还包括：我们静静地站了一小会儿，只是相互看着对方，然后才开始交谈；但现在我对此也没了信心。也许，事实是，她马上就开始说话了，无论如何，是她打破了现在需要打破的沉默。

“啊，你来了？”她说。

她向后退了一步，我走进小门厅。

“是的，”我说，“我来了。”

她示意我继续往公寓里走。她走到前面，然后在摆放在一只低矮的藤条玻璃茶几周围的三张扶手椅中的一张上坐下来。我又犹豫了一下，但随后她点点头，于是我在她的对面坐下来。

“啊，你来了。”她重复道，眼睛微微颤动，我记得，在过去，当她试图将注意力集中在某件不清楚或困难的事情上时，时常会这样做。我没有回答。

“你想喝杯茶吗？”过了一会儿，她问道。

我点点头，于是她离开了房间。我闭上眼睛，把头向后靠在柔软的高椅背上。听见她在厨房里忙着摆弄水、煮锅和杯子。我静静地坐在那里，内心的思想和波动是无以言表的，是抽象的，远远超出了可理解的界限。但是很美好，无可否认地美好。我知道，我设法让自己只注意到这一点。然后，我感觉到房间里还有别人。我睁开眼睛，看见毛里茨·温克勒站在那里，胳膊肘靠在一个高高的梳妆台上，注视着我。

我也回望着他。他戴着和四年前一样的圆形眼镜，留着和四年前一样的短而灰白的头发。无领衬衫和灯芯绒裤子可能也与我几次见到他时一模一样，但你永远也说不清这事。

我们谁都没说话，过了一分钟左右，艾娃端着茶盘回来了。她在屋子中间停了一会儿，依次看着我们，先是毛里茨·温克勒，然后是我。然后，她勉强挤出一丝微笑，那笑容仓促而短暂，约莫如飞翔的燕子般一掠而过。然后，她把托盘放在桌上。

“你在 A 市做什么？”她问。

“工作。”我说。

“干什么？”

“翻译。”

“赖因？”

“是的。”

“几乎不出我所料。”

毛里茨·温克勒咳嗽了一声，走到桌旁坐下。艾娃开始从一只大陶罐中为大家布茶。

“你在这儿住很久了吗？”我问。

“三年。”

“三年。从那以后就……？”

“是的，”毛里茨·温克勒回答，“从那以后。”

我们喝了点茶。我看着艾娃脸颊上的胎记，想起在起初的那些年里，我们有一次在尼斯的一家酒店时，是如何数彼此的胎记的。

“你要待多久？”她问。

我耸了耸肩。

“我想不会太久了，我的工作就要结束了。”

“我明白了。”毛里茨·温克勒说。我很好奇他明白了什么。

我们又陷入了沉默。回避着彼此的眼神。毛里茨·温克勒吃了一块饼干。

"在格劳埃斯发生了什么事？"我终于问道。

我原以为他们至少会对视一下，但他们没有。相反，他们都抬起眼睛看着我，带着一种……

……带着一种严肃的神情，我蓦地觉得那神情近乎粗鲁：我可是怀着善意而来的客人。我迅速地把茶杯里的水喝干，故意"砰"的一声把它放在茶碟上，然后挺直了身子。

"在格劳埃斯发生了什么事？"我用稍微大一点的声音重复道。

毛里茨·温克勒慢慢地摇了摇头。艾娃站起身。

"我想你最好现在就离开。"她说。

我在那儿坐了一会儿，沉思了一下，然后从椅子上站起身。艾娃又带头向门厅走去。当她站在那儿，一只手抓着门把手好让我出去时，我又问了第三遍，这一次压低了声音，以便不让毛里茨·温克勒听见。

"在格劳埃斯发生了什么事？"

她打开门。

"我不打算向你解释，大卫。"她说。

"你这话是什么意思？"

她用同样的、几乎令人厌恶的严肃目光看着我。

"你问在格劳埃斯发生了什么事。可是你必须明白，你没有权利这样做。"

"没有权利？"

"你没有权利知道发生了什么事。"

我没有回答。

“也许这就是最令人苦恼的地方，”她把目光从我身上移开，接着说道，“你不明白这一点。”

两个完全矛盾的想法出现在我的脑海里，我匆忙地将它们相互掂量了一下，然后放弃了。

“再见，艾娃。”

我没有再看她一眼就走了。

十分钟后，我来到了温德默街上。我沿宽阔的人行道朝西南方向的市中心走去，虽已西沉但仍温热的太阳照在我的脸上。街上的人群熙熙攘攘，我时不时地闭上眼睛几秒钟，在人群中与人撞上一两下——我记得，我觉得这给了我一种独特的归属感——但总的来说，与人群中的其他人相比，我并没有表现得特别与众不同。

我错过了三辆电车，这才抓住了一个机会。实际上，这是一个非常简单的过程：斜刺里迈两步就到了街上，接下来，一切都戛然而止。

一切。

三

即便如此，未来仍有一段时间，我不明白这有什么用。

一段时间，比真空还要稀薄，比空旷的大海还要荒芜，但有一天，亨德森带着他荒谬的论断和照片出现了。

一个点在虚空中重新游荡，徘徊着，生长着，我已经开始用目光追随它了。

"于是你离开了她，像条挨了鞭子的狗一样逃之夭夭？"

我没有回答。把几颗油橄榄放进嘴里，朝水面望去。太阳在一如既往的橙色晕影中下沉，距地平线只有一掌之遥，四周几乎一片寂静。我们在外面的露台上，各自坐在一把绳椅中——按照他一再坚持的说法，绳椅是他自己设计并请东边村子里的一些工匠制作的。他还给房子也添砖加瓦：随着时间的推移，原本三四十平方米的小核心已经扩大到原来的两倍。房子还变得现代化了：从山里的泉水处接来水管，从村子里拉来电线。在屋后的山坡上开辟了露台，种上了葡萄藤，从海湾另一边的定居点移来两棵气宇不凡的柏树，它们在各种不利条件下生了根，发了芽。据他说，他亲手种下的二十多棵橄榄树，已经有五百多年的历史了。山上，一条蜿蜒的羊肠小道通向一座也包括在此次收购中的礼拜堂。在他之前住在这里的是个古怪的法国人，他同一群猫和一架大键琴一起在此生活了五十多年，却于晚年搬去了鲁昂，不到两个月就去世了。那些猫离开了，但大键琴还在。

总而言之，他在讲述时不曾忽略掉很多细节，也许这一切纯粹都是胡扯，但不管怎样我都理解，能再次有个听众赋予了他一种阴郁的快乐。尽管只有一个。尽管是我。很明显，如今他不大与人打交道了。每隔两三个星期会乘船绕过岬角去主城获取给养，但除此之外，一直过着崇高的隐居生活……这种与世隔绝使他比我记忆中的要健谈得多。一种尖刻的滔滔不绝，十分真实，而其自我专注和自我中心的特点几乎一点也没有减少。可能有点保守，有点优雅。

在孤独中，他最主要的工作似乎是搬运石头：改造露台，或加高那一米厚的高墙，它目前从两个半方向围绕着房子。

“你真的认可，”他继续说道，“用那种方式把一个故事匆匆讲完是不可原谅的？一个始于收音机里的一个喷嚏的故事……”

“一声咳嗽。”

“一声咳嗽，没什么不同。你让它像溅出的牛奶一样流进沙子里。像驴尿！把它们留在那儿……”

“当然，像条被鞭打的狗一样逃之夭夭。”

我等着，与此同时，他点上一支安放在长烟嘴里的香烟——如果我没记错的话，烟嘴是象牙做的。

“你熟悉我对人生剧本的一些小想法吗？”

“自然。顺便说一下，它们几乎算不得是你的。所以你想坚持认为，你的故事要好得多？”

他嗤之以鼻。

“这种比较纯粹是一种侮辱。”

他甚至看都不看我一眼。抽着烟，凝视着大海。大概他现在开始觉得累了。

“所有这些错综复杂的阴谋真的有必要吗？”沉默了几秒钟后，我问道。

“当然，”他显然有些恼怒地说，“你他妈的到底是怎么想的？怀疑必须慢慢增长……毫无疑问，如果它们同时被曝光，那是行不通的。不要装腔作势，你和我一样清楚，事情必得如此安排……你确实得到了结果！”

“你也预料到了她会死吗？”

他耸了耸肩。

“那跟这件事没有关系。你想说什么？你自己的妻子同你的情敌健健康康地生活在一起！你到这儿来，并不是想说这是你的有意安排，对吗？”

他放声大笑起来。

“该死的业余作家！你甚至没有弄清楚发生了什么事！”

我从侧面观察着他，与此同时，他在啜饮着树脂葡萄酒……身形健硕，浓密的头发在阳光下闪烁着白光；我估算他有六十一岁，皮肤晒得黝黑，身体硬朗健康。在生命的最后岁月里，他那出了名的虚弱似乎已经完全离他而去——有很多迹象表明，如果没有什么意料之外的事情发生，他可能会在这个偏僻的天堂里再活个二十五年。在他的石头、他的橄榄树和他的经过净化的回忆中。

也就是说，如果没有意料之外的事情发生。

“不，我不知道在格劳埃斯发生了什么事。”

我已经简短地讲述了我的故事。我在说话时，不确定他是否真的在听，但不管怎么说，他似乎已经听进去了。然而现在，他未予更多的评论。

“前几天，我一直在想《吉列姆的诱惑》。”沉默了一阵后，我继续说。

那是他最早的短篇小说之一，说的是一个男人痴迷于按照以各种方式（主要是通过梦的方式）获得的某些形象和迹象来指导自己的生活和与他最亲近的人。这是一个相当古怪的故事，结尾是他把房子烧毁了，房子里有他的妻子和他们的两个儿子；标题中的“诱惑”是指主人公在这最后的行动之前的犹豫，难以抵御的诱惑，不去……不去听从指示和内心的声音。

但后来，他甚至最终克服了这一诱惑。

赖因在大笑。

“哦，是的，那一个！”他想了一会儿，“是的，人们可能会说它仍然成立。”

“你是怎么设法做到的？”我问。

“设法做到什么？”

“那个，逃脱。”

“那不是逃脱。只要一本新护照和简单的伪装……当然还有钱。”

“你那天晚上没喝醉？”

“最多有一点。”

“我仍然认为你很幸运。”

“胡说八道。”

在我们整个谈话期间，我一直在等待他至少会对我的帮助表示感谢，显示出一点欣赏之情，因为我达到了他的预期，按照他的意愿扮演了我的角色，但现在，当太阳已经完全消失、暮色很快开始降临时，我明白了，他甚至从未有过这种念头。

主人应该因为木偶跳舞而感谢它吗？

因为木偶对提线有反应？

当然不。

我低头看着我停在岸边的船。天还足够亮，我不用提灯就可以走下那凹凸不平的石阶（这是那个法国人留下来的），但半小时后就不行了。赖因再次陷入沉默，我猜，他的相对健谈现在已经一去不复返了。我观察了他几秒钟，虽然他必定感觉到了我的目光，但并没有转过头来。很明显，他想一个人待着。我把杯子里的酒喝干，从椅子上站了起来。

“我想是时候了。”

他点点头，但没有起身。只是坐在那里，往他那大而无当的装置上再卷上一根烟。

当我转身背对着他时，问题来了。

“你完全没有想过要去找媒体，对吗？我想强调的是，我的新身份是无懈可击的，那样做根本毫无意义。”

“当然不了。”

“如果你也选择像输不起的人那样去做，那就不太合适了，不是吗？”

“我向你保证。”

“赖因已死。”

“赖因已死，再见。”

“再见。”

当我下到船上的时候，天已经很黑了，我无法分辨出他在露台上的身影。我不想点蜡烛，只好在地上卷起的网下摸索了片刻，去找那把刀。然后我找到了它。

然后我坐下来，用手掂了掂它的重量，感觉着它锐利的锋刃，这样又过了二十分钟，黑暗变得更浓了。我左思右想，但没有什么值得一提的，也没有什么让我放不下的。当看到他在上方点亮了一盏灯笼时，我开始再次走上那凹凸不平的台阶。

亲爱的艾格尼丝

由保罗·诺伦（Paul Norlen）将瑞典语译为英语。

改编为电影《亲爱的艾格尼丝》（*Dear Agnes*）。

总之，这是一场成功的葬礼。

早晨天色阴沉，平静无风，但当我们向坟墓走去时，太阳已经冲破了笼罩的乌云，从榆树泛黄的枝叶间射出曲折的光柱。

埃里希会喜欢的。秋季，突然间天高云淡，空气清新，清而不冷。向莫尔纳下倾的田地已经收割完毕，但还没有犁为土垄。一个农民正在远处焚烧低矮的灌木丛。

牧师名叫西尔德马克，是个又瘦又高、面色苍白的人，当然，这星期里我们已见过面，决定了葬礼的程序。他刚来教区不久，脊柱存在某种畸形，这意味着他走路有点笨拙，几乎是在滚动。这使他看起来比实际年龄要老。但他的面庞散发着光芒，可以毫不吃力地履行自己的职责。

我们共二十四个人，当然包括孩子们。他母亲和她的侍从：女朋友和态度生硬的护士。

比阿特丽斯和鲁道夫。

贾斯汀。

亨德马格夫妇，他们错误地判断了形势，竟拖上了两个孩子。不超过十岁或十二岁，一个害羞的男孩、一个长着龅牙和忐忑眼睛的女孩，强迫他们有什么好处呢？他俩与埃里希毫无瓜葛，据我回忆，大概只见过他两三次。

显然还有艾伯特·肯纳和一些我从未见过的现同事。确切地说，是个四重奏：两女两男。还有蒙森博士，他在教堂里致了悼词，在墓前也忍不住说了几句话。

关于秋日的明澈和我们在尘世的时光。关于一直是埃里希的标志的分析能力，太阳也因之破空而出，为此做了见证。

滔滔不绝。

我有点累了，站在这圈穿着黑衣的哀悼者和半哀悼者以及因为一些非常普遍的原因而出现在那里的人的外围，一阵疲弱感向我袭来，也许占据我的是真正的悲伤，主要不是为埃里希哀悼，而是在为生命哀悼，它的不公和令人失察的映像。我们遮遮掩掩、不欲人知地弄虚作假，可一旦我们对其置之不理的时间足够长，一旦我们不够专心的话，它们就会想方设法地找到我们头上来。

在整个仪式过程中，我没掉一滴眼泪。我不在乎别人会如何解释这一点，但在我们这个时代，让我们的灵魂变得迟钝和沉默的药物比比皆是，所以我假定，我的行为并不令人意外。我没有同任何人说过一句话，不得罪人的确认的眼神，就这些。握手、轻轻的拥抱和迷惑人的点头。

抬棺者由发小和划船俱乐部的朋友组成。有四个人，我认出了其中三个，但叫不出任何一个人的名字，他们都住在戈什金本地，根据牧师的说法，他们是自告奋勇地担当此任的。

然后是亨妮。

我原本没打算把在场的每个人都罗列出来，但现在我发现，那正是我的所作所为。

亨妮·德尔珈朵。

她在教堂时穿着件长袖黑裙，但当我们来到户外时，她的肩上多了件暗红色披风。我记得她以前总是穿红色衣服，不一定是一身红，但总会有抹红色。某样红色的、吸引眼球的东西，猩红色衬衫或围巾。我自己走的是蓝色系冷淡风。甚至我们还在上高中的时候就保持了这些风格：亨妮是红色、黄色、赭色。我是蓝色、青绿色和各种冷色。我们唯一有可能重叠的颜色只有绿色，但穿着的效果大相径庭。后来，一定是在大学的第一个秋季学期里，我们一起去找了位色彩分析师，他也认可了我们的直觉选择，拿起几块布料与我们惊讶的面庞做着对比，滔滔不绝地讲述着我们不同的皮肤类型。色素沉着的人格，仿佛它是某种堪称神乎其神的东西。

亨妮，她看起来出乎意料地年轻，没来由地身健体美。不知道为什么这会让我感到惊讶，但确实如此。当然，她是独自前来的，把丈夫和孩子们留在位于格罗腾堡的家里，是的，我从未见过那两个女孩子，但是她们的洗礼贺卡都适时地被贴在了某本相册里。

这么多年以后我们才初次见面，却彼此都没有说话，这让我觉得有点好笑。不过，我有一种感觉，就是她会和我联系的。我不知道是什么激发了这种不着边际的感觉，但如果我错了，那我才会吃惊呢。毕竟，一直以来，我们的亲密程度达到了两个同性间除去有亲缘关系和同性恋这两种情况外所能够达到的最亲密的那种。虽然已经过去很长一段时间了，但总有一些迹象和微小暗示比认知和语言都更加深刻地影响着我们。情况当然就是如此。

贾斯汀问我他是否应该留下来过夜，但我拒绝了。他是个善解人意的好人，尽管行事风格略显粗野，可我一直都很喜欢他，只不过我想一个人待着。只有我和两只狗、壁炉里的一堆火和拉至窗前的扶手椅。一两杯波尔多葡萄酒，暮色笼罩的花园，修剪整齐、枝杆嶙峋的苹果树，黄杨木树篱，以及向莫尔纳方向倾斜的沼泽，数小时伴随相册和回忆的绝对沉默。也许我还会点支烟，我已经多年没有吸烟的习惯了，但这是一个特殊的日子，而且我身旁就放着两包烟。

我下周也会请病假。一半的课程延期了，一半被分配给了布鲁恩。像往常一样，我不得不把济慈和拜伦交到布鲁恩那笨拙的手中是种耻辱，但我别无选择。离口试时间只剩三个星期了，所以一切都必须在15日之前完成。

现在，终于一切都结束了，这感觉很好。我当然知道，总有一天我会变为只身一人。埃里希比我大十八岁，当我选择他的时候，我寻找的不是炽热的激情，而是那种忧伤基调。然而，他才五十七岁，从来没有任何迹象表明他会英年早逝，而蒙森在悼词中也提到，他还有很多未竟的事业。他坚持认为，研究人员属于在日常活动中不会被岁月所磨灭的那一类人。我明白，他此处既指他自己——他离七十岁应该不远了——也指现在的这个或那个同事。

但埃里希不得不停下来，就像他们在萨尔布鲁肯的家里所说的那样，抵达了终点线。

我坐在扶手椅上，心不在焉地一会儿望望屋外的暮色和花园，一会儿望望屋内的炉火和书籍。经过多年的积累，现在一定有很多书了。我想，在接下来的几天里，我要重新整理一下，把沉重的医学著作搬上阁楼，让文学书籍占据更突出的位置。

这只是我要处理的所有小事中的一件，但它必须等到明天，现在我只想坐在这里休息。

我回忆并浏览着相册，巴林的几句诗袭上心头。

我怀念妈妈轻微的汗臭味——

还有上学第一天
人们强迫我穿的短裤。
我怀念厄休拉·利平斯卡娅，还有那睡到自然醒的状态
以便迎接那无以言表的夏日。
但我最怀念那些
我从未在咖啡馆里抽过的香烟所带来的
难以企及的烟雾。

现在，我点上了一支烟，一种克制的满足感在我的内心发出震颤。

仿佛有什么预见已久的事情即将发生一样。

狗儿们安睡在壁炉前，它们似乎也不想念他。

致：艾格尼丝·R

瓜尔达别墅

戈什金

格罗腾堡，9 月 26 日

亲爱的艾格尼丝：

请原谅我在你变为孤身一人之后这么快就给你写信，希望你在痛失丈夫之后没有完全崩溃。非常高兴再次见到你，即使我当然希望当时的情况会略有不同。当然，既然去了那儿，我本应该同你说上几句话，但有什么东西让我踌躇不前。我不知道是怎么回事，有时，这就好像我们会受阻于某种叫不出名字的力量，是这样吧，艾格尼丝？

但它是场优雅而庄重的仪式，我从未见过你的丈夫，所以我当然无法说这场葬礼是否“配得上”他，如英语中所说的那样。

无论如何，若能恢复与你的联系，我将不胜感激，这么多年过去了，我觉得你不应该这么随意地斩断联系。我们曾是那么亲密，亲爱的艾格尼丝。

那么，我可以给你写信吗？说说我自己和我的家庭？你是否愿意给我回信？

我们也许可以从写信开始，然后再视情况而定。我很难接受电子邮件，它正变得如此轻浮且肤浅。

如果你无意恢复这段旧日的友情，你必须坚决说不。

期待你的回复。

你的亨妮

致：亨妮·德尔珈朵

佩里卡纳勒24号

格罗腾堡

戈什金，9月30日

亲爱的亨妮：

天哪，听你的口气，我们好像有八十岁了！

你当然可以写信，而我很乐意回信。我肯定我们有很多话要说，但因为是你发起的，所以我会让你先说。

所以不要犹豫，请快点写信，我们有十九年的空白要填补呢！

你的艾格尼丝

只要你一直对人善良，就迟早会得到回报。

这是在格罗腾堡的第二天，尽管我只是个瘦小的十一岁孩子，也知道她在撒谎。

或者也许不是撒谎。这个红发女孩名叫亨妮，昨天还没等我们打开第一只箱子，她就和她妈妈一起来拜访了。她误解了一切，她没有真正理解生活是什么样的，以及事情是如何运作的。

但我不会抗议，面对这么稚嫩的年纪，我还不知道用什么语言来描述此类事情，再说它也不重要。那是在晚上，我们站在河桥之上，俯瞰着褐色的河水。妈妈们让我们出去走走，好让亨妮带我认识一下街坊邻里和那个区域。我母亲对亨妮有种所谓的瞬间信任，尽管她有着与生俱来且敝帚自珍的怀疑心性。

我不否认，亨妮无论从哪个方面看都表现得既彬彬有礼又楚楚动人。

且梅子酱是好邻居间颇受欢迎的礼物。

还有会心的一笑和真诚的凝视。

我不记得自己是怎么回答的，也许什么也没说。我们一直在附近街区兜圈子。操场，通往下方铁轨的亨格尔路，克林格威格沿线的商店。我们顺道拜访了肉贩史密特尔，也就是亨妮的叔叔，他给了我们每人一根白香肠和一枚硬币。在通往兹威尔的街角的烟草店里买了口香糖。

还有教堂和墓地，我们在那儿四处逛了逛，探看坟墓：亨妮的爷爷奶奶葬在这儿，终有一天，她自己也会在这儿占据一席之地。

这是块价值不菲、十分宽敞的家庭墓地，可供几代人使用。

我们一路走过了斯塔普斯街、加森斯街、雅各布斯街等。还有沃曼小学，亨妮已经在那里上了五年学了，我则将于9月开始在此上学。它是座古老的石头堡垒，巨大的橡木门上方有句拉丁文格言。“*Non scholae sed vitae discimus*！”[①] 亨妮吟诵道，然后我们一起念了几遍。以便我能对之了然于心地坐到课桌前，听波姆皮乌斯先生、马特森小姐和一个名叫凯克尔汉辰的矮小驼背的女裁缝的教诲。

Non scholae sed vitae discimus.

学习不是为了学校，而是为了生活。

但现在，我们正挂在桥栏杆上。这桥名叫卡尔·埃格斯桥。亨妮不知道为什么它会叫这个名字，也不知道卡尔·埃格斯是谁，但这条河当然叫作内卡尔河。它环绕着我们这个区，至少东向和北向如此，是我们与格林斯塔德的界河，后者是一个完全不同的社区，关于它，亨妮知之甚少，只晓得她的表弟毛里兹曾在那里住过，后来他因每况愈下的健康状况而搬去了地中海边的马赛。但毛里兹死了，尽管他才八岁多不到九岁，所以说到底，地中海的环境很可能是被高估了。

也许他对人不够好，我想，但没说出口。取而代之的是，我把口香糖吐到了河流里。

“你不能把口香糖吐进河里，”亨妮说，“鱼可能会把它吞进嘴里，然后窒息而死。”

① 拉丁语，意为学习不是为了学校，而是为了生活。

鬼才信口香糖可以令鱼窒息而死，我想，它们不需要呼吸。

但我也没把这话说出口。

搬到格罗腾堡来的是我和妈妈。我的父亲和哥哥仍然住在萨尔布鲁肯的斯林格加瑟，尽管克劳斯比我大三岁，而且从我记事起，我们就一直不和，但我好想他呀，想得我在这头几天里一直觉得心口疼。

我在7月1日发现父母要离婚，将将一个月后，我们就离开了。他们在引爆炸弹之前已经详细地计划好了整件事：我们在卡劳斯餐厅用餐。当父母打算告诉孩子他们要分开的时候，带孩子去餐厅用餐，我不知道这是正常的还是不同寻常的。不过，不可否认，他们对彼此、对克劳斯和我都极其和颜悦色。世界上最好的朋友，但现在它名副其实，事实也已证明他们的确如此。生活有时就是这样，让你泪流成河，你却无从控制，稀奇，稀奇，真稀奇[①]。我点了在整个菜单上所能找到的最贵的主菜，配白葡萄酒沙司和时令蔬菜的比目鱼，而他们对此听之任之，未表异议。

爸爸和克劳斯会留下来，他们边吃甜点——置于亮晶晶的野覆盆子果冻上的柑橘冰糕，上面撒有蜜饯榛子和糖粉——边解释说，考虑到工作和学校两方面，这是最好的选择。妈妈已经在格罗腾堡找到了一份新工作，给一位名叫梅尔滕斯的牙医当助手。还找了套位于沃尔马大街的公寓。四个房间加厨房，我会有自己的房间，里面有只贴着瓷砖的炉子，还可以看到一个公园的景色。

① 这句话源自一首名为“稀奇，稀奇，真稀奇”（Hey Diddle Diddle）的英国儿歌。

我父亲和另一个女人在一起快三年了，我母亲只是在几周后我们收拾行李的时候才提及这件事。

我哭了十天。反正在头十个晚上，我都是哭着入睡的。然后我不再哭了，取而代之的是感到胸口疼，就像现在我想起克劳斯时一样。

我肚子里也有东西。蝴蝶在那里上下翻飞，每隔一天我就便秘，每隔一天我就腹泻。

我的房间里确实有个贴着瓷砖的炉子，但里面不可能生火。管理员温特先生解释说，烟囱的烟道早在50年代就被关闭了。烟道有裂缝，如果有余烬冒出来的话，不消一会儿，整栋楼都可能被烧毁。

我想，即使整个格罗腾堡顷刻间被烧为平地也不关我的事。我不想住在这里，我讨厌这座城市，如果我们被烧死了，那只会是一种令人愉快的解脱，我就完全不需要上那所新学校，再也不用见那个扎着傻傻的辫子、面带聪明的笑容的傻头傻脑的邻家女孩了。

但在这儿，我晚上也不会哭，只是胸口疼，且肚子闹个不停。

顺便说一句，她叫爱尔莎，我父亲的新欢。她已经搬到斯林格加瑟跟他们住在一起了，她的女儿住在我过去的房间里。

最糟糕的是，她的名字也叫艾格尼丝。

致：艾格尼丝·R
瓜尔达别墅
戈什金

格罗腾堡，10月4日

亲爱的艾格尼丝：

非常感谢你这么快就回了信，也非常感谢你不反对我们以这种方式恢复联系。我不知道这是否与岁月的流逝有关，但不管怎么算，艾格尼丝，我们都必须承认，我们已经开始接近中年了。我在2月将满四十岁——而你，我记得很清楚，在5月1日。你还记得你在格罗腾堡度过的第一个生日吗？当时我送给你一个日记本。你说你从未打算在上面写一行字，但是到9月份开学的时候，你向我展示，你已经不得不买一本新的了。

虽然我并不觉得自己老了，离老还远着呢，但我从女儿们身上看到了时间的流逝。雷娅现在十一岁，跟你我第一次见面的时候一样大——贝蒂12月就满九岁了。

去年春天，大卫已满四十七岁，他正是我写信给你的真正原因，但我以后再说这件事吧。会很快的，我觉得我必须迂回地接近问题的核心，有时我们就是这样做的，你不这样认为吗，亲爱的艾格尼丝？

然而，说起葬礼，我从来没有感到过丝毫的犹豫，在看到报纸上的讣告的那一刻，便知道我必须前去参加。当然，并不是因为你丈夫的缘故，我从不认识他，而是因为我想再见到你。这些年来，我当然结交了很多女朋友——也有男性朋友，别误会我的意思——但发小总有一些特别之处。你不也这么认为吗，艾格尼丝？不管过去了多少时间，不管桥下流走了多少河水，总会有一些东西把我们联系在一起。我真心希望你能理解我的意思，艾格尼丝，希望你和我有同样的感觉。即使当我看到你时，我不曾说出话来。

是的，大卫和我现在的社交圈非常广泛。自从他成为电视剧总监后，邀请函就像雨点般落在我们身上，我们家里每周至少要招待一次客人。但是你会厌倦的，艾格尼丝，哦，你会厌倦透顶的。所有这些微笑、才华横溢的健谈者和你不曾要求的自恃，让你觉得仿佛把剧院搬进了家中，搬进了生活，尽管你从未想过要那样。它不知怎的便潜入了你的皮下，渗入了你的骨髓，所以不可能把它冲洗掉……我不知道你是否明白我在说些什么，艾格尼丝，也许我表达得不够清楚。

就我而言，我和大卫一结婚就把所有的表演抱负都搁在了一边。他坚持认为，家里有一个小丑就够了，而我承认他的这个说法是对的。无论如何，对我来说，专业性的表演生涯没有几年，我们总是有很多钱，我在家待了将近十年来照顾两个女儿。但从1月份起，我一直在克林斯街的波姆斯暨克里斯蒂夫律师事务所上班，我不知道你是否还记得这地方。工作是将文件翻译成法语和意大利语，虽然不是技术性特别强的工作，但报酬丰厚，同时又能让人为可以使用曾经花那么多精力才获得的技能而感到满足。同样地，一个人实际上在必要时可以自立，可以自己养活自己，知道这一点自然是件好事。

但对我来说，女儿才是最重要的，艾格尼丝，我想强调这一点。据我所知，你没有自己的孩子，我不知道这是你自己的选择，还是出于自然原因。人人都各不相同，所以人人当然都必须以自己的方式追寻天堂，正如老讲师尼格伦过去常说的那样。你还记得他吗？我很确定，他不是瑞典人就是挪威人。

雷娅和贝蒂也截然不同，尽管她们同父同母，并且一直生活在相同的环境中。雷娅严谨、务实、雄心勃勃，贝蒂则是个梦想家。几乎如同一枚硬币的两面——或者就像阴阳之理，尽管她们都是女孩子。我对她们的爱不分伯仲，也许主要是因为她们是两个人，而且彼此完美互补。在过去的几天里，我突然想到，她们有点儿像你和我，艾格尼丝，我们现在的样子——或者至少是我们那个时候的样子。当然，你是雷娅，我是贝蒂，这是不是很奇怪啊，仿佛生活可以以长长的省略号的方式进行，有时你会产生一种骇人的似曾相识的感觉，好像在重新观看同一出戏。

我们住在佩里卡纳勒的一套大公寓里，就在保罗教堂旁边。我们已经多次谈及买房子的事，但是，我们在这儿住得真是舒服，且女儿们的学校离这儿非常近。此外，大卫还拥有他打小就住过的家，它在山上——在贝希特斯加登附近——诚然，我们与他的哥嫂共同拥有它，但他们住在加拿大，每年回家的时间不超过一两周。

我注意到，在这第一封信中，我滔滔不绝地谈了很多关于自己和家人的事，这并不是我的计划，但也许这是自然而然的。但是，正如我所暗示的，我有一件相较之下更加特别的事情要说，但我认为它将不得不等到下一次。现在已过午夜，大卫和一些电影人出去了，如果我没理解错的话，事情涉及几部皮兰德娄①戏剧的大规模制作——女儿们在睡觉，我则在书房里坐了几个小时，写信和思考。还喝了三杯葡萄酒，我不得不承认这一点，但明天是个工作日，所以肯定到了该搁笔的时候了。

请原谅我高谈阔论地写了这么多，亲爱的艾格尼丝，你千万不要觉得你必须同样啰唆。简单的几句话就会让我很开心，我保证下次会更简洁些。我自然想知道你的感受。现在，在失去生活伴侣后，你是只会感到悲伤，还是也从这种损失中获得了些许的解放？我肯定你知道，婚姻经常被比作笼子，有的人想进去，有的人想出来。我希望你能明白，在这类问题上，你可以像我们当年那样毫无保留，坦率直言。

但现在我要去睡了。

保重身体，尽快写信！

你的亨妮

① 皮兰德娄（Luigi Pirandello，1867—1936年）：意大利小说家、戏剧家。代表作品有《六个寻找剧作家的角色》和《亨利四世》等。

致：亨妮·德尔珈朵

佩里卡纳勒24号

格罗腾堡

戈什金，10月7日

亲爱的亨妮：

谢谢你的长信，我向你保证，我从你的信中了解到了很多情况。不要害怕倾诉，过去我们就是这么说话的——你说一百句，我说十句。

别以为我不明白，即使你有点儿偏离重点，可再次收到你的来信还是让人觉得大有兴趣。此时我们已经活过了半生，考虑到这一点，再考虑到埃里希的去世，我感觉是时候想想自己所处的位置了。

关于我的情况，我没有你那么多可说的，因为我没有家庭。我遇到埃里希时，他的孩子们都已长大成人，我们很早就决定，不把更多的孩子带进这个充满疑虑的世界。从我完成论文后算起的过去八年里，我一直在H堡大学工作，它离我此地的住处只有七八公里，说真的，从一开始我就非常倾心于学术生涯。在过去的几个学期，我真的能得心应手地掌控我打心眼里喜欢的课程——浪漫主义时期和18世纪英语小说——像你一样，亲爱的亨妮，我觉得在生活中我还有项任务要完成，即使我永远不会有自己的孩子，并以那种方式延续香火。

埃里希与前妻离婚后，留下了位于莫尔纳的漂亮房子，我们结婚后就一直住在这里。它是座用木材和磨光石建造的古老建筑，有一个郁郁葱葱的花园，可以看到下面的河流。如果我对未来有任何担忧的话，那就是我将如何设法保住我的房子。埃里希的两个孩子，克拉拉和亨利，自然有权得到一半的财产，天知道我怎样才能把房子从他们手里全部买断。我不确定你是否能在葬礼上认出他们。亨利是个高个子，皮肤黝黑，神情倨傲；克拉拉有点驼背，鼠色头脸，至少超重了十公斤。他俩都坐在教堂的前排，虽然是在过道的另一边，离我很远。老实说，我讨厌他们就像他们讨厌我一样，但我相信，还是有可能找到解决这个问题的办法的。让我有点惊讶的是，遗产清单宣布后已经过去两周了，他们仍然没有就遗产问题与我联系，但我相信，不久我就会接到某个知名律师事务所的电话。

此外，你猜想的其他方面是完全正确的：埃里希死后，我有一种平静和释然的感觉。如果你嫁给比自己大很多的人，便几乎不可避免地会担心被孤身一人留于世上（医学界当然不会保证人能长命百岁，我认为反倒是相反），所以当这事发生在你四十岁而非五十岁或六十岁时，也许你应当略怀感激。当然，你是对的，我们已经接近中年了，亨妮，但我肯定，我们仍然有一些东西可以给予，并为了一些东西而活下去。你不觉得吗？

你写道，你是出于一个明确的原因——一个特别的想法——开启了这番通信，在某种程度上，它与你的配偶有关。我必须承认，这让我感到好奇，因此我请求你不要“像个女人似的兜圈子和闪烁其词”——而是在你的下一封信中直奔主题，我希望不会等太久。

我将以这个请求结束此信，是时候带着狗儿们出门去进行它们例行的晚间散步了。你看，我有两只狗，是身形苗条、生性活泼的罗德西亚背脊犬。我还没决定是否要留下它们——我们已经养了它们差不多五年了，我很喜欢它们，但它们无疑需要你的时间和关注。就像现在这样。

但正如我说过的，亨妮，很快再联系吧。我急切地等待着！

致以最温暖的问候！

你的艾格尼丝

学校以一百五十年前死于战争的J.S. 沃曼的名字命名，被称为沃曼学校。班上有二十五个人，秋季学期开始时，我和一个名叫德拉戈曼的紧张兮兮的男孩是新来的，但班上恰有两个学生转走了，所以齐默尔曼小姐说，我们正好可以来填补空缺。

我、亨妮和亚当是班上最优秀的学生。亚当的眼镜有牛奶瓶底那么厚，他在婴儿床上就开始看书，结果把眼睛弄坏了。亨妮、我、亚当以及他的也在这个班上的堂兄曼威尔有些交往。曼威尔是那些考试成绩总是最差的人之一，尤其是数学和拼写，但他身材高大、强壮，是打架的好帮手。

我在学校的表现出类拔萃，去年圣诞节我在《人人都是陌生人》中获得了主角，齐默尔曼小姐说我有戏剧天赋，我则努力不去想太多关于我在萨尔布鲁肯的父亲和哥哥的事。在整个秋冬季节里，我去那儿不超过两次；有天下午，我哥哥在去拉文斯堡的一个童子军营地的途中，和我们一起在公寓里待了几个小时。我们的接触如此之少，这感觉有点奇怪，但也许更奇怪的是，我其实并不在乎。

我妈妈工作繁忙。牙医梅尔滕斯在格克市场开诊所，我也曾去那儿补了两个牙洞。我不喜欢他：他爱挖苦人，毛发多得令人难以置信，眉毛又黑又浓密，你若是坐在椅子上，会发现他的鼻毛密到让你惊讶于他竟然能通过鼻孔呼吸。

亨妮的妈妈最近几个月生病了，于是我们会在某些下午照顾她的弟弟本杰明。他是个流鼻涕的六岁孩子，几乎总是哭哭啼啼，闷闷不乐。有一次，我们在明德公园找不到他了。天很冷，又下着雨，我们找了他好几个小时。天黑时我们还没有找到他，亨妮哭了起来，说如果本杰明死了，她永远也不会原谅自己。她喋喋不休地唠叨了很多关于如何自我了断的话，如卧轨自杀或投河自尽，但当她跪在我们最后见到本杰明的操场上的沙坑中祈祷时，他突然再次出现了。我说的是本杰明，不是上帝。他比以往任何时候流的鼻涕都要多，哭闹得都要厉害，原本干净的衬衫也撕破了。

只要你倾尽全力，并把自己的命运交到上帝手中，最终一切都会化解的，亨妮说，然后拥抱了她那又湿又脏的弟弟。

我什么也没说，我认为他的出现基本上算是件好事，否则会带来很多麻烦。但老实说，我无法坚持认为，如果他以某种方式离开了、去世了，我会想念他。

5月中旬——在我十二岁生日的两周后，在我月经初潮的两天后——我发现了一件可怕的事情。

我妈妈与她的老板、牙医梅尔滕斯在谈恋爱。当他们手拉着手走出位于格洛克大街的波玛多尔餐厅时，我纯属偶然地碰见了他们。实际上，我正好与他们正面相遇，他们窘得要命，他俩都是。我们只是说了“嗨”和“再见”，然后我便继续前往正要去的位于沃勒玛广场的图书馆——但是当我两个小时后回到家时，妈妈告诉了我实情。她说他们刚开始有点儿交往；她就是那么说的，“交往”，我觉得这词听起来既过时又愚蠢。她还没那么老。

我告诉妈妈，我觉得牙医梅尔滕斯让人恶心，并指出她一定比他小至少三十岁。妈妈很生气，说梅尔滕斯是个富有同情心和教养的人，而且他还不到五十岁。

还说她在我父亲这样的浪荡子身上浪费了半辈子之后，必得需要一点安全感。

我又说了一遍“我认为梅尔滕斯令人反感”，然后把自己锁在了房间里。当妈妈半小时后来敲门时，我关了灯，假装睡着了。

我和亨妮要一起度过暑假的大部分时间，这件事已经说定了。亨妮的叔叔和婶婶在拉戈玛湖边有所大房子，我们将在阁楼上分得个单独的房间。除了她的叔叔和婶婶，那里还有她的三个堂兄弟姐妹：一对跟我们一样大的双胞胎男孩和一个约莫五六岁的女孩。我不知道自己是否真的很想去拉戈玛，但根据我的理解，我别无选择。我也没有反对，而亨妮似乎很期待这样的安排。我们在期末的最后一天比较了学习成绩，发现我们的平均成绩完全一样。亚当的分数比我们多了零点几分，但我们一致认为，这是因为他是个戴眼镜的男孩。

在我们乘公共汽车去拉戈玛的前一天晚上，我和亨妮、亚当和曼威尔一起，抽了我平生的第一支烟。我们躺在明德公园的一丛灌木后面，亨妮恶心得吐到了曼威尔的礼服裤子上。顺便说一句，曼威尔抽了两支烟，说香烟让他感觉棒极了，他不在乎我们是不是所有人都会吐在他的裤子上。他的成绩是全班倒数第一，为了避免留级，他准备去上暑期学校。亚当回家后，曼威尔问我和亨妮是否想看看他的小鸡鸡。亨妮说不管他是否把它拿给我们看，对她来说都是一样的，然后我说可以。他解开裤子前裆开口处的扣子，把它拿了出来，解释说它看起来之所以如此，是因为他受过割礼。亨妮和我为此次偷窥而对他表示了感谢。

致：艾格尼丝·R

瓜尔达别墅

戈什金

格罗腾堡，10月12日

亲爱的艾格尼丝：

谢谢你的来信，我饶有兴趣地读了。很高兴知道你对自己的职业感到满意，也很高兴知道你似乎平静地接受了丈夫去世这件事。我当然了解，你过去总是能保持头脑的冷静，不会陷入感情的旋涡，而你似乎还保留着这些优秀的品质。我当然不能百分之百地判断出，在过去的几年里，我自己在多大程度上发生了变化，但有时我觉得，在内心深处，我还是老样子，跟十二岁、十五岁或十八岁时没什么两样。如果我们逐渐走到重新见面的地步，你一定会毫不费力地判定我的话是对是错。同样，我也有机会在你身上发现那同一个小女孩，是不是，艾格尼丝？

不过，亲爱的朋友，我现在还不想与你见面，为了说明这一点，我现在必须谈一谈我发起此番联络时所怀有的特殊使命——而且一直都在尽最大的努力。你确实敦促我不要把这样做的原因毫无必要地隐瞒于你，而是当开门见山，一语中的，所以现在我要迎难而上，且深呼吸两次。只是希望你不要感到不安，但我必须冒这个险：这是无法避免的。

正如我提到过的，这关系到大卫。你知道，我们结婚已经快十八年了。《李尔王》演出之后才几个星期，他就向我求婚了。我们在6月订婚，同年11月结婚。是的，你几乎没有意识到这一点。大卫和我在一起生活得很幸福，当我回首往事时，我明白情况就是这样的……至少在最初十年。我知道——你不必否认，亲爱的艾格尼丝——有时你认为我不可救药地天真，容易上当受骗；我仍然记得我们之间的许多对话和意见分歧，你从未像我一样相信过天意和生活中的美好事物。我们所能做的只是尽力而为，然后接受结果，不管结果是什么。

我们必须相信善。我和大卫初在一起的时候，也谈论过很多这类事情，当我们发誓要永远忠诚于彼此的时候，那些誓言不仅仅是空洞的话语和掺水的仪式。它是严肃认真的：我们决定终生相伴，不离不弃，生儿育女，白头偕老。爱是不可以讲条件的，既不取决于事件，也不取决于时间的利齿。就是那么简单，就是那么难。

但现在却横生出了枝节。通过一些我此时此地不需要讨论的境况，我知道大卫在同另一个女人约会。我不知道她是谁，我也不在乎。但大卫背叛了我、我们的孩子和我们的爱情契约，而我并不打算忍气吞声。我不是很确定这段所谓的出轨事件持续了多长时间，但至少有六个月，也有可能至少是它的两倍。自然，大卫对此秘而不宣，我也装聋作哑：我只字不提，也未曾形于颜色，以免让他知晓我知道他背着我做了什么。我解决这一问题的办法并不是通过与他针锋相对或进行循循善诱的说服工作——上演那全套的被戳穿的丈夫外加受到伤害、遭到背叛的妻子的古老的悲情戏码。在过去的几个月里，我考虑了所有可能的和不可能的解决办法——将我自己和女儿们的最大利益考虑在内——于是，亲爱的艾格尼丝，我得出了毫无疑问的结论，大卫必须得死。

如果你现在屏住了呼吸，伴随着加快的脉搏在重读最后几行字，我将完全能够理解。也许你会把信推开，茫然地望着前方。摇一摇头，揉一揉右太阳穴，就像你以前在紧张地思考某件事时经常做的那样。

但这于事无补，话已出口，我意已决。我丈夫必须死，他不配再活下去，无论你做什么，艾格尼丝，都不要在这一点上跟我争辩。

然而，对于下一个相关事宜，很明显，你可以畅所欲言地发表清晰明白的见解。也就是说，我需要你的帮助。

不，别把这信搁在一边，善良的艾格尼丝！至少帮我个忙，把它读完。无论你做何反应，我都会确保大卫将在不久的将来死去。不管使用怎样的手段。大约一年前，我读过一本犯罪小说，我不记得作者的名字了，但我想是个美国人——故事说的是，两个陌生人在火车上相遇，在开始互相交谈时发现，他们都将极大地受益于一个近亲的死亡。也就是说，各自的一个亲戚，两个可能的受害者。然而，他们不可能随随便便、简简单单地设法结果掉那个被提及的亲戚，因为他们会立即成为相关谋杀案的嫌犯。但后来他们突然想到，他们可以互相交换受害者。他们称之为“十字交叉”，A去谋杀B的妻子，B将夺走A的有钱亲戚的性命。

你明白我的意思吗，艾格尼丝？就在我开始琢磨大卫的背叛之举并把它与“十字交叉”的主意联系起来时，碰巧想到了你。确实，我不能以相应的方式帮助你（我想），但关键是，杀大卫的必须是一个不在我熟人圈子里的人，而我自己得在另一个地方，有无懈可击的不在场证据，整件事就是这样。我向你保证，我会为你的努力付一大笔钱。你上封信中提到，你有点担心如何能留在埃里希的房子里——相信我，艾格尼丝，十万元对我来说是没有问题的；如果万一你需要更多的钱，我很肯定我们可以就此进行商讨。

我发现自己又开始啰唆了。毫无疑问，你现在已经明白我要你做什么了。到目前为止，我还没有考虑过方法之类的事——我很乐意认为，我们以后会解决那一问题的——但正如你理解的那样，我会心怀忐忑地等候你的回应。我诚挚地要求你给自己几天时间来考虑我的提议——如果你给了我一个初步的肯定答复（我真心希望如此），这也并不意味着你以后不能改变主意。一点也不。我现在唯一要求的就是你同意讨论这件事。就像人们所说的，大胆假设，小心求证。

所以，亲爱的艾格尼丝，好好想一想，然后让我知道答案。无论你做何反应，我都始终如一，不会改变。

你忠实的朋友

亨妮

致：亨妮·德尔珈朵

佩里卡纳勒 24 号

格罗腾堡

戈什金，10 月 19 日

亲爱的亨妮：

我已经把你的上封信读了十遍，还是不知道该不该相信自己的眼睛。

你的提议令人极其反感，我真不知该说什么好。严肃地说，我怀疑你是不是疯了，我整个晚上都在思考我应该如何表述我的反应——但没有找到任何可接受的替代方案。

出于这一原因，我要求你发来一封澄清信，在信中要么放弃你的提议，要么解释一下你到底是什么意思，为什么你马上就认定，我会让自己接受你如此荒谬至极的表述。

祝好！

艾格尼丝

拉戈玛湖边的避暑别墅实际上由三栋建筑组成。整座别墅坐落在森林边缘的一片空地上，有块向湖边倾斜的草坪，还有一块私家的金色沙滩。是的，不超过三十或四十米长，但宁静安详。

卡尔米宁先生和太太以及六岁的卡伦睡在主楼里。卡尔米宁先生的名字是维尔纳，但大家通常称他为巧克力大王，或者简称大王——他有家生产巧克力果仁的工厂，仅仅两天后，我们就吃腻了巧克力。

卡尔米宁先生只在周末、傍晚和深夜在家；他一大早就会开着他那辆蓝黑色路虎车驶入施温格，开启巧克力大展。卡尔米宁太太名叫苏菲，我想她是那种所谓的“病美人”，杨柳细腰，头发又长又密，颜色几乎与那辆路虎车的一样。她基本上整天都坐在阴凉处的躺椅上看书，抽着从一只金烟盒里取出的细长的小雪茄。附近农场的另一个六岁女孩每天都会前来探访卡伦，她们一连数小时地待在湖边，尽其所能地将自己弄得浑身是土。

亨妮、我和一个叫露丝的亲戚住在右边一所小点儿的房子里。露丝三十多岁了，我觉得她有点儿弱智，她唯一做的事情就是做饭和打扫卫生。晚上，当巧克力大王从施温格回来时，所有人都会在中间那栋房子外面的一张长桌上共进晚餐，每道菜都是露丝做的，饭后之事也由她负责收拾。但她并不为此感到悲伤，她整天——除了吃饭的时候——哼唱着无精打采的无词歌谣，似乎对自己的现状总体上感到心满意足。

左边的房子——就像我们的房子一样，由一个房间和一个很小的厨房构成——是双胞胎兄弟汤姆和马特的卧房。他们十三岁，从一开始我就知道，有他们在，这个夏天将让人尚可忍受。

他们长得几乎一模一样：又高又瘦，短而黑的头发，粗野无礼的眼睛。头几天我分不清哪一个是哪一个，但后来我了解到，马特身上有些在汤姆身上找不到的东西，内在的东西。我其实搞不清它到底是什么，但有天晚上，有人告诉我们，马特比汤姆早出生二十分钟，我便当即明白了，这正是马特的不同之处。简单地说，他是哥哥，大概比汤姆重四分之一公斤，高半厘米。不仅这个夏天如此，而且终生都将如此。我不明白为什么这么小的事情会如此重要，但同时我又明白，它们实际上非常重要。我已经开始多少有些了解了。

“你最喜欢哪一个？”一天晚上，亨妮问我，当时我们已经上了床，但露丝还没有来关灯，“汤姆还是马特？”

“我不知道。”我说。

“你必须回答，”亨妮说，“如果你非得嫁给他们中的一个，你会选哪一个？”

“马特。”我说。

“马特是我的，”亨妮说，“你不得不跟汤姆凑合凑合。”

“这样啊？”我说，“好吧，要我说，你可以高高兴兴地嫁给他们两个人。”

我心里想的和嘴上说的完全不是一回事。正相反，我知道这是生死攸关的事，于是我躺了一个多小时没有睡觉，制订着计划。

几天后，当我们出去找钓鱼用的虫子时，我设法让马特与我单独相处。我告诉他，亨妮偷偷告诉我，她喜欢汤姆喜欢得要死，但不太喜欢他。

马特没有回答，但他的眼睛里有种积极乐观的神情，略有些湿润，因而我明白，我说的话深深触动了他。我们继续默不作声地用铁锹挖了一会儿土。

“但我更喜欢你，”我说，“非常喜欢。”

他停下来，眯起眼睛看着我。

“过来。”他说着，把铲子扔到一边。

然后他狠狠地吻了我，几乎让我透不过气来。

后来，在船上，亨妮注意到我的嘴唇有些肿，她问我是怎么搞的。我说不知道，但瞥了一眼马特，这就足以让她明白了。我注意到了她的变化，好像她的身体变得僵硬和不舒服起来。另一方面，我的身体则感觉良好：有点紧张，又有点甜蜜。我伸出舌尖，小心地舔着嘴上的伤口。

我们四个整天都黏在一起。巧克力大王称我们为“喧闹四重奏”。“那么，‘喧闹四重奏’今天做了什么呢？”每天晚上我们过来吃饭时，他都这样问。

我们从不回答，因为很明显，他并不期望我们回答。我们只是相互对视一眼，十分笃定而又心照不宣地微笑着。

这也不是说我们造成了多么大的破坏。我们只是自行其是，自得其乐。游泳、钓鱼和玩游戏，骑自行车到村里去买冰激凌，盖房子，尽管我们实在太大了，不适合玩这类游戏。有一天，我们用在左边房子后的油布下找到的两只空桶和许多木板搭了一只筏子。

我们谁也不去评论这样一个事实：我和马特是一对儿。他再也没有吻过我，但无论如何，这是显而易见的。因为我们打牌、打羽毛球、划船或骑自行车去村里的时候总是成双成对的。哪怕是简单的散步和聊天也是如此。

亨妮不再问那个问题了。我知道她知道，她知道我知道。但是，谈论它就等于掺入了一些别的东西，承认了失败，这是亨妮永远不会想要去做的事。我也不会。恰恰相反，我和她都表现得若无其事，而她真的是这方面的高手，亨妮。有时我觉得，她正在谋划着什么。晚上，当露丝早就关了灯，开始打起她那特有的呼噜时，亨妮躺在床上——躺在那里盘算着某种计划，我大概应该试着想办法把它弄个水落石出。

但什么事都没发生。直到最后一周的一个晚上，当时的白天已变得有点短，而夜晚变得有点长。那是 8 月中旬，我们决定趁大人们睡着的时候溜出去。带上香肠和汽水，划船到索特岛去烧烤。

此岛离陆地有十分钟的船程。它的周长大约为一百米，煞是奇怪地以一棵仅有的树为特色——一棵大橡树，得名于某位名叫安德里亚斯·索特的人，此人在 19 世纪中叶经历了一段不幸的爱情故事后，划船到此，在橡树上上吊自杀了。故事中的女孩名叫布兰奇，据说不久后就投水自尽了。

一开始，一切都在按计划进行，但由于某种原因，我们碰巧把火烧得太旺了，火焰慢慢蔓延到了橡树下的浆果丛中。当然，我们试图把火扑灭，但很快火就在整个岛上蔓延开来。我们唯一能做的就是跳上船，从水路离开岛屿。

然后我们坐在上下起伏的船中，眼睁睁地看着索特岛的橡树在那温和的夜晚被烧毁。我想我这辈子从未见过比这更惊心动魄的景象。那天还是一个满月，一轮属于 8 月的巨大的黄月亮挂在森林的边缘。亨妮开始哭了起来。汤姆把她搂在怀里，然后她哭得更凶了，因为搂她的不是马特。相反，马特悄悄把手放在盖在毯子下面的我的手中。我们一直等到整个岛都暗下来，变得死寂无声，这才划船回家。

那天晚上马特也没有吻我，但我从他那温热的、脉搏直跳的手上感觉到，他真的很想那么做，可能还想做其他的事。

第二天早上吃早饭时，露丝说，夜里一定发生过雷暴，因为闪电击中了索特岛的橡树，树和整个岛都被烧毁了。

但是没有人听到雷声，这有点奇怪。

那天我们相当疲惫，情绪低落，仿佛一切都成了过往，什么都没留下。第二天早上，巧克力大王开车送我们去施温格的汽车站。当我和亨妮在光滑的皮革后座上蹭来蹭去时，感觉彼此好像变得更亲近了，尽管发生了那么多事。好像这个夏天教会了我们很多东西，关于生活，关于我们自己。

也许一切都不尽如人意，但你最好尽力让自己适应环境。或者某种类似的东西。当然，我们坐在路虎车中时并没有谈论此事，当时只有大王在滔滔不绝地说个不停——在乘公共汽车回格罗腾堡期间也没有——但两天后，当我们再次在公园里照看本杰明时，亨妮说：

“你知道我是怎么想的吗？我觉得我们其实生下来的时候是姐妹。”

“是这样吗？”我说。

“但在产科病房，我们不知怎的被分开了。我从来没有过像你这样的好朋友。”

我说，我读到过一些故事，说的是医院会犯很多疏忽大意的错误——为了安全起见，那天晚上晚些时候，我们把彼此的血液混在了一起。

致：艾格尼丝·R

瓜尔达别墅

戈什金

格罗腾堡，10月27日

亲爱的艾格尼丝：

谢谢你的回复。我真不知道我期待的是什么反应，但也许正是像这样的。

然而，恐怕我没法在上一封信中所写的内容上再增加些什么了。但我可以向你保证两件事：我没疯，并打算完成决心要做的事。我相信，在任何情况下，你都觉得自己和我有足够的情谊，所以不会把我的计划透露给任何人。如果你不想帮我，那是你的事，但如果你有兴趣讨论这件事，请尽快让我知道，我将不胜感激。如前所述，你要心平气和、设身处地地去想这件事，无论如何都不要觉得你必须强迫自己做任何事，这一点我怎么强调都不够。

至于财政方面，我坚持认为需要十万元。我相信，用大大低于此的价格雇用一名职业杀手是可能的，但正如你所了解的，我认为自己太优秀了，不适合这样的解决方案。

无论如何，这封信不得不十分简短。你想要确认，现在你有了。尽快联系我，亲爱的艾格尼丝，告诉我你的想法。

你的女友

亨妮

致：亨妮·德尔珈忝
佩里卡纳勒24号
格罗腾堡

戈什金，10月30日

亲爱的亨妮：

有时候，事情会巧合到几乎滑稽可笑的地步。昨天我收到两封信，一封是你的，另一封是慕尼黑的克林格尔暨克林格尔律师事务所的。就在今天下午，我与我在戈什金这里的律师普坡曼恩先生联系了一下，与他讨论了一个多小时的当下情况，在这之后，我清楚地意识到，我的财务状况确实很糟糕。不，别误会我的意思，我当然有足够的钱度日，而且还有富余——但是，如果想保住我亲爱的房子，则无疑需要许多重新安排。

他就是这么说的，重新安排！——聪明地避免指名道姓地提及某事，这可能是某种职业病。简言之，他的意思反正就是缺钱。我问他需要多少钱，他皱了皱眉头，一本正经地解释说，要是有个八九万元钱，那么毫无疑问，一切就会迎刃而解。

于是，亲爱的亨妮，我在我可爱的扶手椅上坐了几个小时，反复思考着你的来信，喝下四（五？）杯波尔多葡萄酒——挠着狗儿们的下巴，抽着太多的烟，怀想着旧时光——于是我现在写信给你，想谈谈你所说的特殊使命，并且……好吧，为什么我们不至少来讨论一下它呢？

那不会有什么害处，是吧？

你的艾格尼丝

牙医梅尔滕斯死了。

在医院昏迷了五天之后，他于 1 月的一个阴雨绵绵的早晨去世了。昏迷的原因是他在我家楼梯上奇怪地摔了一跤：一天晚上，他来看望我母亲，他们吃过东西，喝过酒，然后不知怎么回事，在下楼时（碰巧，由于电力故障，那里黑得就像一袋煤一样），他一脚踩空，于是头朝下摔了下去。

警察对其死亡前后的情况做了一些调查，但除了发现那位亲爱的牙医折断了自己的脖子和右手拇指外，一无所获。

复活节快到了，今年的复活节在 4 月中旬，这时，我母亲似乎已不再悲伤，一位新牙医接管了诊所，我窗外的大椴树上已经长出了新叶。我对自己的现状和生活总体感到满意。现在我是全班第一，亨妮稍稍落后了一点，而亚当在冬天的一段时间里一直在生病，无法发挥出自己的正常水平。他的肺出了毛病，他是个弱不禁风的孩子。

到了秋天，我们三个都将开始在位于瓦尔德马尔大街的威弗高级普通中学学习。另外还有五位同学也被录取了，但我们必须与曼威尔分开了。没关系，我们不再同他经常来往，他开始如饥似渴地抽烟，经常与几个洛尔职业学校的大男孩一起外出厮混。我认为曼威尔秋天也会去那所职业学校，据我所知，这是个相当自然的进程。我有一种感觉：他的生活不太会一帆风顺。

亨妮和我几乎总在聊天。在课间休息的时候，在我们一起做作业或去根泽尔体育馆游泳的下午——或者在我们给彼此打电话的晚上，即使妈妈们试图阻止我们这样做。

我们谈论长大后会是什么样子，男孩子们的内心深处是怎么想的，撒谎是否总是鄙陋不堪的，巴兹小姐是否真的在与音乐老师菲茨西蒙斯恋爱。

我们也谈论上帝。亨妮坚持认为他是存在的，而我个人则对此未置可否。如果有人牵头，那这个世界就不会是现在这个样子，但是亨妮说，一切都会渐渐好起来的，只是道路有些曲折而已。

“你的意思是，在我们有生之年，世界会变好吗？”我问，“或者，我们必须先死去，等待一万年后的末日审判？”

“两者皆是。”亨妮热烈地说，“如果我们一直保持善良和谦逊，你我的生活就将一帆风顺。”

我说：“有点先见之明和保持警惕也无伤大雅，否则很容易被邪恶所蒙蔽。”亨妮并不真正理解我的意思，要求我举个例子，但我意识到，最好不要给她举任何例子。

至于我们未来的计划，我想成为一名演员或作家，也许两者兼而有之。亨妮每个月都会改一次主意——3 月，她想学习当一名兽医；4 月，她打算成为一名时装设计师；5 月，她的目标是嫁给有钱人，养六个孩子，与此同时，她会在一个法国小渔村培养有机玫瑰，画淡淡的水彩画。她的丈夫最好在联合国工作，并经常外出旅行。她想在厨房的地上铺上红黑色的烧结釉面砖。

我觉得亨妮有点天真，并且太过善变，可我们仍然形影不离，当她在 6 月初爱上了一个叫迪米特里的毫无前途可言的男孩时，我真的尽力做到了当机立断，出手阻止。后来，当她安然无恙地从中脱身时，也曾真诚地感谢我没有动摇过。我个人认为，才十三岁的我真是非同寻常地成熟。

暑假期间，我去萨尔布鲁肯看望父亲和弟弟。爱尔莎的事已经过去了，我又可以重新占据我过去的房间。早上我在戈辛斯基面包店打工，晚上则骑自行车顺河而下，去看望老朋友。夏天过得越长，我就越清楚地意识到，我与他们已渐行渐远——我发现自己在想，父亲和母亲的分离对我的个人成长而言是有益的。

也许我与父亲和哥哥也渐行渐远了：我跟他们谁都不打交道，当大家一起吃饭时，总是出奇地安静。我父亲看上去老了十岁，如果他说什么，那就总是与天气或泽尼特足球队有关。我哥哥再也没有试图像过去那样打我，但是我们之间的交流似乎已经停止了。

9 月 1 日，当亨妮和我以及其他一百七十二名学生坐在威弗高级普通中学的大礼堂里时，我对未来的日子充满了紧张的期待。在我看来，童年至此已经结束了，而我很确定，我不会想念它。

致：艾格尼丝·R

瓜尔达别墅

戈什金

格罗腾堡，11月11日

亲爱的艾格尼丝：

非常高兴收到你的来信，尽管我自然希望你同意我的提议不仅仅是因为经济方面的原因。

抱歉，当然，我是指让你想讨论这件事。我绝不想引导或主导摆在我们面前的事件的进程；恰恰相反，我认为重要的是，你和我，最亲爱的艾格尼丝，会就执行过程中的每一个步骤、每一个微不足道的细节都完全达成一致。我们必须一丝不苟地计划每一件事，尽量不冒任何不必要的风险。

在思考这事时，我相信，我们——如果我们决定要干的话——会找到一种方法，不留任何空子，让警察垂头丧气，找不到任何蛛丝马迹来认定是谁——以及什么力量——夺取了大卫的性命。

我们必须牢记的第一件事——至少在我看来——当然是我得有百分之百的不在场证据。被谋杀男子的妻子天经地义地是警方怀疑的第一个人。在这件事情上，他们也会这么做，不管他们是否知道大卫的不忠——不管他们是否知道我对此事了解与否。因此，在这一点上我们决不能粗心大意，所以，无论如何都不可能由我来杀人。

确保这一情况的先决条件——请原谅我的口吻是如此正式和一板一眼，亲爱的艾格尼丝，我自己也注意到了这一点，这无疑让人觉得有点奇怪，但我认为，如果我们开始变得感情用事，这对我们来说将会是种不利因素——确保我有不在场证据的先决条件当然是，一方面，有可能确定大卫死亡的确切时间，另一方面，有证据表明我在这期间在其他地方。远离犯罪现场，以致仅凭这个事实就可以把我从犯罪嫌疑人名单上除名。如上所述，证据确凿。在这方面应该有一两个证人，你觉得呢，艾格尼丝？

哦，好吧，长话短说。按照我的想法，会有两个不同版本：要么你趁我不在的时候在我家杀了我丈夫——要么你趁我在家的时候在别的地方杀了他。

在考虑并权衡了这两种选择之后，我断定自己宁愿选择后者。简单点说，我想让它发生在别处；我觉得我必须尽可能地为女儿们着想，如果死去的父亲离她们如此之近，毫无疑问，这会带来不必要的痛苦和创伤——即使自然我有可能对此做出安排，以便让她们在谋杀之夜去别的地方（我似乎认定，此事应该发生在晚上，这是不是很奇怪，艾格尼丝？），可以肯定的是，在父亲被杀于此的公寓里，她们肯定会有一段难以适应的日子。

因此，我的基本想法是——在获知你的看法之前，我实际上不想再进一步了——我们要让谋杀发生在远离格罗腾堡的一个安全地点。也许是在慕尼黑、柏林或汉堡的酒店房间里。大卫每个月至少要出差两到三次，并在其他地方过夜，所以找到机会应该不难。

说到方法，你想怎么做我都没有关系：我绝对认为你应该选择最适合你性格的。就我个人而言，我宁愿割断他的喉咙，但也许这太冒险了。当然也极端地血腥。从很多方面看，打穿脑袋的子弹似乎更具确定性，但那样一来，我们当然还必须解决如何弄到枪支的问题。

当然还有其他的方法，但在这一点上，你的看法必是重中之重，艾格尼丝。也许无论是在审美上还是理性上你都尤为喜欢这一阴暗领域，我不会对此感到惊讶。关于时间方面，当然情况并非迫在眉睫，但我可能更愿意看到，我们会在近期的合理时间段内完成此计划。最多两三个月。考虑到女儿们的暑假计划以及诸如此类的事情，如果他至少能在复活节前下葬，那就再好不过了。

无论如何，亲爱的艾格尼丝，请尽快联系，表明看法。我觉得我真的很想再见到你，但显然我们必须避免所有的接触，直到除掉大卫。我猜想，在此基础上，还要加上大约六个月的安全时限。

但关于此类事情的更多内容，我们将来再讨论。

一言为定。

你忠实的亨妮

致：亨妮·德尔珈朵

佩里卡纳勒 24 号

格罗腾堡

戈什金，11 月 17 日

亲爱的亨妮：

谢谢你的来信。我必须承认，读过它后，我感觉到一种奇怪的不正常心理——仿佛我们已经发现自己身处一条无望回头的残酷道路的尽头——但是现在，在今晚的两杯酒下肚之后，我已控制住了自己的神经，头脑清晰得像饥饿的修女一样。你还记得吧，威弗中学的讲师克里姆克总是使用这一表达。我一直好奇，他是打哪儿看来的。

我的初步评估是，我同意你提出的所有观点。我绝对宁愿在一家无名酒店动手，而不愿为了这样一件邪恶的差事去拜访你的公寓。尽管我忍不住想，你留在家里和女儿们在一起是否真的就足够了。你不需要更有力的不在场证据吗？她们的陈述在庭审中可能不作数，法庭必定会认为她们有所偏袒——法庭是否允许她们当庭提供有利于或不利于父母的证词？至少这是我在电视上看过一两部法庭剧后得出的结论。

哦，好吧，这当然只是一个可能很容易解决的细节。例如，你总可以邀请一些朋友来吃晚饭，并确保他们待到很晚。我完全同意你的看法，即我应该在夜间出击，我猜，大多数凶杀案大概都是在夜间发生的。最令人满意的情况可能是，假如他睡着了，我可以在甚至不需要惊动他的情况下把他送往暮光之城。他是睡得很沉，还是一有轻微的响动就会醒来？好吧，当然会有很多你需要一一回答的小问题，但我们可以等到计划更完善时再回过头来讨论此事。

我也考虑过到底该如何进入酒店房间的问题。你怎么想，我是否有可能在白天就躲在那里，伺机而动？或者，我是否应该在同一家酒店订一个单独的房间——用假名，并且乔装打扮一下？（但时至今日，酒店不总是需要某种形式的身份证明吗？）

哦，好吧，以后再详细讨论这个。说到方法，我宁愿避免许多不必要的暴力和场面夸张的失血场景。事实上，我认为我们可以相当简单地决定这一点：你看，我自己就有一样武器。是一把可靠的比利时贝朗格牌手枪，几年前，我丈夫在他的一位年老的叔叔去世时接手了它；它没有做过任何登记，也没人知道我们拥有它。当然，我是说，我拥有它。几年前，我们为了好玩而测试了一下它，它的状态良好，而我手头还有几盒弹药。毫无疑问，我认为这是最安全的方法，警察不可能顺着枪的线索找到我，不过为了预防万一，等一切结束时，我再把它埋在外面的树林里。

至于时间？亲爱的的亨妮。是的，对我而言，自然什么时候都可以。只要你能在合适的城市找到合适的时间和酒店——那么我愿意随时动手。当然，前提是我们设法讨论了一切，而且肯定没有忽略任何重要的细节。

还有一个前提是，我们在补偿问题上意见一致。通过普坡曼恩律师，我给了克拉拉和亨利一个模糊的承诺，说我能买断他们的房屋份额——但是，事实上我真的很想要一小笔我们的协议定金，因为他们可能想在圣诞节前拿到一些保证金。无论如何，我就是这样解读普坡曼恩的话的，天哪，他真是个必须被解读的家伙，亨妮！我们先定两万元好吗？然后，当我们接近行动之日时，再来决定剩下的费用怎么付。

或者如前所述，是行动之夜。

继续说。格罗腾堡的天气怎么样？在戈什金这儿，11 月总是异乎寻常地多雨和阴郁，连狗儿们都不想再出门了。去南方旅行无疑会使我精神振奋，但恐怕它得等一等了。

你全心全意的

艾格尼丝

又及：当我正要封上信封时，一个可怕的想法突然袭上心头。如果那个女人同他一起在酒店该怎么办呢？我们该如何防范这样的事情？

那些夜晚中的一个。

我在系里待到很晚，批改论文至八点以后。在提交的十三篇论文中，我不得不给出三个不及格。都是男孩。或是男人，或者随便你怎么称呼这些二十到二十二岁的半聪明半懵懂的学生们。顺便说一句，我不知道他们任何人的年龄。迪特玛是其中最差的一个，很可能有二十五岁。彼奥特尔看上去最多不过十九岁，因为他的刘海不对称，脸上长着青春痘。不管怎样，最好能在圣诞节时让他们退课，在一月份换至要求不那么高的课程，也许是教育或心理学，或者某种可量化的自然科学。

我开车回家时，天正在下雨。湿漉漉的树叶覆满了蒙斯特尔斯多夫与城堡间的小路，我保持着低速行驶，心里想着亨妮。她真是个奇怪的女人，至少变成了一个奇怪的女人。也许这么多年来的所有这些距离，所有这些沉默，根本毫无必要——但考虑到现在摆在我们面前的一切，这当然也就无伤大雅了。仿佛从一开始就有某种神圣的指引，或编排。虽然我知道，在这样一个漆黑忧郁的夜晚，这些念头很容易冒出头来，乘虚而入。

不知道在葬礼上有没有人注意到她。她的出现自然会引起人们的注意，但有没有人想知道她是谁？我不这么认为。反正我们有不少人，而且大多数人都互不相识。

那笔钱今天早上到了账。当我从克雷恩市场的自动取款机上取款时，突然看到有两万欧元存入了我的账户。必须承认，我的心猛地跳了一下，仿佛我突然从虚构的世界被抛入到现实世界中。从电影或梦境中被抛入到残酷的现实中。

这是否意味着木已成舟？没有回头路了？

我想是这样。我也不想回头，不想退出。这很奇怪，但整个事情对我而言似乎像一种感官刺激，在这个多雨的秋天，我可能确实需要它。

正当我把车开进车库的时候，崔斯特瑞姆·辛格出现在我的脑海里，而一旦他刺入进来，我自然便无法在剩下的夜晚摆脱掉他——在遛狗时不能，在那之后，当我像往常一样在炉火前的扶手椅上坐上一个小时的时候，也不能。我在这把扶手椅上度过的时间多得令人费解——仿佛我是个坐着回忆往事的八旬老妇，但我只有四十岁，有些事情告诉我，我生命中最重要的事情还没有发生。

临睡前，我读了读那些我非常喜欢的巴林的诗句。我需要它们，仿佛它们是我不得不费力读完的学年论文的一种平衡力量。

回顾贝特·渥林格小姐的一生，
发现她的心已经跳了
两千
八百一十三万
六百六十九次。
其中的四次，
在 1971 年的一个春夜，被吉姆森的眼镜商助理
塔纳尔德·莫尔听到。

克劳斯 – 约瑟夫。

我是在一次游行示威时遇到他的，我不记得我们在抗议什么，大概是种族隔离制度吧。他比我大一岁，有辆特拉班特汽车，在等待服兵役期间学习哲学。我们成了一对，但我不爱他，我们也不和对方上床。

大约在同一时间——我现在说的是1981年的秋天——亨妮开始同安斯加尔约会。安斯加尔的父亲曾是名牧师，在妻子与一名黑人爵士乐手私奔至加拿大、把他和他的教区以及他刚出生的独子抛在了克鲁本赫格后，失去了自己的信仰，如今在布卢门贝格附近的一家农场里饲养德国牧羊犬。安斯加尔是个相当神经质的年轻人，这无疑吸引了亨妮那颗善良的心。

亨妮也不跟安斯加尔上床，但不是因为她不想——而是出于某种模糊的宗教原因。

但我们会挤进克劳斯–约瑟夫的特拉班特汽车，蜻蜓点水般地亲吻。把手放在对方的腰带下游走抚摩，小声呻吟。我们甚至偶尔还会乘车出游。主要是去乌尔明或韦斯特多夫，我们偏爱内卡尔河上游的蜿蜒河段沿线的小村庄。在这些短途旅行中，我们用安斯加尔带来的双筒望远镜观察鸟类——安斯加尔和克劳斯–约瑟夫都对鸟类学感兴趣——还谈论政治、团结工会、柬埔寨、史达琳海岸、南非。我和亨妮在威弗中学还剩下最后一年。安斯加尔和克劳斯–约瑟夫已经完成了大学入学考试。他们认为自己知道的比我们多。

我对此不屑一顾。下雨时，雨水会从特拉班特的侧窗漏进来。我经常发现自己心不在焉。

崔斯特瑞姆·辛格于高中最后一年的1月进入我们班。他实际上只上英语课——在课上回答狄贝尔老师向他提出的零星问题，操着似乎从某部过去的英国殖民地喜剧中检索来的口音，这让我们不得不使劲抑制住自己的笑声。

但崔斯特瑞姆也上其他班的课——不清楚是为什么，他是同父母和五个妹妹一起来到这里的，要待上六个月，也许是一整年，他的父亲是个什么领事，所以崔斯特瑞姆当然必须有事情可做。

他体格堪称健美，谦逊而专注，有着柔软的青铜色皮肤，让你很难把眼睛挪开——这忽然让约瑟夫和安斯加尔黯然失色，变成了破旧羊圈里的乏味的波西米亚香肠。一天晚上，在一场关于红翅滨燕和智利农村情况的辩论之后，亨妮做出了这番形容。

无论如何，崔斯特瑞姆眼中温柔的哀伤似乎已经有一千年的历史了。

2 月初的一个晚上，他和我们一起去了“水上城堡”，这是一家学生酒吧，我们时不时地去那里喝啤酒，谈论艺术的本质。这个特殊的晚上我们有一大帮人，有人过生日，我相当肯定，但崔斯特瑞姆既不喝葡萄酒也不喝啤酒——只喝茶和水。他坐在我和亨妮之间，穿着身黄白相间的亚麻套装，身上散发出一股好闻的外国香水味儿，而且无论是对我们中的哪一个都同样彬彬有礼、认真诚恳。十一点一刻，他看了看表，然后解释说，很不幸，他必须走了，因为他答应母亲要在十二点以前回家。亨妮瞥了一眼她身边的安斯加尔，我瞥了一眼我身边的克劳斯－约瑟夫，然后我们几乎异口同声地解释说，我们打算陪他回家。

让一个悲哀的年轻印度人在迷雾中独自走过格罗腾堡黑暗的小巷，未免太不够意思了。

再说，我们需要一点空气。

爱是一种比其做事更强大的力量，你无法控制它。亨妮说。

我不知道她是从哪里读到这话的，而她试图让它看起来像是她自造的。

对于青春期的浪漫主义者和好色之徒来说，也许是这样，我说。但如果你一头扑进情感的海洋里畅游，可能就很难找到返回陆地的路了，即使对一个明智的人来说亦是如此。

有些人只爱钱，亨妮说。

当克劳斯-约瑟夫和安斯加尔不在的时候，我和亨妮就喜欢时不时地这样对话。有时我们也把这话写在给西尔伯斯坦小姐的报告中，有时会得到好评，有时则不那么成功。

“睿智。”西尔伯斯坦在页边空白处批注道，或者“缺乏思考的大话”。

“感情和思想不必成为敌人，”亨妮继续说道，“它们也可以携手并进，只是你得敢于先放开些手。”

“美的人永远无法理解爱的本质，”我引用别人的话道，“他们注定是他人的目标。而我俩都很美，是不是，亨妮？”

亨妮思索着，心不在焉地浏览着法语语法书。我们第二天有考试。我们坐在我的房间里，其实本该学习的，这番交谈属于闲扯。

“那不是真的，”亨妮终于说，“例如，我确信崔斯特瑞姆·辛格超级适合去理解爱的本质。”

“哦？”我说。

“千真万确。”亨妮说。

“他的皮肤有点淡淡的紫铜色，”我说，“不错，但是……”

亨妮又陷入沉默，坐在那里望着窗外。现在仍是2月，但已经连续下了三天雨了。刹那变永恒，以某种方式让彼此紧紧地贴合在一起，时间就会因为纯粹的疲倦而戛然而止。

“我在认真考虑要和安斯加尔分手。”亨妮终于说，并发出一丝做作的叹息。

“我昨天把克劳斯－约瑟夫给甩了。”我承认道，于是我们俩都哈哈大笑起来。

我们笑啊笑啊，投入对方的怀里，几乎无法让自己停下来。眼泪夺眶而出，法语语法书掉到了地上，我们直笑到亨妮肚子疼，我几乎尿裤子。

“艾格尼丝，”亨妮说，“你是我的亲姐妹，没有什么能把我们分开。”

“没有。”我说。

致：艾格尼丝·R

瓜尔达别墅

戈什金

格罗腾堡，12 月 8 日

亲爱的艾格尼丝：

谢谢你的上一封信，它让我既高兴又担心。

让我高兴的是，现在我真的看到你在拥抱我们严肃认真的事业（我绝对认为我们可以用你的比利时手枪，只要你确保它可以使用，并知道如何处理它）。让我担心的是，你在附言里的问题当然必须认真加以考虑。

因为他当然是在这些旅行中与她见面的。偶尔地，在陌生的旅馆房间里度过炎热的夜晚。我的天啊，艾格尼丝，一想到这，我就开始翻肠倒肚起来！一个月又一个月，这些年来，他们可能已经干了上百次了，是的，我开始明白，它持续的时间很可能比我一开始想的要长。我在不当真地考虑——并拒绝——告诉女儿们关于她们父亲的事情的想法。这般贱行！这般平庸背叛！

然而，我对那个女人毫无兴趣。一点也不，她可能是个尖酸刻薄的人，也可能是个所谓的体面女人。我根本不在乎她的理由和潜在动机。她的下贱程度很可能不输于他，但我由她去。死的必须是他，而不是她。我甚至不想知道她是谁。

但我们如何应付她可能在现场的问题呢？谢天谢地，你及时提出了这个问题，艾格尼丝。我无论如何都不希望她也被清除掉——除了所有其他的复杂情况外，我丈夫和他的情人被双双谋杀会立即把所有的怀疑都指向我。不，他应该为他的行为付出代价，她可以逃脱责罚——在这一点上我们不需要有任何的犹豫。

另一方面，我们不应该夸大困难。如果你按计划成功地杀死了大卫，而她恰好是那个发现尸体的人，那么这样的作料是不会破坏这道菜的风味的，对吧？在这种情况下，她一定有充分的理由逃离现场吧？还是我想错了，艾格尼丝？如果你是一个已婚男人的情人，你发现他死在了爱巢里，你会立刻报警吗，揭示你的身份和事态？我可不这么认为。不，我越想就越肯定，我们对她没什么好怕的。我认为，只要她不是凶杀案的目击者，那即使她出现在舞台两侧也不会起到特别大的作用，或是成为我们的障碍。而且——既然我们已经走了这么远——确保你向他开枪的时候他是一个人，应该不是特别困难的事，艾格尼丝。不是吗？此事也不一定非要在房间里发生，或许在酒店附近的巷子深处开上一枪也可以？丢掉装着枪的手提包，然后平静地从那里走开，是的，我只是在猜测。艾格尼丝，我不是那个拿着枪给他应得报应的人。

不管怎样，考虑一下这些细节，艾格尼丝，让我知道你是怎么想的。无论如何，现在最重要的是找到适合我们的时间和地点。我想我们要到新年后才会开始行动，所以我偷看了大卫的日程表，知道他在 1 月和 2 月至少有四次为时两三天的应酬。但我会更仔细地检查日期，并在我的下一封信中写上它们。圣诞节很快就要到了，在格罗腾堡这儿，我们要着手进行通常的家庭活动安排。不可否认，我很高兴这是最后一次。

希望你收到钱了。我不知道该怎么处理剩下的八万元。我想，你对我的信任一如我对你的信任，艾格尼丝——在某种程度上，感觉就好像这十九年是在另一个渠道、另一个空间里度过的，你不这样认为吗？我渴望见到你，但正如我在上封信中所说的那样，这事自然得等上一阵子。

可是，亲爱的艾格尼丝，我们就不能给自己一两周的时间来共同度过吗，就你和我？也许明年秋天来次小小的旅行？在地中海的两个快乐的寡妇，这听起来很诱人！在照顾女儿方面，我没有问题。我弟弟（我相信你还记得本杰明吧？）及其家人会很乐意照顾她们；他们住在卡尔斯鲁厄，我们偶尔会交换着照看孩子，当然他的儿子们要小几岁。

但是，就像我说的，艾格尼丝，让我们等过了圣诞节，然后在新的一年出手。好好度过这几周的假期。

你的全心全意的

亨妮

致：亨妮·德尔珈昊

佩里卡纳勒24号

格罗腾堡

戈什金，1月10日

亲爱的亨妮：

很抱歉有段时间没写信了，因为我出城了。圣诞节前几天，系里的一位同事提出了一个我无法拒绝的提议，在纽约待上两周——他姐姐在联合国工作，在曼哈顿有套公寓——我在圣诞前夜离开，昨天晚上很晚才回到戈什金。在纽约我真的过得很愉快。一个人住在74街的一套三室公寓里，从那里可以看到冰雪覆盖的中央公园。看戏，看电影，逛博物馆，买东西。我们当然必须一起去旅行一趟，亨妮，就像你建议的那样。但天知道，我更喜欢大城市……也许是巴塞罗那，也许是罗马，或者为什么不再去趟纽约？哦，好吧，在适当的时候我们再来谈它吧。

我一直在思考你在上封信中提出的想法和风险评估，我完全同意你的观点。我认为我们也不必提前就此事本身制订太多的计划——尤其是因为，我们不能确定那个女人是否会出现——但我不认为这会是什么特别的难题。无论如何，关键的决定必须当场做出；一个人不可能准确地预见到将会发生什么情况，我们只能依靠我的良好判断和在决定性时刻的冷静。而且——我向你保证，亨妮——我不会吓得发抖的。如果找到了合适的机会，我就会利用它。如果被发现的风险太大，那我会等待。总而言之，射杀一个人只需要一两秒钟的时间——在那之后到达安全地带的时间也不会太长。

所以相信我，亲爱的亨妮，我会处理好这件事的。现在给我几个日期和几个地方让我选择，然后我保证会在下封信中留下关于你丈夫还能活多久的承诺。

另，在我不在的时候，戈什金终于下了一场小雪，河都结冰了。格罗腾堡的天气怎样？

好奇的、全心全意的

艾格尼丝

又及：当我以为已经写完的时候，一个念头又跳了出来。你是否知道有其他人知道大卫的不忠？朋友？熟人？毕竟，通常情况下，人们会选择对这类事情保持沉默——出于某种被误导的考虑。我认为，这实际上只是一种懦弱的表现。

还有，是否有人知道你已经发现了此事？我不能马上判断出这些问题是否重要，但无论如何你可以考虑考虑它们。

狗儿们躁动不安，尤其是瓦格纳。也许把它们留在巴斯家两周时间是有点太长了，但这么做通常都很顺利。也许也是因为埃里希的缺席，是的，很自然，一定是这样的：当我也要离开它们一段时间时，一种累积的失落感就会浮出水面。

就我而言，我发现自己也有某种失落感。我指的是埃里希，即使我们在过去的几年里没有爱情生活，而且实际上我们从未十分亲密过，但我们也有过美好的时光。最后我好容易才认识到，也许只有通过追溯过往，我们才能了解自己。选择埃里希的时候，我寻求的从来都不是烈焰或激情，当然不是，但生活也不是主要由这些元素构成的。需要它们以不同的方式存在，我想。一种……哎呀，我该怎么说呢？……也许是一种虚幻的陪伴？正在舞台下候场、等待着万一能闪亮登场的可能性。

如果是这样的话。

我累了。在纽约没有睡好觉，可能是时差效应，这种情况对于我即将要做的事来讲通常会更糟。经常在凌晨三点醒来，然后好几个小时都无法入睡。我想看书，却无法集中注意力。给亨妮写了几封信，又都撕掉了。最后，我大部分时间都坐在那里，盯着电视上的悲剧电影，或者用便携式 CD 播放器听音乐。科特兰[①]和德克斯

① 科特兰（John Coltrane，1926—1967 年）：美国著名萨克斯管演奏家，也是一位优秀的音乐革新家，对 20 世纪六七十年代的爵士乐坛有着巨大的影响。

特·戈登[1]，埃里希最喜欢的两位，我承接了他的这一爱好。坐在中央公园上方，感受着那马格里特[2]式的不可接近性，试图想象一切将会如何发展。三个月、六个月或十二个月后的生活会是什么样子。彼时我没有感到担忧，现在也不，只有一种克制的、非为本愿的迷恋。我没有想到我还需要再开杀戒，但情况显然如此——不可更改，也无法预测，显然是另一种在舞台两侧候场的陪伴，一旦它们突然现出身来并自我介绍，你就再也没有任何选择了，一旦它们走上舞台，就会这样。

离开学还有两个星期。这很好。这个冬天我似乎特别需要休息和反省，几乎不花时间与人相处，取而代之的是花时间与狗儿们待在一起——同时想着我的爱人和未来。

我们坐在学校咖啡馆的一张桌子旁，这时，我看到亨妮和崔斯特瑞姆·辛格手拉着手。这是3月初的一个星期五，阳光透过弯曲的威尼斯式软百叶帘照射进来，在亨妮的头发和左肩上留下道道斑纹。我们有六个人，身边是空咖啡杯和烟灰缸里的烟蒂、教科书、一副分散的纸牌。

他们的手不知怎的会那么温柔地牵在一起，几乎有点害羞，我想他们不想让我们任何人注意到这一点。在桌面底下，半遮半掩地，似乎。

或者，事实恰恰相反。也许实际上，他们觉得我们必定会注意

① 德克斯特·戈登（Dexter Gordon，1923—1990年）：美国爵士乐中音萨克斯管演奏家。

② 马格里特（Magritte，1898—1967年）：比利时超现实主义画家。

到这一点，只是要通过这种刻意的羞怯?

我感到一阵头晕目眩，然后是突然而至的强烈恶心。呕吐反射在我体内急剧地强力上升，以致我几乎无法把它压回去。我迅速站起身，椅子翻倒在地，我一言不发地冲了出去。

在厕所里，我把那天吃的东西全都吐了出来，感觉就像把我这辈子吃的东西都吐出来了。当我趴在地上呕吐的时候，一阵欲将我撕裂的头疼袭来。剃刀般锋利，白热无比。

怎么了?我想。

我要死了吗?

这不是死亡，是另一回事。我梦见这两只手挽在一起，一只是白色的，另一只是淡淡的青铜色。我已经好几天没跟亨妮说话了，这本身就很不寻常。自从在学校咖啡馆遭到打击后，我一直在自己的房间里养病。顺便说一句，我不知道自己是否生病了，我只是决定卧床休息一段时间。当亨妮终于打电话来的时候，我说我发烧了。我没有问任何问题，我注意到亨妮有些欲言又止。

我母亲派人去找莫思纳医生，他没有发现我有任何问题，初步诊断我是劳累过度，建议休息和喝果汁。

一周后的星期五，我好了些，回到威弗中学。我错过了数学考试，但这并不是世界末日。亨妮和其他几个同学问我晚上想不想出去，一如既往的“水上城堡”，然后是在克雷恩市场的“禁运俱乐部”举办的一场摇滚音乐会。我拒绝了，将之归咎于生病。我整天都盯着崔斯特瑞姆和亨妮，却没有看到任何牵手的动作，也没有感觉到任何不得体的震颤。

但我窝藏着一种几乎无法掩饰的沉默和压抑的烦乱。

“你怎么啦？”亨妮在上完最后一节课后说。

“没什么，”我说，“别瞎想。”

“瞎想？”亨妮说，“我该瞎想些什么呢？”

“别炫耀。”我说。

这是一次愚蠢得令人难以置信的谈话，但我们还是尽职尽责地将其进行到底。亨妮观察了一会儿她那红砖色的指甲。

“是不是因为咖啡馆里的那件事？”她问。

“我不明白你在说什么。”我说。

“那没什么。”亨妮说。

“没什么是什么？”我问。

“没什么，”亨妮叹了口气说，“没什么就是什么也不是。你为什么这么暴躁？”

“我病了。”我说。

亨妮看了看时钟，然后我们便各走各的路了。

随后的一个星期，我母亲到波登西去参加一个会议，星期二到星期四，我一个人留在公寓。星期三，我说服崔斯特瑞姆·辛格晚上来看我，帮我学数学。除了英语，崔斯特瑞姆还开始认真地上数学课了，显然，他在这门课上比我们任何人都拥有更高的天资和更扎实的知识，所以这并不意味着我邀请他有什么不可告人的动机。一点也不。由于我病了一个星期，我的功课就落下了。直到他坐在沙发上，我才告诉他我妈妈不在家。

事情花了三个小时外加我不知道自己在勾引他的可爱的表演天赋。我们喝完了一瓶从我母亲的储藏室里偷来的葡萄酒。我以前从未勾引过任何人，这无论如何都是我第一次做爱。

崔斯特瑞姆也是第一次，他事后告诉我。我注意到了他的担忧，但还是说服他在此过夜。我说，一个年轻的印度人不可能带着酒和爱的味道回家。他打电话给他妈妈，他们用一种我听不懂的语言交谈了好一会儿。但我知道，他在对她说谎。我想他是在说他在班上的一个男孩家里，而末班车已经开走了。

我爱他的裸体，爱他赤裸的灵魂和肉体。我们整晚都没睡，抚摸着彼此，就好像你只能在第一次时触摸对方一样。也可能是最后一次。当烧杯和里面的内容是一体的时候。当话语和手是一体的时候。当思想、嘴巴和性是一体的时候。一根蜡烛在我们旁边的瓶子里燃烧着。一个星期后，我写了一篇关于火的文章，它在柔软的青铜色皮肤上反射出光芒，投下阴影，熠熠生辉。

西尔伯斯坦在页边空白处写道："当心。"

在那个学期剩余的时间里——直到他们一家返回德里——崔斯特瑞姆·辛格都再也没有牵过任何一只手。没牵我的，没牵亨妮的。也没牵其他任何人的。亨妮和我彼此有一点回避。但刚入夏时，我们一起租船去克里特岛进行了一次旅行。一天晚上，我们最后在一家酒吧喝下许多热茜娜和齐普罗葡萄酒，心情愉悦地陷入酩酊大醉，然后在星空下的沙滩上做爱，分别同自己的希腊青年。

致：艾格尼丝·R

瓜尔达别墅

戈什金

格罗腾堡，1 月 14 日

亲爱的艾格尼丝：

很高兴听到你去了纽约。我喜欢那个城市，事实上我们在那里住过一年，因为大卫与哥伦比亚广播公司和雷明顿签有一份合同，那时女儿们还很小。我们在布鲁克林高地租了一套公寓。我同意你的说法，我们必须在纽约待上一周，或者其他大城市。希望是明年秋天或冬天，哦，多希望我们已经在那里了。所有这一切都结束的时候——但我毫不怀疑，事情会进展顺利，我们很快就会再见面的，毫无疑问。

一个好消息是，我觉得我找到了一个非常有吸引力的日期。当然，在这个问题上，你必须拥有最终的决定权。但不管怎样，我提议在 2 月 14 日至 16 日的周末行事，届时大卫将在阿姆斯特丹参加一个为戏剧制作人举办的国际研讨会（或诸如此类的研讨会）。

该周末之所以合适的原因是，那几天我也会外出。我的老板霍夫纳博士想鼓励一下我，派我去参加一个在慕尼黑特别广播服务学院举办的小型翻译研讨会。像大卫一样，我星期五下午就会离开家，星期天晚上才回来。还有什么比这更理想的呢，艾格尼丝？从阿姆斯特丹到慕尼黑足足有五百公里，我找不到比这更确定无疑的不在场证据了。

我还——当然大卫并不知情——发现了他将入住的酒店：费加罗，位于王子运河沿岸相当靠近中心的地带。我还没有弄清楚研讨会将在哪里举行，但如果你认可这个提议，很明显，我将能够找到地址，并找出所有其他我们可能感兴趣的细节，都是为了协助你的使命。

我在这封信里还附了一张大卫的照片，毕竟你已经很多年没见过他了，恐怕时间已留下了自己的印迹。他的胡子留了又刮掉，我想这和他持续不断的中年危机有关。有时，他想让自己看上去像个有名望的中年人，有时又觉得自己重新回到了二十五岁。嗯，男人就是这样，艾格尼丝，这对你来说也不是什么新闻，对吧？

不管这些了。亲爱的艾格尼丝，如果我们决定采用此方案——2 月中旬在阿姆斯特丹——那么我将在你的账户上再打三万欧元。也就是说，一旦我从你那里得到首肯。然后我们还有总数之一半——五万——的余额在完事之后给付。我认为这就是那种圈子里的做法，至少我在电视上看到过。一半在合同签署时，一半在交货时——我所赞同的是，我们在任何情况下都要求自己保持一定的专业水准！

至于你在附注中提出的那个问题——或者更准确地说，是那些个问题——我完全可以想象得到，有几个大卫的同事（当然是男同事）知道他的不忠，但我认为，我们所谓的较亲密的熟人中，没有一个人知道这件事。我向你保证，无论是大卫还是其他人，都没有丝毫迹象表明，他们知道我已经意识到了他的背叛。这是男性虚荣心的一部分：他们认为可以轻而易举地骗过我们，在这件事上，这当然不是没有好处的。恰恰相反，亲爱的艾格尼丝，大卫没有丝毫的怀疑，你要射杀的是一只坐以待毙的鸭子，或者随便叫它什么。

所以尽快写信给我，艾格尼丝，让我知道我的大体建议是否适合你。如果不行，我们当然会提出其他的设想。但如果你接受了，是的，那么我们就只剩下不超过一个月的时间了。我向你保证，这感觉很好。很长一段时间以来，我已开始想象大卫已经死了，而你不知道每天早上与一具尸体进行体面的早餐谈话是多么困难。

虽然实际上一切都很好，我们这里也下了很多雪。

你的亨妮

致：亨妮·德尔珈朵
佩里卡纳勒24号
格罗腾堡

戈什金，1月22日

亲爱的亨妮：

谢谢你的来信。阿姆斯特丹！这座城市将成为我们这出小戏的舞台，这真有趣啊。你还记得吗，有一个复活节假期我们一起在那里待过几天？一定是在第二学年——克劳斯-约瑟夫和安斯加尔也在，是的，你当然记得。费迪南德·博尔街上的那个小小青年旅馆，还有赞德沃特的沙丘。克劳斯-约瑟夫嫉妒极了，甚至不让我从男服务员那里点咖啡！那些美好的时光啊，亨妮！

或者更确切地说，它们并不美好。

哦，言归正传。后来我又去过几次阿姆斯特丹，所以我对这个城市大致熟悉。时间对我也正合适：刚开学没多久，没有繁重的批改作业之类的任务。我想，我将于星期五开车前往，这样我就有充足的时间了。我将不得不请巴斯一家照看两只狗，我还会想出那个周末必须离开的借口。我不太可能留下任何蛛丝马迹，但我仍然认为，我不该与你丈夫入住同一家酒店。也许在那附近，王子运河沿线有很多酒店。你可以相信，我将以尽可能最好和最有效的方式完成使命，亨妮，事实上我几乎为此感到兴奋，这是不是有点反常？它以某种特殊的方式提升了活着的感觉。我还在树林里试了试枪——以备不测。它的工作状态良好，可能有个小问题，因为枪声会被听得清清楚楚。但是，天哪，在一座大城市里的砰的一声，它可能是排气管坏了或是什么的。无论选择哪一个地方作为确切的行动地点，很明显，我将在行动后立即到达安全地带。

所以我认为没有任何风险，亲爱的亨妮。只要你能给我提供更多关于你丈夫的旅行的细节，我保证送他去天堂牧场——是的，当看到桌上的日历时，我发现，我们所谈论的时间实际上只剩三周了。

另外，我认为他带着某种优雅变老了。我立刻在照片上认出了他——我百分之百地肯定，即使在没有胡须的状态下也能认出他（的确是二十五岁，是的，说到虚荣心！）。

如果我能知道你的手机号码和你在慕尼黑的酒店地址可能也会好些——因为我出击后要是能尽可能快地把结果告诉你，肯定会好上加好，对吧，亨妮？甚至是必要的？短信之类的。我们必须一致同意使用某种密码，因为我认为，我们需要一个比写信快一点的通道。你觉得如何？

好吧，对于你我这样的两个女人，这些细节安排自然易如反掌。我还觉得你的财务计划很吸引人，亲爱的亨妮，你必须明白，能住在这所房子里对我来说是多么重要。我真心希望不久的将来你能来做客。

但如前所述，首先要来次秋日旅行。

首先是2月14日至16日的阿姆斯特丹！

你挚爱的“妹妹”

艾格尼丝

“同居有时，分居亦有时。”

亨妮从咖啡杯上抬起眼，与我的目光相遇，她的微笑既认真严肃又饱含嘲讽。

“我是说我们，艾格尼丝。”她澄清道。

直到我们参加了在威弗的大学入学考试——在克里特岛探险的那个夏天之后——我们才首次分道扬镳，亨妮和我。10 月 1 日，亨妮注册了罗曼斯语系，开始学习拉丁语。我已经开始学习比较文学。我们偶尔会在克洛伊斯特路相遇，然后溜进卡劳斯咖啡馆。

我已经从家中搬出，幸运地在离斯特凡教堂仅一步之遥的盖格斯街租到一间转租的单室套。亨妮大学一年级期间仍跟她的妈妈和弟弟住在家里。

“生活不是一次穿越开阔田野的远足。”我说。

“很高兴见到你，”亨妮说，“但我必须得赶紧走了。”

大学学习日新月异。安斯加尔和克劳斯－约瑟夫已成过去。我和一个名叫塔帕尼的年轻芬兰人约会了一小段时间，他很可爱，各方面都很出色，但一旦两杯酒下肚，就会表现出严重的忧郁，这注定会让我离开他。在 10 月至 11 月，亨妮同一个已婚男人有过一段短暂的风流韵事。她不知道他已经结婚了，直到他的妻子将他们捉奸在床，并准备用高尔夫球棍结果他们。在那件事之后，亨妮决定让自己空窗一段时间。她左耳上方留下一道很深的伤口，这伤疤会伴随她一生，但只要她不秃，就没有人会注意到它。

“我有个守护天使。”她说。

“你真是太幸运了。”我说。

“如果她拿起的是铁棍而不是木棍，我早就死了。”亨妮说。

11 月初，我加入了学生剧团——塔利亚剧团，几乎立刻就在契诃夫的《三姐妹》的排演中获得了一个重要角色。我在 12 月和 1 月的八次广受好评的演出中扮演玛莎。我们只是业余爱好者，却获得了《平凡世界》和《人物杂志》两者的好评。两位评论家还都强调，我对玛莎的诠释启发人心。我继续着我的文学研究，但渐渐地，我有了前所未有的渴望，开始考虑申请戏剧学校的秘密计划。我清楚地感觉到，这才是让我想纵情燃烧自我的地方：我热爱幕布升起、被聚光灯照得睁不开眼的时刻，我热爱用几乎只能在剧院的魔幻空间里才能做到的方式去感动人们。

1 月 10 日，我母亲嫁给了她的老板，牙医奥尔登堡。她卖掉了沃尔马大街的公寓，搬到他在格拉夫恩斯瓦尔德的房子里与他同住。就在搬家汽车离开的当天晚上，父亲从萨尔布鲁肯打来电话，告诉我他得了睾丸癌。

“两个都……？”我问。

“是，”我父亲说，“真他妈该死。”

他相当伤心，但我想方设法地尽力使他明白事理。

塔利亚公司成立于 18 世纪，1983 年，距离其第一部作品——辛姆森·德斯泰尔的《祝愿》——问世已有二百年之久。与此相关，且与让人记忆犹新的契诃夫的成功演出相关，大学行政管理层提供了一笔资金，以便用一种有价值的和精湛的艺术形式来庆祝周年纪念。剧院管理层讨论着要重新上演德斯泰尔的戏剧，但有充分的理由认为，这部被选中的作品已经过时。取而代之的是，学校决定邀请一位专业导演制作一部莎士比亚戏剧。2月初，我们开了个小组会议，我们的艺术总监马库斯·罗滕布尔（他的常规工作是哲学系副教授）高兴地宣布，他已经成功邀请到了来自慕尼黑的大卫·戈希曼和演员罗伯特·考夫纳尔来制作《李尔王》。

大卫·戈希曼是一位极具魅力的导演，尽管还很年轻，却因在慕尼黑对经典作品的出色制作而声名鹊起，还完成过几部电视原创剧作，所以能够请到他，这对罗滕布尔来说确实是一件值得高兴的事。

当然，罗伯特·考夫纳尔是一位传奇人物。

“《李尔王》，”罗滕布尔一边说，一边拽着他那斑白的黑胡子，“戏剧中的戏剧！大约十个角色外加考夫纳尔，完全适合我们。”

“我们将如何分配角色？”在《三姐妹》中饰演图森巴赫的欧文·芬克尔问道。

“它们将由戈希曼来分配，”罗滕布尔解释说，“他想要进行一次经典的试镜。科迪莉亚最重要，但每个人都很出色。小丑、格洛斯特、爱德华和埃德蒙。”

“戈内尔和里根。”我说。

“自然，”罗滕布尔说，“重要的女性角色，需要仔细排练。”

但我意已决。

我将扮演科迪莉亚。我不打算给别人留下任何机会。

致：艾格尼丝·R

瓜尔达别墅

戈什金

格罗腾堡，1 月 30 日

亲爱的艾格尼丝：

所以我们已经决定好了！不可否认，我感到了一种难以抑制的兴奋。如果一切顺利，他将在两周后死去——这实际上再好不过了，因为女儿们在接下来的那个星期会放个短假；我的意思是，这样一来，她们的出勤率就不会受到太大的影响。

今天吃早饭时，我突然发现，他在怀疑什么。不，艾格尼丝，别担心，我不是说大卫以某种奇怪的方式听说了我们的计划，而是别的事情。我想，他似乎突然有了一丝死亡意识，这像不像动物（我猜人类也一样）能感觉到其生命即将结束的时刻？我好像不久前在一些杂志上读到过这种现象。他像往常一样，平静无虞地坐在那里，喝着晨间咖啡，看着靠在烤面包机上的报纸——但随后，他抬起眼，用一种相当特殊的眼神看了我一会儿。然后他微笑着说，无论如何，他爱我，我应该照顾好自己。

尽管发生了那么多的事，他说。

我问他为什么这么说，以及他所谓的“尽管发生了那么多的事”是什么意思，但他只是对我报以同样严肃认真的微笑，然后雷娅打翻了她的果汁杯，于是那一刻就结束了。

但它是那么强烈，艾格尼丝，我一整天都在想这事——也许是因为我为事情必须走到这一步而感到有些悲伤。千万不要以为我已经开始改变主意了，亲爱的艾格尼丝，远非如此——但当一切尘埃落定的时候，摆脱一个你曾经相信会陪伴你一生的人并不是件愉快的事。

当然，尽管事情就是这样。但一想到他的表现，我立刻便感到有些不同。为了那头猪去死吧，我想，然后那种兴奋感就慢慢起来了。两个星期，艾格尼丝！

然而，现在，我不得不把所有这些情感骚动抛诸脑后，把注意力集中在一些更实际的问题上。在过去的几天里，我开始考虑，当警察发现大卫的尸体时，他们会怎么想。他们可能会对这一事件的动机，或者说背后的原因，产生一些疑问。也许我们得好好想想这事，艾格尼丝。难道我们不应该让整件事看起来与其实际情况不一样吗？为各种不测结果做好一切准备。换句话说，为警察提供一种动机。我想是这样，我唯一想到的解决办法是，我们必须把目标设定在抢劫杀人上。无论如何，这似乎是最简单的。如果你能确保在射杀大卫之后拿走他的钱包和劳力士手表，那事情就十拿九稳了。警察会认定，行凶者是一个追求金钱的无家可归的可怜虫，或许是个瘾君子，他们为什么不应该这样想呢？尤其是在他们没有理由怀疑任何其他事情时。

你同意吗，艾格尼丝？在我看来，这应该没有什么特别的问题。无论你在什么情况下开枪（在房间里？在黑暗的小巷里？），你只需几秒钟就能把手伸进他的内兜，抓起钱包。他的手表的确是件惹眼的东西，毫无疑问，如果一个小偷把它落下了，那一定会很奇怪。但摘下它会很快，所以别担心，艾格尼丝……如果，顺便说一下，你行动时他在床上，那么他肯定会把钱包和手表都放在床头柜上，他总是这样做。

好吧，你可以考虑考虑这些问题，艾格尼丝，让我知道你是怎么看的。但是现在说点别的——大卫在阿姆斯特丹的细节！我不过是进入了他的电子邮箱，发现了他们发给他的项目计划，未费吹灰之力。

整个会议将在一个叫作尼尔斯·弗兰克研究所的地方举行，或者简称为弗兰克所；它也位于市中心，就在冯德尔公园的尽头。星期五（也就是十四日）晚上六点到八点之间以某种欢迎介绍会的形式开始。参会者为八十二人，之后即是在研究所举行的晚宴，所以我认为，大卫要到很晚才会回到酒店（正如我在上封信中写的那样，费加罗酒店，王子运河 112 号）。星期六的活动安排在十点到六点之间，随后有晚宴；星期天则在十点到三点之间。自然，大卫很可能在周五和周六晚上去见见同事，并去一两家酒吧……如果不是这样的话，那就是他有见其他某人的计划！

如果其他某人还没有与他结束关系的话。是的，亲爱的艾格尼丝，我其实不知道你采取行动的最佳方式，或者最佳时间。你可能必须得以某种方式跟踪他一阵子，也许是坐在车里，或是晚上在那个研究所外面等着？在这一点上我帮不了你多少忙，但我相信你会想出计划和方法的。说到底，如果你躲在酒店里等他，也许是最简单的方法。但这么做有多简单——又有多大风险呢？我不知道费加罗酒店有多大，在我看来，越大越好——哦，好吧，弄清楚这一点也是你的事。无论如何，我敢肯定，他在星期五去弗兰克所之前，一定会先入住房间。他坐火车去，将在三点十五分到达阿姆斯特丹中央火车站，你看，他的电子邮件里也有旅行社的确认信。如果你那个时间也在那里，也许是个好主意？也许有可能在那之后动手？

但无论如何，如前所说，我不会参与到执行过程中来。那是你的工作，艾格尼丝，我相信你会把一切都解决得天衣无缝。我还像我们约定的那样，往你的账户上又存了三万欧元——我突然想到，你可能很难解释这些钱的来源，但当然，我们永远不会陷入这种情况。你和大卫之间没有——根本没有！——联系，这当然是最先决的条件。

我还意识到，在时间到来之前，我们将没有时间交换更多的信件——我猜，各自再寄一封——所以你有关我们必须在那个周末期间获得更快捷的沟通渠道的建议自然是正确的。我在慕尼黑的一家叫雷吉纳的旅馆预订了一个房间，它在希尔德加德大街，离玛丽亚广场不远。我的手机号码是069-1451452。我还有个提议：

等你完成使命后，给我打电话并留下一个虚构的信息，你可以自己选择一个——但不要忘记在下一封信中告诉我确切的信息！

如果出于某种原因你遇到了困难，就说些别的——如果你想让我打电话给你，那你就补充一些东西（我们到现在还没说过话，是不是有点奇怪，艾格尼丝？写了这么多、计划了这么多之后，能再次听到你的声音将再好不过了！）。

好吧，你觉得说什么好？简单又聪明，不是吗？把你的三个密码发给我——一个代表OK，全部清除！一个代表有麻烦！一个代表给我打电话！——在你的下一封信中，我想它也将是时间到来前的最后一封信（或者有可能是倒数第二封信？）。

其他的一切都很正常，亲爱的艾格尼丝。生活照常进行；两个女儿都得了流感，但大卫和我都没有。

地上的雪还没有化。

保持联系！

祝好！

你的感激不尽的

亨妮

又及：亲爱的艾格尼丝，我们拿这些信怎么办？事实上有好几封了，我真不愿意烧掉它们，但也许这是最明智的做法？

致：亨妮·德尔珈朵

佩里卡纳勒24号

格罗腾堡

戈什金，2月2日

亲爱的亨妮：

谢谢你的长信。是的，我们确实在突飞猛进地接近行动之夜（之日？之晨？）。当然，像你一样，我也感到了某种程度的兴奋，但与此同时，我的内心深处又十分平静。也许这是因为，我对这件事的感情投入没你那么深，亨妮。我正在完成一项使命，为一个好朋友提供服务，并为此获得报酬。其实这并不奇怪。我们必须记住，在欧洲每天有成千上万的人被杀，大卫在统计数字中只占很小的一部分。

不过我们显然必须非常小心，所以谢谢你提供的所有重要信息，亨妮。在我看来，我将有很多选择。我将于周四下午开车去阿姆斯特丹（幸运的是周五我没有课，我已告知了巴斯夫妇，他们很乐意照顾两只狗，主要是他们的两个十岁出头的女儿非常喜欢瓦格纳和巴托克）——所以我将有时间去做一些小调查，并在他到达中央车站时出现在那里。我在雷泽广场附近的一家旅馆预订了一个房间，我曾在那里住过一次，它离费加罗酒店只有区区几百米，我看过地图。

事实上，我也知道弗兰克所。十年或十二年前，我曾在那里上过一次课。如果没记错的话，它与大学有些关联。

我完全同意你关于抢劫杀人的看法。很自然，我们必须让警察尽可能地能够理解一切。你是想要回钱包和劳力士，还是我把它们处理掉最安全？奇怪的是，我丈夫也有一块劳力士（出于某种深不可测的原因，那个贪婪的儿子并没有要求拥有它！），我拿着两块表真的没什么用处。

虽然这一切中最有趣的是思考密码这件事。我确实认为我们需要三个密码，正如你所建议的那样。我认为你很慷慨，让我来解决它们。所以，它们来了：

1. 如果大卫死了，一切顺利：日安，乔治，这是比阿特丽斯阿姨。我只想告诉你，黑蜀葵已订购好并付过款，将在周二送达。你不需要打电话给我，那完全是笔不必要的开支！（当然是像其他电话一样打错了号码。）

2. 如果出了什么问题，但你不需要联系：嗨，亲爱的！我是莫德。我会晚一点到，但等我回家时，我们仍然可以出去吃饭。吻你，吻你！

3. 如果你需要打电话给我：日安！这个电话是税务机关打来的。请您与管理员希尔默联系，电话：1716646960。谢谢！

很聪明，你不觉得吗，亨妮？那样一来，你当然也必定会有了我的手机号码——是的，你只需要把希尔默管理员的号码反过来就成：069 646 6171！

是的，亲爱的亨妮，我想就这些了。十一天后，我将坐上车向阿姆斯特丹进发。在那之前，希望我们还有时间通过邮件交流几句，但据我所见，我们没有更多需要讨论的细节了。我相信，一切都会顺利进行，还有——你在之前的信中表达的一个愿望——

你的配偶将在复活节前很久便入了土。

还有——我差点忘了——谢谢你的钱！事实上，我只需要八万元多一点就能安排好房子事宜，但剩下的现金当然会在我们秋天外出旅行时派上用场。你不觉得吗，亨妮？你不知道我多么期待它。

也希望你即使在将来也能远离流感。在戈什金这儿，今年还没有出现流感，但当然，谁能说得准呢。

你忠诚的女友

艾格尼丝

又及：这些信，是的！恐怕诚如你之所言。我们可能不得不烧掉它们。但是无论如何我们可以等到最后一刻，不是吗？我喜欢回过头去读你写下的那么多字句。

巨大的恐惧。

当我从H堡开车回家的时候，它突然向我袭来。一种巨大的势不可当的生理感受，它是如此强大，竟使我喘不过气来，不得不停下车，在车外面待上一会儿，冒着瓢泼大雨，站在那里抽烟，试着冷静下来。

我现在身处沃尔姆斯村的外围，身下是卢维尔山谷，身后是古老的石砌教堂。浓雾笼罩着大地，暮色即将让位给黑暗。在山坡上的某处，有人正在用链锯锯木头；在墓地，有个男人肩上扛着把铲子走来走去。

我站在车旁，试图理解是什么在影响我。我觉得周围都是我不理解的东西：教堂、汽车、男人、铁锹、迷雾、黑暗、声音、寒冷。

但也许这只是孤独。这一计划中的孤独：我必须独自应对一切。我没有人可以交谈，连他也不行，我如何知道自己的判断是对的呢？如何？

事后我也不能向任何人谈起，从未得到过任何确认，说我的行为是正确的——我如何才能确定，我可以伴随着这一切生活下去？如何确定我不会原地崩溃，结果发现一切原来都是徒劳？

我该如何衡量这种突如其来的恐惧呢？这种软弱。如果它只是过眼云烟，我完全有理由加以抵制，但如果它涉及更基本的东西，那会发生什么？

现在还为时不晚，还有回旋的余地。我告诉自己至少情况是这样，但说实话，我无法想象如果现在退出，会有什么后果。长期以来，我一直在朝着这个方向努力。周复一周，月复一月，夜复一夜。

我灭掉香烟，依然能感到身体里的忧虑，它痛得让我觉得想要呕吐或快要发烧。我看到村里的酒吧开着，便向那里一步步走去。向卡默勒先生要了一杯红酒，然后拿着张报纸坐在角落里。

也许是写信的缘故。在收到最近的几封信之前，我感到了极大的痛苦，不是因为读她的信，而是因为写我自己的信。当我写最后几封信的时候，我喝醉了，因为不可能用任何其他的方法来控制这种不情愿，而我猜，下一次我也会用同样的方法。有理由说，这将是最后一封，几乎没有时间写更多的信了。

我喝完酒，又抽了一支烟。卡默勒先生走过来，想给我续杯，但我拒绝了。我已不再需要它，只要血液中有了这点可怜的酒精，我就能恢复正常了。也许情况根本没那么糟糕？我付了钱，谢过他，在黑暗中走回车子。雨又下了起来，我只走了一百米就被淋得浑身透湿。

一回到家里，我就开始准备明天的有关勃朗特姐妹的研讨课。浏览一下《呼啸山庄》，思考一会儿爱情与道德的冲突。

我认为，它们属于截然不同的类别，实际上你永远不能让它们彼此对立，然而我们一直都在这样做。国际象棋选手和相扑选手会在哪个级别的比赛场地相遇？多么奇怪的画面，我禁不住想笑。

我也注意到，你不能把鸭子和鱼搭配成一对儿。回顾过去，我们谁都不对。

没有人不对。

或许现在也没有人不对。我们是一场必须有结果的游戏中的棋子。也就是说，如果我们决心要玩到底，那我们的选择肯定是在这里，而不是其他任何地方。要么玩，要么不玩。

因为下雨，晚上我只带着狗儿们走了一小段路。喝下两杯酒，十一点以前上床睡觉，祈愿能够一夜无梦。

“《李尔王》有什么特别之处？”

游罢泳后，我们正坐在桑拿房里。亨妮托起乳房，观察着它们，并用手掂了掂它们的分量。

“我左边的比右边的大，是不是？”

“你想让我先回答《李尔王》的问题还是乳房的问题？”

她想了想，放开了乳房。

“抱歉。这出戏到底说的是什么？我从来没看过。”

“你不需要看，”我说，“读一读就够了。”

“我也没读过。你认为我很无知吗？”

“并不比平时更无知，”我和颜悦色地说，“再倒点儿水，好吗？我们不应该坐在这儿挨冻，是不是？它讲的是一个老人和他的三个女儿的故事。”

我实际上就知道这么多。

“两个女儿都贪图权力，自私自利，第三个很好。”

“科迪莉亚？”

“对。老李尔王把他的王国分给了女儿们，但是他很虚荣，想把大部分给那个声称最爱他的人。科迪莉亚爱她的父亲，但她没有大肆渲染，结果什么也没得到，可怜的国王把自己的生命托付给了另外两个女儿。他拒绝了善良的女儿，这是他坠落的开始……疯国王和他死去的科迪莉亚之间的最后一场戏有可能是呈现在舞台上的最震撼的一幕。”

“死了？”

“是的。”

“她就是你想演的角色？死去的好女儿？”

我点点头。指出她只是到了最后才死的。

“这对你很重要吗？”

我生气地瞪着她。她又坐在那里，用手指抚摸着自己的乳房。

“当然重要！”我说，“我为什么要参与到毫无意义的事情中去？如果我能和考夫纳尔演对手戏，并且一切顺利，那我便可以顺理成章地继续下去，机不可失。”

“表演轨迹？”

“不，是管道轨迹。”

“唔。但你不是唯一想演这个角色的人，对吧？”

我叹了口气，想了想。不，当然不是。有趣的是，我们又要扮演三姐妹了。先是契诃夫，现在是莎士比亚。扮演奥尔加和伊琳娜的雷纳特和厄休拉当然都想演科迪莉亚，否则她们就是疯了。据推测，还有其他一些竞争者。出于某种原因，塔利亚公司增加了新成员。

“我明白了，”亨妮沉默了一会儿说，“戈希曼和考夫纳尔不只是普通人吧？”

“不完全是。”我说。

“实际的……它叫什么……选拔程序是怎么运作的？”

“试镜，”我解释道，“我们有两场戏要演。一场是开始时的，一场是快结束时的。两周后，戈希曼将坐上一整天，对我们进行评估。”

我们离开桑拿房，站在淋浴头下。我注意到亨妮陷入了沉思，已开始明白了要害之处。她眯起眼睛，吮吸着一缕头发，就像她十一二岁时那样。我想，我比她还要更了解她自己。

“我能帮你什么忙吗？”我们出来换衣服时，她问。

“是的，谢谢，”我说，“我需要有人读演出对手的台词并进行表演。”

“我？”亨妮突然孩子气地笑着说。

“你。”我说，“我们今晚就开始。我们有十四天的时间。”

“现在，我们的欢乐，尽管是最后的一块，却也并非微不足道，”亨妮嘟囔着，“法兰西的葡萄藤和勃艮第的牛奶都在竭力竞争你的青春之爱；你有些什么话，可以换到一份比你两个姐姐都更富庶的土地？说吧。”

“我没有话说，父亲。”我说。

“很好。”亨妮说。

“你不应该评论我的台词，”我说，“你应该跟我演对手戏。”

“当然，”亨妮说，“我们再来一次……你有些什么话，可以换到一份比你两个姐姐都更富庶的土地？说吧。”

“我没有话说，父亲。”我重复道。

“没有？”

“没有。”

亨妮哼了一声，“没有只能换来没有，重新说过。”

“我很不幸，”我低下眼睛说，“不能把我的心放进嘴里。我根据我的义务爱着陛下您，一分不多，一分不少。”

“很好，”亨妮说，“我不能把我的心放进嘴里。超级棒！”

“当然好啦，”我恼怒地说，“这是《李尔王》。这是莎士比亚。”

“我明白，”亨妮说，“抱歉。现在我们再来一次，我不打岔了。”

“从头开始。”我说。

我们每周去游三次泳，每次游完泳后我们都会练习。在这十四天里，一共练习了六次。第一幕第一场和第四幕第七场。在后一场中，亨妮扮演肯特、医生和李尔王，经过第二或第三次尝试，我们已经把台词背熟了。我知道亨妮一定也在家练习过。

渐渐地，她开始给我提建议。

“轻点儿，”她说，“我认为你应该尽量轻声细语。”

“轻声细语？”我问。

“像这样，”亨妮说，“啊，慈悲的神明啊，医治他的被凌辱的心灵中的巨大裂痕！保佑这一个被不孝的女儿所反噬的老父，让他错乱昏迷的神智回复健全吧！”

她把这也背下来了。

“她在祈祷，虽然她实际上不敢相信会有任何结果，”亨妮解释说，“我想就是这样。你应该尽量克制自己。当然，你必须让别人听见。”

我想了想，试了试。

“很好，”亨妮说，“好多了，我不知道戏剧会如此激动人心。”

我们练习了一遍又一遍。当我们认为言辞和语调都到位了时，就练习身段和姿势。亨妮充满热情，不停地分享想法。试镜的前一天，我们一直练习到午夜以后。我还试了一件我打算穿的裙子——只是一条简简单单的白色棉裙，但它很长，我可以在它下面打赤脚而不被人看见。诚然，我不知道戈希曼对此会怎么想，但我想感受一下站在舞台上时赤脚踩在地板上的感觉。当然，如果角色允许的话，它会给予人一种一直上传至声带的力量。

“我们也许该到此为止了，”我最后说，“明天我是第一个，十一点。我还得洗头。”

“记得要让头发蓬松些。”亨妮说。

“你确定吗？”

“绝对的，”亨妮说，“你那样时最美。如果可能的话，美与善应该携手并进。”

这听起来像我们过去交给西尔伯斯坦小姐的随笔里的文字。我们拥抱告别。

“祝你好运！”亨妮说，“相信自己能做到最好，但要保持谦虚。我会为你祈祷的。”

“务必这样做，”我说，“非常感谢你的帮助，亨妮。”

致：艾格尼丝·R

瓜尔达别墅

戈什金

格罗腾堡，2月10日

亲爱的艾格尼丝：

谢谢你的来信，读起来很有趣。不幸的是，现在可能不会有太多可写的了，而且——这真的让我很痛苦——不幸的是，可能也是时候烧掉所有这些信件了。我把你所有的信都重读了一遍——实际上有九封——就在今天晚上。大卫在开会，女儿们都睡着了。可是我还在看着你的字句，然后才把它全扔进火里去。我想你在去阿姆斯特丹之前会很快来信——是的，你能不能在周四之前给我发一封简短的问候邮件，这样我在去慕尼黑之前就有时间看一下？我将在星期五三点钟离开。

我还收到了“翻译家日”（他们是这么叫的）的项目计划，不可否认，它来得有点晚，但也许这并不重要。不管怎样，星期六和星期天我都将忙个不停（我现在正在考虑我的不在场证据，我确信你能理解），不过星期五晚上没有安排，所以我猜，我得确保有人在旅馆接待处注意到我几次。或者，如果旅馆有餐厅，我可以在那里待上几个小时？

也就是说，如果你第一天晚上就动手的话。

是的，请再给我写几行字，亲爱的艾格尼丝。我现在真的没有别的事情可想。今天是星期一，下个星期的这个时候，一切就都结束了。这感觉既奇怪又自由。今天，当我路过坎普林商店时（你知道，就是格罗特广场卡劳斯餐厅旁边的那家），在橱窗里看到一条黑色连衣裙，如果它下周还没卖出去的话，我可能就会去买下它。我今天本来就想这么做的，但还是忍住了。如果一个女人在丈夫还活着的时候就买了丧服，肯定会引起一些注意。我说得对吗，艾格尼丝？

无论如何，愿上帝保佑我们，我相信你已经稳住了阵脚。我已把你的密码牢记在心，期待着：一）周四或周五收到你的一封简短的信，二）周末的某个时候打来的电话。

除此之外，格罗腾堡这儿现在多雨多雾，但这次的流感似乎已经过去了。现在我听见大卫在楼梯口的脚步声在匆忙地走近。

你的亨妮

又及：（星期二上午）好艾格尼丝，不要犹豫，立即打电话，即使是半夜！我觉得，我必须在事情发生的第一时间就知道情况。

再及：看在上帝的分儿上，别忘了把信也烧掉，艾格尼丝！如果有人碰巧发现了它们，那就太可怕了！

致：亨妮·德尔珈朵

佩里卡纳勒24号

格罗腾堡

戈什金，2月12日

亲爱的亨妮：

现在是星期三晚上。明天我有两节课，在那之后，我将坐进汽车，一直开到阿市。如果路上的交通不太拥挤，我应该在九点左右到达那里。

然后，我会在旅馆睡个好觉，然后我准备好于三点一刻去中央车站见你的丈夫。

之后的事我们就拭目以待吧。

我已经把枪和弹药放入行李箱里。我坐在那里，把枪拿在手里，掂着它的重量，好一会儿才放下。让人觉得奇怪的是，这小小的金属物体仅仅通过食指的轻轻一压就能结束一条生命。所以，所有这些计划和努力都将在一个简单的手指动作中完成，我不禁要反复思量，它是不是我们生命的写照。我指的是我们所有人的生命，它们固有的脆弱——在某一特定的时间点之后，它们难道不是缩小了而非扩大了？我们的生命，我想是的。但什么时候？亨妮？什么时候我们的人生道路突然变窄而非变宽了？我们什么时候开始——有意地，或无意地，或两者兼而有之——走向一个更狭窄的方向？因为事情就是如此。亲爱的亨妮，即使我觉得，在这之后我们会有新的可能（重聚、交谈、旅行），但与此同时，似乎一切都变得越来越近。

或许我错了。我又开始喝酒了，也许我的想法只是一时的情绪发泄，是不停地拍打着窗玻璃的雨水的表现。无论如何，我向你保证，我不会在阿市喝葡萄酒和烈酒。至少在完成使命之前不会。

但我并不担心；相反，我很高兴终于到时间了，我可能不是一个特别擅长等待的人。你怎么看，这符合你以前对我的看法吗？

否则我也不会想那么多，只因为你要我写几行字。今天晚上我把你的信又读了一遍，十分钟前，我看见它们在壁炉里变成了灰烬。我将满怀信心地上床睡觉；我会按我们说的那样从阿市打来电话，然后，也许我们会在大卫的葬礼上见面。

还是你认为我去参加葬礼太过冒险了，亲爱的亨妮？毕竟你出席过埃里希的葬礼。

无论如何，我祝你在慕尼黑过得愉快而有意义！我真心希望那里和阿姆斯特丹的天气都比这里好，空气中早早有点春天的气息还是很不错的。

你的艾格尼丝

大卫·戈希曼的肤色暗沉，但眼睛却蓝得像是要溢出来似的。

“对于女性角色，我们只为科迪莉亚试镜，”他说，“我明天上午会跟相关人员联系，最迟十二点。”

我点点头。

“记住，你和其他人一样，会有大起大落。”

“还有多少人？”我问。

“四个。那些对戈内尔和里根感兴趣的人明天晚上会来这里。”

“我明白。”我说。

“我们也可以让一个女人来演小丑。你意识到科迪莉亚在大部分戏中都不在场吗？”

“当然。”

“那么你在《三姐妹》里演的是玛莎？”

我承认我诠释了玛莎。

“你喜欢她吗？”

我承认我很喜欢她，包括她和那个角色。

“我导过些契诃夫的作品，”大卫·戈希曼说，“还想导更多，但好东西没那么多，你必须为年老时保留一些。”

他微笑着，眼中闪耀着蓝色的光芒。他不可能超过二十八岁或三十岁。

“跟我演对手戏的是谁？”我环顾四周，问道。这里只有戈希曼和我。

“罗滕……他叫什么来着？”

“罗滕布尔？”

“罗滕布尔，是的。你更愿意要别人来演吗？”

“哦，不。就这样吧，要是事情变严重了，我会避开他的。”

他笑了，并承诺说，不久就会有其他演员。

“你想先躺一会儿，集中一下精神吗？罗滕布尔似乎迟到了。”

“谢谢你，很高兴。”

“你长得很漂亮。”

“谢谢。”

“你打算以后继续干这个吗？”

“剧场表演吗？”

“是的。”

我耸耸肩。我后悔这么做了，但你不可能抹去耸肩的痕迹。

“也许吧，”我说，“是的，这不是不可能的。”

“我给你几个名字，”戈希曼说，“好学校。也就是说，如果你感兴趣的话？”

“谢谢，很高兴。”我重复道，“我是说真的。”

门开了，罗滕布尔走了进来。很明显，他感冒了，一开始就打了三个喷嚏。

“抱歉。我耽搁了一会儿。”

“没关系，”戈希曼笑着说，“不知道科迪莉亚是想先集中一下注意力，还是我们可以马上开始？”

“我很乐意马上开始。”我说。

我明白大卫·戈希曼拥有的是什么。

存在。当他走进一个房间，一个力场便开启了。能量明显增加：我觉得自己既夺目又聪慧。还很重要。我以前从未经历过这种情况，但我马上就明白了它的含义。

他坐在礼堂中很远的地方。第七排或第八排。没错，我是在与患感冒的罗滕布尔演对手戏，但又不可避免地要同时与戈希曼演对手戏。当然，这是一个与往常一样的对角线问题，但也是一个新的、未经证明的问题。这感觉很奇特，我无法判定这是好事还是坏事。它是加强还是削弱了我的表达。

我们进行了将近半个小时。两个场景都表演了两遍，戈希曼未做任何评论，但我知道，他记录了我身体的每一毫米和我的每一次呼吸。在从刚刚待过的——而且总是待在那里的——凯勒剧院出来时，我感到筋疲力尽，几乎头晕目眩，就像经过了一次巨大的体力劳动一样。

我坐在就位于街角处的阿德勒咖啡馆的一张桌子旁，点了一份牛排和一杯啤酒。心想，我第一次遇到了一个真正让我很感兴趣的人。

他真的……与我心有灵犀。

入夜时分——这是2月的一个多风的周六，空气中没有丝毫春天的迹象——发生了一件事，我只能把它解释为一个好兆头。

我的小单间公寓位于盖格斯街的一栋老建筑的顶层，我已经在那里住了六个多月了。六楼，没有电梯，比橱柜大不了多少，但倾斜的天花板和不规则的空间无疑自有其魅力，在人生的这个阶段，我当然并不需要更多的空间。

在同一楼层还住着一对老夫妇，林可维斯先生和太太。他们都是七十五六岁的年纪，身体有点虚弱，先生比太太更虚弱——林可维斯太太通常每天至少要上下楼梯一次，去广场挑选当天的必需品，然后让快递员把它们送回家。有时我会帮他们买东西，但那种情况通常是例外，他们更喜欢自己靠自己。林可维斯先生的名字不常见，叫作西格斯巴德，他差不多每隔三四天才出来一次。天气不好的时候，他觉得没有必要探出头来；天气好的时候，他常常满足于待在朝向院子的小阳台上，我可以从我狭小厨房的狭小窗户中看到他。

那个星期六，我回到家时（即在阿德勒吃完牛排、又在图书馆效率很低地学习了几个小时后），在门外碰见了林可维斯夫人和看门人布卢姆先生。林可维斯夫人看上去要晕过去了，脸色苍白，口吐白沫，说不出一句话来。这对夫妇的公寓的门是开着的。布卢姆先生解释了情况。

林可维斯先生发疯了，他喘着粗气说。

布卢姆先生一天要抽五十支烟，上楼的次数凤毛麟角。

“你不是认真的吧？”我说。

“我当然是认真的，”布卢姆的声音里带着嘶嘶声，“他站在外面的阳台上，打算跳下去。”

他用被尼古丁熏成了黄色的颤抖的食指朝林可维斯家的公寓晃了晃。林可维斯太太不再口吐白沫，抓住我的胳膊开始呜咽起来。

“拜托，”她恳求道，“拜托。”

我怀疑地摇摇头。

“他已经爬到栏杆外面去了，”布卢姆解释说，“他站在那里，用一只手抓着栏杆。如果我们靠近或呼救，他就会放手！”

“你怎么知道的？”我问。

“他说的。”

“他站在那儿多久了？”

“大概十分钟，”布卢姆说，“我刚上来。西蒙妮把我叫来的。”

我不知道林可维斯太太名叫西蒙妮。但她点头表示肯定，同时用指甲抠着我的上臂。西格斯巴德和西蒙妮？我想。

“拜托。”她重复道。

“你打算怎么办？”我问。

布卢姆来回地踱着步，在胸前的口袋里摸索着找香烟。他耳朵上就夹着个烟屁股，但他似乎没有意识到。

“我不知道，”他说，“我们到底该怎么办？偏偏是今天出这样的事。”

西蒙妮·林可维斯开始大哭起来。我的第一反应是想知道布卢姆先生所说的“偏偏是今天”是什么意思，也许是他生日或其他什么日子。

“你认为他是来真的吗？”我问，“有可能——”

“他是来真的，”布卢姆说，“毫无疑问。他七十五岁了，该死的！”

我不明白他的年龄与他是不是来真的有什么关系，但没有费神去盘问这事。

“我应该进去见他吗？”我转而提议道，“你是不是想……？”

西蒙妮·林可维斯正近距离地盯着我，表情介于无助和哀恳之间。我小心翼翼地松开她紧握着我手臂的手。

“待在这儿，”我说，“我进去看看。”

"只是不要靠得太近，"布卢姆说，"否则他会跳下去的！"

我点点头，小心翼翼地从门口走进去。来到门厅，但是从这里看不到阳台。我继续向右走，进入起居室，那里堆满了家具和装饰品，几乎让人迈不开步子。然后，我从敞开的阳台门看到了他。

正如布卢姆所描述的那样，他确实站在那里。黑色熟铁栏杆高不过七八十厘米，我知道，要翻过它不会有任何困难——即使对于一个像西格斯巴德·林可维斯这种缺乏灵活性的人来说。他站在那里，侧身对着我，全部注意力都集中在下面的院子里。我知道从这里到地面的落差一定至少有十二米，而院子里铺着凹凸不平的鹅卵石。毫无疑问，如果他放手，便会摔死自己。

他只用一只手抓着横杆，身体还有些外倾。

我仍然站在房间的中央，不知所措。他还没有注意到我的存在，但我们之间的距离有五六米。我很快地评估了一下形势。毫无疑问，仓促出击注定会失败——尤其是在进击途中还有一把摇椅和一张桌子。

我观察着他。他穿着灰裤子和一件薄薄的褐色开襟羊毛衫。如果他真的已经在外面站了十分钟，那一定意味着——如果没有别的的话——他很冷。气温比冰点高不了多少。

"你们都是骗子！"他突然用洪亮的声音喊道，我意识到他是在对外面的某个或某几个听众讲话。我小心翼翼地走到边上，果然看见院子正对面的另一个阳台上有个女人。我不知道她叫什么名字，但见过她几次，所以认得她。她有一只通常着穿件绿色套衫的腊肠犬。

"如果你们叫警察，我马上就跳下去！"西格斯巴德·林可维斯威胁道，“然后你们所有人都将被消灭！我同宇宙王子有联系！”

我明白，看门人布卢姆对他的精神状态做出了多少有些正确的评估。我走近一步，与那把摇椅齐平。

“我真是他妈受够你们了！”林可维斯怒吼道，“真他妈受够了！很快我就会跳下去，然后你们就会像苍蝇一样死去！”

我犹豫着。半分多钟的时间里，什么都没发生。林可维斯先生的手紧紧地抓着栏杆，面庞惨白而没有血色。我决定试着至少再走近一点。

“我陷入了绝望！我再也不能忍受绝望了！”

我绕过桌子。现在只剩下三米了，但随后我碰巧撞上了一个上面搁着骨灰盒的台座。我接住了骨灰盒，但台座哗啦一声倒在了地上。

“谁？”

他转过头，发现了我。

不，也许他并没有发现我，因为他没戴眼镜。我知道他的视力很差，这是林可维斯太太每隔一段时间就会提及的一件事。

她总是说，西格斯巴德的视力太差了。不久他就再也看不了书了，总有一天他会失明的。

但他意识到有人站在房间里。“是谁？”他发出雷吼，声音出奇地有力，“别靠近，否则我就放手！”

他的声音里有丝害怕，我完全能听出来。我像被钉在地板上似的站在那里，不知所措。在我身后，我感觉到林可维斯太太和布卢姆先生正在走进来。我润了润嘴唇，振作起来。

“只有我，西格斯巴德，”我说，“到我这儿来，我会让你安下心来的。”

起初他没有反应，和我一样僵硬地站着，仍然仅用一只手抓着栏杆。我听到外面远远地传来了模糊不清的说话声。也许所有的阳台上都站着人，也许院子里也聚集着人。

几秒钟过去了。

“走近点儿，好让我可以看到你。”他说。

我又走了三步，停在门口。我几乎可以伸手抓住他，但我不敢。

“站住！”他说，“不要再往前走了。我要跳下去！”

我没有回答。

“你是谁？”他重复道。

“是我，”我说，“到我这儿来。”

他又犹豫了一会儿。逐渐采取了完全不同的姿态。较柔和的，较易接受的。也许他一生中从未听人对他说过这样的话。也许他一直盼望能听到这样的话。他长叹一声，翻过栏杆走了回来，我把他搂在了怀里。

他浑身冰冷，立即开始抽泣起来。

不，我很难不把它看成是一个信号。

致：大卫·戈希曼

费加罗酒店，

王子运河 112 号

阿姆斯特丹

格斯腾堡，2 月 12 日

最亲爱的大卫：

我知道，妻子以这种方式给丈夫写信是不常见的（尤其是在我们这个时代，当夫妻彼此分开的时间不会超过几天的时候），但我就是忍不住。有时候你会生出一个想法或主意，除非把它变成现实，否则便没有其他方法可以摆脱掉它。

我爱你，大卫。事实上，我只是想让你知道这一点——所有陈词滥调中最陈腐的这一点，即使如此，这也是我们能想到的最真诚、最重要的一点。

我突然想到，在最近的日子里，我们已经无力展示曾经承诺过的对彼此的爱情。这不是你的错，也不是我的错。在这件事上，你我都没有错。在任何情况下，我们都不要因为任何事情而责备自己——但是，难道不是日常的生活和专横的惯例侵蚀了我们的生活吗，大卫？我相信是这样的，我从来没有想过会是别的什么。

但是，我知道在恶性循环到来之前打破它们是多么重要，我们已经就此讨论过很多次了。把彼此视为理所当然是那么轻而易举，大卫，让我们不要再那样做了。

让我们意识到，我们能与彼此一起生活，一起看着我们的女儿长大成人，是一种福气。让我们再次给予爱在我们生命中应有的位置。

让我们彼此相爱，直到死亡将我们分开，大卫，就像我们曾经约定的那样。

是的，我亲爱的丈夫，我想在这封信里对你说的就是这么简单而又困难的事。我希望你在阿姆斯特丹过得愉快，盼望在你回家时再次看到你。

永远属于你的

亨妮

我不知道这个夜晚是否真的无梦。反正在六点半醒来的时候，我什么都想不起来了，感觉自己好像根本没睡过觉似的。

带着狗儿们一起出去，沿河走了很长一段路，直到曼纳宁桥。过了桥，上行穿过树林，一直走到甘兹威茨的地垒地带。这里的空气温和怡人，除了缥缈上升的雾，几乎没有风。我休息了一会儿，坐在一棵倒伏的树干上，眺望着远处的风景。狗儿们自由自在地奔跑了一阵，现在正躺在我的脚边喘着粗气。

我的风景。当然，我不能拥有它，但我很清楚，没有什么能让我离开这个地方。我在这里感觉宾至如归，只要能留在这里，我不惜踏过死尸。这样的话我无须思考便会脱口而出。

回去的路上，阳光明媚照人，我迈入浴室时已浑身大汗淋漓。然后吃早餐，打包行李。我把手枪包在一只滑雪袜里，把弹药包在另一只里。把它小心翼翼地放在行李箱的最下面。实际上我不知道为什么要这样，但也许，这终归是种自然之举。也许即使一个职业杀手也会这样收拾行装。

十点钟，我准备好了，把狗放到车里，开往巴斯家。我们只交换了几句话，但很友好。他们祝我在柏林过得愉快。巴斯先生曾在那里住过五年，但他并不怀念那里，真的不。出于某种原因，他们都没去工作，但女儿们当然都去上学了。

我周日晚上回来，我许诺知道时间后便打电话来。

“我们可以把它们照看到周一，”巴斯太太信誓旦旦地说，“没问题。”

“或者完全接管它们，”巴斯先生开玩笑地说，“也许到那时姑娘们就会爱上我们了。”

“那个，”我承认道，“我对它们也有一定的需求。”

“你应该找个男人来代替。”巴斯先生说。他的妻子无可奈何地伸出双臂。

“你让她拿一个男人怎么办？”

我在谈到勃朗特姐妹时，通常会强调可怜的安妮，这次我也这么做了。

强调她只活到二十五岁——而且与《呼啸山庄》和《简·爱》相比，《艾格尼丝·格雷》和《怀尔德菲尔德府的房客》都自有其缺点，但哪部小说没有缺点呢？

强调她的两个姐姐一定会想方设法地对她严加管控。

“有可能看到这两本书吗？”有学生问。于是，这学期我也把自己的两本安妮·勃朗特的书借了出去。

但我觉得自己很难把注意力集中在这个我实际上已谙熟于心的主题上，于是提前二十分钟结束了研讨课，借口是我在柏林有个预约。当然没有一个学生会反对稍微提前一点下课。

我把公文包留在了办公室。万一需要准备周一的课程，我可以在当天早上提前几个小时来。

不迟于两点半的时候，我把车开出停车场，离开了校区。仅仅开了五分钟的车，我就产生了一种强迫性的想法。我在高速公路入口匝道前的一个停车场停了下来，检查行李箱是否还在后备厢里。

它在。

我还想检查一下枪支和弹药是否确实各就各位，但无法做到这一点。无法在光天化日之下的停车场去做。

放松点，艾格尼丝。当再次坐在方向盘后面时，我这样想。你必须保持冷静。

但我注意到，我的脉搏和呼吸都比平时快。然而我想说服自己，这与紧张无关。相反，正如我向亨妮描述的那样，它反倒是种在寻求发泄途径的崇高的生命感。

尽管我在开车进入市中心之前曾停下来看了一下街道地图，但是找到那家旅馆还是颇费了些周折。几条单行线让我迷了路，又恰逢下午交通高峰期的中段，而且还下着瓢泼大雨。但最终我还是来到了正确的街道上。我在相对引人注目的入口处停下来，走进去，从柜台服务员那里问到了如何进入车库的指示。

办理入住手续，预付现金，这样便无须出示身份证，然后将自己锁在房间里。打开行李箱，把枪塞进衣柜中的备用毯子里，之后去冲了个澡。

在带着柠檬和新收割的草的香味的泡沫里躺了半个小时，放松身心。把迷你冰箱里的小瓶红酒喝完，抽了支烟。这并不让人觉得像它本应该的那样颓废，我认为这很符合此次旅行的主要特征。我又拿自己与职业杀手比了比。也许他（她？）也会选择以这种方式来让自己做好准备。为什么不呢？

我在旅馆的餐厅吃过晚饭，然后走了出去。雨已经停了，但风有些刺骨。我熟悉了一下附近的情况，也熟悉了一下离犯罪现场最近的路线。这条路不过三四百米长。走在几乎没有灯光的街道上，走过停在黑暗中的汽车，走过几家门可罗雀的酒吧。慢慢地走过那家酒店：它比我想象的要好，似乎有个货真价实的大堂，这自然是种优势。我若想不引人注意地走进去肯定没问题。很可能不会有人在我去房间的路上拦住我。

此外，我还将乔装打扮一番。不太多，但仍然足够了。一顶浅色假发和一副有色眼镜。没人竟会把我同这起谋杀案联系起来，所以为什么要做得太过呢?

我回到自己的旅馆。看电视上的一部相当悲惨的法国电影，读了几页关于莎乐美的新论述。

十二点半左右关掉灯，想了一下二十四小时之后会是何种情形。

第二天，我六点半醒来，不知道是否做过梦，但立刻想起了昨天林可维斯先生的那件事，因此，或许我晚间也曾梦到过他。

我在床上待了一会儿，想着他。还有我把他从阳台上弄下来之后的情况。他被强行送往医院。他哭得像个孩子，恳求能留在家里，但他的妻子和妹妹——一个个子很高、身材畸形、面容痛苦的女人——都很坚决。当两个护理人员来接林可维斯先生去医院时，他紧紧地抱住我，但说他疯了，需要照顾，这不过是种托词而已。

“我陷入了绝望！”他喊道，声音在楼梯井里回荡，“你们都不明白我陷入了绝望吗？”

我与他感同身受。但是那位妻子和妹妹同他一起坐上了救护车，也许这是最好的结果。无论如何，我很难找到更明智的解决方案。

我起床去煮咖啡。吃过早饭，看罢报纸，冲完澡，时间已经八点半了。我坐下来，等着大卫·戈希曼的电话。

十点，他还没有打电话来，十一点也没有。

我无能为力。由于无法集中足够的注意力去阅读，便开始在狭窄的水槽里手洗一件针织衫，但又停下来，把那件又湿又脏的衣服搭在椅背上。试着去解报纸上的填字游戏，结果马上就错了。我需要上厕所，但是电话线太短了，若是坐在厕所里，就无法接电话。我憋住了。

十二点。我知道他说最迟十二点。十一点半过几分钟的时候，我坐下来盯着电话。我改变了主意，摊开四肢躺在床上。闭上眼睛，数着脉搏的跳动次数。

觉得死神就躺在我身边的床上，我不明白这种幻觉从何而来。

现在是差一刻十二点。我喝完今天早上的最后一滴咖啡，开始觉得不舒服起来。如果你迫不及待地等电话，电话就永远都不会响，这是个古老的真理。我得想点别的事。我望着窗外，想着林可维斯先生是不是回家了。或者是否至少得到了诊断。

还有十分钟。什么也没发生，绝对没有。

还有五分钟。

差两分钟十二点时，铃声响了。我深吸一口气，把手放在听筒上，等待着另一声铃响。不想显得急不可耐。

接听。

是我父亲打来的。他说他已经没了睾丸，但无论如何都能过上正常的生活了。

我挂上电话。斯特凡教堂的钟敲了十二下。

我晚了十五分钟到达凯勒剧院，其他人已经在那里了。大卫·戈希曼穿着黑色马球衫和黑色灯芯绒裤子坐在舞台边缘，两条腿垂在那里晃来晃去。当我推开礼堂后门时，他停止了讲话。

罗滕布尔转过身来，捂着嘴咳嗽起来，他的感冒似乎没有好转。有五个人坐在第一排。厄休拉和薇拉，我在契诃夫剧中的姐妹。罗滕布尔。剧团里新来的一个女孩，名字叫玛蒂尔德，由于口齿不清，她在无声电影行业的前景也伴随着该行业的终结而停止了。

我沿着左边倾斜的过道慢慢地走过去。对戈希曼微微一笑，然后在薇拉旁边坐下来。

“欢迎，”戈希曼说，“我们在谈戈内尔和里根，以及区分他们的必要性。两个多少有些相同的角色在舞台上将既不活跃也不可信，他们会互相吸走对方的气息……”

“我明白。”我说。

戈希曼清了清嗓子，继续顺着同一个思路说下去。整个下午，我的胸口都堵着一只握紧的拳头，现在它开始动起来了。向上，向两边。我一而再、再而三地做着吞咽的动作。为什么厄休拉和薇拉都坐在这里？我想。她们中的哪一个……？

“请原谅。”我说。

戈希曼又中断了讲话，把下巴靠在他的指关节上，观察着我。今天他眼中的蓝色没有溢出来。

“科迪莉亚的角色分配好了吗？”

他点了点头。罗滕布尔紧张地咳嗽起来，朝他座位更靠右的方向半抬起身子。

“然后呢？”

戈希曼垂下手。

“你们都很有说服力。”

我等待着。那握紧的拳头扭动起来。

“就像我刚开始时说过的那样……你们都会出现大起大落。不幸的是，事实就是如此。”

“谁？”我说。

“我们最后决定……我的意思是，最后我决定了一个女孩，但她实际上并不是剧团成员。也就是说，到目前为止。她名叫亨妮。亨妮·德尔珈朵，我不知道是否……”

我紧握双手，把它们摁在肚子上。没有机会去抵抗我身体里急剧上升的强烈的呕吐反射。

我把那天吃的东西全都吐了出来，感觉就像把我这辈子吃的东西全都吐了出来。

罗滕布尔扶着我走出去，把我放进一辆出租车。

致：大卫·戈希曼

费加罗酒店，

王子运河 112 号

阿姆斯特丹

戈什金，2 月 12 日

最亲爱的大卫：

谢谢上一次，谢谢你的来信。

不，我一点也不急，你怎么会这么想？作为一个寡妇，至少要等上一年，我想我们在遵守某些习俗方面是一致的。

所以我也希望我们能保持现状，大卫，相信我。我对你生活的整体处境和你妻子的处境并不感兴趣，我从来就没有感兴趣过。

但我爱你，需要你。你的一部分。每个月的几天时间。也许在适当的时候会多些时间。不幸的是，我没有机会来阿姆斯特丹，你千万不要以为我是在疏远你。我是不得已才去柏林的，你们男人竟然这么敏感！

你写信说，你准备同她离婚，只要我开口提出这个要求。我不知道你有多诚实，也许有一天我会向你提出这个要求。也许我的需求会增长，就像我说的那样。但不是现在，大卫，让我们继续有节制地享受彼此的陪伴吧，就像这些年来一样。葡萄酒不会因为你喝了五杯而非两杯就变得更有滋味。不是吗？

当然，我保证，我将在三月来斯特拉斯堡。我是否真的能待上整整四天还有待观察，但我会尽我所能地重新安排研讨课和讲座。

你喜欢我的房子，这让我很高兴，否则就太可惜了。你能来真是太好了，你知道，如果你感到欲火焚身，我随时欢迎。只要提前几个小时告诉我，这样我就有时间安排吃的东西，并开瓶好酒放着。

同样令人欣慰的是，我将能够继续在这里住下去了：由于一些意外的情况，我的财务状况已经有所好转，所以现在看起来一切都很好。正如你常说的，一个人永远不应该放弃希望。

虽然我有点想你，我必须承认。我喜欢和你拼命地、狂野地做爱，然后靠在你的怀里睡去。

那么，也许下周？

一个晚上和一个早上，如果你可以的话？

心怀爱意的

你的艾格尼丝

星期五到来了，伴随着慕尼黑上空的意想不到的天高云淡。早晨，我穿过英国花园，走了很长一段路，发现自己在想念那两只狗。狗是为公园而生的，或者可能正好相反。

我还不知道杀掉亨妮的确切方式——以及确切时间。我甚至不确定是否会是今天，但我认为会这样的。我有一个计划——或者几个计划，更确切地说，是一系列可供选择的行动，如果其中一个不奏效，那么第二个或第三个也会奏效。我不能以任何其他方式行事，必须使用这种开放的方式——在某个阶段抓住转瞬即逝的机会——这不是我担心的事情。相反，生活本身就有这样的结构，是在机会和秩序之间的一段三步舞，一个不会跳舞的人不能要求生活圆满。

但我会跳舞。一直都会。

在回旅馆的路上，我走进一个电话亭。打电话给雷吉纳酒店，解释说我们要送花给亨妮·德尔珈朵，所以要询问她的房间号码。

我被告知，德尔珈朵夫人还没有入住，但是她将住在 419 房间。

我道过谢，挂上电话。如此简单，简直易如反掌。我想。

没人怀疑过我与埃里希的死有关，也将没人会怀疑我与亨妮的死有关。就是这样。我走出电话亭，看了看时钟。现在是十一点二十分。除了等待，我没有别的事可做。返回我在奥尔特尔·威特酒店的房间，却又觉心绪不宁，便又走了出去。

我在城里待了几个小时。沿着塔尔街和考芬格街向卡尔斯特走去。参观“艺术之家”美术馆，但很快就厌倦了。里面的展品我以前全都见过。在埃伦古特吃午餐。整个下午天气都很好，从西南方向吹来一阵和风。有那么多人在不停地劳碌奔波，但在约翰尼斯咖啡馆坐下来喝咖啡时，我还是感受到了一些异样的东西。一开始我不清楚它是什么，但渐渐地明白了，它是一种存在。

是的，存在。

也许是某种类型的观察者，这是一种既非常强烈又十分模糊的印象。我仔细打量着周围嘈杂的环境，想看看这种感觉来自何方，看看是否有人在以某种方式观察着我。

为什么？我问自己。为什么会有人观察我？

一个好色的男人？是的，这自然是一种可能，但当我再次环顾四周时，却找不到任何可信的候选人来担当这一角色。

我付过钱，离开咖啡馆，来到马克西米利安大街，在一家烟店买了香烟，继续前往铁阿提纳教堂和王宫花园，却无法彻底摆脱那种感觉。

一种迷象，我想。某些幻想有能力抓着你不放。顺便提一下，是不是今天上午早些时候在英国花园遇上了什么东西？

我叫了辆出租车，回到旅馆。

六点钟的时候，我又一次站在电话亭里，给雷吉纳酒店打电话，要求与419房间的德尔珈朵夫人通话。总机的女孩说“请等一会儿”，当听到亨妮有点惊讶又有点担心地说“喂”时，我挂上了电话。

她在现场。我回到奥尔特尔·威特酒店。将子弹上膛，放入背包。换上我挑选好的衣服：一件多年没穿过的浅色外套和一条黑色长裤。戴上金色的小听差假发和眼镜。当然，只是试一试，从浴室的镜子里观察自己，发现我成了一个截然不同的女人。把这些配件也放进包里，然后出发。

马里安大街和霍奇布鲁克纳斯大街。酒吧是空的。停着的车辆是空的。天空中飘着小雨。我右转至希尔德加大街，然后到达目的地。在一个门口戴上假发和眼镜，在穿过酒店前门之前，还有时间看了一下映在窗玻璃上的身影。这家酒店的大堂又大又气派。大理石，深色橡木，厚重的皮革扶手椅。接待处在左边，电梯在右边。再往右是一家酒吧和餐厅。我迅速考虑了一下，溜进酒吧，点了一杯加奎宁水的杜松子酒。

天色已晚，这里也相当冷清，只有几位绅士和一个六十多岁的孤独女人。这女人看上去刚化过妆，面相悲惨，显然是坐在那儿等什么人。从餐厅里传来一大群人的谈笑声。美国人，据我判断。

我一边浏览着《南德意志报》，一边喝完酒，抽了支烟。想现在就打电话，但又放弃了这个念头，最好推迟一会儿。

离开酒吧，径直走向电梯。外套搭在手臂上。叫来一部电梯，独自乘着它上到四楼。房间 401—420。

401—410 在左边。411—420 在右边。还有一台制冰机，一台擦鞋机。

我沿着走廊向右，它在过了 415 后向左拐。419 是尽头的第二个房间，就在紧急出口楼梯的对面。我打开通往楼梯的门，往下走了半层。停在一个无论是从上方还是下方都发现不了我的位置。透过一扇狭窄的窗户，可以看到天空的一角。完美，我想。

我扶正假发和眼镜，注意到自己有点发抖。检查手枪是否处于待发射状态，拿出手机。提醒自己，一切结束后一定要记得没收亨妮的手机，这样警察就不会在她的通信录里找到我的号码了。

我本想通过旅馆的交换机再打一次电话，但不敢冒险。也许我的号码也会被存储在那里。我又点上一支香烟，站在楼梯平台上，在输入亨妮的手机号码之前吸了起来。

她没有接电话，这是我们说好的。正在连接语音信箱。我等待着信号。

“日安，乔治，”我说，“这是比阿特丽斯阿姨。我只想告诉你，黑蜀葵已订购好并付过款，将在周二送达。你不需要打电话给我，那完全是笔不必要的开支！”

我关掉电话。把它放进袋子深处，掏出枪。回到空荡寂静的走廊。在 419 房间的门外停住脚，让自己冷静下来。

敲了两下。

“谁？”

她的声音从很近的地方传来。我知道她就站在门的另一边。我不敢按下门把手，她刚刚收到丈夫死亡的消息，想必已经把门锁上了。

“整理房间，”我说，竭力使自己的声音比平时轻一些，“我带来了干净的毛巾。”

两秒钟后，她打开了房门。

我立刻闪身进入。亨妮退到了屋子里，看上去吓坏了。我随手把门关上，把枪对准她。

她跌坐在床上。

“你搞错了。”她说。

“没有。”

“你走错房间了。”

“没有，我没走错房间。”

很明显，她没认出我来。

“你想要钱吗？我的钱不多，但你只要……”

我向她走近了两步。现在瞄准了她的头。

“你是谁？这不太可能……上帝啊！”

我注意到我在微笑。将笑容收回去是不可能的。我必须努力不让自己笑出声来，它几乎像性高潮一样涌入了我的身体。但突然，我感觉到身后有动静，正要转身时，有人……

我头晕目眩。

我清醒过来，发现自己坐在一把椅子上。呼吸困难：我的嘴上缠着条大胶带。我努力想把它扯下来，但与此同时，一只强有力的手抓住了我的脖子，我明白，那意味着胶带应该留在原地。

我转而抓住了扶手。我的假发扔在床上，深色眼镜也是。亨妮正坐在房间里的另一把椅子上，与我面对面：拿着手枪对着我。那不是我的枪，但枪管上方也有一个类似的消音器。

在我身后的某个地方，在墙边，站着一个男人。那个把手放在我脖子上的男人。我感觉到他也拿着某种武器，但懒得去查看。在我这一边，我是孤身一人，而且头痛欲裂。它像黑色炸弹一样在我的额叶里跳动不已。

亨妮和我之间隔着张矮桌。桌上有只信封，上面写着我的名字，没有我的姓，只有我的名，艾格尼丝，下面画着双线。

我抬起眼睛看着亨妮。她的嘴唇弯着，露出一种克制的微笑。她的眼睛微微闪烁着胜利的光芒。也许是喝了点酒。她足足过了十秒钟才说话。当她开口时，一切就都变得较为清楚了。

时间会揭开可悲而狡猾的人的面纱，
谁掩饰过错，最后只会换来耻辱的嘲笑。

短暂的停顿。我没有听出她的声音。她的右嘴角轻轻抽搐着。

“我不打算坐在这里向你解释，艾格尼丝，”她说，“我再也不想听你说一个字了。不听……一个……单……词。别客气，随意读！”

她用手枪指了指信封。我把它拿起来，抽出几张对折的纸。一如既往的相同纸张，同样熟悉的笔迹。我身后的男人清了清嗓子，挪动了一下双脚。

“读信！”亨妮重复道，“如果你不开始读，我就立刻开枪打死你！”

我点点头，但就在我准备将眼睛固定在纸上时，突然又感觉到了那种存在——它像冷雨般兜头落下——巨大的恐惧的存在，就像几天前在沃尔姆斯村的一种预兆般向我袭来。今天下午我感受到的存在。

现在我明白了，它不仅仅是想象。我明白了，我本应认真对待此事，并努力揭露它的核心。

现在我明白了。透过脑海中电闪雷鸣的爆炸的间隙，我相当清楚地看到了它。

这几乎于事无补。我垂下眼睛开始阅读。

亲爱的艾格尼丝：

我真讨厌你。我认为，我不可能对另一个人怀有对你怀有的那种仇恨。事实确实如此。

这也正是我上演这部情节剧的原因——而不是简单地把你找出来，然后像杀只狗一样杀了你。我只是不得不走这么远，才能和你面对面地坐下来，让你知道关于你自己的真相，以及为什么你必须得死。

就像我们现在坐在这儿一样，艾格尼丝。

不，不要把你的眼睛从纸上抬起来，继续读，等你读到最后，等我看出你明白了，我就将开枪打死你。

你真的相信我一无所知吗？你相信我会那么天真，竟然没发现我丈夫的情妇是谁吗？你相信在这种情况下我会把责任推给大卫吗？

你误判了我，艾格尼丝。你总是误判我，低估我。艾格尼丝，你为什么从来都无法因美好的事情而感到快乐？当然，情况总是这样，别人的挫折比你自己的成功更让你心满意足。当然，狡猾和算计是你家的传统。紧张过度。

你为什么不能容忍你母亲与牙医梅尔滕斯在一起？你为什么对我出演科迪莉亚嫉妒到了咬牙切齿的地步？或者崔斯特瑞姆·辛格，你还记得他吗？

或者大卫？我不知道你究竟是用什么手段引诱他的，但我相信你会以极端的狡诈去达成目的。

一如既往，艾格尼丝。

但现在，问题是，我不会放弃大卫。女儿们不仅需要母亲，也需要父亲。我不仅宣誓要忠于我的丈夫，我还对自己和上帝发誓，要确保我们的结合不会失败，直到死亡将我们分开。我要承担这一责任。我是一个相信固有价值观的人，我想你可以回想起，即使在我们小的时候我就是这样的。

我知道我能把你吸引到这里来，艾格尼丝，从一开始我就知道。我的弟弟本杰明——你一定记得他，他现在就站在你身后——将信将疑。他从一开始就是我的知己，我们像姐弟所应该的那样爱着彼此，他每时每刻都会在我身边。你从来都不喜欢他，他和我都记得你对他是多么刻薄，即使他是那么地弱小和无助。他曾在慕尼黑这儿跟踪过你——早前也跟踪过你几次——一旦我今晚晚些时候开枪打死了你，他就会把你的尸体从后面抬出去（是的，他如今又高又壮），然后把它扔进伊萨尔河。你将被埋在重物之下，在那里，在泥泞的河床上，你的身体将渐渐消解。你的灵魂会去哪里，我们几乎不需要怀疑。

你永远不会被找到的，艾格尼丝，你将被报告失踪。我不知道你指给巴斯一家的目的地是哪里，但我肯定你既没有说阿姆斯特丹，也没有说慕尼黑。本杰明还会招呼好你的车，确保让它消失。

你将被抹去，艾格尼丝，抹去。

正如你所理解的，我很喜欢这样。现在，当我看着你读你的死刑判决时，我感到一种炽烈的、强烈的喜悦。你知道的，艾格尼丝，我花了不少钱才促成了这一安排，但我不缺钱，我花的每一欧元都物有所值。也许没有什么比这更让人满足的了——用自己的智慧和双手惩罚一个作恶多端的人。杀掉一个你鄙视的人，一个想把自己的生活变成废墟的人。

报仇雪恨。

你打算杀了我，我知道你抵挡不住这一诱惑，现在你却坐在了自己挖的陷阱里。一切都将化为乌有，我想你必须同意，你确实得到了你应得的报应。

现在，你快读到我最后一封信的结尾处了，亲爱的艾格尼丝。乘下的文字不多了，你只要跟着字句，一个字一个字地读，当你读到最后一个字的时候，你会抬起眼睛，而我会朝你的脑袋开两到三枪。

或许我会朝你的胸口开枪，我将确保你会在临死之前感到些痛苦。

是的，现在抬起头来，你会看到我的枪上有消音器，就像你的一样，艾格尼丝。你为什么坚持说，你的手枪会开得那么响？难道拥有一把带消音器的枪，或者弄到消音器，对你而言似乎太不可能了？我不知道，艾格尼丝，但我知道，现在你的目光在逡巡，不，别想要跟我交流眼神，还剩下一页，你仍不知道上面有多少内容，但很快你就会看到，当你读到那一页的最后一句话时，你就会死。不，不要回过头去重新读这封信，我知道你什么都明白，心知肚明……

所以，现在只剩下这可怜的几行字了，多奇怪啊，一个人怎么能盯着每一个字不放，仿佛紧紧抓住每一个——

小小的字母，

只是为了继续，

活下去。
这短短的一秒钟应该意味着，
那么多，艾格尼丝，但现在我看出来，
你到了那里。
你必须马上抬起眼睛，艾格尼丝。
不能让它们留在那里，留在，
每一个字上面。
这是最后一页，
这是，
你生命的，
最后，
时刻。
抬起眼睛，艾格尼丝。
看着我，
现在。

撒玛利亚的花朵

由保罗·诺伦（Paul Norlen）将瑞典语翻译为英语。

改编为电影《撒玛利亚》（*Samaria*）。

1

整件事的始作俑者不是我。对于那个重新挖出蛇花的人，我只想说明这一点，这绝非我的目的或意图。生活中充满了令人警觉和残酷的不幸事件，不得不袖手旁观就已经够糟糕的了。

我知道自己在说什么。在这尘世间度过的四十九年里，我只做过四五次重要决定，但每当我这么做的时候，都带来了最无法预料的后果，结果我学会了克制。随着时间的推移，我越来越懂得去规避那些会以任何方式破坏我自己和他人生存之平衡和稳定的事情。

别误会我的意思。有些人即使做下蠢事，也能安全着陆。就我而言，我只需要知道，仅一眨眼的工夫，我已拥有了二十五年的婚姻，以及两个女儿。

我住在格罗腾堡，妻子和女儿也一样，虽然我们不再生活在同一屋檐下。席德和比阿特丽斯年龄相差两岁半，但她们的婚礼只间隔了五个月。两场婚礼都发生在刚刚过去的冬天，然后席德怀孕了，很可能另一个也如此。我还差一年才满五十岁，但已一帆风顺地走在当外公的道路上了。

我妻子名叫克拉拉，她不再爱我了。最近，就在暑假开始的四天前，她宣布了这个消息，而这才是真正的起点。是的，从某种意义上说，其实是克拉拉先动的手。我的手是干净的，我总能在机会自己送上门时牢牢把握住它。

是的，而且不无道理。

也许她从未爱过我，1972 年的那个晚上，当我在爱琴海向她眨眼示意的时候，脑子里充满了乱七八糟的东西，但几乎没有爱。

那种无条件的爱情火焰只在我心里燃烧过一次。现在算来，那已是三十年前的事了，但那一次，我真的是凭借着一腔激情率性而为，而现在我要讲述的正是那件事的后果。

关于它的后果，以及这些后果与我妻子在 1997 年 6 月那个特别炎热、充满希望的夜晚所宣布的消息之间的具体的、滞后的相互影响。她宣布，她不再爱我了。

我放下报纸，静静地坐了一会儿。克拉拉继续慢条斯理地打理着番茄植株，仿佛她根本没说过那话似的。有那么一瞬，我觉得这只是种幻觉，是我听错了。

“你想离婚？”不管怎样，我还是问道。

“是的，”她头也不抬地说，“反正我想一个人过夏天。”

“你遇到了别的人了？”我问。

“在某种程度上。”她说。

我认为这是一个极其可疑的答案，哪怕它出自我妻子之口。我想了一下那人可能会是谁，但很快发觉，我其实并不在乎，于是继续去看报纸。

这次谈话后不到两个小时，厄本·克尔沃特就打来了电话。这发生在我二十五年婚姻走到尽头的同一个晚上，似乎显得有些不同寻常，但正如我试着想要解释的那样：这就是我生活中过去的和持续至今的情况。事件与事件间就是会那么相互吸引，一种我真的不知道如何联系或解释的心理磁场。因此我干脆不去尝试了。

“亨利·马腾斯吗？”

“我是。”

“你好啊。我是厄本·克尔沃特。你还记得我吗？”

我想了想，然后说记得。

“很长时间没见了。”

“不是昨天。”

“确切地说，是三十年。”

他大笑起来。我没听出他的声音，但我听得出他的笑声。在我们的高中时代，它一直是种自然的力量，而随着岁月的流逝和体重的增加，它似乎已变得文雅了起来。

当然，我还没见到厄本本尊，但如果有什么东西无法掩盖体重的大幅增加，那就是一声大笑。

“你好吗？”他问。

“还行吧，”我回答，“正要离婚，我想，但我不应该抱怨。”

“哦，伙计，”他说，“这么说你结婚了？”

“你说到点子上了，你没有吗？”

“没时间。”

“我明白了。你有什么事？”

他在言归正传之前，先假装咳嗽了一声。

“你是教语言的老师吗？”

“你怎么知道的？”

“我听说的。”

“是谁告诉你的？”

“马克斯，你们见过面。”他说。

我想了想，记起大约一年前，我在一个书展上碰巧遇到了马克斯·斯特纳。

“然后呢？”

“我需要一点帮助。你过去拥有某种语言天赋，它不可能消失得无影无踪，对吧？”

我没有回答。事情开始有了公事公办的味道。

“你自己做什么工作？”我问。

“心理治疗，”厄本说，“但是忘了它吧。我要说的是，我写了一本书。老实说，肯定会大卖的，虽然我需要有人把它从头到尾看上一遍，检查语法之类的。”

我对此一点也不怀疑。

“你住在哪儿？”我问。

“阿拉奇。但我在K城郊外还有个小木屋。在湖边，完全与世隔绝。我想问问，我们今年夏天能不能在那里待上两三个星期．我来负责食宿，你负责阅读和修改。我们一起聊聊过去的时光。喝白兰地，抽雪茄烟，钓鱼。你同意吗？”

我想了两秒钟。

“什么时候？”我说。

“越快越好。我可以10日到那里，只需先完成一些工作。你怎么说？”

我看了看自己的日程安排。随时都成。

“从 11 日开始的两周，”我说，“那是我唯一有空的两周。”

“太好了。”厄本·克尔沃特又笑了，“整整七天之后。好吧，我真是他妈的开心，会很有趣的。自从我们毕业以来，你并没那么频繁地去 K 城吧？”

“一次也没有。”

“天啊,你在说什么？你有三十年没去过那儿了？这是为什么呀？”

“这是有原因的。”我解释道。

“你是说……发生的那件事？”

我没有回答。

“哦，好吧，”厄本过了一会儿继续说，“那就是这样吧。也许我们还可以谈谈这个。”

我们交换了地址和电话号码，然后挂了电话。我在书房里坐了好一会儿，思考着。感觉时间，那三十年——我生命的一半多——似乎不过是弹指一挥间。

生命到底是什么？所有这些日子都化作了什么？我思索着。

然后我去收拾客房的床，没有对我妻子道晚安。我辗转反侧了好几个小时，一直无法入睡。在那之后，将我推入梦乡的绝不是关于克拉拉和我们即将分离的方式的思考，而是这样一个问题：多年后首次重温 K 城和那些我在十八九岁时曾走过的道路意味着什么？我的高中时代。

总体上，这让我感到惴惴不安，于是我明白，如果不是我妻子当晚早些时候的出人意料之举，我是无论如何都不会同意厄本·克尔沃特的提议的。我妻子说，她不想再和我一起生活了。

所以挖出蛇花的不是我。不妨再强调一次。

2

当我于星期六——学校放暑假后的第二天——一早出发时，我妻子还没睡醒。

至少这是我得到的印象，但也有可能她只是在装睡，以避免任何形式的令人不快的告别场面。我们已达成协议，8月前暂不讨论当下的情况。在两位语言教师结婚二十五年后，还是找不到什么词语来救场。我已告诉过她我打算出门，但仅此而已。我说我可能会在暑假过半时回来，她说这正合她意，因为她自己已预订了24日的旅行。

如果我们有时间上的交集的话，那也不需要超过一两天。

我头天晚上就收拾好了行李。在一个轻软的手提箱里放了几件换洗衣服、半打书和一根旧钓竿，想必它既陈旧又无用。不过，我认为它还是显示了一点儿良好意愿。

因为与厄本·克尔沃特的会面定在星期一，而我真的很想尽快离开格罗腾堡，所以我打了个电话，在K城的大陆酒店订了个房间——住两晚。这是我能记起的60年代的唯一一家酒店，当我联系电话号码查询台时，发现它依然存在，名字也未变。在我的记忆中，大陆酒店是位于火车站对面的一座相当壮观的摩天大厦。我在它的餐厅吃过两次饭，两次都是在父母和弟弟的陪伴下，两次都有种置身于另一个世界的感觉。并不一定是比平常更善或更美的世界，只是不同而已。平行世界。

在那个美丽的六月早晨，我不慌不忙地向 K 城进发，此时，大陆酒店是否会在三十年后给我留下同样的印象，这当然是个悬而未决的问题。我家这边的春天结束得晚，稠李和丁香都还在盛开，道路两旁的开阔地带还保留着一些天真烂漫的绿意。非饱和的色彩，不会甜得发齁，一味地令人向往。

然而，我坐在方向盘后面向南行进时，并没有把主要精力放在体验大自然上。当然没有。我在想 K 城，想查尔斯教堂，想梅菲斯托餐馆，想那条桥梁遍布的河流，想多格斯预科学院和我的高中岁月——本来应该是三年，但由于那个时代明显存在的陷阱——自由、革命、流行音乐、普遍的不成熟，以及烟雾缭绕的存在主义咖啡馆“脏面包”——它得到了不受欢迎的延伸。

是四年而非三年。我家搬到 K 城的时候我十五岁，我离开它的时候是十九岁。1963 年 8 月 1 日，我父亲出任代理邮政局局长，这不是我们第一次来到一个新地方，但这一次，我们打算永远在这里住下去。K 城将成为我们的城市，我父母的，我的和我弟弟的。我们到达时，乔治快七岁了，但还在尿床。我妈妈认为这与之前那些搬迁不无关系，而这些搬迁又必然与我父亲的事业联系在一起，他的邮政促销工作。

即使你在邮局工作，也不必像捆二等邮件那样被人传来递去，我叔叔阿恩特补刀说。

但是，大家认为，K 城将会绰绰有余。担任邮政局长的职务已经够了不起的了，我父亲并非好高骛远之徒。

所以它肯定会成为现实——在 60 年代中期那些乐观的年份里，所有迹象都指向了那个方向。但出乎意料的是，事与愿违，那位老邮政局局长斯特伦克从其与酒精有关的肝病中康复了过来，所以到了 1966 年 8 月，我们又该打包行李了。

正是在那时，我拒绝搬家。就在前一年我才恢复了学习能力，而离毕业只剩一年的工夫，所以我有充足的理由觉得，在一个陌生的城市进入一个陌生的三年级小组既不合理，又令人生厌。我想这是我十八岁人生中的第一个重要决定，虽然有点吃力，但我父母最终还是让步了。先是我母亲，三个小时后，我父亲也投降了。

我租了一个房间。

女房东名叫昆茨，一个死于血栓的屠夫的遗孀。潘帕斯运动场后面的房子有点太费钱了，因此她把多余的卧室租了出去。

我的房间带有屋檐，从那里可以望见一棵老苹果树、一道云杉树篱，以及预科学校砖红色屋顶的最顶端。如果我开着窗户睡觉，醒来时在床上就能听到学校的第一声铃响，之后不到四分钟时间便可置身其间。这可谓再理想不过了。

另一个房间里住着凯勒曼，他是一位性格内向的验光师助理，三十多岁，九十多公斤。他没有社交生活，整天忙于集邮和邮购国际象棋。我们共用一间厕所和浴室，但仅此而已。

遗孀昆茨本人养了两只恶猫，戴斯林鲍特牌助听器，有个名叫芬克尔斯特罗的情人。他通常会在每月的某个星期六骑辆黑色摩托车前来，待半个晚上，然后总是于星期天早上神秘地离去。

不过，我对身边的这一切都不怎么在意，不管是昆茨、芬克尔斯特罗、凯勒曼还是那两只猫。我处于少年时期的最后阶段，处于多格斯预科学院的最后一年，自然会有更高尚的兴趣。

比如流行音乐，比如政治、诗歌和哲学问题。从哪里来到哪里去？好似穷追不舍的地狱猎犬。

比如女孩子。那是1966年，裙子正开始变短。如果你正年轻，满脸粉刺，像桃子似的长着一脸的绒毛，那你的日子可不好过。肆无忌惮又无法餍足的欲望伴随着不确定和笨拙尴尬的节奏节节攀升。在多格斯的语言课上，性别分布颇不均衡：二十三个女生和十二个男生。大概算起来，男女比例是二比一，但是这有什么用呢？

毫无疑问，会有一两个桃毛脸已开始品尝禁果的味道，但对我们大多数人来说，所有这一切尚处于幻想阶段。的确，在我经常与之交往的人中——尼尔斯·布尔托夫特、厄本·克尔沃特和彼得·沃格尔——艺术之条件、《共产党宣言》、古巴局势和义务论伦理学都在讨论之列，但关于如何切实地与女性相处，我们则一无所知。

也许这正是一个小镇的本质，一个同它的高中生一样拘谨的小镇。当最后一学期开始的时候，我已经爱过了班上的六个女孩，我和她们中的三个握过手，吻过其中的一个。她名叫玛丽克，能打出一记还算过得去的右勾拳，它让我立刻清醒了过来。

事情就是这样。女人是个谜。尽管有时代精神，尽管有流行音乐，尽管有存在主义问题，我就是得不到满足。

这是今年入夏后的第一个星期六，天气分外怡人，而且我不用赶时间。中午时分，我放任地在温林根郊外的一个湖边休息了几个小时，直到晚上快七点的时候，才优哉游哉地穿过 K 城那保存完好的古老东大门。

立刻感到自己被扔进了时间的隧道中。

三十年？我想。我最后一次看到这条古老的购物街两边的这些色彩柔和的窄小房屋，难道真有可能是在三十年前吗？难道不是昨天——或者至少是上周——我曾站在这里，注视着从鹅卵石广场那熟悉的喷泉铜像上轻柔地汩汩而下的流水？还有，那些坐在市政厅前的长椅上吃冰激凌的年轻女孩们，难道事实上并不是我当年的几个同学？

后视镜里的一瞥使我回到了现实的苔原之上。现在是 1997 年。我四十九岁。没错，我的青春痘早已不见，但换来的是肝斑、皱纹和眼袋。我脖子上的大象皮似的折皱。C'est la vie[①]，我想，一边驱车穿过隧道，来到铁轨的右边。Ou peut-être la mort。[②]一切都来得及，一切皆有可能。广场上的年轻女孩，大陆酒店中的旅途劳顿的中年人。

酒店接待处的女孩一头红发，扎着马尾辫。她笑了笑，露出一口洁白无瑕的牙齿，把 39 号房间的钥匙给我，并告诉我，餐厅的晚餐供应一直持续到十一点。

因为这天是星期六。如果我想先清洗一下旅途的风尘的话。

---

① 法语，意为“这就是生活”。

② 法语，意为“或者是死亡”。

我明白自己浑身散发着汗臭味。我连忙屏息道谢，拿起包，匆匆向电梯走去。十分钟后，我站在淋浴间里，奇怪自己到底为什么不必要地提前两天回到这个洞穴。

这是一个我有理由回过头去讨论的问题。

那头一个晚上，我在酒店里吃了晚饭——确切地说，吃了香煎小菲力牛排。我也曾短暂地考虑过于夜晚到来之前在城里散步的计划，但两杯浓郁的葡萄酒加上累积下来的疲劳把我直接送上了床。我透过打开的窗户听到查尔斯教堂的大钟敲的十一点一刻的钟声，却记不起十一点半的钟声了。

显然我曾订好要在房间吃早餐，因为星期天早上九点，那个红发女孩把我叫醒了。她端着一只装得满当当的盘子和一份晨报走进来。她再次展露出所有的牙齿，好似心照不宣地微笑。有那么一会儿，我觉得她仿佛有什么心事。

然而，我太困了，无法开始任何对话，而她也没说什么话就走了，只祝我有好胃口，度过愉快的一天。

吃完早餐并洗过淋浴后，我将这座城市占为己有——K 城。漫步在老城中心，生出一种奇怪的感觉，即自 60 年代以来，这里一直保持未变。“将军”书店还在原来的位置；药房、警察局、遍布鸽子的格罗特广场……一切似乎都原封未动，没有丝毫的改变，将来也不会有丝毫的改变。然而，“脏面包”，即那个存在主义咖啡馆，已然成为一段记忆：整个街区都已被夷为平地，现在盛行的是玻璃、混凝土和后现代主义，精品店和商店。

还有多格斯，这座哥特式的知识巨人。小尖塔和塔楼，急剧倾斜的屋顶，寒鸦色的黑沉沉的窗户。我的心轻微地悸动起来。

从多格斯的角度望出去，可以看到位于河对岸的潘帕斯住宅区也相当完整，一排排老旧的砖木房屋，以及与之相伴随的杂草蔓生的草坪、果树和丁香树篱。我那棵老苹果树鲜花怒放，华丽得好似在和着阳光唱歌。我注意到，我站在外面的人行道上，抬头盯着阁楼上那挂着红格子窗帘的窗户时，不觉有些哽咽。

她三十年都没换过窗帘吗？我想。她还活着吗，老昆茨太太，这竟是可能的吗？

我绝对不会去核实所有这些问题。尽管如此，在这个和风拂面的晚春时节，各种有关团聚的意想不到的神秘记忆还是涌上心头，在午后相当晚的时候返回大陆酒店时，我满脑子都是印象和回忆，这让我感到头晕目眩，有些兴奋过度。

在接待处等着我的东西并没有使情况有所好转。那个红头发被一个留着胡楂、戴着鼻环的瘦骨嶙峋的年轻人取代了，我正要跨进电梯时，他拦住了我。

“请原谅，还有条留言。”

“留言？”

他递给我一只信封，上面有酒店的标志。我谢过他，把它放进口袋，上楼回到自己的房间。

克尔沃特，我想，一面取出一张折成两半的纸。当然，他来不了了，那个笨蛋。

但事实并非如此。这条留言很简短，是手写的。我盯着它看了好一会儿。

你该回来了，我会与你联系的。

薇拉·考尔

我在床上坐下来，以对抗眩晕。我的舌头上有种轻微但明显的金属味，惊讶于一个已经死去三十年的女人怎么会知道我回到了K城。

3

在多格斯的四年里，我有两年与薇拉·考尔在同一个班级——最后两年。原因是第二年我所谓的“多跑一圈以示庆祝”——留级。自然，留级几乎无法令人引以为荣，尽管另一方面，在上小学时，我曾因为人们从年龄角度认为的早熟而跳过一级，所以，到快到高中毕业时，我只是与之前的同班同学齐头并进了。

我已经提到过我的柏拉图式的火焰是如何在班上的几个女孩之间熊熊燃烧的。爱是永恒的，它的对象则是不断变化的。也许是这样，但有一个对象是个常数——薇拉·考尔。我从一开始就爱上了她，而在此困境中，我并不孤单。我想我们都同样强烈地渴望着她。全部十二个男生。甚至像卡尔·马利亚·伊拉斯莫斯·范·图斯这样的人，他本是个真正的书虫，只喜欢文学作品里的人物。

我敢肯定，我情同手足的兄弟们——厄本·克尔沃特、彼得·沃格尔和尼尔斯·布尔托夫特——都崇拜薇拉·考尔：我们在“脏面包”咖啡馆不止一次地谈论过此事。顺便说一句，但凡是人，都能察觉到尼尔斯的沦陷：只要薇拉在他的视野之内，他就无法口齿清楚地说话。当他要在课堂上朗读或演讲时，为了不结巴，他不得不背对着她。每个人都有自己的问题。

皮埃尔·博格曼和托马斯·雷辛较我们其余人都略有经验，他们都曾分别试图以一种颇具阳刚之气的地中海式方式接近薇拉。但是，令每个人都感到极其宽慰的是，他们被友好但坚决地拒绝了。

薇拉·考尔不跟男孩子们厮混。尤其不跟那种男孩子。薇拉·考尔与他们有着本质的不同。他们能接受这一点吗？

不，他们不能，但无论如何他们接受了。

是的，我们可能全都爱她。也许在内心深处，我们都很感激她没有屈服，没有选择我们中的任何一个。最好的情况是，成为十二个仰慕者中的一员，一群渴望者中的一员，同时仍拥有自己的渴望和命运。

最好是，除了我以外，没有人会得到她的芳心。我想我们都是这么想的。我当然知道我是这么想的。

厄本也一样。还有彼得和尼尔斯。

因为薇拉·考尔是一个启示。一个女性形体的神祇。言语无法表达，但……她的像黑夜一样又黑又密的头发，她的半颗杏仁似的眼睛，她的微笑，她的门牙间的令人不可抗拒的半毫米间隙。她纤细的身体和轻盈的步态（像只母豹般懒洋洋地、毫不费力地在生存的世间一路滑行）。她是一曲交响乐，或是一首十四行诗，或是任何该死的东西。她浑然天成，对自身的这种完美全无意识，甚至可以让资深的拉丁语老师乌林的两节拉丁语课像被美化了的微光似的悄然度过。她就是这样的，一朵蛇花。

“把薇拉·考尔派到联合国大会，”尼尔斯·布尔托夫特有一次提议说，“我们将在半个小时内实现地球上的和平，或者来一场世界大战。”

大概他说得分毫不差。

1967年4月的最后一个星期五，在两节课的后一节上，乌林老师在念到最后一句话时目不转睛地盯着薇拉，想必他是完全正确的：Quem di diligunt adolescens moritur.

红颜薄命。

当然，不可接近也是原因之一。薇拉·考尔不是那种外出跳舞的人。薇拉·考尔不会在“脏面包”存在主义咖啡馆的点唱机旁出没，也不会抽皱巴巴的“幸运发现”牌香烟。薇拉·考尔不会站在“洞窟”酒吧的舞台前，在该地区流行音乐大师们对“满足”“我这一代”和“假如爱有天意”的平庸诠释中摇头晃脑。当他们演奏“我看见她站在那里”时，你绝对不会看见她站在那里……相反，她会站在想象的最深处。

她不参加野餐会或在暂时没有父母的房子里举办的班级派对，在派对上，我们试图抽装在玉米芯烟管中的用干香蕉皮制成的香烟，让自己嗨起来；喝用半生不熟的、半发酵的、尝起来像是已经经由了一两个消化系统的醋栗酒，把自己灌得酩酊大醉。天哪，那是什么烂东西。这酒总是由布尔托夫特从他父亲的地窖里偷来的。

不，薇拉·考尔会待在家里。

她的父母把她留在家里。

后者似乎最有可能，至少在内部圈子里大家是这样看的。在我的圈子里，她是独生女，她家的房子远离城镇——甚至远在森林里——在柯兰和马尔比附近。她父亲阿道弗斯·考尔是亚伦兄弟会的牧师，该教派以其严格的、有时是属于《旧约》的生活规则而闻名，这使得他们对教派以外的其他任何事情都较为陌生。是那些朴素的教派之一，当时在K城和周边地区是有几个这样的教派：自19世纪以来，乡村就以思想自由而闻名，事情就是这样。

阿道弗斯·考尔的女儿若是跑去参加舞会、流行音乐会或鬼鬼祟祟的高中派对，这自然超出了合理的范围。事情就是这样。似乎这隐隐约约地构成了诸多条件的一部分。

美在臻于极盛，而欲望也在增长。“太烦人了，”彼得·沃格尔说，“这就像把尼亚加拉大瀑布拍成电影，放给在沙漠里口干舌燥的人看，就像收音机里的日出。我要阉割自己。”

我们的隐喻很少有意义。

彼得·沃格尔的不行，其他人的也不行。有可能乌林老师的可以。

红颜……

一个带着一个月的导火索的预言。

蛇花。

实际上，这个名字正是彼得·沃格尔给她起的，但它与隐喻无关。这个名字来源于一本老侦探小说——《马格达拉的蛇花》，我想它的作者是里希特·弗里奇——沃格尔并没有读过这本书，但他在威尔莫特二手书店偶然发现了它，它与其他十本同为歌谣类的书籍搁一起。

因此便有了“撒玛利亚的蛇花”之说，因为考尔农场被命名为撒玛利亚。在K城附近的乡村有许多以《圣经》名字命名的农场和村庄，耶路撒冷、迦南、迦百农。伯利恒是该地区最大、最臭名昭著的养猪场之一。如果我主的旨意是要无处不在，那么他似乎在这个国家的这个乌烟瘴气之地达到了登峰造极的地步。

在这个乌烟瘴气的时代。

当时，彼得·沃格尔的发明并不是薇拉·考尔的常用名：我们只是偶尔在核心圈子里使用这个词，但肯定有人在某个记者面前说起过它，因为当报纸开始报道此事时，它们就是这么称呼她的，撒玛利亚的蛇花。

当你在所有的照片中看到她美丽而略带神秘的面容时，你就会明白这是个相当贴切的名称。

但我有点说过头了。

那年的毕业典礼定在5月29日。两天前，在星期四，举行了碍于传统的考试派对。依照惯例，它在林堡餐厅举行。林堡餐厅历史悠久，有大量的灰泥、飞檐和令人词穷的枝形吊灯——外加13世纪早期以来的举办此类事件的经验。

派对程序原则上分为三个部分。

首先，大家身穿簇新的毕业西装或裙装从容不迫地抵达。在令人生畏的门厅里喝起泡饮料，门厅里有黑色花岗岩柱子和由经过抛光的磨光石构成的五行楼梯，楼梯通往富丽堂皇的餐厅。师生之间进行着风趣机智的对谈，在这个特别的夜晚，你第一次与自己的导师和折磨者们平等地站在一起，希望也是最后一次。

其次，在这令人略感焦虑的半小时后，漫长的晚餐本身才会开始，餐会上，学生被尽量安置在某个好为人师的学究旁，不得不让自己去练习餐桌话题之艺术，不得滔滔不绝，不得饮酒过量，要尊重自己的父亲、母亲和学校，让自己表现得循规蹈矩，不会有半点逾距。不谈论越南，不谈论加沙局势。你之前的所作所为都是为上帝所禁止的。

三道菜、咖啡、白兰地和无数精彩绝伦的演讲。“啊，耶鲁姆”，还有从敞开的窗户飘进来的开花果树的香味。学生们的歌曲和“哦，看看我的青春”，在很大程度上，这是个鼓舞人心的夜晚。

最后，会有一场舞会和酒吧服务。多格斯学校乐队演奏，曲目中混合了爵士乐和无害的流行音乐、冬青树乐队之类的。大约一点钟，演奏圆满结束，派对会在一小时后截止。教员们预计将在晚宴结束时开始成群结队地离开，就像往年一样。

今年的出席率同往年一样好，几乎是百分之百，包括年长者和年轻人。就连在自己的课上几乎无法保持清醒的老态龙钟的老讲师克鲁格也在场。就连据说既是同性恋又是酒鬼的身兼双职的比瑟曼也在。

就连蛇花也在。

四十二名教师，有男有女（如果说得更精确些的话），一位劳格曼校长，以及一百九十六名学生。

一百九十六名步入人生道路的前程似锦的男学生和风华正茂的女学生。其中一个正在脱离其人生的道路。

像往常一样，她下午很早就骑自行车到了。冬天她会乘公共汽车从乡下前来，但在夏季，骑自行车是正常之举。自行车篓里放着个硬壳手提箱，里面装着裙子、鞋子和配饰。按照惯例在德吉克街区跟闺密克莱尔·米滕斯一起洗浴和准备。然后结伴前往林堡，参加庆祝活动，然后打道回府。在薇拉是否要在米滕斯家过夜这件事上，大家没有达成一致意见，即使这是一件很简单的事情。

也就是说，这对米滕斯家来说很简单，但对阿道弗斯牧师来说就不是那么回事了。薇拉·考尔要睡在家里。在林堡聚会结束后，她要骑自行车回撒玛利亚。穿过十多公里的森林和夏夜，这没什么可大惊小怪的。上帝会握起手，守护着他的……

有很多关于这一独特方面的文字。

关于亚伦兄弟会对青年和道德所持有的不合情理的和陈旧迂腐的态度。关于阿道弗斯牧师的固执己见。让一个年轻美丽的女孩在午夜独自穿越森林。这是否明智？是不是基督徒的行为？

当后来出事时，它除了是种标志之外，还会是什么呢？

报纸上就是这样写的，尽管没有人真正知道发生了什么。除非是我们的主，而即使他知道，他也保持了沉默。

有人写过，有人调查过。因为薇拉·考尔在那晚之后再也没有出现过。她与一百九十五名同学一起度过了那青春的春日时光。在1967年5月27日，喝起泡饮料，在台阶上聊天，坐在桌旁。她上了三门课，听了演讲，跟着其他人一起唱歌，在派对上大放异彩，尤其令她的同桌朗格老师为之倾倒。但在晚餐和舞会的间隙，她消失了。

在当时的某个时候。根据警方的调查和计算，这位撒玛利亚的蛇花于刚刚十一点后离开了学生派对。就在最后一个证人——某个名叫比阿特丽斯·莫特的人——在看到她出去上厕所之前，前者是二百五十一名证人（包括服务人员）中的最后一位，K城的警察于

1967 年 6 月的头几周对这些证人进行了讯问。

问啊，问啊，问啊。一次，两次，甚至三次。

因此，在十一点过几分钟后（大概没那么多，因为薇拉·考尔是一个引人注目的女孩），她离开林堡餐厅，从院子里的七叶树下的自行车架上取下自行车，踏着它进入夏夜，然后消失得无影无踪。

有人第二天晚上知道了此事。有人一个月后知道了此事。有人三十年后知道了此事。

我使用了“有人”一词，这是有原因的。

4

星期一早上红头发女孩没端早餐来，所以我改在餐厅吃早餐，一反常态地喝了两杯黑咖啡。我整夜都睡得不踏实，大概也做了一些梦，能记住的却寥寥无几。一般来说，我很少记得做过的梦，但今天早上，要推测梦的内容却并不特别困难。

我梦到的自然是薇拉·考尔。我坐在靠窗的桌子旁，一面漫不经心地浏览着晨报，一面试着把事情捋清楚。

也就是说，一个三十年前去世的女人现在想联系我，这意味着什么？

也许她没死？难道这段时间里她一直活着，却不让人知道？

难道她失踪的秘密在我不知情的情况下已经解开了？也许是五年、十年或十五年之前——在我没发现的情况下？这当然并非完全不可能，因为这期间我完全失去了与K城的联络，但这似乎还是相当不可能。

我一直以为薇拉·考尔已经死了。在三十年前那个温暖和煦的夜晚，她遇见了谋杀她的凶手。她怎么做才能让自己凭空消失，然后冷眼旁观……嗯，我和其他许多人都为这个问题纠结了很长时间，却没有找到一个可以接受的答案。

还有为什么？为什么她会选择毫无预兆地消失呢？在高中毕业的前两天。

不合情理，就像我说的。绝不可能。

也就是说，至少在1997年6月那个周一的早上之前，我一直是这么想的。

我离开早餐桌，向接待处走去。擦得锃亮的柜台后面空无一人，但当我按铃时，那个瘦削的年轻人从里面的一个房间走了出来。

“请原谅，”我说，“我对昨天收到的那条留言有点好奇。”

“我明白。”他打着哈欠回答。

“它是怎么传送来的？”

“嗯？你这话是什么意思？”

“是电话留言，还是有人来此留下来的？”

他犹豫了一会儿，睡眼惺忪地看着我。

“不知道。”

“你为什么不知道？”

“因为不是我接收的。”

“它传送过来时谁在这里？”

“我怎么知道？”

“也许你可以问问你的同事？”

他匆匆戴上鼻环，并试图皱起眉头，“也许吧。我得看看。”

我想不出还有什么可问的了，于是谢过他，并借机付了账。十分钟后，我离开大陆酒店，感觉得出，咖啡让我很是烧心。

按照约定，我于十二点整在通往多格斯的大楼梯上与厄本·克尔沃特会面。这当然是厄本的想法，我指这个怀旧的会面地点的选择。

他迟到了几分钟，我猜是故意的。他只是想看到我站在那里。想从那些波纹状的旧铸铁大门里溜溜达达地走进去，假装发现我。发出雷鸣般的笑声，以兄长般的姿态伸出双臂。

事情正是按照他的计划发生的。他的两只熊掌在我身上捏来揉去，差点把我捣鼓成肉酱。

“我的上帝，亨利。”他喷着鼻息说。

“厄……”我挣脱出来，“放手。”

他真是一点也没有缩。一百九十厘米高，公斤数大约也与此数字相当……哦，好吧，也许并不是，但无论如何都超过了一百公斤。尽管浓密的头发有点花白，留着胡子，戴着眼镜，但还是很容易认出他来；而当他松开他那介绍性的钳制，将我置于一臂远的地方时，他也注意到了相同的情况。

“讲真，该死的，亨利，你跟过去没两样。”

“你也不老，厄本，一直是朵新鲜的小花。”

“我他妈的。”

“说得没错。”

我们用差不多同样的技巧表达了另外十几个短语。然后，他从上衣口袋里掏出一个瓶子，里面装着闪着绿色光芒的东西。标签不见了，他拧下瓶盖，将其扔过肩去，带着严肃的表情把瓶子递给我。

“1976 年的花蜜酒，”他解释说，“室温的青柠伏特加。你还记得吧？干杯，欢迎回来。”

我喝了一口。“我的上帝。”我说着，又把酒瓶递了回去。

厄本喝了一口。“哦，伙计，真他妈难喝。”他承认道。寻找瓶盖，把它重新拧上，“但我车里有稍微高级一点的货色。我想我们应该慢慢地回忆过去。你什么时候到这儿的？”

我解释说，我从星期六起就一直在 K 城。厄本看上去有点惊讶，然后拍了拍我的后背。

“那么你已经看过这个旧垃圾场了，是吗？我们不需要把时间浪费在观光上了吧？”

我说我已经看到了需要看的东西，于是我们决定马不停蹄地前往小木屋。

莱姆恩湖是个长方形湖泊，湖水呈褐色，其最南端变成了一条黑色的无名河流，它流经 K 城，一直延伸到平原地带。我不知道像这样未被命名的显著的地理现象有多普遍，但就这条水道而言，这种情况可以一直追溯到 15 世纪。多年来，人们在各种著作中都提到过这条河，但一向只称之为“河”，又或有可能称之为“河流”。对此的解释五花八门，但我似乎没有看到一个有说服力的。

在另一个方向，即往北，莱姆恩湖被森林覆盖的湖岸所环绕，湖岸上随处可见零星的定居点，孤立的农场，偶尔出现的打鱼用小屋，但没有真正的村庄或社区。

厄本·克尔沃特的安乐窝是一栋简单的、经过扩建的钓鱼小屋，就位于湖边，离主干道大约一百米远。它有个相对较大的房间，里面有个敞开式壁炉，四把藤椅围桌而放；此外还有两间较小的卧室和一个厨房，厨房里有自来水，但没有电，炉子和冰箱都使用丁烷。拐角处有一间设施简单的桑拿房，还有一间离森林不远的户外厕所。向湖的一侧视野清晰，有块向水面倾斜的杂草丛生的田地。在用防水布和纤薄的沥青纸搭成的屋顶下，有一艘平底塑胶艇和胡乱地码放起来的柴堆。

“瞧啊，”厄本说着，拍了拍我的背，“欢迎来到厄本豪宅。复活节的时候我在这里，不过可能有点闷。”

是有点闷。我们让门窗洞开，还清理了一会儿老鼠屎。将行李和必需品扛进去。到那时为止，天空一直乌云密布，但现在，在快到下午的时候，太阳开始冒出头来。干完务实的活计——让冰箱运行起来，把啤酒放进水桶，把船抬进湖里，找到船桨——我们从快要散架的埠头跳入水中。厄本喜欢在埠头附近仰面漂浮，嘴里叼着细雪茄，手里拿着啤酒，而我本人则更愿意在那暗沉的水中游上好大一截。湖水冰冷，寂静铺天盖地，只有零星的鸟鸣声和远处传来的砍柴声才会将其打破，这让人感到无可否认地神清气爽。很快我便生出一种感觉：在这寂静之中，时间——已然消逝的这些年和这数十年——有了不同的含义。有了一种新的维度。除此之外，这么多年之后再见到厄本·克尔沃特实际上并不是一种特别强烈的体验。在我看来，很容易就会出现这样的情况：我觉得我们似乎仅仅分开了几周，而我确实极其真切地感觉到了这种相关性和时间密度的变化究竟意味着什么。

数秒，数天，数年？我在水里慢慢打着转儿，观察着周围的森林，这时，我又陷入了沉思。在人生的后视镜中，一个人并不比另一个人大。也许在未来的望远镜里也是如此。

然后我开始往回游，因为饿了。

在整个白天，厄本只字未提他的著作——让我们有这样的会面的原因——但晚饭（丰盛的蔬菜炖牛肉佐以腌洋葱和黄瓜，全都是他一个人弄的，尽管我很认真地试图参与其中，但也就给他打打下手）后，他提起了这个话头。他一脸严肃地从破旧的黑色公文包里拿出厚厚的一摞纸，解释说，现在是时候让我发挥一点作用了。

我微笑着接过手稿。纸张上没有编号，但我估计，整本书似乎有二百五十到三百页。我看了看标题，浏览了一下内容，令我惊讶的是，我意识到这是部悬疑小说。我不知道我实际上在期望什么，也没对之有太多的想法，但无论如何，厄本·克尔沃特会写一本犯罪小说，这真令人大吃一惊。

它题为《苍蝇与永恒》，没过多久，我便重新想起了薇拉·考尔。在一种半知半觉的状态下，我整个下午一直设法将她保留在一定的距离之外，但现在她回来了，气场丝毫没有减弱。我暗自思忖了几秒钟。

“薇拉·考尔，”我指着稿子，尽量用一种随意的语调说，“说到悬疑，也就是说……从来就不清楚她究竟出了什么事，是不是？”

厄本·克尔沃特没有立即回答。他只是坐着，转动着手里的干邑酒杯，从其钢架眼镜的边缘上方观察着我。我突然感到掌心直冒汗。

“你知道，”他说，“我总觉得你比我们其他人对那件事的了解要更多一些……不，从来就没有什么该死的明确结论，没有。”

我吞了口口水。一气灌下干邑白兰地，试着很快地想了想我能在多大程度上信赖厄本，以及我是否真的想揭开某件已经被封存了那么久的事情的盖子。

也就是说，它是否还没有被揭开？写着那个简短留言的信封在我的上衣口袋里，而那上衣就挂在门背后的挂钩上。让我的东道主读下它会有关系吗？我想知道，他会对之作何感想？

厄本清了清嗓子，“如果真是那样的话……也就是说，如果你知道点什么，你可以直截了当地告诉我。这事在五年前就过了诉讼有效期了。如果是你杀了她，无论如何你都不会进监狱的。”

他放声大笑，让柳条椅发出了抱怨声。此举让我有了决断。

5

那套西装简直就是座监狱。

毫无疑问，它是按照所有的工艺规则缝制的。3 月的时候，我母亲来看我，待了一个星期，把我拖到了裁缝苏尔纳那里，后者为我量体裁衣，顺便戳了下我的裤裆。我在林堡学生晚宴的前一天拿到了做好的衣服。我站在镜子前，冲着那全套的华丽服饰大声地喘着粗气：白色衬衫配领带，黑色尼龙绉袜，鞋帮如同波兰锡罐头的鞋子。还有那套令人如置身于地狱的西装，一件马甲！

一座监狱，如上所述。从外表看，它有可能是体面可人的，而在内里，它就像具棺材一样令人窒息。假模假样。用借来的华丽羽毛装饰起来的驯服的猴子。令人痛苦难当。

第二天晚上，尼尔斯、彼得和厄本在离林堡几个街区远的地方等我，他们看上去并不比我高兴多少，但这只是微不足道的安慰。“耶稣啊，”尼尔斯说，“我浑身发痒，你们也都穿着浆洗过的内衣吗？”

“当然。”彼得用种英式口音说，忧郁地叹了口气，“一点不差。”

彼得那时已经是一个亲英派了。

林堡的门厅又是一个新的考验。我最终与校长劳格曼的妻子、化学讲师霍恩德里以及双胞胎姐妹西维尔茨一起待了近二十分钟，后两位都以不善言辞而著称，却又都擅长用别人能听到的方式发出大笑。我杯子里的酒泼洒了出来，使两姐妹中的一人身上沾了点泡沫，但霍恩德里摆出专家的姿态解释说，泡沫很有可能会蒸发掉，而且不管怎么说，她们有两个人，所以大家至少可以盯着那个一尘不染的看。

“哈哈哈哈。”艾达·西维尔茨发出马一样的嘶鸣。

“嘻嘻嘻嘻。”比达的声音夹于其中。

“你们觉得今年剧院的轻歌剧演出怎么样？”校长妻子问。

事实证明，在餐桌上，我又抽中了空签。我的左边是数学老师老格洛克小姐。她从未给我上过课，我所知道的关于她的唯一一件事是，她是单身，曾试图在圣诞假期里自杀。我右边是位操着一口方言的大块头，差不多同样讷于言辞。我对面坐着一个跟我同上生物课的腼腆而紧张的男孩。他叫保罗，患有湿疹。他的脖子上有湿疹，并且对湿疹有种特殊的癖好。

由于年龄和成熟度摆在那儿，格洛克小姐在谈话中率先采取主动，而且是唯一的主动者。大约十分钟后就出了状况。“那么，今年夏天你打算做什么？”她盯着保罗问道，她要么是曾经在某次上课时见到过他，于是认出了他，要么是认为他与自己志趣相投。

“嗯？”保罗说。

“今年夏天你打算做什么？”

“不知道。”保罗低头看着桌子说。

然后就再也没人吱声了。只要还有食物，我就能一直盯着它看。保罗和格洛克小姐都不喝酒，所以我只好满足于与那个大块头干杯。坐在保罗旁边的是玛丽克·范德贝格尔——就是那个我吻她时被她扇了一巴掌的女孩——但因为我们之间隔着大量的插花，我甚至根本无法与她对视一眼，也许那样也好。

两个半小时后，当晚餐终于结束时，我迫不及待地想要回家。的确，那天晚上剩下的时间几乎不可能比之更糟了，但简单地说，我受够了。精神上和肉体上都受够了：关在一具可怕的涤纶（外加 20% 的纯羊毛）棺材里，身处令人沮丧的角落，周围是自杀和湿疹研究人员……你这大胆的学生，生命的春天……亲亲我的屁股吧，我想。

我走进院子。这是个温暖怡人的夜晚，散发着芬芳的香气。为了不显得太过匆忙，我决定先抽支烟，绕着街区走上一圈。就在绕了半圈时，我遇到了她。

先是她的自行车，然后是薇拉·考尔本人。

那辆女式黑漆自行车被随意地停放在人行道上，斜靠在一只灰色箱式变压器上。车篓里有只小手提箱。薇拉初现时，是吉尔伯格家的地块上那杂草丛生的花园里的一个白色斑点。吉尔伯格家的房子在战后不久就被烧毁了，从那时起，这里便一直杂草丛生。一个绝佳的避难所：当你想偷偷地抽支烟时，或者想不为人知地喝一大口温热的青柠伏特加时，或者只是想撒尿时。

薇拉从事的大概是最后那个，但我没问。

“嗨。”我只是简单地打了声招呼。

“亨利？嗨，亨利，”她说着，一面把衣服抚平，“你好吗？”

“你好吗？”我反问道，同时明白了她是怎么回事。

她喝醉了。

薇拉·考尔，撒玛利亚的蛇花，我们德语课上的安慰，我们性梦中的女武神，酒喝得有点太多了，现在她正穿着高跟鞋摇摇晃晃地站在那里。当然不是细高跟鞋，但仍然是高跟鞋。天啊，这不可能是真的，我想。

“我觉得真有趣。”她倚着自行车咯咯地笑着，将浓密的黑发向后撩去，用绿色的眼睛看着我。

“哪儿……你要去哪儿？”我问道，觉得西装又收紧了。

她收起笑容，变得严肃起来。“家，”她说，“我得回家了。十一点了……尽管……”

“尽管什么？”我说。

“我觉得不太舒服……或者我很好，只是觉得怪怪的。”

“你在那儿玩得开心吗？”我朝林堡的方向做了个手势。

她又亢奋了起来，“非常好。我们又说又笑又唱……我不习惯……你玩得开心吗？”

“不算太坏，”我承认道，“最终有点尴尬。”

她含糊地点点头，夸张地深吸了几口气。

“我现在得走了。”

然而，她一点也没有要骑车离开的意思，只是定定地注视着我。我突然感到血涌上了我的脸。

“嗯……你不想回去吗？”

“不。”她使劲地摇头道，“不，我不能……这感觉好奇怪。”

突然，有说话声在靠近。我很快地思忖了一下。然后做出了决定。“来。”我说。一只手抓住自行车车把，另一只手放在薇拉的肩上。当我感觉到她光洁的皮肤时，有那么一瞬间，整个世界在我眼前都变黑了，但我重新控制住了自己。“来吧，我陪你走一会儿。”

她按照我的话做了，没有表示反对，听任我的手留在她肩上。没等那帮快活的家伙看见我们，我已把我们引入了冈德斯街，一条狭窄黑暗的小巷，弥漫着茉莉花的芳香。我得说点什么，我想。得想想办法。说话，说话，说话。

“你为什么非得回家？”我终于设法挤出了一句话。当然，我知道答案，但这是我在餐桌那沉默的角落待了数小时后所能想到的唯一问题。

“我爸。”她简单地说，听起来是那么悲伤，让我觉得天使们此时此刻都在哭泣。

“原来如此。”我说。

然后蛇花打了个嗝。

然后她开始哭起来。我把她拉得更近些，眼前的世界又变黑了。

“我这是怎么啦？”她抽着鼻子说，“我不明白自己怎么了。”

我脑子里闪过二十万个念头。它们都转瞬即逝。

“我知道你怎么了，”我说，“你酒喝得有点太多了，我认为你最好等一会儿再回家。”

她停住脚，看着我。

她闪亮的绿眼睛里盈满了泪水，我明白这是地球上所能产生的最美丽的东西，这一刻的那双眼睛。谢天谢地我能经历这一时刻，我想。

“你是说……”她说，“你是说我喝醉了？”

“有一点，”我说，“只有一点点，但我觉得现在回家可不是个好主意。”

“我身上有酒味吗？”

她踮起脚尖，张开嘴，小心翼翼地朝我脸上呵了口气。

我不知道她呼吸里是不是真的有酒气，我只知道我吻了她。

当我们上楼去我的房间时，已经是差一刻十二点了。在过去的十分钟里，我们没说多少话。接吻之后我们就去了那里。在夏夜里，紧挨着彼此走着，有好几次，我发现自己在想，是不是真的只有我们在走。是否只有我和她。亨利·马腾斯和薇拉·考尔。

是否所有的情人都会产生这样的想法，是否这就是我的感受，是否这是真的。

地球明天还会继续绕轨道运行吗？太阳还会照样升起吗？这对我来说是一样的，对我们来说是一样的。我爱她，她爱我。

我脱下外套，扔在租来的红色扶手椅上。

“我想我们应该躺下来休息一下，薇拉，”我说，“至少一会儿。”

我不知道自己是否预料到了结果，但她没有反对。

“好的，”她只是说，“就那样吧。一会儿。”

然后她脱下了裙子。背对着我，解开胸罩，脱下内裤，爬上床去。

我急忙扯掉衣服，产生了强烈的、不可抑制的勃起，我竭力地想掩饰它，但薇拉只是对我笑了笑。我没有看到那微笑，但我感觉到了它。她的在薄薄的夏夜的黑暗中的微笑。

“到这儿来。”她说。

我突然了解到，做爱并不比吃苹果难多少。

一个温暖的，完全成熟的格雷文斯坦苹果。

当我醒来时，她已经走了。时间是四点二十分。她在桌子上留了张便条。

我现在要走了。我不知道事情的结果会怎样，但我知道，我爱你。

薇拉

我把这些字读了一百遍。画眉鸟在花园里歌唱。我又读了一百遍，然后我又睡着了。

6

我停住嘴后，厄本·克尔沃特一动不动地坐了很长时间。

“这是最可恶的事，”他说，“我简直不敢相信自己的耳朵。当然，这些年来我一直有种感觉，会有些什么事，但是……但是……”

他怎么都说不下去了。取而代之的是又朝嘴里塞了一根细雪茄，往我们的杯子里倒了更多的啤酒。我什么也没说，感觉精疲力竭，就像得了胃炎一样，仿佛在说出这事之后，就再也挤不出一个字来了……这个负担在三十年后终于被卸下了。是的，就像生孩子一样，有点累，我想。厄本喝了一大口酒，点燃了雪茄。

“那留言？”他说，“旅馆的条子，在哪里？”

我站起身，从外套口袋里拿出信封。把它交给他。他皱着眉头读了几遍那短信。靠在椅背上看着我。

“那是最可恶的事，”他重复道，“可是为什么……你为什么他妈的什么都没说？你为什么不说出来呢？”

我叹了口气。“我们明天再谈吧，”我说，“现在我再也受不了了。”

他看上去有点失望，然后装出若无其事的样子，慈祥地点点头。“好吧。但是这个留言是什么意思呢？上面写着薇拉·考尔。天啊，你不会认为她……？不，我真是一点也搞不懂！”

我喝了一大口啤酒，那苦味使我热泪盈眶。我眨了眨眼睛，让眼泪消失掉，然后望向外面那片漆黑的、与镜子无二的湖水。

“我也不懂，”我说，“你是在说撒网的事吗？”

我划着船，厄本坐在座板上，双手娴熟而仔细地把网放出去。他解释说，我不应该抱太大希望，但通常会网到一两条鲈鱼和一两条鲷鱼。

我们慢慢地滑过黑色的水面，并没有多说些什么。时间刚过午夜，万籁俱寂。感觉我们好似正坐在一幅画里，于是我又开始思考起时间的本质来。我们对于它的体验与我们衡量它的方式是多么大相径庭啊！

我们的感觉与我们的思绪是多么大相径庭啊！

厄本尊重我的意愿，把关于蛇花的讨论留到第二天，但我看得出这对他来说并不容易。他一根接一根地抽烟，下网时会不时地喃喃自语，有好几次，我看见他坐在那里，紧紧地皱着眉头，眯起眼睛观察着我。仿佛突然不认识我了似的。

仿佛我和薇拉·考尔之间的事是件根本无法理解的事，一件他无法想象的事。

要不然，他只是坐在那里，考虑是否有可能写一本关于它的犯罪小说。我们撒完网上岸后，在大晚上匆忙地梳洗一番，然后互道晚安，上床睡觉。我拿《苍蝇与永恒》当阅读材料，但只看了几页就睡着了。

然而，故事并不坏。恰恰相反：故事始于海边的一个小村庄，不清楚是在哪里，两个小女孩正在挖沙子，渐渐地发现了一具尸体。语言朴素而精简，我不知道自己原本有何期望，但无论如何，我作为编辑的努力并不需要那么繁重。总会有些东西，我想，然后关了灯。

“那么，你打算怎么做？”第二天早上，当我们在南墙边的早餐桌旁落座时，厄本说。

“做？”我说，“你什么意思？”

“得了，”厄本说，“你不会打算在发生了这一切之后就坐在这里发呆吧？看在上帝的分儿上，我们掌握着一条让警方困惑了三十年之久的神秘罪案的线索！”

我喝了一口加蜂蜜的酸奶，想了想。

部分是关于他从你到我们的微妙转换。部分是关于把他拉入我的秘密的明智程度。这位处于精神分裂状态的悬疑小说作家似乎将这个炎热无云的早晨完全掌握在了自己手中。

“亨利，该死的，回答我！”他坚持说，“既然你开了口，就得把事情说完。这些年来你为什么一直保持沉默？我答应过等到今天再问的，现在就是今天了。你为什么不告诉警察那最后一晚她在你那儿？天啊，就在蛇花消失的同一天晚上，你和她做爱了，那改变了一切——”

“那什么也改变不了。”我打断他的话。

“你这话是什么意思？”

“就是那个意思。它什么也改变不了。人人都知道，直至1967年5月27日晚上11点，蛇花都在做什么。她什么时候到的派对，她坐在谁的旁边，她说了些什么话，她什么时候离开的。我碰巧知道她在另外三四个小时干了些什么，那有什么关系？”

厄本想了一会儿。

“你认为她离开你后是骑自行车回家了吗？”

“她还能怎样呢？”

他耸了耸肩，“你为什么要保持沉默？”

“我为什么不保持沉默？”

我是用轻松的语调说出这句话的。

事实上，我仍然不知道自己为什么会选择这样做。从来没有弄清楚这一点，事实上，这可能不是一个经过深思熟虑的决定。当薇拉似乎失踪了的令人震惊的最初消息传来时，我对我们那晚在一起的事只字未提，于是，接下来，随着时间的推移，将此事说出来不知怎的变得越来越不可能了。

我只是把它藏在心里。没有人知道这件事，没有人看见我们在一起。这当然纯属巧合，但事情就是这样。

后来的事情就是这样。

当然，回想起来，我会试图为自己的行为辩解，这并不特别困难。因为不管薇拉在离开我之后的那个晚上出了什么事，我都没有参与其中。这就是问题的症结所在。我没有负罪感。当开始意识到她不会再回来的时候，我自身的沮丧和绝望就已经是充足的惩罚了。没有理由让自己成为众目睽睽之下的嫌犯，完全没有理由。

一个无望的梦想以童话的形式实现了几个小时——只是为了变调，变成我余生中绝望的噩梦。事情就是这样发生的，那是怎样的感受！

高高地飞入天际，然后重重地坠落在地。

还有她的父母？有什么理由让他们知道，薇拉做的最后一件事是喝醉了，并和一个男孩上了床，从而往他们沉重的心情上再加上一块石头呢？即使我从来没有同情过亚伦兄弟会及其教义，也很难看出这样做会有什么好处。

“好吧，”厄本说，在那里坐了一会儿，细细地咀嚼着思绪和一截香肠，“我想你有你的理由。但即便如此……当然，这让整个故事有了新转机。”

“几乎算不上，”我说，“那天晚上，有个疯子杀了薇拉。我的努力唯一能改变的只是，出事的时间可能比原以为的晚了几个小时。我们谈点别的吧。”

“你忘记了一件事。”厄本说。

“什么？”

“旅馆里的留言。难道你中暑了吗？”

我叹了口气。

“一个玩笑。”我说。

“玩笑？”厄本哼了一声，“这是我听过的最蠢的话。你对其他人说起过你和薇拉的那一夜吗？”

我不情愿地摇了摇头。

“你看，”厄本说，“在这种情况下，谁会写下这样的留言呢？”

我没有回答。我们又默默地吃了几分钟。

“如果你在内心深处不想谈论这件事，你就永远不该告诉我。”厄本带着一丝治疗师的讥笑说道。

“该死的二流心理学家，”我说，“去检查一下你的肚脐眼什么的，我来洗碗。”

好天气持续至今。洗完碗后，我花了几个小时坐在躺椅上晒太阳，读厄本的书。

它也持续了下来，我想。他慢条斯理、从容不迫地讲述了一个带有乱伦意味的古老而可怕的故事。他确实成功地利用了时间的双重运动——向前和向后——这是一部优秀犯罪小说的特点，而且故事也很是扣人心弦。我时不时地用铅笔在认为可进行合理的语言修改的地方做着记号，但总体上我几乎没有异议。无论是情节还是他的表达方式。

厄本则坐在另一张躺椅上，钻研着一些他带来的文档。我们把咖啡和啤酒都放在伸手可及的地方，但到一点的时候，天气就变得太热，让人无法坐在阳光下。我的东道主挪到了一棵七叶树的树荫下，我自己则在湖里泡了一会儿，又游了会儿泳。

我回来时，厄本正坐在埠头上，一手拿着啤酒，一手拿着雪茄，两只脚泡在水里。

“我一直在想一件事，”他说，“如果她还活着，真的会那么奇怪吗？她是否只是抓住机会在那天晚上逃跑了……这可能是生命中突然打开了一扇门的那种情况。她得到了一个离开并开始新生活的机会……于是她就那么做了。在那些狂热分子中间，不可能生活得有多好……”

“我不知道，”我说，“这事我想了三十年……也许三十年来我一直是这么希望的，但说实话，我不相信会有这样的事。”

“为什么呢？”厄本吸了一口烟，问道。

我在埠头上站起身。“她会去哪儿呢？”我说，“如果是伦敦、巴黎或纽约，也许会这样吧，不过一个来自K城郊区的撒玛利亚的乡下姑娘……不，骑车进入新生活可并不那么容易。”

“自行车？”厄本说，“她的自行车一直没有找到，对吗？”

“没有，”我说，“据我所知没有。”

厄本抽烟，喝酒，思考。

“那么凶手会把她和自行车都埋了，是吗？”

我没有回答，从他手里接过啤酒瓶。“哦，好吧，”他说，“最后的遗言可能尚未说出口。我们只能等着瞧了。无论如何，有点准备是件好事。”

“你到底在说些什么啊？”我问。

我没有从厄本那里得到任何答复，但几个小时后，在下午，他有了谈资，不少的谈资。我先是沿着湖边向南散了会步，与此同时，悬疑小说作家先生则专注于他从凌晨撒下的网里捞出来的六条鲈鱼，它们将是我们的晚餐。我回来时，他正站在外面的草坪上，弯着嘴微笑着欢迎我。

“谜团加深了。”他说。

“你把话说清楚点。”我说。

“她星期六来，薇拉·考尔。”

“这到底……？”

此事让我的脑袋变成了空白，我在躺椅上坐下来。为什么空白？我困惑地想。为什么不是像往常一样的黑色？厄本饶有兴趣地观察着我，然后挥了挥手机，它显然是最新款，比香烟盒大不了多少。

“她来过电话，”他解释说，“往这里。薇拉·考尔，她星期六要来这儿，想和你谈谈。”

“那不可能。”我脱口而出。

“没有什么是不可能的，”厄本·克尔沃特说，把又一支雪茄塞进了唇间，“你想喝杯啤酒吗？”

7

那第二个晚上，我们坐在外面，进行了相当长时间的讨论。天气炎热，蚊子当然会嗡嗡作响，但两盏冒着烟的煤油灯使它们保持了一定的距离。

还有厄本的雪茄，较甜的那种。他坚称，自打十五年前从鲁格斯牌改抽现在这个牌子的雪茄后，他从未后悔过。

我们说起高中时代的旧时回忆和薇拉·考尔。在她要来这儿看我的消息传出后，我多少放松了戒备。在厄本的穷追猛打之下，我再也无力招架了。

也许我也没有强烈的招架意愿。在某些程度上，有我们两个人参与其中几乎是件好事，尽管我之前对业余心理学一类的东西有过一些抱怨。如果蛇花真的还活着并且想跟我谈谈，我大概会需要所有能得到的支持，哪怕是厄本·克尔沃特这样的人的支持。

我很难判断，他开始回归其专业治疗师的角色是好是坏。无论如何，当我们坐在那里争论的时候，我时不时地会有一种感觉，即他把我更多地看作是个客户，而非年轻时的旧友。

尽管这可能只是想象，实际上我并不在乎。在某种程度上，我必须在周六之前做出决定，我很感激能够把这事交到厄本手上。至少今天晚上我有这样的感觉，而且我很快就明白了，既然你让骆驼把鼻子探到了帐篷下面，那就只好听之任之了。无论其职业如何，谨慎和战术撤退都并非厄本·克尔沃特之所长。

不管怎样，问题已经提出来了。尤其是我的关于电话的问题：她听上去怎样？她说了什么？你听出她的声音了吗？她怎么知道我正在这里？

厄本有条不紊地一一做了解释。

“是的，她在电话里听起来泰然自若，只介绍自己是薇拉·考尔，并要求见我。”厄本说，“很长时间没见了，不幸的是，此刻我正在湖边散步……”

然后，她显然犹豫了一下。回答说没关系，并解释说她打算在周六过来同我谈谈。

午餐时间，如果可以的话。

当然可以，厄本向她保证。她谢过他，然后挂了电话。

不，他没有听出她的声音，也没有机会问她怎么会还活着，而且知道在哪儿能找到我。

“你就没试着打听打听别的事情？”我有点恼怒地问。

“当然，”厄本说，朝我脸上喷了一口烟，“我问了她一些试探性的问题，但她已经挂断了。正如我说的。”

“她为什么要跟我谈？”

“她没说。”

“你认为那是她吗？”

“我怎么会知道呢？”

“直觉，例如。”

“我忘记打开它了。”

“你这个该死的懒鬼。”

“我在度假。干杯。”

因此，我们决定今晚忘掉撒网这件事，开始把注意力渐渐转向一个特定的问题：她——薇拉·考尔或她的代表——是如何像这样跟踪我的。知道我住在哪里，怎么能找到我。无论是在大陆酒店还是在厄本豪宅。厄本认为，我们至少可以推测一下这个问题。

因为，他坚持认为，不管薇拉·考尔是否还活着，或者这人仅仅是在冒充她，很明显，这一切都必定与我再次出现在K城有关。可以说，我返回了犯罪现场。这不可能只是一个时间上的巧合，即有人——薇拉或X小姐——等了三十年，然后碰巧决定现在出击。不可能。绝不可能。是我到此的旅程撬动了石头，点亮了灯塔。就像……在教堂里说阿门那样肯定。

他瞪着我，以说服我应该表示同意。我含糊地点了点头。

“有谁知道你要来这儿？”

我想了想。“我妻子……不，实际上，”我突然想起来，“我从来没有提起过我的计划。嗯，没有人……换句话说，没有一个人。也就是说，除了你和我。”

“哈！”厄本不无得意地说，“我也一样！我没跟任何人谈起过你……我可能提到过我要去小木屋，但从来没有提过亨利·马腾斯这个名字。”

“谢谢。”我说，因为没有别的话可说。

“那么……”厄本·克尔沃特捻着胡子继续说道，“所以是有人碰巧看见了你。要么是蛇花，要么是别人。”

“要么是蛇花，要么是别人……”我重复道，“该死，厄本，她不可能还活着，你得把这个念头从脑子里清除掉。”

他哼了一声，“听着，你管好你的脑子，我来管好我的！现在，你得出了什么结论？”

我沉思了一会儿。“毫无结论。”我说。

“真够衰的，”厄本说，“但几乎不足为奇。你多大了？”

“四十九岁。这跟我的年龄有什么关系？”

“你从 K 城搬走的时候多大？”

“十九岁，说重点。”

“如果这话伤害了你的虚荣心，我很抱歉，但你认为三十年后会有多少人能认出你的娃娃脸呢？嗯？”

他深吸了一口雪茄烟，身子向后靠去。看起来就好像在他的下一部悬疑小说中刚刚给了检察官的控方证人决定性的一击。

“好吧，”我说，“我明白了，是酒店。”

“正是，”厄本说，“你只在一个地方留下了大名，大陆酒店。这正是问题的关键所在。”

那她怎么知道我们正坐在此处的树林里？我想，但什么也没说。

然后，我突然感到有什么东西在我的脑海里一闪而过，但它的经过速度太快了，令我无法领略其内容。其中掠过的一条潜意识若是在二十年前，我也许还能捕捉得到，但现在它却掉进了中年懒散的沼泽中。

用隐喻说话。

“你在想什么？”厄本说，“你都变成斗鸡眼了。”

“没什么，”我说，“你什么也不懂。”

那天晚上，我梦见了自己是如何醒来的。

那天早上醒来时，我感觉到床上有薇拉身上的香气。

她的舌头在我嘴里的味道。她温热的皮肤、她的手、她的乳房、她的子宫的感觉。那时是四点二十分，画眉鸟在歌唱，而她离开了。在我那可怜的出租房间里，每一立方毫米的空间中都充斥着这种缺席。我的爱巢。我们的爱巢。我起身，读她的留言，然后爬回床上。躺在那里，拥抱着我那莫名的、脆弱的、温暖的幸福，回想着我们在那几个无以言表的小时里所做的一切。我们说过的每句话，我们触碰过的每样东西。她爱我。

然后梦见我第二天早上晚些时候是如何醒来的。我是怎样在夏日走出门去的，白天又是怎样在与太阳缠斗的雾霭中度过的。我是如何在下午很晚的时候在火车站见到了我的父母和弟弟，他们来是因为第二天的毕业招待会，招待会由兰斯一家举办，我们还在那里吃了晚饭。我在八点钟左右离开他们，就在此时，梦境开始幻灭，就在此时，一切都被缓慢地往下拉，形成一个无情的、汹涌的旋涡，一个大旋涡。黄昏的空气，凉爽的风。我走过“脏面包”咖啡馆，就是在那里听说了此事。最初的谣言：文森特·鲍尔和克莱门茨·德·布罗特正坐在外面的台阶上抽烟，我停下来抽了两口烟，听到他们说薇拉·考尔不见了。

薇拉·考尔，在所有人中凭空消失了。

据艾伦·考尔曼所知，她走了，没人知道她在哪里。考尔曼的父亲是一名警察。

起先我有点短路。文森特·鲍尔和克莱门茨·德·布罗特收缩起来，消失在一个旋转的狭窄隧道里。同样的大旋涡，无论是在梦里还是在梦的模型里。他们的声音被扭曲成令人费解的喋喋不休。我不停地抽烟，紧紧抓住栏杆以免跌倒。世界在摇晃，我也跟着在摇晃。一波又一波的恶心，我不与它抗争，它一点一点地消失了。“你到底怎么了？”克莱门茨说。

我走进咖啡馆，听到了最新版本的故事。是的，薇拉·考尔大约在晚上十一点左右离开了林堡，弗里茨·内尔和伊丽莎白·梅耶斯金斯几分钟前才跟她说过话，弗里茨此时正在玩弹球。有迹象表明她可能有点醉了，但谁没醉呢？嘿嘿。反正她必定是朝家的方向走了，那天晚上剩下的时间里再没人看见过她。她的自行车从车架上取走了。阿道弗斯牧师在上午十一点三十分向警察报告了此事。在那之前，她所有的同学都接到了询问她的情况的电话。

所有的女同学。

大家都对此一无所知，这是个令人困惑的谜。人们应该相信什么？到底发生了什么？她出了什么事？

我怎么想？

我什么也没想。我一口气连抽了两支烟；低头盯着弹球机，尽量不发出尖叫。

当厄本把我叫醒时，我还沉浸在关于“脏面包”的梦境中。

“你发出了尖叫。”他说。

“活见鬼。”我说。

他皱起了那专业性的眉头，观察着我。

“那么我一定是听错了。早餐准备好了，然后我们还有几件事要完成。”

我深吸了两口气，彻底清醒过来。看到时间是早上十点。我通常不会睡那么久。我清了清嗓子，试图把窗帘重新升起来。

“完成？你说完成是什么意思？”

“我有个计划，”厄本·克尔沃特说，“我们不能就抱着胳膊坐在这里。对吗？你真的尖叫了。”

我坐起身。重新拉下窗帘，注意到今天也是阳光灿烂。夏天还在继续；三十年过去了，时间似乎没有任何分量。

“你想知道吗？”厄本说。

我摇摇头。这于事无补。因为不管怎么说，他已经激起了我的兴趣。

“首先，一顿营养丰富的早餐。然后，向大陆酒店发起进攻。事情越直接就越简单。你说呢？”

“我要去游个泳，好好想一想。”我答应他道。

8

厄本去探访大陆酒店时，我则待在他那辆破旧的、脏兮兮的绿色奥迪车里等着。我把胳膊肘伸到摇下的侧窗外，从歪掉的后视镜里看到了自己的脸，发现自己看起来很憔悴，堪称惊恐不安。眼袋浮肿，胡子两天没刮了，两眼无神，太阳穴也像往常那样，在翌日早上砰砰直跳。我下了车，在酒店对面的小亭子里买了瓶矿泉水。最好至少要保持好身体的水分平衡，我想。

仅仅几分钟后，厄本就回来了。

“一无所获，”他说，在驾驶座上坐下来，“毫无进展。”

“你是怎么进行的？”我问。

他耸了耸肩，“当然是在接待处打听情况。”

“谁在那里？”

“戴鼻环的毛头小子。我说我在找一位薇拉·考尔，他没有反应。我解释说，我认为她受雇于那家酒店，他解释说没有这个人。他认识在那里工作的每个人……方方面面的，他坚持说，好奇是否酒店也有几个妓女？反正没有薇拉·考尔。”

“他不知道那个故事吗？”

厄本摇了摇头，点燃了一支香烟，“显然不知道，我根本没有问。”

“你没有和别的人说话吗？”

“没看到任何别的人。”

我喝完了那瓶矿泉水。“我明白了，”我说，“那我们现在怎么办？”

他吐出几条烟丝，发动了汽车，“B 计划，我们跟随她的脚步……或自行车。把地图从后备厢里拿出来。”

找到通往撒玛利亚的路并不特别困难。首先，沿着一条相当宽阔的柏油路走上不到十公里，穿过开阔的景观地带。然后，经过柯兰村的十字路口，在一条穿过森林的蜿蜒的石子路上走几公里。一会儿过后，我们来到一个油漆剥落的黄色路牌前，路牌上写着“撒玛利亚”。我们停住车，简短地讨论了一番。

新修的小路中间有一条狭长的草丛，看上去几乎不能开车通行；路边没有房屋，只有闷热的、散发着芳香的针叶林和大量的羽扇豆、野胡罗卜和甘菊。一根柱子上挂着两只信箱，一只上面的名字是克劳森，其黄色字母是新刷上去的。我们得出的结论是，撒玛利亚还有活着的生命。

厄本走下车，跨过水沟，对着一棵松树的树干撒尿。

“我们回头吧，”他尿完后，我说，“这样做有什么好处？”

“重建。”厄本说。

“你神志不清了，”我说，“三十年后，我们开车走在薇拉的自行车道上，你把这叫作重建？我们开回去钓鱼吧。C 计划。”

“在适当的时候。”厄本说，“反正我们来都来了，就去看看吧。我们冒充一下记者，施展一下这方面的本领。”

“记者？”

“正是。我正在写一系列关于悬案的文章。我们在外出找感觉。你是我的摄影师。”

“我没有照相机。”

“后座的包里有一台。”

我把手伸过座椅靠背，在那只破旧的肩带包里摸了半天，掏出一台小小的红色自动照相机。

“这个吗？你觉得一个专业摄影师会带着这样的小破玩意儿到处跑吗？”

厄本摊开双手，“如果你愿意，可以当我的司机。现在我们走吧。”

撒玛利亚由一座新装修的黄色农舍和两座破旧的灰色附属建筑组成。显然，这是座古老的家宅，数不清有多少英亩的耕地在其周围朝两个半的方向被开垦出来。北面和西北面的森林依然原封不动。显然，这片土地已经休耕了很长一段时间。田野上长着一丛丛一人来高的白杨和桦树，院子里有两辆相当新的汽车，这表明，给现今的居民带来生计的并不是周围的田地。厄本把车开进院子，停在那辆较大的闪闪发亮的红色沃尔沃旁边。我们下了车。两个孩子，一个男孩，一个女孩，大约一个八岁，一个十岁，带着鬼鬼祟祟的表情前来迎接我们。

“愿主带来平安，”厄本对他们说，“家里有妈妈或爸爸在吗？”

爸妈都在。三十多岁的一男一女很快就被吸引到位于草坪蔽阴角落的白色花园家具旁。厄本一一称赞了那房子、草坪、花坛、茉莉花丛、孩子们、沃尔沃、考虑周全的位置以及克劳森夫人的蜡染T恤。我静静地坐着，试图把胡子楂拔下来。

当厄本说到重点时，那位女士走进门去，端上咖啡。

“我们当然知道这件事，”那个男人点了一支烟说，“我们不是本地人，但在买房子的时候，房地产经纪人把事情原原本本地告诉了我们。我们搬进来已经三年了。”

“你们是从考尔夫妇手中买下这房子的。”

“考尔太太，”克劳森纠正他说，“她快八十岁了，自从她丈夫去世后就一直一个人住在这里。十年，如果我没记错的话。她再也没有力气了，直接搬到了某个养老院……今年4月去世了，顺便说一句，我们在报纸上看到了讣告。”

“你跟考尔太太说过话吗？”

“说过几句，”克劳森说，“我们第一次来看房的时候，她还住在这里。搬来搬去很费事，对老年人来说，这样的生活并不容易。”

“她对自己女儿的事什么也没说吗？”

他摇摇头，“没有，她为什么要说？我说过，是房产经纪人告诉我们的。可怕的故事，就在毕业之前，一切……俗话说，不知真相的感觉更糟糕。老话说，不确定比悲伤更让人难受。尽管她肯定是被谋杀的，但至少，杰斯马尔，就是那个房产经纪人，坚持认为……”

厄本点了点头。在桌下踢了踢我的小腿，我明白是时候拍点照片了。

我履行了自己的职责。从不同的角度拍了几张照片。模模糊糊地想知道哪间屋子可能是薇拉的房间，结果很快就哽咽了起来。然后沿路往回走了一小段，试图捕捉整体印象。小男孩和小女孩跟在我后面，保持着一段安全的距离，而最终我也不得不对他们厉声呵斥了几次。

然后我们喝着咖啡，谈论住在树林里的好处。克劳森先生和太太似乎非常需要有人提醒他们这一点。由他们自己，也由别的人。

半小时后，厄本吃完了所有的饼干，我们起身离开。他答应发短信和照片，记下了名字和地址，还拍了拍孩子们的头。

“成功的行动，”我们的车启动时，我评点道，“很难不留下深刻印象，福尔摩斯。”

“呸，”厄本说，“谁知道呢。不管怎样，这就是她骑车走过的路。”他意味深长地朝两边的树林做了个手势。“如果……我是说如果……她确实是被谋杀的，那就很有可能躺在这里的某个地方。连同她的自行车埋在某处沼泽地里……好吧，当然，到这个时候，也许已经没剩下什么了。”

“闭嘴。”我说。

“对不起，”厄本说，“我的思绪不听使唤了。”

“思绪能说明很多问题。”

“嗯，”厄本闷闷不乐地说，“你是想澄清此事，还是到底想要怎样？”

“越清楚越好，”我说，“我好奇的主要是方法。比如说，我们为什么不查一下电话簿呢？如果在 K 城有个薇拉……她可能已经悄悄地回来了。”

“胡说，”厄本说，“如果她那么优雅地离开了这里，为什么还要回来？电话簿上没有薇拉·考尔的名字。人口普查登记簿上也没有。在K城没有，在这个国家的其他任何地方也没有。”

“你是怎么知道的？”

“因为我查过。你知道，如果你在早上起床，就有可能完成几件事。不，可能完成不了那么多，但无论如何，我们知道她的父母已经过世了。”

我思考了片刻。

“如果还有什么需要知道的，我们都将在周六揭晓。”

厄本若有所思地点了几下头。“我对此不太确定，”他说，“毕竟，我们不知道在跟谁打交道，对吧？”

我静静地坐了一会儿。“没关系，”我说，“要么事情毫无结果，要么会发生些什么事。对我来说都一样。”

厄本放慢速度，看着我。“你不是那样想的，”他说，“你昨晚在睡梦中发出了尖叫，我不是白痴。无论如何，我们需要找一个对此有所了解的人谈谈。”

“关于什么？”

“当然是蛇花了。”他哼了一声，“薇拉·考尔的案子。他明天要来看我们，我答应给他一些新消息，听上去他确实很感兴趣，即使已经超过了诉讼时效。”

“你在说什么？”我问，尽管已经开始有所怀疑。

“凯勒探长，”厄本说，同时加快了速度，“1967年负责调查的人。他刚满七十岁，但在电话里，他的声音就像个四十九岁的人那样洪亮。”

我重重地叹了口气，闭上眼睛。

9

星期三晚上，当厄本准备晚餐时，我在湖上划了一个小时的船。我形单影只地坐在那里，试图厘清思绪。

关于这一切，我到底是怎么想的？只有两种可能的行动方案，但在开始分析这些方案的后果时——按顺序一次分析一个方案——我感到自己正迅速地滑向那光溜溜的冰面。

如果薇拉·考尔真的还活着的话，那么她一定早已决定好要在三十年前我们那个美妙的爱情之夜后消失。我的第一次，她的第一次。毕业的前两天。

为什么？

我确信，她像我一样强烈地体验到了我们在一起的时光；如果没有别的，她写的那条留言就能说明这一点。

她会去哪里呢？在那个年龄，真的有可能完成这样的动作吗？十九岁。在那个时候，在那个小镇？

或者，她可能被绑架了？谁干的？被绑架了，但还活着？

为什么又出现在K城？就在此刻。

问题很多，我找不到任何可以接受的答案。

所以她死了，我断定。就像所有人相信和假设的那样，那天晚上她死了。

那么这个想和我谈谈的薇拉·考尔是谁？某个知情者吗？

但是没有人能知道些什么，我沉思着。唯一了解薇拉和我的事的人，一定是个要么在监视我们的人，要么是在薇拉死前见过她的人。

我排除了监视的可能性，还存在一种可能性，只有一种。薇拉在半夜离开我之后遇见了一个人。

难道是这个人，而非那个……？

我在船上一动不动地坐了几分钟，思考着这个结论。给了它一个荣耀的机会，让它在我反复无常的意识中站稳脚跟。

也许它成功了，也许没有，回想起来很难决定。我看了看表，拿起桨，开始把船往回划。

我们吃了米饭炖鹿肉和摩泰台拉干酪，喝下与之相配的醇厚的勃艮第葡萄酒。甜点是柠檬冻糕。咖啡、白兰地、巧克力马卡龙和一支雪茄。我也抽了一支，十五年没抽烟了，但是蚊子很顽固，厄本又坚持要我抽。味道并不差。

我洗过碗，然后读了《苍蝇与永恒》中的三章。它真的很有自身的风格，我表达了对厄本的欣赏；他揪着自己的胡子，不自觉地哧哧地笑了。

然后我们坐在那里，谈论了一会儿以前的老师们——讲师布鲁姆，语言助理林戈斯托姆，当然还有高级教师乌林——但我们只字不提蛇花。好像我们达成了协议。过了一会儿，我们开了桑拿，在里面蒸了数个小时，伴随我们的是热哄哄的蒸汽、带叶子的树枝、啤酒、在夜色般黑暗的水中的数次快速浸泡。

再加上一大堆老套的废话。

我想，我们上床睡觉时已经两点多了。

星期四上午十一点，凯勒探长开着一辆老别克车到了。我没有认出他来，但当时我对他也没有多少记忆。在调查过程中没有与他说过话，只在报纸上看到过他的脸。我和其他人一样，在两轮审问中都接受了方式相同的询问：问话的都是一位面红耳赤、无名无姓的狱警，与之相伴的还有一台录音机。

在这个炎热的早晨，我对那位探长的第一印象是，他正处于从生命中萎缩消失的阶段。所有的东西对他来说似乎都太大了：西装、眼镜、汽车，以及棕色公文包——他费了好大劲儿才把它扔到我们摇摇晃晃的户外桌子上。我想知道他的体重甚至是否能达到厄本的三分之一，但又认为不应该以貌取人。正如乌林每隔一个学期就会讲的一个笑话那样：香蕉不是人。

“带来了案子里的几份旧文件，”凯勒解释说，“你是亨利·马腾斯？”

我们相互打过招呼，然后坐下来。厄本从酒桶里拿出三瓶啤酒，把它们打开。凯勒把外套挂在椅背上，开始卷衬衫袖子：很明显，那个死去的老警察在他体内复活了。他用胳膊肘撑着，向前探出身去，目光在我和厄本之间来回移动着。他的外貌有些像鸟，尤其是头部，以及他那从大了四码的领口伸出来的脖子的那种纤细的膜翅目动物的活动方式。他捋了捋稀疏的小胡子和甚至更加稀疏的灰白色头发，开口发问。

“薇拉·考尔案中的事实，你俩到底有什么话要说？”

足足过了半个小时，他这才感到心满意足。斜靠在椅背上，喝光了杯中的啤酒，尖尖的喉头像只过热的测速仪一样上上下下地动了好几次。

“我真是见了鬼了，”他随后总结道，“这么说，三十年来你一直坐拥重要的信息。当然，本案已经过了诉讼时效期，但如果我没那么老，我会揍你的下巴。”

“我不想让她陷入丑闻。”我说。

“胡说，”凯勒说，“事后的借口，死者可不在乎丑闻。”

“我考虑更多的是幸存者，”我试图解释说，“她的父母。”

“你考虑的是你自己。”凯勒说。

“嗯，是的，”厄本插嘴道，“反正他保持了沉默。我们现在对此无能为力。问题是，如果亨利把这事说出来，对调查将意味着什么？”

凯勒看着空啤酒杯，把自己的胡子擦干净。“这要看你指的是什么了，”他瞪着我嘟囔道，“无论如何，你都会成为嫌疑人，你应该清楚这一点。”

我没有回答。厄本点燃了一支雪茄，吐出一团令人分神的烟雾。“你有过嫌疑人吗？”他问。

“连只鸡都没有，”凯勒恼怒地厉声说，“我们花费了数千小时的工作时间，但如果连尸体都没有，就很难找到嫌疑人。我们发掘了几个想得到的人物：一个六个月前被释放的强奸犯和一个住在她骑行路线附近的老骗子。他俩都有不在场的证明。”

“那么证人呢？”厄本问道，“说那天夜里在某处见过她的人，诸如此类的。”

凯勒打开公文包，开始在一个文件夹里翻找着。“没有可靠的人，”他说着，拿出一张纸，“只是些歇斯底里的人和蠢货。比如这个。”

他默不作声地看了一会儿拿在手里的信息。“一个叫派西宁的小姐，”他解释说，“她坚持说，凌晨四点差一刻，她看到一个骑在自行车上的天使般的身影。在潘帕斯郊区的巴伦大街。确切地说，是位一路向西的黑发天使……这位女士在报纸上读了大量的专栏文章后，于一个月后站了出来……但她肯定是对的。我们没有采纳她的证词，主要的根据是时间。我们认为，如果薇拉·考尔在十一点钟离开派对，在五个小时后应该会走得更远……也就是说，如果她在这段时间里没有做什么别的事情的话。哼。”

“我明白了。”我说。

厄本又拿来些啤酒，凯勒则继续在公文包里翻找着。我喝了一大口，想知道如果我马上站出来说出真相实际会发生什么。我父母会怎么说？还有薇拉的父母？多格斯的老师们？我竟会得到那顶白色的毕业帽吗？在这种情况下很难找到任何亮点，我默默地感谢我的幸运之星，因为我理智地保持了沉默。

尽管这可能与理智没有多大关系。老实说。

“推理呢？”厄本说，“你有什么推理？肯定有一些事情没有公之于众。”

凯勒叹了口气，“我当然有自己的推理。两吨推理和半盎司事实。你应该知道，我很多年都没有放下蛇花的案子。但我从未变得更明智些……它从一开始就是静止不动的，而且一直如此。”

“我可以相信这一点，”厄本说，“你假定她无论如何都死了？”

凯勒想了一会儿。

“有一件事我很确定，”他说，“如果她真的是逃跑了，那她一定是事先就计划好的。这不可能是一时的冲动……虽然唯一为此选项提供支持的是那些该死的亚伦兄弟会成员。我和她那抱着《圣经》不放的父亲谈了好几个小时，我要说的是，如果我在这样一个浑蛋环境下长大，想必会骑上第一辆三轮车逃之夭夭。”

厄本和我点点头。“他们还在吗？”厄本问道。

凯勒摇了摇头，“几年后就解散了。从来没有超过三十或四十名成员。那位大祭司在女儿出了事后，神经变得有点脆弱，好吧，总而言之，它崩溃了。坏事带不来好东西。”

我们又静静地坐了一会儿。

“还有这个……新情况？”厄本说，“你觉得会怎样，探长？这位三十年后想和亨利联系的薇拉·考尔是谁？”

凯勒解开他绿色尼龙衬衫最上面的扣子，依次观察着我们。先是厄本，然后是我。

“我相信我所相信的，”他说，“我只知道一件事，那就是有人在撒谎。不是她就是你们两个。”

“或者，三个人都在撒谎。”他停顿了一小会儿，想了想，然后补充道。他喝完啤酒，站起身。“请在她周六到访后联系我，”他说，“不管事情会怎么样。如果你们不这样做，我就向警方报案。”

然后他转过身去，爬进他那辆巨大的汽车，轰隆隆地开走了。

我看着厄本·克尔沃特。他似乎突然觉得自己下颌的关节出了问题。

我们连续两天没有离开厄本豪宅。厄本储备了充足的供给，我们吃、喝、讨论、说废话、钓鱼、蒸桑拿。那两天的天气相比之下差了些，但还是相当不错。我读完了《苍蝇与永恒》，对我的朋友做出这一特别令人惊讶但又完全靠谱的抉择表示祝贺。我们决定，我应该在下个星期把整部书再过一遍。用鹰眼和削尖的铅笔。

在星期五与星期六交接的那个晚上，我几乎一夜没有合眼。我躺在那里，在窄床上辗转反侧，同时倾听着在头顶上方来回滚过的雷雨声。星期六，我们第一次在屋里吃早餐，但到早晨晚些时候，天空开始出现蓝色的斑块。我希望这是个好兆头。

距凯勒警官开着别克车离开我们已过去了差不多整整两天，此刻，又有一辆车正沿着崎岖不平的道路缓缓驶来。

那是辆白色的雷诺，已经开了有几年了。它在柴堆旁停下来，关闭引擎。在车门打开、司机走下车前的短短一秒钟里，我的生命在我内心的眼睛前消失了一万次。

10

从车里走出来伸懒腰的男人三十四五岁的样子。身高至少一米九，看起来身健体壮。穿牛仔裤、跑鞋、T 恤和卷起袖子的薄风衣。

晒黑的脸庞，金色的短发。一个在成为世界冠军后凯旋归来的手球运动员，约莫如此。我瞥了一眼厄本。他站在离我五米远的地方，手里拿着支没点着的雪茄烟，脸上挂着问号。

那人审视了我们一会儿，表情始终未变。然后他绕过车，打开了副驾驶座的车门。

一个大约四十九岁的女人下了车。

她很黑，黑而美，身材苗条，五官端正，穿一条式样简单的墨绿色棉质连衣裙，肩披同色开襟羊毛衫。

可能是她，也可能是别的人。

不知道过了多久，我们才从这冻结的一秒中醒过神来，但我反复数次地最终断定，这是薇拉·考尔，又不是薇拉·考尔。我竟有时间想，上帝——从他的角度说——一定是决定拍下这一刻的照片，然后把它放进自己的大相册里，但他总是对不准焦，所以这个过程才花了这么长时间。

这种想法会突然冒出来，真是太奇怪了。

最后，厄本打破了沉默。“欢迎，”他说，“我叫厄本·克尔沃特。这位是亨利·马腾斯。我想我们不曾见过面。”

“亚当·切尔尼克。”那男人说，大家握了握手。

“彼得斯，”那女人说，“艾娃·彼得斯。”我胸中有什么东西消失了。突然间呼吸变得容易起来，但同时又觉得怅然若失。

绝对是怅然若失。

“电话是你打来的吗？”厄本问。她点了点头。

“是的。我留下的名字是薇拉·考尔。”

“你为什么要那样做？”

“我有很好的理由。”

她始终显得坚决而严肃，那个男人也是。厄本示意我们围着桌子坐下。“我们似乎有几件事要谈，”他说，“啤酒还是咖啡？”

女人摇了摇头。

“都不要。”男人说。

几秒钟的沉默。我意识到这是一种策略，一种桥牌游戏。谁先开口说话，谁就先失一着。我有点难以理解这是为什么。

“我可以请你解释一下你的意图到底是什么吗？”厄本再也等不下去了，于是开口说道，“过去几天，你让我们——尤其是我这位好友——感到有点坐立不安。”

“你的好友亨利·马腾斯？”她说。

“没错，”我说，“你是谁，夫人？你为什么坚持说你的名字是薇拉·考尔？”

一丝下意识的微笑扭曲着从她脸上掠过，我开始怀疑她试图坚持的态度对她来说并非特别自然。她对着臂弯咳了两声。

“我可以先解释一下，亚当跟这件事一点关系都没有，”她指着那个手球巨人说，“他来只是为了确保我的安全。我还通知了其他一些人我在哪里。只想让你们知道这一点。”

“你在说什么鬼话？”厄本说。

“你什么意思？”我说。

她从手提包里拿出一支香烟，点燃它。我看着切尔尼克先生。保镖，我想。好家伙！

“我是她的表妹，”艾娃·彼得斯说，“薇拉·考尔的表妹。你们明白吗？”

厄本摇了摇头，我也摇了摇头。

“我发现了一些事情。”

“一些事情？”

“是的。警方从未发现的事情。”

我感到自己开始变得恼怒，或是恐惧。

“可以请你把所知道的告诉我们吗？”我要求道，“比方说，薇拉出了什么事？这就是你所知道的吗？”

她犹豫了一下。“你怎么会这样想呢？”

“不然你为什么要一直做出这些愚蠢的神秘之举？”厄本插嘴道，显得越来越恼火。

她把答案憋了两秒钟。“因为我知道你的朋友跟我表姐的死有关。”她随后道。

“你在胡说些什么？”厄本怒吼道。亚当·切尔尼克调整了一下眼镜，身体前倾。

“请原谅，”我说，以便缓和气氛，“但我可以向你保证，这些都纯属幻想。我们一点也不知道薇拉出了什么事，厄本不知道，我也不知道。我想你最好现在就把事情解释清楚。”

她静静地坐了一会儿，抽着烟，似乎在自言自语。从未与亚当·切尔尼克进行过眼神交流：很明显，他对整件事并不是特别了解。也就是说，正如她说的那样，他在那里只是作为某种安全措施。我观察了他的上臂，知道他可能是个相当厉害的角色，尤其是当你考虑抵抗的时候。厄本走到酒桶前，摸出四瓶啤酒。

“好吧，”艾娃·彼得斯终于说，“我把我所知道的告诉你们，希望你们能给我一个满意的解释。我可以也喝上一杯吗？我不习惯用瓶子喝东西。”

厄本又站起身。“只要你说出我应该解释什么，我就会给出解释。”我保证道。

她总算开始了。

“我非常喜欢薇拉，”她开口道，现在的语气柔和多了。这更适合她，适合多了。“即使我们只是表姐妹，但我们几乎就像亲姐妹一样……虽然我们住得离彼此很远。我们都是独生女，年龄相差不超过两个月。我想，这件事对我的影响跟对她父母的影响一样大……”

“你住在哪儿？”我问。

“林登，离这里六七十公里。但是我们每个暑假和周末都见面。我们的母亲是姐妹……两家的父亲则没有那么多共同点。嗯，事情就是这样。”

我点了点头。厄本倒出啤酒。

“她的失踪令人震惊。我和其他人一样，也在思考发生了什么……思考了三十年。然后，渐渐地，我开始明白，我们永远也得不到答案。我猜，同大多数人一样，我以为那天晚上她一定是遇到了强奸犯。一个疯子，他袭击了她，杀死了她，然后把尸体藏了起来。但上个春天……”

她停顿了一下。喝下一大口啤酒，又点上一支烟。

“然后，上个春天，露丝姨妈病危了。她是薇拉的母亲，她父亲阿道弗斯十多年前就去世了。”

“我们知道。”我脱口而出。

她惊讶地看了我一会儿，这才继续说下去。

“她，露丝，身患多种疾病，但她有一颗坚强的心，这让她活了下来，即使她在最后三年卧床不起——不管怎么说，差不多算是卧床不起。4 月的一天，仅仅在几个月前，她所在的养老院告知我，她想跟我谈谈。我去了那里……乌门塔尔，在海边，我不知道你是否熟悉那里……我先去见了医生，他解释说，她可能没剩多少时间了。如果我没有理解错的话，那就是说，她只是决定不再挣扎下去了，但她必须在大限到来之前向我交代几句话。我是她唯一在世的亲戚，我父母都在几年前去世了，嗯，她有件事想说——”

“这对你来说是出乎意料的吗？”厄本插嘴道，“我指的是她想和你谈谈……你过去常去看她吗？”

“不经常，”艾娃·彼得斯承认，“我住的地方离乌门塔尔真的很远，而且跟她交谈并非易事。几年前她中风后说话就变得有些困难。”

“她想要什么？”我问，对厄本的插言有点恼火，“她为什么一定要跟你谈？”

艾娃·彼得斯突然显得很不自在。她把膝盖上的裙子扯了几下，低头看着桌子。

“我其实并不知道，”她说，“我不确定她究竟想要什么。如果我当时明白了这一点，我自然会去报警……也许我迟早会这么做的，要是你没有出现在这里的话。”

“你他妈到底想干什么——”厄本开口道，但我举起一只手，让他闭嘴。

“告诉我们。”我说。

艾娃点点头。“我走进房间时，她非常虚弱，”她解释道，“唯一残存的生命迹象就是她的眼睛，它们充满了……我该怎么说呢？渴望？渴望和感激，我想……感激我的到来，渴望在一切还来得及之前说出想说的话。我真希望她没等这么久。希望她能稍微多点力气，但当时她没有了。我坐在床边，像往常一样握住她的手。她目光灼灼地看着我，嘴唇开始动起来……但发不出声音。我趴得更近些，凑近她的嘴听她说话，但只听到微弱的嘶嘶声。我打电话给护士，问她是否有可能做点什么，但她只是耸了耸肩，显得十分抱歉。当我们再次独处时，露丝姨妈做了最后的努力。我再次靠向她，这次我听见了。”

“于是你听到了？”我说。看到厄本的下巴又掉了下来，而切尔尼克实际上也竖起了耳朵。

“是的，”艾娃·彼得斯说，“于是我听到了。事实上，相当清楚，她把那个名字重复了两遍：‘薇拉……’她说‘写……亨利·马腾斯，亨利·马腾斯的错。’就这些。然后她闭上了眼睛，十五分钟后，她死了。”

桌子周围一片寂静。太阳冲破云层，猛地在艾娃·彼得斯的衣裙上投射出一种飘忽不定的光影图案。我吞了口口水。亚当·切尔尼克双臂交叉地放在胸前。

“你能再说一遍吗？”厄本问道。

“‘薇拉……写……亨利·马腾斯，亨利·马腾斯的错。’这个名字重复了两遍。我保证没听错。”

我向后靠在椅子上。太阳改变了主意，躲到云层后面去了。

11

我做决定只用了半分钟，但讲述了我这部分的故事却花了半个小时，或者说我们的部分。当然，没有理由隐瞒厄本和我对撒玛利亚的探访，以及与凯勒探长的交谈。艾娃·彼得斯听着，抽着烟，提出问题，似乎明显相信她所听到的。她为什么不该相信呢？她似乎也没有多少可责备我的。不得不提及薇拉与我的爱的交合，这让人觉得有点尴尬，但这是必要的，我认为艾娃看到了一个小小的亮点，即她表姐在死前至少品尝过一次爱情的果实。

还是她根本就没死？薇拉·考尔真的死了吗？可笑的是我们仍然对此一无所知。此案的新事实对双方来说都已浮出水面，对我们和艾娃·彼得斯来说都是如此，但当我们仍旧坐在厄本的花园家具上进行讨论时，我们还远未弄清事情的关键所在。

1967 年 5 月 28 日夜间发生了什么？或者更确切地说是凌晨，似乎那么近又是那么遥不可及的几个小时？

至于我抵达 K 城后艾娃的举动就很清晰了。自从考尔夫人于 4 月去世后，她就一直试图以一种略显业余的方式来理顺围绕着姨妈临终遗言的问号。因此，她知道，在薇拉高中的最后两年里，确实有个叫亨利·马腾斯的人和她在同一个班级。她还向其他几个同学小心翼翼地打听过，薇拉和我之间是否有什么关系，但只得到摇头和否定的回答。她不知道我现在住在哪里，也不知道怎么去打听……是的，当我一周前突然出现在大陆酒店时，情况差不多就是这样。艾娃·彼得斯过去四年一直在这家酒店担任会计。至少厄本说中了一点，我想。她在房间订单上看到了我的名字，这不足为奇。

由于她不知道考尔夫人临终前为何如此激动，经过几个晚上的深思熟虑和对各种策略的否决，她决定以薇拉·考尔的名字采取大胆的行动。以便能够观察我的反应，要是没有别的的话。她动员自己的好友、前夫的弟弟亚当·切尔尼克加入自己的计划。至少是半加入。星期一，他们跟踪我们从 K 城到厄本豪宅，然后通过厄本的车辆登记找到了他的手机号码，这不是什么难事。

她一直等到星期六才来访的原因非常简单，因为亚当在那之前没有空。她不敢自己一个人突袭我们，这是显而易见的。

事情就是这样。突然，所有的问题都摆在了桌面上，我们很快便意识到，我们处境相同。开始的时候，至少对我个人来说，这是一种解脱，但渐渐地，沮丧占据了上风。

为我们仍然不知真相而感到沮丧。还是没有找到薇拉出了什么事的答案。在与艾娃会面之前，我一直难以置信地紧张，对艾娃来说自然也是如此，但现在，当我知道了她是谁，且我们解决了所谓的敌意之后，那个基本问题又一次冒出其丑陋的头来。

三十年前的那个晚上薇拉出了什么事？始终是这同一个老问题。

“惊天动地的台风，”厄本说，“我跟自己打了个赌，我们今天就能找到答案。我开始觉得我要输了。所有的牌都摆在桌子上，而且同样令人困惑……”

“我们还有一张牌要传，”我提醒他，“她到底是什么意思？”

“谁？”

“当然是露丝·考尔。如果我们理解了她临终遗言的含义，那么就会有答案。”

“你是说她知道这件事？”厄本说。

“你不觉得吗？”

厄本没有回答。带着担忧的表情看着自己的雪茄。

“说下去。”艾娃·彼得斯说。

“唔，”我说，“你自己得出了什么结论？也就是说，当你开始思考这些话的时候。”

“没什么是确定的，”艾娃·彼得斯略微停顿了一会儿说，“起初我以为你必定就是杀死薇拉的那个人，她母亲知道这件事。但接着我问自己，既然那样，她究竟为什么要对此保持沉默，而我一直找不到答案。”

“因为没有任何答案，”我说，“我没有杀你表姐，我爱她。”

“有一定的区别。”厄本低声说。

就在这时，亚当·切尔尼克摘下眼镜，开始参与到辩论中来。“你们似乎都有点糊涂了，请原谅我这么说，”他说，露出刷得甚为得当的牙齿。“你们认为，薇拉的母亲知不知道那天晚上发生了什么事？”

我陷入沉思。厄本捋着胡子。

“她知道，”艾娃·彼得斯说，“让我们假设她真的知道。”

“怎么会呢？”切尔尼克说，“她怎么会知道呢？”

一团沉默的思绪掠过桌子。

“因为凶手写信向她承认了，”厄本猜测道，“所以她说了‘写’这个字。”

“署名是亨利·马腾斯。”我补充道。

“还有其他的选项，”切尔尼克说，“再说一遍那些话，艾娃。”

“薇拉……写……亨利·马腾斯，亨利·马腾斯的错。”艾娃说了第四或第五遍。

“写……”切尔尼克重复道，“在这之前少了主语。如果少了个‘我’呢？若是这样，那意味着什么？”

“她写下了一些她知道的事情，”艾娃回答说，“我想过这个问题，但我什么也没找到……当然，她的信息中缺失了一些话，我只是不知道是哪些话。”

“你找过吗？”亚当·切尔尼克问，“也就是说，找她可能写下的什么东西。你在照管她的财产，对吗？”

“只有一点点，”艾娃承认，“我没有时间，它只塞得下地下室储藏室的一半，但如果你们感兴趣……”

厄本显得将信将疑。“如果她曾写下一些让艾娃关心的东西，并且真的想公之于世，那她会不会把它放在一个可以找得到的地方呢？”

“她可能很久以前就写了，”艾娃·彼得斯指出，“到最后，她的头脑不是完全清醒的，我们不能要求任何逻辑……”

他们沿着这些思路继续讨论了一会儿，但我注意到，我的思绪溜向了另一个方向：我开始在心底再次看着薇拉，回想起那天晚上她的身影……她在夏夜淡色暗影中令人心旌摇荡的美丽身体……我们如何爱抚彼此，我们如何做爱，她如何用双腿夹住我的背来迎接我……她后来必定是轻手轻脚地从我们的爱榻上溜了下去，为的是不惊醒我。穿上衣服，给我写下最后的短信，说她不知道结果会怎样，但她爱我……她踮着脚尖走下楼梯，走进6月的清晨，穿着白色的衣服，披着浓密的黑发，骑上自行车……在童贞的黎明之中，踏着自行车穿过美丽的风景；1967年的初夏，那个将是鲜花盛开的夏日，那个她永远无从体会的自由之夏，我再也无法想象她能体会到，而我明白，不，不是明白……是感觉到，开始感觉到，她在路上从未遇到任何攻击者，她从未遇到过疯子……因为，如果将现在终于大白于天下的事情加起来，那么它只可能意味着一件事……上帝啊，我想，不可能发生那样的事。

我们花了三个小时，把露丝·考尔留在艾娃·彼得斯位于朗维吉大街的地下室储藏室里的财产翻了一遍。也就是说，剩余的财产：全部衣物和纺织品都已捐给了各种各样的筹款和慈善机构，在考尔太太在世的最后几年里，很多东西都得到了妥善处理。像许多孤独的老人一样，她已经为自己的离世做好了计划。把事情处理掉，不打算在身后留下太多东西。

但还是有很多，主要是储藏家具和装满书、旧杂志和报纸的箱子。例如，阿道弗斯牧师手写的布道词和神学思考。薇拉从一年级起就开始写的练习册和算术本——拿着它们站在那里，令人感到匪夷所思，几乎心怀敬畏。亚伦兄弟会开会时的登记册和出席人数，等等。蹲在那里刨来刨去算不得是份理想的工作，所以当亚当·切尔尼克中途离开时，我对他口中突然出现的体育协会的会议很难持信任态度。

不管怎样，直到我们基本完成了整个除尘任务，厄本才幡然醒悟，提出了一个略有价值的问题。

“难道没有遗嘱吗？”他问。

艾娃·彼得斯直起身子。“遗嘱？不，我是唯一有继承权的人，所以我得到了一切，那只不过是这堆东西和银行账户里的几百元钱。尽管实际上有一个律师……”

“一个律师？”我说，“为什么呢？”

艾娃用手背抹去额头上的汗水和灰尘，看上去若有所思。“我不知道，”她说，“我想他在阿道弗斯还活着时就存在了。黑格尔律师。反正是他联系的我，并解释说没有遗嘱。”

“说没有遗嘱？”我问，“他联系你，告诉你了这事？”

“是的。”

“他就是为了说这个？”厄本问。

“是的，”艾娃说，“就是这样。”

厄本推开他刚翻过的那只台座抽屉。“你是说黑格尔吗？”他问，“我们上去给他打电话吧，我真是受够了。”

黑格尔律师的办公室位于格罗特广场的南侧，处于一些富有的世纪之交的中产阶级住宅中间。尽管是星期六，而且已经六点钟了，他还是同意在那儿接待我们。

如果我尚未感觉到那个结论，这可能称得上是个很好的迹象。他费了点时间。当我们站在那装饰华丽的新艺术立面外等待时，我突然感到，自己不再有任何参与其中的欲望。

一点欲望也没有。

12

“非同寻常的条款？”厄本·克尔沃特扬起眉毛说，“你这话是什么意思？”

我们坐在黑格尔律师宽敞的办公室里，周围全都是些皮革家具。厄本和我坐在沙发上。艾娃·彼得斯和黑格尔本人坐在扶手椅上。黑格尔刚刚接过厄本递上的雪茄烟，在吸第一口时向后靠了靠。我偷眼看着他：他有点像美国法庭电影里的好人，这无疑正是他的本意。大概六十多岁，但身材匀称，两鬓是明显的灰白色。深色西装，浅蓝色衬衫和精致的领带。在艾娃的地下储藏室里翻找一番后，我觉得自己又脏又黏，真希望雪茄的烟味能盖过汗臭味。

“条款，”黑格尔重复道，“如我所说，是非同寻常的。一时想不起任何类似的东西，但你自然得满足客户的愿望、游戏规则。”

他用大拇指摁着那只棕色信封，依次观察着我们，似乎忍不住想让我们多紧张几秒钟。

“看在上帝的分儿上，”厄本喊道，“什么样的愿望？”

“唔——嗯，”律师清了清嗓子，“我把它放在保险箱里快三十年了，二十八年，如果你们想知道确切时间的话。考尔太太在女儿失踪的两年后把这封信交给了我……也就是说，把信和指令一起交给了我。”

他又停顿了一会儿，但没有人打破沉默。

“具体条款如下，”黑格尔接着说，“在任何情况下，只要考尔先生或太太还活着，这封信就不得被传递或打开。在这两人死后，我必须以一种令人满意的方式保管它，直到有一天，有人——不管是谁——来询问此事。但是，最多十年，然后它就应当被销毁，在未读的情况下。”

“嗯？”艾娃·彼得斯说，“‘有人，不管是谁’？你没有接到在她死后交出它的指令吗？”

黑格尔摇了摇头，“情况就是这样。委托人的意愿就是法律。非同寻常，不是吗？我想她一定是想把这件事交给上帝，但人们对此可能会有不同的看法……”

“但是……”艾娃说，“但是现在我们来询问此事了？”

“正是，”黑格尔表示同意，吸了一口雪茄烟，“现在你们来了，我要履行我的职责。请便，可以阅读信的内容。”

他把信封递给艾娃。她接过它，在手里掂了掂，仔细地看了看。

“没有收件人？”她说。

“没有收件人，”黑格尔确认道，“只有日期和她自己的名字。”

几秒钟的沉默。

“打开它！”厄本说，“看一看！”

黑格尔律师贡献了一把薄薄的开信刀。艾娃把信打开，取出里面的东西——两张对折的纸，上面写满了手写的文字。她把它们放在面前的桌子上，抚平，看着第一页。

“大声读出来！”厄本说，“看在上帝的分儿上，大声读出来，否则我会爆炸的。”

艾娃·彼得斯深吸了一口气，开始读起来：

“天堂里的我主耶和华，你是掌管万有之主。我不知道该怎么办，但这是我的忏悔……”

我们直到星期一早上才出发。厄本和我整个周日都待在小木屋里，但借助厄本的手机，我们随时都可得知准备情况。

那个周日出奇地宁静。没有风，天空一片苍白，气温让人感觉不到有空气吹过皮肤。我们到湖上去钓了几个小时的鱼，结果一无所获。吃周六晚上从 K 城带来的现成食品。晚上，我们坐在桑拿房里讨论了厄本悬疑小说的情节。我们很少谈到蛇花。

在周一的警局来电中，我们获许遵照的无疑不是种标准协定：我想凯勒探长得到了某种特别许可。它更多地涉及模式和风格，而非与通常的警局程序有关；此外，他已经退休好几年了，没有了所有那些条条框框的限制。我们一起坐在他的大别克车里，包括艾娃·彼得斯、厄本和我；我们前后各有一辆警车，我能从凯勒的脸上看出，这是他最后一次面临重大行动。他坐在方向盘后面，嘴里嚼着一根火柴，看上去比以往任何时候都要缩得厉害，但甚至更加坚定和专注。难怪，我想，又一次后悔没有要求留在家里。

艾娃·彼得斯与我一起坐在后座，感到很是自责。“我应该早点想清楚的，”她抱怨说，“应该明白她话中的意味。”

“没关系，”我安慰她，“这并不容易理解。”

“不，很容易，”艾娃说，“如果露丝知道些什么——不管是什么——那一定意味着薇拉那天晚上回了家。”

“是的，她确实回了家，一如既往。”厄本在前排座位上喃喃道，“但是，有人把法律置于自己的股掌之中，并像这样保持了沉默，这真的很可怕。”

“有些人掌握着不止一种法律，”凯勒尖刻地说，“有时候，有一点私下里的道德规范是很流行的。尤其是在《圣经》的极端信仰者中，请相信我。”

艾娃有些局促不安，“不管怎么说，我认为露丝姨妈所做的事并非全无道理。他们可能受到了应有的惩罚，如果她主动站出来，实际上也得不到什么，对吗？”

凯勒恼怒地哼了一声。“在这个故事里，有太多的人从来没有站出来过，”他说着，从后视镜里捕捉到我的目光，“例如，你认为调查工作让纳税人付出了什么代价？”

当然，这是看待此问题的一种方式。我未予置评，其他人也没有。

我们十一点刚过就到了撒玛利亚。克劳森先生站在草坪上，我们下车时，他警惕地跟我们打了声招呼。我注意到那辆红色沃尔沃不在那里，明白克劳森太太带着孩子们去了别的什么地方。自然，没有必要让孩子们在乡村田园生活中经历创伤。全无必要，事情已经够糟糕的了。

六名身穿工作服的警察迅速从汽车后备厢里拿出铁锹，在指挥官和凯勒探长的带领下，向指定地点进发。我们其余的人都与他们保持了一定的距离，挖掘一开始，克劳森先生就走进门去，端上咖啡。我们坐在和上次一样的塑料座椅上，过了一会儿，我注意到艾娃开始哭了起来。我有些笨拙地抚摸着她的胳膊，她掏出手帕擤了擤鼻子。

“太过分了。”她说。

“是的，”我说，“很过分。”

“而且那么不真实，”她接着说，“我不敢相信这是真的……但我知道事情就是这样发生的。他的脾气有可能那么暴躁。”

厄本清了清嗓子。“我一直在想一件事，”他说，“如果她不那么糊涂地诚实，这事就不会发生了。”

“你这话是什么意思？”我说。

“我只是说，她应该撒个谎，”厄本叹了口气说，“她早上五点钟回到家，承认自己喝醉了，还和一个男孩上了床，她到底想要怎样？”

“他没必要打她，”艾娃说，“如果她知道他会那样做，也许她会保持沉默。尽管薇拉总是很诚实……别忘了，那是个意外。要不是她摔得那么惨……”

她陷入了沉默。厄本点点头，然后似乎无人有话要说。唯一能做的就是等待。我闭上眼睛，开始在脑海里播放那一幕。我不知道从周六晚上开始，我这样做了多少次。

父亲和母亲坐在厨房的桌子旁等待着。因为缺乏睡眠而焦虑和疲惫。

薇拉走进来，停在房屋中间。无论如何，在我的想象中，她因对我的爱而变得坚强起来，她开始向他们诉说。她经历过的一切。直截了当，坦诚无欺。

那位父亲，一个毫不妥协的牧师，站起身，一言不发地施加了他的惩罚。

薇拉，摔倒在炉子的尖角上。

薇拉，不到一分钟就死了。她妈妈这样写道。

男人和当时就站在那里的妻子，那个男人，那个属于上帝的男人，因为愤怒而杀死了自己的女儿……那是一个美丽的夏日清晨，麻雀在盛开的丁香丛中翩翩飞舞，她鲜红的血液在冰冷的厨房地板上慢慢变暗，而他们就站在那里……他们曾拼命地想救活她，但她的心已经停止了跳动，现在他们站在那里……

Quem di diligunt adolescens moritur——红颜薄命。

他们一定祈祷过。那天早晨，他们一定向他们那不可思议的上帝祈祷了成百上千次，向那个让他们唯一的女儿死去的仁慈的上帝。

死在她自己父亲的手上。

也许，也许亚伦兄弟会的那位深不可测的天神回答了他们，说他赦免了他们，说他们应当将自己的所作所为埋于地下，并清除痕迹。

上帝所爱之人……

而那种罪恶感，那巨大的罪恶感，被从他们的肩膀上抬起来，放在……亨利·马腾斯的肩上。亨利·马腾斯的错……

当艾娃把手放在我的肩上时，我吓了一跳。突然注意到，我正坐在那里，在酷暑中瑟瑟发抖。

“现在他们找到它了，”艾娃说，几乎是在耳语，“他们碰到了朽木，那一定是棺材。”

是的，他们给了她一具棺材，她在信中也写了。

现在，她正在被挖出来。我不在挖蛇花的人之列，但我走上前去看了看。

艾娃·彼得斯也是。我在哭泣，握着她的手，感觉就像找到归宿。

事件中的所有信息

由保罗·诺伦（Paul Norlen）将瑞典语翻译为英语。

改编为电影《撒玛利亚》(*Samaria*)。

说来也巧，在那些日子里，一个名叫 S 的年轻人正住在大学城。

他父母早亡，在故事开始前的一年左右，他唯一的妹妹又搬去了澳大利亚。但是，尽管他身边显然没有活着的亲人，但从外表上看，S 仍是一个彬彬有礼、富于才干的人。经过几年学科混杂但卓有成效的学术研习，他判定自己有可能成为一名教师。由于他是个一丝不苟的人，且不想冒险走上人生的歧途，所以他申请并得到了一份 H 城社区高中春季学期的临时工作。如果到头来证明他喜欢这个职业，那么经过这个学期的历练，他便准备终身任教，考虑到他良好的学习成绩，他的任职申请被校方接受应该没有问题。这就是他的计划。

他在获得了那一职位的 H 城中学附近找到了间出租屋，离开了女友和他在大学城的两居室公寓，并于 1 月初开始了其教学活动。其余的教职工由四十多名不同年龄和性格的教师组成，学校坐落在可以看得到湖景的美丽地方，所以 S 几乎立刻就发现，他在那里如鱼得水。

H 城是个古老的磨坊小镇，只有一个重要产业——一个钢铁厂，镇上几乎所有身体健全的居民都在那里谋生。严格来说，这所学校是一所中等学校，大约有四百名学生，其中三分之二来自该镇，三分之一来自周围的农村，当然这是个约数。学校操场上有一尊铜像，属于该校多年来最优秀的学生，一名成功的越野滑雪运动员，获得过十几枚国家奖牌。

S 给三个不同年级教授瑞典语和英语：七年级一个班，八年级一个班，九年级一个班。他很快发现，不管从哪个方面说，他都很喜欢这份教学工作。他喜欢学生；他感恩与同事的互动；他发现教学过程本身——教学和实践技能——令人鼓舞。尤其是那些九年级的学生，他们当然只比他小八九岁，这种情况让他感到非常满意，而且他也意识到，那些年轻人很欣赏身为教师的他。他还是这个班的班主任：他从一位肾脏衰竭、脾气暴躁的老妇人手中接过了这个角色，并意识到，在这样一位没精打采、疲惫不堪的教育者之后接手这份工作是非常值得的。

一个学期过去了，5 月，到了给学生打分的时候了。然而，就在离学校放假只剩三个星期的时候，发生了一个非常不幸的事故。上述九年级的一个女孩索菲亚在一起交通事故中丧生。一个星期三的早晨，她在上学的路上被一个开车的人撞倒了。几名互不相识的目击者目睹了这一事故，但司机肇事逃逸，尽管警方进行了广泛调查，仍未能将其抓获。

索菲亚的死给暑假前最后几周的学校工作蒙上了一层阴影。学校里有一半以上的学生出席了在美丽的 H 城教堂为女孩举行的葬礼，而在葬礼后的第二天，学校举行了特别会议，学校行政部门和所有教师都聚集在一起，为女孩举行了隆重的纪念仪式。在这次会议上，校方还宣布，索菲亚将获得她的期末成绩，尽管她已不在人世。

这一决定是学校行政部门与各科负责老师磋商后做出的，没有听到对这一决定的公开批评。毕竟，这个女孩在被如此悲剧性地夺走性命之前，曾勤勤恳恳地为学业付出了九年的努力。剩下的考试都不是决定性的，所以这一切似乎在逻辑上都是成立的。

当S在那个星期的星期五回到自己的出租屋时，他有说不出的悲伤。通常他周末会去大学城，与女友见面，但他决定这个周末要留在H城。他需要几天的平静和安静的环境来完成评分，因为到下周二，所有数据都必须以正确的形式输入，再加上S从未面临过类似的评估情况，所以他想要格外小心，并且留出充足的时间。

但是索菲亚的这件事让他心里沉甸甸的。现在，星期五的晚上，他独自坐在那里，发现很难找到给她打分的意义。一个死掉的女孩会拿分数怎么办？他问自己。有什么用呢？

再者，他应该根据什么标准来打分呢？校长已经明确表示，如果事故没有发生，索菲亚该得多少分就应当得多少分：在学校的最后一天，她的父母将收到一封惯常的淡褐色信封，上面盖着学校的印章——两只在湖面上飞翔的非写实的天鹅。大家的一种观点是，让她的父亲和母亲认为她能顺利完成学业也许是件好事。

还有人指出，更重要的是要公平，因为这关系到一个死去的学生。一个死去的学生不可能代表自己发言，成绩将保持不变，永远不会就其提出质疑。

渐渐地，S设法把这些沮丧低落的情绪搁置起来。他决定先把其他学生的分打好，把索菲亚留到最后。因此，直到星期六晚上的晚些时候，他才开始全面评估死去女孩的成绩和表现。

对于英语来说，这要相对简单。索菲亚在每次考试和小测验中都是小组里最好的两三个学生之一，她的口语成绩也名列前茅。她秋季学期的成绩是A，所以S可以问心无愧地给她的九年级期末成绩也输入同样的字母。

对于瑞典语这门课而言，就比较让人犹豫了。索菲亚在完成八年级的学业时，这门课的成绩也确实是A，但在九年级的秋季学期，她的成绩下降到了B。在春季学期，她确实一直在发奋努力，想要重新获得A，但实际上，她的成绩时有起伏。S知道，即使没有发生这些惨况，他也很难做出正确的评估。在今年2月的所谓标准测试中，索菲亚的分数达到了91分——比A的下限低了1分；两篇已写好的论文分别得到了B和A；在4月份的语法测试中，这女孩在68分中得到62.5分，即B加或A减，而更高成绩的门槛恰好是63分。

S再次检查了一遍所有这些数据，想起那位肾功能出了纰漏的脾气暴躁的老教师在圣诞节前与他相遇时曾告诉过他，索菲亚是个徘徊在A与B间的边缘的学生——而她选择了较低的成绩，因为当时是秋季学期，这样做很可能会激发那女孩在春季全情投入，拿回好成绩。

我要给她打个A，S想，举起笔准备在记分册上输入这一分数。但接着，似乎有什么东西——也许是他的正义感——抓住了他的胳膊，让他停了下来。班上还有一个女孩，其处境与索菲亚完全一样——他刚刚给了她一个B。难道索菲亚仅仅因为死了就应该得到优待吗？

难道他不应该给另一个名叫埃丽诺的女孩更高的分数吗？她至少交了文学方面的期末作业（关于作家C.S.刘易斯，得分是A减，也有可能是B加：他有意按照一位经验丰富的老同事的建议，避免对这些作业进行正式评分）——尽管他没有读过索菲亚关于诗人卡琳·博耶的文章。她大抵在被车撞的那天早晨把它放进了书包：那天是交此作业的最后一天，但S没有机会读到它了。

当然，生活中有些问题是你根本无法决定的，S想。但无论如何，你都必须做出决定。

他又泡了点茶，给女朋友打了个电话。他们谈论了所有打算在这个夏天要做的事情，但过了一会儿，他提出了他的评分困难问题。他的女朋友在学习心理学，是个很好的倾听者。当他解释完他的困境，并对她说了这件事中的全部信息时，她说他绝对必须努力做到公平，但她显然对那女孩的能力缺乏了解，无法提供更准确的建议。

"B还是A？"S问。

"这得由你来决定，"女友回答，"我相信你会以最好的方式处理这件事，你一向是个公正的人。"

然后他们结束了通话。S喝了三杯茶，抽了六支烟。

那最后的作业将决定这个问题，他想。

他又喝了两杯茶，抽了四支烟。随后他做了一个决定，然后上床睡觉。位于他的小书桌上的记分册还摊开着，书桌位于窗下，窗子正对着一棵花开正盛的苹果树。晚春的香气透过窗帘依依袅袅地飘进来，把香烟的烟雾吹到新鲜的空气里。S只过了大约一分钟就睡着了。

第二天早上，他吃过早饭，读罢星期日的报纸，然后拿出学校通信录，查了一下那个死去女孩家的电话号码。给这个号码打了个电话，电话铃响四下后，有人接起了电话。

一个女人，他猜想是索菲亚的母亲。他告诉了她自己的名字，并解释说他在春季学期曾是索菲亚的瑞典语和英语老师。

“我明白了，”女人伤心地说，“我是她的母亲。你有什么事，先生？”

S解释说，他正在努力给索菲亚打分，他对索菲亚的表现有些不确定。

“可她死了。”那位母亲说。

“她还是应该有个成绩，”S解释说，“这是由学校管理部门决定的。”

“为什么呢？”那位母亲问。

“因为大家认为，那样做是最正确的。”S说，突然不确定给女孩家打电话是否真的正确。然而，就像他在困难的情况下通常做的那样，他已怀着这个决定睡了整整一个晚上。

“我明白了，”那位母亲说，“原来如此。”

她的声音听起来很悲伤，但这是可以理解的，从她的声音中，他听不出有任何迹象表明，她认为学校管理部门做出了错误的决定。

“我们当然希望成绩尽可能地好，”他继续说道，“当然还要公平，即使很不幸，索菲亚已不在人世了。”

电话那头传来一个声音。他很难判断那是一声喷嚏还是一声抽泣。

“也许你知道，我刚到这所学校不久，在评分方面没有什么经验，但是——”

“你究竟想要什么，先生？”那位母亲打断了他的话。

“当然，如果它不会给你添麻烦的话。”

“你指什么？”那位母亲问。

“嗯，我真的很想读一篇文章，索菲亚本该在那天交上来的，就是当她……那个。是关于卡琳·博耶的，我肯定在她的书包里，当……是的。我猜你们还留着它。”

电话里沉默了几秒钟。

“先生，我过会儿给你回电话好吗？”那位母亲随后问道，“我想我得先和我丈夫商量一下。”

“当然，”S说，“我很抱歉这样打扰你。但我不知道还能做什么。”

“别客气。”那位母亲说。她问了他的电话号码，然后挂断了电话。

这通电话之后，S洗了个澡，穿上衣服，就在他做完这一切后，电话铃响了，是索菲亚的父亲。

“我妻子对你一小时前跟她的谈话有点不高兴。”他解释说。

“我很抱歉，”S说，“我的本意真的不是——”

“不过，如果这是学校行政部门做出的决定，那自然不是你的错。”

“我真的希望索菲亚能拿到尽可能正确的分数。”S认真地说。

“那自然，”索菲亚的父亲表示同意，“在这一点上，我们完全同意。我们找到了关于卡琳·博耶的作业。尽管我们有点不愿意放弃……”

“你这话是什么意思？”S问。

“欢迎你读它，”那位父亲解释说，“但我们的建议是你来这里读它。如果你明白我们的意思的话。”

“我明白了。但是……？”

“你半小时后来就好了，下午我们有点忙。”

“我真的不知道……”

“地址是罗森斯蒂根 12 号。那么我们十一点见，可以吗？”

“谢谢，是的，非常感谢，”S 说，“我当然会来的，那太好了。”

罗森斯蒂根是 H 城南缘一处新近开发的住宅区的一条短街道。低矮的白砖建筑，屋前有个小巧可爱的花园，屋顶十分平整。S 把自行车停在一个放着两辆女自行车的小架子上，在一个心形的金属拍板上敲了敲。

一个红发男孩来应门。八岁或九岁，S 猜想。他穿着件蓝色运动服，紧张地注视着自己那裸露的、非常脏的双脚。索菲亚也有一头红发。

S 问，他爸爸妈妈是否在家。男孩头也不抬地回答说，他们正在院子里等他。

“你一定是索菲亚的弟弟。”S 说，一面迈入大厅。男孩抽了抽鼻子，消失在右边的一个房间里，关上了身后的房门。一个年纪不确定的女人来迎接他。她穿着一件破旧的淡蓝色家居服，没有抬脚，只是身子动了动。她头发稀疏，面无血色，其姿势使他想起了小时候曾经照料过的一只受伤的小鸟。

“我们坐在外面。”她说，用手指了指一扇敞开的玻璃门。S 尾随着她来到一个小小的石头天井。一张椭圆形的白色塑料桌子周围放着四把椅子。其中一把上坐着个五十多岁、头发稀疏的人。他穿着深色裤子，白色短袖衬衫，打着领带。他的上唇覆满了稀疏的、有些发红的胡须，看上去略显畸形。S 猜，那是兔唇的缘故。那人半站起身，与 S 握了握手。S 在另一把椅子上坐下，环顾四周。那里有一个里面有两只一动不动的虎皮鹦鹉的鸟笼，一台割草机，一块上面开着红白花朵的狭窄花坛，一条伸向草坪的石头铺就的通道，草坪上有张松垂的羽毛球网。两只球拍被塞进一个塑料盒子里，盒子靠在一棵细长的小果树上。桌上摆着个咖啡保温瓶和杯子。那位母亲回到屋里，回来时一手拿着一小盘饼干，一手拿着只黄色文件夹。

“我为你们失去女儿而感到难过，” S 说，“那一定很可怕。”

那位母亲点了点头，坐下来。

“你无法想象，”那位父亲说，“自从出了那事以后，我妻子就没睡过觉。”

S 更仔细地观察着她。她的眼睛下面有个大大的黑眼圈，他觉得她看起来有些心不在焉。她未加询问地从保温瓶中倒出三杯咖啡。

一只灰白色的狮子狗来到院子里，向四处看了看，又回到屋里。

“菲菲，”那位母亲说，“索菲亚过十岁生日那天的生日礼物。它不明白索菲亚去哪儿了。”

“很抱歉我要这样麻烦你，” S 说，“这只是分数问题。”

“我们理解，”那位父亲说，“我们这里有索菲亚的作业。玛格丽塔，也许你愿意……？”

他妻子把那只黄信封递过来。“拿去读吧，”她说，声音有些颤抖，“我们会保持安静。吃块饼干，是葬礼上剩下来的。”

“非常感谢。” S 说，一面从文件夹里拿出六张手写的纸张。

“吃块饼干吧。”索菲亚的母亲重复了一遍。

S挑了一块上面有小十字的杏仁饼干，抿了一口咖啡，开始读起来。

导言部分写得极好，他立刻注意到了这一点。以清晰明确、条理分明的笔触简明扼要地描述了卡琳·博耶的生平。索菲亚的字也写得很漂亮。诚然，这在今天并没有被列入正式的评分标准，但显然这并没有什么坏处。

“它看上去怎么样？”那位母亲强颜欢笑地问道。

“似乎相当优秀。”S目不转睛地盯着那文章，肯定地说。

“她在这方面下了很大的功夫，”那位父亲说，“索菲亚是个志向远大的姑娘，没有人能否认这一点。”

“也很有天赋，”S补充道，继续读下去，“她本可以走得更远的。”

那位母亲在桌下拉起那位父亲的手，但两人都没有再说什么。七八分钟后，S将文章通读完毕。正常情况下，他会马上更仔细地再读一遍，但他觉得在这种情况下没有必要那么做。作业相当出色，他不需要用笔做任何修正。毫无疑问，这门课的成绩一定是A，一个完全透明的A。令人高兴的是，这也使钟摆摆向了索菲亚瑞典语期末成绩所在的正确方向。S心满意足地叹了口气，把那些纸张放回文件夹，同情地朝那对父母点了点头。

“这是篇非常优秀的作业，”他解释道，“你们完全有理由为自己的女儿感到骄傲。”

“我们是为她骄傲，”那位父亲说着，心情愉快地用拇指和食指捋着胡子，“就像我说的，她在这上面下了很大的功夫。”

“看得出来。”S说。

“可能在事故发生的前一天为它熬了大半夜。我几乎认为……”

他停顿了一下，与妻子交换了一下眼神。

“下了很大的功夫。”那位妻子伤心地说。

“她是个志向远大的女孩。”S 说。

那位父亲在椅子上换了个姿势。

“行事缜密，志向远大。”

那位父亲清了清嗓子。“是的，我想这就是为什么会那样。”他语速缓慢地说，一面观察着小铁笼里的那两只不出声的虎皮鹦鹉。“事情就是这样发生的。那天早上，她几乎生气全无。简而言之，她疲惫不堪，注意力也不集中。”

S 静静地坐着。

“她三年来都是走同一条路去上学的。”那位母亲说。

那只狗又跑到院子里来了。带着一副悲伤的表情望着眼前的这些人，然后又回到了屋里。

“此事对这只狗来说很不容易，”那位父亲说，“它不理解。嗯，那天晚上，我看到她房间里的灯在凌晨两点半还亮着。我起身去上厕所。”

S 突然注意到自己觉得很冷。在晚春的阳光下，他坐在那里瑟瑟发抖，手臂上起了鸡皮疙瘩。

“先生，欢迎你也给这份作业打分，”那位父亲说，“如果知道她这辈子做的最后一件事是——是的。”他中断了自己的话。从裤子口袋里掏出手帕擤了擤鼻子。

“我没给其他学生的这个作业打过分。”S 解释说，“但我准备为索菲亚破个例。”

“我们很感激。”那位父亲说。

于是 S 拿出批改笔，在最后一页的最下面写下 A 的分数以及自己的签名。

一个小时后，他在绿色记分册上写下了同样的字母，但在这天剩下的时间里，他都待在出租屋里。一个小时又一个小时，他仰面躺在床上，望着天花板，尽管这是一个美丽的晚春的日子，微风和煦，云淡风轻。他不抽香烟，也不看书，只是，苹果花的香味从敞开的窗户里悄悄溜了进来，像一层哀悼的面纱包围了他。

同年秋天，S 被邀请参加大学城的教学项目，但他拒绝了这一职位。相反，第二年春季学期，他开始在 B 城的图书馆学院学习，而且自 1982 年以来，他一直在瑞典中部的一个小城担任图书管理员。